MÜLLER UND DER HIMMEL ÜBER BASEL

Raphael Zehnder wurde 1963 in Baden AG (Schweiz) geboren, wuchs in Birmenstorf (Aargau) auf, lebte 26 Jahre in der Stadt Zürich und wohnt mit seiner Familie seit 2008 in Basel. Er verdiente sein Geld als Schallplattenverkäufer, Nachtwächter und Musikjournalist, studierte Französisch und Latein und promovierte in französischer Sprach- und Literaturwissenschaft. Er arbeitet als Redaktor beim Schweizer Radio und Fernsehen SRF, ist Miterfinder der Zürcher Kriminalnacht im Theater Rigiblick in Zürich und Autor von neun Kriminalromanen um den Polizeimann Müller Benedikt. Bei Emons ebenfalls erschienen: der Fotoband «Zürich in den 1970er Jahren».

Folgen Sie @MllerBenedikt1 auf Twitter. Und @BucherManfred äussert sich dort auch. www.raphaelzehnder.ch

Alles in diesem Buch ist Fiktion. Allfällige Ähnlichkeiten mit realen Personen, Firmen, Parteien und sonstigen Gegebenheiten sind zufällig. Alle Namen und Ereignisse sind erfunden. Bloss Müller und Sermeter existieren.

RAPHAEL ZEHNDER

MÜLLER UND DER HIMMEL ÜBER BASEL

MÜLLER NEUN

Kriminalroman

emons:

Bibliografische Information der Deutschen Nationalbibliothek
Die Deutsche Nationalbibliothek verzeichnet diese Publikation in der Deutschen Nationalbibliografie; detaillierte bibliografische Daten sind im Internet über http://dnb.d-nb.de abrufbar.

MIX
Papier | Fördert gute Waldnutzung
FSC® C083411

Umschlagmotiv: mauritius images/Daniel Schoenen/imageBROKER
Umschlaggestaltung: Nina Schäfer, nach einem Konzept von Leonardo Magrelli und Nina Schäfer
Umsetzung: Tobias Doetsch
Gestaltung Innenteil: DÜDE Satz und Grafik, Odenthal
Lektorat: Irène Kost, Biel/Bienne, Schweiz
Druck und Bindung: CPI – Clausen & Bosse, Leck
Printed in Germany 2022
ISBN 978-3-7408-1611-7
Originalausgabe

Für Annette, Julius und Vinzenz

Ich musste erst in der Wüste leben,
bevor ich den vollen Wert von Gras verstehen konnte.
Ella Maillart

You wake up in the night, with a fear so real.
Bruce Springsteen: «Badlands»

Dummheit ist kein Schutz vor Unglück.
Fräulein Cristina in «Don Camillo und Peppone»

Ac per hoc non voluptas ulla non gratia non lepos, sed incompta et agrestia et horrida cuncta sint, non nuptiae coniugales non amicitiae sociales non liberum caritates, sed enormis colluvies et squalentium foederum insuave fastidium. Ut scripsit L. Apuleius Thesus in libro quinto de Asino Aureo.

Primus inter pares, vir a nobis valde amatus:

Müller Benedikt (51), Kriminalkommissär Basel-Stadt, privat: 4054 Basel

Milites legis:

Allmendinger Valérie (27), Detektivin, Kriminalkommissariat Basel-Stadt, 4052 Basel

Cattaneo Roland (41), Kriminaltechniker, Kantonspolizei Basel-Stadt

Dominguez Freddie (28), Detektiv, Kriminalkommissariat Basel-Stadt, privat: 4123 Allschwil

Gormann Markus (41), Detektivkorporal, Kriminalkommissariat Basel-Stadt

Gruber Cordelia (48), Dr. iur., Vorsteherin des Justiz- und Sicherheitsdepartements des Kantons Basel-Stadt, privat: 4059 Basel

Hug Paul* (35), V-Mann, Staatsschutz, Kantonspolizei Basel-Stadt

[redacted] [redacted] ([redacted]), Fachgruppe 9 (Staatsschutz), Kantonspolizei Basel-Stadt

Jonovic Mladen (34), IT-Forensiker, Cybercrime, Kantonspolizei Basel-Stadt

Krähenmann Thomas (47), Dr. iur., Leitender Staatsanwalt, Basel-Stadt, privat: 4102 Binningen

Odermatt Amber (20), Aspirantin, Kantonspolizei Basel-Stadt

Panzeri Jessica (38), Abt. Wirtschaftskriminalität, Kantonspolizei Basel-Stadt

Sermeter Gülay (37), Detektivwachtmeisterin, Abt. Wirtschaftskriminalität, Kriminalkommissariat Basel-Stadt, privat: 4057 Basel

Stickelberger Daniel (48), Dr. iur., Erster Staatsanwalt, Basel-Stadt, privat: 4059 Basel

Vakulic Vlado (21), Aspirant, Kantonspolizei Basel-Stadt

Wäckerlin Romina (35), Detektivin, Kriminalkommissariat Basel-Stadt

Togati:

Affentranger Kayleigh (31), FinTech-Unternehmerin, Investorin, 8807 Freienbach und 4102 Binningen

Bangerter Alois (78), pens. Kaufmann, 4054 Basel

Gassmann Marky (44), Freiberufler, 4053 Basel

Heinz Dietmar von (42), Dichter/Vorsitzender der Stiftung Nichts, 4052 Basel

Loacker Heiko G. (42), Leiter Kommunikation des Pharmaunternehmens [redacted], Kommunikationsverantwortlicher Ultraliberale Partei (ULP), 4125 Riehen

Lütolf Marianne (74), pens. Schneiderin, 4051 Basel

Mägerle Katrin G. (35), MLaw (Harvard), Strategieexpertin Ultraliberale Partei (ULP), 4059 Basel

Markwalder Rosa (92), Rentnerin, 4051 Basel

Mayer Rinaldo (30), CEO und Owner BMetrix, Vorstandsmitglied Ultraliberale Partei (ULP), Mitglied des Grossen Rats des Kantons Basel-Stadt, Business: 4123 Allschwil

Ott Josia (19), Schreiner in Ausbildung, 4053 Basel

Schoch Albert (78), pens. Schlossermeister, 4051 Basel

Sermeter Céline (11) und Murat (12), Kinder von Sermeter Gülay, 4057 Basel

Spoerri Sebastian J. (31), M.A. HSG, Chief Agile People Coach, Vorstandsmitglied mbA Ultraliberale Partei (ULP), 4148 Pfeffingen

Thüring Alfons (72), pens. Monteur, Artilleriefeldweibel a. D., 4051 Basel

Trauffer Mary-Anne (36), lic. oec. HSG, Präsidentin Ultraliberale Partei (ULP), Kommunikationsspezialistin, 4153 Reinach

Ulrich Balz (42), Dr. iur. et oec., Unternehmer, Mitglied des Grossen Rats des Kantons Basel-Stadt, Schaffhauserrheinweg, 4058 Basel

Wagner Noah (13) und Maurice (14), Kinder von Müller Doris, 4054 Basel

Wyss Melvin (44), Unternehmer, CEO Wyss Logistics, Business: 4051 Basel

Zvetkovic Goran M. (33), Dr. iur., Rechtsanwalt und Vizepräsident Ultraliberale Partei (ULP), 4103 Bottmingen

et aliorum nonnullos.

EINS

Neujahrsvorsatz.

Manche glauben, sie kommen mit allem durch. Sie denken, wir fallen auf ihre Lügen herein, ihre schönen Worte, ihren Quatsch. Ich bin überzeugt, dass sie zu arrogant sind, um zu merken, dass wir nicht halb so beschränkt sind, wie sie glauben. Wir können denken. Wir erkennen den Egoismus, den sie mit ihrem Blablabla kaschieren. Raffgier. Rücksichtslosigkeit. Zynismus. Glauben die im Ernst, sie können sich durchsetzen? Wir lassen uns nicht mehr manipulieren. Wir waren zu lange nett. Wir haben zu lange darauf vertraut, dass sie nach Treu und Glauben handeln. Nein, sie füllen sich die Taschen, verkaufen das als Leistung und scheren sich nicht um die anderen. Um die, die nicht mit dem goldenen Löffel im Mund aufgewachsen sind. Um die, über die sie lachen, wenn sie unter sich sind.

ZWEI

«Breaking The Law» (Judas Priest).

Vom Jäger und Sammler zum Schläger und Rammler – der Mensch hat durch die Jahrtausende immerhin technologische Fortschritte durchlaufen. Was die Wunde und die Bewusstlosigkeit von Rinaldo Mayer verursacht hat, war kein Fred-Feuerstein-Knüppel, sondern ein Korea Universum SX90 Pro+, das Smartphonemodell vom vorvorigen Jahr. Vermutlich hat es jemandem nicht mehr genügt. Der Täterschaft jedoch schon: Das Metallgehäuse ist handwerklich einwandfrei angeschliffen worden, um auf dem Zielmaterial einen möglichst glatten und tiefen Schschschnitt zu hinterlasssssen. Yes, success, das ist gelungen: Von Rinaldo Mayers linker Schläfe tropft Blut. F = m x a. Kraft gleich Masse mal Beschleunigung. Glück für ihn, dass der Wurf des Kommunikationsgeräts mit relativ geringer Kraft erfolgt ist. Sonst würde das Ding wie ein Wurfstern in «Kung Fu» in Rinaldo Mayers Schädel stecken. Obwohl nicht maximal, reicht der Aufprallimpuls, um den 30-jährigen Unternehmer und Jungpolitiker auszuknocken und ihm einen Kopfschwartenriss zuzufügen. Deshalb ist er vorübergehend verstummt und kann seine disruptiven Standpunkte nicht mehr kundtun. Er liegt bewusstlos am Boden.

Gefunden wird er an diesem Freitag, 5. Januar, gegen 17:45 Uhr beim Bundesplatz, wo neben vier anderen Strassen die Birsig- und die Arnold-Böcklin-Strasse in den Verkehrskreisel einmünden. 4054 Basel-Bachletten. Meteorologische Rahmenbedingungen: Nieselregen, 2 Grad Celsius, 15 km/h Wind aus NWN, Januar halt. Der Himmel so schwarzgrau, dass er die Welt verschluckt. «Scheisswetter» nennt das der Volksmund.

Zwischen den sechs Asphaltbändern, die sich hier treffen, finden sich begrünte Kleinstflächen. In einer davon liegt der verletzte Rinaldo Mayer. Zwanzig Quadratmeter Gründreieck vielleicht – pflegeleichtes Eibenheckenbuschzeug, wo du nicht weisst, ist es biologisch tot oder aus Plastik – gleich neben dem runden bleichgrünen eisernen Elektroverteilkasten mit flachkonischer Grünspanhaube, der an eine Litfasssäule erinnert. Mayers Körper ist erst kurze Zeit in die Horizontale niedergestreckt, sonst wäre er ausgekühlt und hätte mehr Blut verloren. Die sekundäre Hämostase hat längst eingesetzt, als ihn der Anwohner Gregor Staub (72) entdeckt, anspricht und, da er keine Antwort erhält, die 144 avisiert.

«Bust!», steht auf einem zerfetzten Schwarz-Weiss-Plakat auf dem grünen Elektroverteilkasten, ein Imperativ: «Geht kaputt!» Da könnte man ins Sinnen kommen.

Gesehen hat niemand etwas, weil dunkel, dieses Schundwetter eben, Freitag und Feierabend, alle wollen schnellstmöglich → heim zum Bezahlprivatfernsehen. Roland Cattaneo und Lukas Hurni von der Kriminaltechnischen Abteilung sind hergekommen, haben den Fundort aufgenommen, die Tatwaffe sichergestellt, den Grünstreifen ausgeleuchtet und quadratzentimeterweise abgesucht. Eine vergammelte Bananenschale, eine eingedellte Energydrink-Dose, halb zersetzte Zigarettenstummel, Fragmente polymerer Kalorienbombenverpackungen, ein Wattestäbchen, ein benutztes Kontrazeptivum für den Mann, vor Hunger aus der Winterstarre aufgeschreckte Nacktschnecken. Vom Waaghof her sind Romina Wäckerlin und Markus Gormann von der Kriminalpolizei eingetroffen. Augenschein et cetera. Weil hier ist Basel-Stadt, Basel, Schweiz, das ist nicht Inferno genug, als dass du einfacher Körperverletzung nach Art. 123 StGB nicht nachgingest.

«Wehre den Anfängen.» (Ovid, Rem. Am. 91)

Weil diese Buschzeugheckenecke, dieses Zeugnis städtebaulicher Verlegenheit, das den nackten Boden notdürftig und nutzlos besetzt, von keinem Wohnhaus her einsehbar ist, und welche trübe Tasse wollte aus der fossilen Wohnungswärme in dieses trübkalte Dauertropfparadies hinausäugen, und finster wird's im Januar halt früh, ist kaum wer zu Fuss unterwegs. Ausser Gregor Staub kein einziger Hündeler, weil Regenwolken aus dem Westen und die Bise aus dem Norden sich ein hartes Duell liefern. Der Luftdruck, boah, Mensch. Die meteorologischen Phänomene ringen gnadenlos miteinander und setzen faktisch eine taktische Ausgangssperre durch.

Weiss und rot kreisen die Lichter der Autos um den Bundesplatz, ihr Schein reflektiert sich im Vorbeifahren auf der Birsig- und der Böcklinstrasse in den Pfützen. Die Reifen singen auf dem nassen Asphalt ihre Individualmobilitätsmelodie.

Keinen einzigen Augenzeugen können Detektivin Romina Wäckerlin und Detektivkorporal Markus Gormann auftreiben. Nichts in den Häusern der Nachbarschaft. Nicht ein anonymer Anruf wird beim Kriminalkommissariat Basel-Stadt eingehen. Ein Zeugenaufruf der Staatsanwaltschaft wird zero, null und niente ergeben.

Der Verletzte Rinaldo Mayer wird bereits in der Ambulanz auf dem Transport ins Universitätsspital das Bewusstsein wiedererlangen. Nach dem Nähen der Schläfenwunde wird er nach Hause entlassen werden. Er wird sich nicht an den Vorfall erinnern. Die Frage, warum er sich zu dieser Tageszeit und bei diesem Wetter an der Stelle aufhielt, wo die Birsigstrasse und die Arnold-Böcklin-Strasse in spitzem Winkel aufeinander zulaufen, um sich am Kreisel zu berühren, wird er mit «dort Auto parkiert» beantworten. Einen BMW X4, schwarz, hat er an der Neubadstrasse abgestellt. Nach der «Physiotherapie in der Cross-Klinik» wollte er zurück zu seinem Wagen.

Hoffentlich, denkt der Müller, als er die Rapporte liest, werden Kriminaltechniker Cattaneo und seine Leute die Tatwaffe, das frisierte Handy, jemandem zuordnen können.

DREI

Sonntag.

Ein Riesenbüro macht der Müller wegen dieser Mayersache nicht auf. Parce que darum: Die vom alten Jahr überhängenden Zeitsalden der Mitarbeiterinnen und Mitarbeiter seines Kommissariats stehen derart weit im Plus, dass er schon vom Controlling alpträumt. Budgetunpässlichkeiten sind nicht lustig. Eine Einzelabreibung im Büro des direkten Vorgesetzten Krähenmann ginge ja noch. Weil sich jedoch dessen Chef, der Erste Staatsanwalt Stickelberger, auch gerne nach Lust und Laune ins Operative einmischt, droht vielleicht sogar ein Vieraugengespräch mit ihm, dem Chefchef.

Ich sagte es: Rinaldo Mayers Fall könnte eine einfache Körperverletzung nach Art. 123 StGB darstellen. Als Kommissär riskierst du deswegen laufbahnbedingt keinen Casus belli und budgettechnisch keinen Konflikt mit dem ... gopfertori, es geht mir und dem Müller nicht aus dem Sinn! ... mit dem Controlling, den Kostenstellenhyänen. Die elektronischen Tools dafür sind schon eine Qual.

Die «MAs», irgendwann hat der Müller als Mikrocheflein gelernt, dass man die Mitarbeiter und -innen so nennt, die MAs befinden sich also, wenn es nur geht, im Wochenende, im Privatleben. Budgettechnisch nur so zu planen. Zwei davon sind auf Pikett, falls etwas Strubes vorfallen sollte. Ein Nulldispositiv wäre fahrlässig, schliesslich fällt in der Hauptstadt des Kantons Basel-Stadt immer wieder das eine und andere vor. Aber seien wir ehrlich: Hier ist Basel, Schweiz, Suisse, Svizzera, Svizra. Die Situation in der weltweit schönsten Stadt mit einer radikalen Rheinbiegung gen Norden hat wenig zu tun mit den turmhoch dahergelogenen dystopisch-skandinavischen Serienmörderlandschaften. Darum gestattet Kriminalkommissär Müller Benedikt am heutigen Sonntag den Kolleginnen und Kollegen, für einmal die vertraglich vereinbarte Wochenarbeitszeit einzuhalten.

Beim Sonntagsfrühstück, 09:12 Uhr, Zopf, Butter, Honig, Kaffee mit Gülay in deren Wohnung an der 4057 Hammerstrasse. «Liebe ist wie Sauerstoff» (The Sweet). Céline und Murat beschäftigen sich in ihren Zimmern nicht elektronisch, hoffen wir, der Müller liest auf dem Handy von einem *Attentat* auf Rinaldo Mayer (30), den *streitbaren Geist und innovativen Life-Sciences-Unternehmer*. Auf der Website der grössten Regionalzeitung liest er das. Weil das Blatt seit einiger Zeit zu einem Zürcher Medienkonzern gehört, findet sich der Artikel auch auf den Websiten von deren Stammhaus und Berner Ableger.

«Attentat», sagt der Müller zu Gülay, die sich gerade eine Strähne ihres schwarzen Haars hinters Ohr streicht, damit sie nicht in die Kaffeetasse hineinbaumelt. «Ein grosses Wort», sagt er und liest ihr vor, wie die Online-Redaktion das Geschehen vom Freitag zusammenfasst.

Der dreissigjährige Rinaldo Mayer, Inhaber eines Life-Sciences-Start-ups in Allschwil und Vorstandsmitglied der Ultraliberalen Partei, ULP, wurde am frühen Freitagabend beim Kreisel am Bundesplatz bei einem Attentat verletzt und musste in Spitalpflege verbracht werden. Die Polizei hat noch keine Anhaltspunkte, wer als Täter in Betracht kommt. Beat Schwarz von der Medienstelle der Staatsanwaltschaft sagt: «Wir gehen zahlreichen Hinweisen nach und ermitteln in alle Richtungen. Für sachdienliche Hinweise wenden Sie sich bitte an unsere Nummer …»

Offenbar haben Mayer, die PR-Stelle seiner Firma oder seine Partei die Redaktion mit Informationen versorgt, denn nun folgt ein Abschnitt über dessen geschäftliche Tätigkeit (*Pionierarbeit auf dem Gebiet der Nukleotid-Gammacarotin-Plasma-Rezeptoren …* die nächste Passage lasse ich weg, weil ich sie nicht verstehe … *die kurz vor der Zulassung für den nordamerikanischen und europäischen Markt steht* und *starkes Argument beim bevorstehenden Börsengang*). Auch seine politischen Ambitionen werden erwähnt (*nicht unrealistische Absicht, die Basler Parteienlandschaft aufzumischen* und *spielt eine wichtige gesellschaftliche Rolle: unbequeme freiheitliche*

Positionen konsequent und unmissverständlich zum Ausdruck zu …) … nun, hm, wo war ich? Ja, bei den geschäftlichen und politischen Leistungen des Opfers vom Bundesplatz. «Gaudete et exsultate» (Franziskus I.), eine Jubelhymne auf das Opfer des *feigen Anschlags*, wie ein Freund des Opfers zitiert wird, ULP-Vizepräsident Goran M. Zvetkovic.

«Mach doch mal Pause, Beni.» Gülay schaut Müller besorgt an. «Heute ist Sonntag. Du kannst dich morgen wieder um solches Zeug kümmern.»

Recht hat sie. «Recht hast du», räumt der Müller ein, doch seine Augen lesen weiter:

Soll ein aufrechter Kämpfer für das freie Wort mundtot gemacht werden?, gibt der Artikel den ULP-Vorstandskollegen Zvetkovic wieder. *Gilt dieses Attentat dem freien Unternehmertum?*, fragt lic. oec. HSG Mary-Anne Trauffer, die Präsidentin der Ultraliberalen Partei. Angesichts des Überfalls auf Rinaldo Mayer stellt der Journalist die Frage, wie sicher Basel *noch* sei und welche Massnahmen das Justiz- und Sicherheitsdepartement ergreifen wird, um *das Sicherheitsgefühl der Bevölkerung nach diesem verstörenden Vorfall* wieder ins Lot zu bringen. Müller schüttelt den Kopf. Denen kannst du ewig die Kriminalstatistik entgegenhalten, in der die meisten Zahlen sinken

sinken

sinken.

Fakten sind leiser und haben gegen den Adrenalin- und Aufregungswahn eh keine Chance. *Regierungsrätin Cordelia Gruber war für die Redaktion nicht erreichbar*, endet der Text. Lapidarer Satz, der besagen soll: Die kürzlich gewählte politische Entscheidungsträgerin, Vorsteherin des baselstädtischen Justiz- und Sicherheitsdepartements, halte es nicht für nötig, dieser beunruhigenden gesellschaftlichen Entwicklung zu *Gewalttaten* im Plural entschieden den Riegel vorzuschieben und den Medien Antworten auf legitime Fragen zu liefern.

«Was die wieder übertreiben.» Müller legt die Zeitung beiseite. «Aber das gibt noch einen Salat.»

Dann trinkt er den Kaffee aus, isst das Stück Zopf auf, holt im Badezimmer das Thermometer, misst 37.2 °C am Morgen, entdeckt auf seiner Zunge eine aktive, zahlreiche und vielfarbige Fauna, teilt dies Gülay mit, entschuldigt sich fürs Platzen aller geplanten gemeinsamen Sonntagspläne und legt sich ins Bett. Regime Lindenblütentee.

VIER

«Fever» (Shirley Bassey).

Draussen ist's grau, neblig, nass, typisch Januar. Und drinnen, im menschlichen Organismus? Während der Müller an diesem Montagmorgen, 8. Januar, weiterhin sein Fieber aus dem Körper schläft, gestern Abend stieg es auf 39.4 °C ... währenddessen greift auch das wichtigste regionale Konkurrenzmedium den Fall Rinaldo Mayer auf, dreht an der Schraube und kocht das *Attentat* weiter hoch.

Das Blatt berichtet ausführlich, wie sich die ULP-Präsidentin Mary-Anne Trauffer geäussert hat: *Wir sind tief betroffen über den feigen Überfall auf unseren Vorstandskollegen. Die Ultraliberale Partei verurteilt dieses Attentat aufs Entschiedenste und fordert Polizei und Justiz zu einer radikalen und lückenlosen Aufklärung auf. Schonungslos und ohne falsche Tabus.* Sie verlangt, den oder die Täter mit der vollen Härte des Gesetzes zu bestrafen, und nennt den Vorfall auch *einen Angriff auf den Grossen Rat des Kantons Basel-Stadt*. Sie weist darauf hin, dass sich *gewisse Kreise mit Intoleranz und Sprech- und Denkverboten profilieren* und dass die ganze Region von Rinaldo Mayers *unkonventionellen Inputs* enorm profitieren könne.

Sogar der versehrte Rinaldo Mayer – genähte Schnittwunde auf dem Foto gut ausgeleuchtet – kommt zu Wort: *Ich vermute, dass radikale Elemente es auf mich abgesehen haben. Die Strafverfolgungsbehörden rufe ich auf, ihre Arbeit schnell und rücksichtslos durchzuführen. Es ist einer Demokratie nicht würdig, dass Menschen, die unbequem Stellung beziehen, mit Gewalt daran gehindert werden sollen.* Mayer stellt ferner die Grundsatzfrage nach der *Toleranz der Gesellschaft für dissidente, disruptive Positionen*, nach dem *Grad der Kontrolle über die Meinungsfreiheit durch Mainstream-Fetischisten, der ein gefährliches Mass erreicht hat*, nach der *Notwendigkeit, die Selbstreinigungskräfte der Gesellschaft zu stimulieren, um An-*

griffe auf andersdenkende Menschen zu verhindern, damit *am Ende des Tages* die Freiheit wiederhergestellt wird.

Gegen Schluss des Artikels wird wieder Beat Schwarz von der Medienstelle der Staatsanwaltschaft zitiert: *Wir gehen zahlreichen Spuren nach und ermitteln in alle Richtungen.*

Körpertemperaturbedingt bekommt der Müller nichts mit. Wie der Swiss Performance Index an hektischen Tagen zuckt seine Kurve hoch, noch höher und zackig wieder abwärts. Der Müller ist ausser Gefecht. In seinen Blutbahnen fechten Divisionen von Leukozyten ihren fatalen Kampf gegen eine Invasionsarmee fremder Mikroorganismen. Darum liegt er unter dem Duvet, strampelt sich frei, zieht das Deckbett wieder über sich, wendet das Kissen auf die trockene Seite, schwitzt sich die Poren gründlich durch, starrt die weisse Zimmerdecke über Gülays Bett an, auf der sich interessante Muster bilden und wieder verflüchtigen. Das Spektakel erinnert ihn an die Leinwand des Kinos Le Paris am Stadelhofen in Zürich vor Vorstellungsbeginn, nur dort in Farbe. Ob die dieses Farbenspiel noch immer zeigen? O Zurigo.

Zwischendurch stellt ihm Murat eine Tasse Tee ins Zimmer. Céline legt ihm einen kühlen, feuchten Waschlappen auf die Stirn. Es muss späterer Nachmittag sein, Gülays Kinder sind von der Schule zurückgekehrt und kümmern sich um den Kommissär. Hey, der Müller voll im Familienleben, könnten wir rufen, tun es aber nicht, um ihn nicht zu stören. Er soll ruhig wieder ein- und weiterschlafen.

Gülay Sermeter ist bei der Arbeit. Eine Geldwäschereisache, hat sie dem Müller erklärt, via Imbissbuden, mutmasslich gefälschte Einnahmenbelege und Warenrechnungen. Für Müller klingt all das bizarr. Er ist wirklich krank.

«Blue Monday» (New Order): Montag.

Nach den Entsagungen des Wochenendes darf die Bevölkerung in der Innerstadt wieder leben: einkaufen, eineinkaukaufenfen, eineineinkaukaukaufenfenfen, buy or die. Die Läden bieten Vielfalt und Aktionen. Wochenknaller, Rabattblitze,

Rappenspalter, Süperpreise. Gegenstände, du hättest nie gedacht, dass sie existieren, doch jemand erwirbt sie und erhält dafür zusätzlich Treuepunkte. «Alles auf Kurs, Urs?», fragt die Filialleiterin den Rayonchef, und der antwortet: «Voll in Ekstase, die Hasen», und meint die Kundinnen und Kunden. Bargeld oder kontaktlos? Egal, wir nehmen's, her damit.

4051, Aeschenvorstadt. Für Ortsunkundige: Auf Strassenniveau finden sich hier Läden, kreative Bio-Imbisse, das skandinavische Möbelhaus mit dem Elchkopf, ein Zigarrenparadies, ein italienisches Emporio-Elysium, Privat- und andere Banken, das Babyhaus, Repräsentatives, das sich den Quadratmeterpreis leisten kann. Und Trams … ach, bitte, schauen Sie bei Interesse eigenverantwortlich den BVB-Netzplan an, falls Sie wissen wollen, welche Tramlinien ausser der 8, der 15 und der 16 hier durchrumpeln. In den oberen Stockwerken der Aeschenvorstadt Büros, Praxen, Kanzleien, ein Röntgeninstitut. Aeschenvorstadt also … Zoom → auf das → Drachencenter. Ah, dieser Name! Bis in die 1950er Jahre standen an dieser Stelle dunkle Gebäude, auch das Haus «zum Drachen». Nach dem Abbruch wuchs hier 1958 die erste Tiefgarage der Stadt in den Boden und das erste Shoppingcenter der Schweiz in die Höhe. Drachencenter. Der Name veredelt das Kauferlebnis mit einer mystischen Note. O Avalon der Warenwelt, o Camelot, du Drachencenter, du, führst im Sortiment unzählige Produkte, derer Sie und ich (dringendst nicht oder doch) bedürfen.

In diesem Moment begeben sich unsere Augen ins Drachencenter hinein und nehmen die Rolltreppe ins Untergeschoss. Kommen Sie mit, sehen Sie selbst die Grossaufnahme: An der Kasse des Lebensmittelsupermarkts versucht ein geschniegelter junger Mann – Anzug, gegelte Strubbelhaare, blöder Bart – einige Wartepositionen zu überspringen und sich im Eilschritt an zwei grauhaarigen Einwohnerinnen vorbeizuschlängeln, die sich gerade in die Schlange einreihen.

«Sorryyyy, ich muss hier durch», murmelt er halblaut.

Die Wartenden in der Schlange vertreten einen anderen Standpunkt. Die eine zeigt dem forschen Schnösel ihren Gehstock und ruft: «He!» Die andere greift, ohne nachzudenken, in den Einkaufswagen und streckt dem jungen Mann ein Brotmesser entgegen, das ihr in wenigen Minuten weitere Treuepunkte einbringen soll. Die potenzielle Tatwaffe ist rechtlich gesehen noch nicht ihr Eigentum, faktisch jedoch bereits in ihrem Besitz.

Alice Quadranti (66), die mit dem Messer, lässt sich seit ihrer Pensionierung nichts mehr gefallen. Vor der Supermarktkasse sind alle gleich, ohne Ansehen von Alter, Geschlecht, steuerbarem Einkommen und Ego. Das ist ihre Überzeugung. Dafür steht sie ein. Natürlich nicht mit Gewalt. Sie berührt Philipp Kunert (29) mit ihrer linken Hand, der unbewaffneten, am Anzugsärmel.

Doch das ist zu viel. Unternehmenskommunikationsspezialist Kunert wischt Frau Quadrantis Pfote von seinem Ärmel, als wäre die Hand der Frischpensionierten eine Taube, die ihn vollkackeln will. Die abschätzige Bewegung des dynamischen Fachspezialisten löst unter den Mitgliedern der Warteschlange vor der Kasse im Untergeschoss des Drachencenters einen Igelreflex aus. Alice Quadranti und Olga Schürmann (78), die mit dem Gehstock, schalten auf Angriffsmodus, verstärkt von Ruedi Wolf (77), einem entfernten Bekannten von Frau Quadranti, der als pensionierter Landmaschinenmechaniker über eine gewisse Erfahrung mit Handfestem verfügt.

Kurz: Eskalation → Kettenreaktion. Die Kassierin ruft die Filialleiterin → ruft die Polizei → schickt eine Patrouille → nimmt die Aussagen der Zeuginnen und Zeugen auf, und Philipp Kunert verpasst seinen Termin. Hätte er doch vor dem Vordrängeln an Konfuzius' Worte gedacht: «Das Leben ist einfach, aber wir bestehen darauf, es kompliziert zu machen.»

***

«Fever» (Eddie Cooley/John Davenport).

Der Müller schleudert auf seiner Fieberkurve herum. Die Stimme hat ihn verlassen. Im Zwei- oder Dreistundentakt wechselt er das Pyjama. Bis dann ist das durchgeschwitzte auf dem Radiator getrocknet. Ebenso tauscht er regelmässig das Frottiertuch auf dem Kopfkissen aus, mit dem er es vermeiden will, die Entendaunen durchzuweichen. Den ganzen Tag dämmert der Kommissär vor sich hin. Wolken wähnt er zu sehen. Ihre Form erinnert an das Gerippe eines Fisches oder einer Schlange, die St. Petrus an den Himmel geheftet hat, Cirrus fibratus vertebratus. Hoch oben ziehen sie langsam von Ost nach West. Was ist über ihnen? Was verbirgt sich dort? Die Zukunft? «Auch der Verstand hat seine Wolken» (Prudentius) – und seinen Fiebernebel. Die Viren zeigen Müller seine Grenzen auf. Öffnet er die Augen, ist's ihm zu hell. Schliesst er sie, zu dunkel. Kampfer, Eukalyptusöl, Menthol. Rausschwitzen, alles. Bevor sie am Morgen zur Arbeit gegangen ist, hat ihm Gülay eine Thermoskanne Lindenblütentee hingestellt. «Viele Türen hat das Herz» (Emily Dickinson). Bananen und Knäckebrot stehen auf einem Teller vor dem Bett. Appetit hat er keinen. Céline und Murat schauen ins Zimmer, als er schläft. Er wacht erst auf, als wieder ein Schlafanzug an seinem Körper klebt. Als Gülay am Abend aus dem Waaghof zurückkommt, schläft er erneut.

***

Neues Ungemach.

Früh dunkelt es ein am Montag, dem 8. Januar. Um 16:55 Uhr schleicht sich unser Zentralgestirn, die liebe Sonne, bereits über dem Elsass unter den Horizont und verkrümelt sich für lange Stunden über den Ozean hinüber. Dämmrig war's den ganzen Tag, weil Wolken und Regen ➴➴➴ und Temperatur ➴ … lassen wir das. Trotzdem und dennoch: *Ein* Mensch hält sich im Freien auf. Im Schützenmattpark, Seite Weiherweg, 4054. Ein Mann wirft ein leeres Zigarettenpäckchen auf den Asphaltweg und rotzt mit Genuss darüber, mit Hingabe, einen richtig dicken Grünen nimmt er an. Die Angreifer (wie viele mögen es sein?) hat er nicht gesehen. Sie kommen von der Seite, von den Bäumen und Büschen her. Ohne Vorwarnung bewerfen sie ihn mit

Steinen, was wehtut, weil die Steine (Kalk, Jura, Trias) verflucht genau auf seinen Kopf zusausen, was er nur teils – teils – teils wahrnimmt, weil er, kann man ruhig offen aussprechen, nicht vollumfänglich nüchtern ist. Genauer: Er ist völlig breit und erinnert sich unter Aufbietung seines ganzen IQs knapp an den Heimweg. Zack, ping, bong … Drei Volltreffer an der Birne innert einer Sekunde plus mehrstimmiges Hohngelächter aus dem Gebüsch hinter dem Sandkasten veranlassen ihn, davonzurennen, in Richtung Bundesplatzkreisel, vorbei am Pavillon, der zu dieser Uhrzeit geschlossen und unbeleuchtet ist. Unterwegs begegnet er niemandem.

Aktenkundig wird dieser Angriff nicht. Der Geschädigte denkt nicht daran, ihn bei der Polizei zu melden. Hat er ein schlechtes Gewissen, weil er den öffentlichen Raum vollgerotzt hat? Ist er in Verwicklungen verstrickt, sodass ihn die Steinwürfe nicht erstaunen? Ein Denkzettel? Verbirgt der Kerl etwas und will deshalb nichts mit den Bullen zu schaffen haben? Sicher ist, dass er Substanzen im Blut hat und mehr Scherereien befürchtet als Gewinn durch eine Anzeige gegen unbekannt.

Im Buschwerk hinter dem Sandkasten hat jemand gelacht, das hat er unzweifelhaft gehört … gelacht! … mehrere Personen. Sofern seine Hazullinationen ihn nicht verbe… trügen. Durcheinander ist er, ja, durcheinander.

FÜNF

Vor der Morgendämmerung. 4051.

Beim Altersheim Hasenbrunnen an der Ecke Holbein-/Feierabendstrasse wird am Dienstag, 9. Januar, gegen halb acht Melvin Wyss (44) von hinten überwältigt. Eine unbekannte Täterschaft zieht ihm eine Stofftüte über den Kopf, um sein Gesichtsfeld auf null zu beschränken. Wyss landet im Brunnen, wobei er die Stirn an der Stange in der Mitte des Trogs anschlägt. Schmerz. Auf dem Brunnenstock sitzt farbig der Hase und schreitet nicht ein.

Tatorte im Freien … ja, ermittlungstechnischer Vorteil: vielleicht Zeugen, vielleicht Überwachungskameras?

Tatorte im Freien … ach, ermittlungstechnischer Nachteil: Spuren verwischen leicht, die Situation am Tatort verschlechtert sich rasant durch Regen, Wind, Menschen, Fahrzeuge, Vögel und andere Tiere.

Da die Attacke auf Melvin Wyss rücklings und hinterrücks erfolgt ist, wird er keine sachdienlichen Angaben machen können. Etwas benommen stemmt er sich tropfnass aus dem Brunnentrog. Er schlottert bereits, streift die Textilhaube – also keine Tötungsabsicht – vom Kopf und würde fluchen, wäre er nicht verdattert. Ausser dem Klappern seiner neunundzwanzig Zähne hört Wyss einzig das Tram, das in der Ferne beim Abbremsen auf dem Steinenring kreischt, und den Gesang des Haussperlings Passer domesticus. Um sich nicht den Erkältungstod zu holen, steigt er in seinen Wagen, den er gleich zuvor wie jeden Morgen an der Ecke in der Holbeinstrasse abgestellt hat. Also vor dem Gebäude, in dem sich seine Firma befindet. Ruiniert er mit den durchnässten Kleidern halt das Lederpolster der Jaguar-F-Type-Sitze. Wie er ist, kann er no way ins Büro. Sähen ihn seine Mitarbeiter derart eingeweicht, würde er diese Anekdote nie mehr los. Im «Jaggy», so nennt er ihn bei sich, die Heizung voll aufgedreht, nach Hause → Kleider wechseln.

Unterwegs schon → 117 → Strafanzeige. Die Kollegin in der Einsatzzentrale seufzt innerlich: Das Opfer entfernt sich vom Tatort, und bis eine Streife vor Ort ist, um die Situation aufzunehmen, Novak und Croci-Torti sind es, zwitschern dort bloss noch die paar frierenden Singvögel, denen die Evolution die Reise in den Süden gar nicht erst angewöhnt hat. Ermittlungen gegen unbekannt.

***

Aktion = Risiko.
Risiko = Aufmerksamkeit.
Aktion = Aufmerksamkeit.

***

Aufwärts.

Müller Benedikt fühlt sich beim Aufwachen fast wieder wie ein Mensch. Die Leukozyten haben gesiegt, der tote Feind im Körper wird abgebaut und ausgeschieden. Gegen 09:00 Uhr ruft der Kommissär im Waaghof an und teilt Markus Gormann mit, dass er am nächsten Tag höchstwahrscheinlich wieder ins Büro komme. Einen Tag braucht er noch. Duschen, schlafen, essen, trinken, schlafen. Merken, dass er von Menschen umgeben ist, die ihn lieben. Gülay, Murat, Céline. Schlafen, lesen.

***

Nachtschwarz.

19:14 Uhr. Wetter können Sie sich vorstellen. Es riecht nach nassem Hund und am Boden modernden Blättern. Im Benkenpark stösst eine Streife der Kapo auf einen Verletzten. Jemand dürfte ihm eins über die Rübe gezogen haben, sodass sein Hirn erschüttert wurde, wodurch er so neben der Spur ist, dass er sich auf eine Bank beim Pingpongtisch setzen musste. Der dunkelgrüne Basilisk des gusseisernen Brunnens starrt ihn, findet er, hinterlistig an und das weisse Wappen mit dem schwarzen Baselstab bösartig-herrisch. Nun, sicher, in der Dunkelheit in 4054 auf einer Parkbank zu sitzen stellt kein ungesetzliches, aufgrund der meteorologischen Bedingungen jedoch ein auffälliges Verhalten dar. Jeanneret Simone und Petracca Marco vom Patrouillenfahrzeug Basilea 12 reagieren mit einer Personenkontrolle. Diese lässt drei Feststellungen in den Rapport eingehen: a) wie oben: Der Mann ist am Kopf leicht verletzt und scheint etwas konfus, b) der Identifikationsversuch verläuft vor Ort ergebnislos, c) der Angehaltene beklagt sich auf Hochdeutsch, er sei angegriffen worden. → Jeanneret und Petracca nehmen ihn mit auf die Clarawache, um weitere Abklärungen zu treffen.

Kapiert der vorläufig Festgenommene seine Pflichten nicht, oder bockt er? Denn auch auf der Clarawache weigert er sich, seine Personalien offenzulegen. Ausweispapiere trägt er keine auf sich. Einen Grund für seinen Aufenthalt im Benkenpark nennt er nicht, nicht einmal zu einer Ausrede lässt er sich verleiten. Ausser dass er attackiert worden sei, sagt er nichts.

Achtundvierzig Stunden kannst du ihn ohne Haftbefehl drinbehalten. Das machen Jeanneret und Petracca nach Rücksprache mit ihrem Vorgesetzten, dem Postenchef Randegger René. Der erfasst den Vorgang im polizeilichen Informationssystem.

SECHS

Der Chefchef spricht.

Waaghof, Binningerstrasse, 1995 eröffnet, Sitz der Staatsanwaltschaft und der Kriminalpolizei. Reinigungsmittelduft (Zitrone). Mittwochmorgen, 10. Januar, 07:08 Uhr. In Müllers Einzelbüro klingelt das Telefon und macht Stress. Der Erste Staatsanwalt Dr. iur. Daniel Stickelberger lässt Müllers unmittelbaren Vorgesetzten, den Leitenden Staatsanwalt Thomas Krähenmann, aus und erkundigt sich nach der Gesundheit des Kriminalkommissärs. «Danke, es geht», antwortet der und achtet darauf, angemessen dezent kratzig und eine Spur fahrig zu klingen, auf keinen Fall zu forsch, «ich bin wieder einigermassen hergestellt.»

Wenn der Chefchef ihn anruft, geht es nicht um Small Talk, das weiss der Müller, sondern meist um eine Missachtung des Dienstwegs oder um …

«… Rinaldo Mayer», sagt Stickelberger. «Der aufsteigende Stern am Unternehmerhimmel im Dreiland, wenn ich so sagen darf, und auch politisch …» Er lässt den Ton in der Schwebe, damit der Kommissär antworten könnte «ja, ist mir ein Begriff». Doch Müller Benedikt reagiert nicht auf Stickelbergers Panegyrik, sondern schweigt kunstvoll ins Telefon hinein. «Vielleicht haben Sie die Medienberichte gelesen», fährt der Erste fort, «der Fall Mayer … das sieht mir nach einer politischen Straftat aus. Sorgen Sie für eine gründliche Untersuchung, Müller.»

«Immer, Herr Stickelberger, wie immer», muss Müller nun doch aufmucken. Weil Müller immer … aber das wissen Sie. Pflegt der Chefchef mittlerweile Verbindungen zu den Ultraliberalen? Bisher waren's eher die Liberalkonservativen. Oder tut Stickelberger jemandem einen Gefallen? «Manus manum lavat» (Seneca): Die eine Hand wäscht die andere.

«Willkommen zurück im Dienst, Kommissär», besänftigt Stickelberger, um gleich schneidig nachzudoppeln, «auf dass es mit der Aufklärung dieses Attentats so schnell vorangehe wie mit Ihrer Gesundung.»

Als Müller Benedikt nochmals «danke» sagt, ist der Chefchef innerlich längst bei seiner nächsten Aufgabe. Der Kriminalkommissär ist von seiner fiebrigen Erkältung zu circa drei Viertel reinkarniert und erstmals seit Freitagfeierabend – sicher zu früh – wieder im Büro. Um sich à jour zu bringen, liest er im internen Informationssystem die Aktenvorgänge der Tage nach, die er auf Kostenstelle 0400 (Krankheit) verbuchen wird.

a) Den prioritären Stickelbergerauftrag: Rinaldo Mayer (30), Freitag, 5. Januar, Ecke Böcklin-/Birsigstrasse, mit zugeschliffenem Smartphone niedergestreckt und leicht verletzt. Gleichentags von Gormann und Wäckerlin befragt.

b) Den in den Brunnen geworfenen Melvin Wyss (44), Hasenbrunnen, gestern Dienstag, 9. Januar. Eine Streife – Novak und Croci-Torti – hat den Rapport erstellt, den Geschädigten befragt, der nichts Sachdienliches zu Protokoll geben konnte. Bisher keine Zeugen ermittelt.

c) Ebenfalls gestern: den unbekannten Hochdeutschen vom Benkenpark.

Natürlich findet sich im System etliches mehr an systematisierter Information, inner- und ausserkantonal, in- und ausländisch. Das Verbrechen ist polyvalent und multimorph. Um alle mutmasslich strafrechtlich relevanten Vorfälle aufzuzählen, fehlt mir die Tinte, und Ihnen gebräche es an der Geduld, derer es bedürfte, die vollständige Liste aller Konflikte mit den Laufmetern und Laufmetern von Gesetzen durchzuackern. Die baselstädtischen Einträge der letzten Tage, die Müller auf seinem Bildschirm liest, beinhalten Gröberes und Bagatellen, Rätselhaftes und Klares, sehr Tragisches, voll Tragisches und Blödsinniges. Lustiges eigentlich nie. Verzweifeln könntest du darüber, wie das hinzukriegen und wie das eine und andere vielleicht sogar wieder einzurenken wäre. Verrückt werden könntest du über den Gedanken, was im Fall X genau vorgefallen ist, wer dafür verantwortlich ist, ob überhaupt, und wenn ja, welcher Straftatbestand vorliegt.

Nun, der Müller hat zum Glück ein Vierteljahrhundert Polizeierfahrung, ein gutes Filtersystem und in sich drin auch die Begabung namens Intuition. Das ist Latein und bedeutet … nun, ähm, also … er findet Dinge heraus, da käme ich hm nie drauf. Er legt den psychischen Finger einfach so auf die … ja, die Wunde der Faktizität …

Intuition eben. Müller: Falls Sie sich mit ihm noch nicht auskennen, hier kurz erzählt: Müller Benedikt, seit drei Jahren Kommissär der Kriminalpolizei in Basel-Stadt, 51 Jahre in den Knochen, stammt aus dem Blauburgunderdorf fast ganz unten im Reusstal, über 20 Jahre stand er im Dienst der Polizei Zürich, eines Tages hat er im Dienst mit der Dienstwaffe einen Flüchtigen erschossen, juristisch voll ent-, psychisch aber krass belastet, weil er mag Dirty Harry Callahan nur als Filmfigur. Zuerst Kostenstelle 0400 Krankheit und über die Monate allmählich wieder in den Dienst integriert. Was hätte er auch tun sollen, statt sich piano, piano per Psychotherapie allmählich der Normaltemperatur anzunähern. Rhetorisch gemeint, deshalb kein Fragezeichen. Eines Tages auf Stadtwanderung in Basel ist der Müller bei der Rekrutierung der Kapo Basel-Stadt, damals beim Stadion an der General-Guisan-Strasse, hineinspaziert, hat dort mit dem Kollegen Balz Tschudin geplaudert und sich mit ihm gut verstanden. Einige Wochen später hat ihm Tschudin den Tipp gegeben, dass im Kriko in Basel eine Stelle frei ist. Beworben, besprochen, Assessment, angenommen, unterschrieben. Seither lebt und arbeitet der Müller in Basel, und – das kann man so sagen – er ist, was er nie angestrebt hat, ein kleiner Chef.

Auch privat ist er recht glücklich: Detektivwachtmeisterin Gülay Sermeter, seit Monatsbeginn bei der Abteilung Wirtschaftskriminalität, und er haben eine grosse Verbundenheit entwickelt, die sich Liebe nennt. «Schönheit ist bedeutungslos, bis sie geteilt wird» (George Orwell).

Weil die Müllergeschichten aber keine ♥♥♥-Romane sind, sondern die Melodie Cis-gis-cis-gis-cis-gis spielen, weise ich ausdrücklich auf sein berufliches Nichtalleinsein hin. Doppelpunkt und gross weiter: Am Morgenrapport im Besprechungszimmer S 207 im zweiten Stock des Waaghofs trifft der Müller an diesem Mittwochmorgen um 07:30 Uhr auf sein Team. Das will ich kurz vorstellen, weil es Mutationen gegeben hat, epidemiologisch unbedenklich ausgedrückt: Fluktuationen.

Weiterhin in der Müllerequipe: Detektivkorporal (Det Kpl) Gormann Markus (41), Herkunft: Schaffhausen. Manche sagen, er könne allein vierhändig Klavier spielen. Er kennt Jazzlokale und Ähnliches, schreckt nicht vor Kunstmuseen zurück, liest sogar Romane und ist eher ein stiller, analytischer Typ. Privat liiert mit Frank, Lehrer am Gymnasium am Münsterplatz.

Detektivin Wäckerlin Romina (35), gross, blond, resolut, hat Ansichten, die der Müller ... drücken wir's so aus ... eher selten teilt. Sie vermag jedoch unseres Wissens Beruf und privates Weltbild zu trennen. Ihr Lieblingsprinzip ist die Ordnung. Dafür sorgt sie gerne, weil sie ihr am Herzen liegt. Ihre Vorliebe für Hausdurchsuchungen kennen alle bei der Staatsanwaltschaft Basel-Stadt und bei der Kantonspolizei. Über ihrem Privatleben liegt der Schleier des Mysteriums, sie scheint darin zurzeit nur mässig vom Glück begünstigt.

Detektiv Dominguez Freddie (28) ist neben dem Müller der zweite Zürcher in der Equipe, genauer: ein Schlieremer Chind. Geboren als Alfred Mauchle, zum Spanier geworden durch Heirat mit Rosa Dominguez, Krankenpflegefachfrau, die er eines Nachts bei einem Blaulichteinsatz im Stadtspital 8063 Triemli kennengelernt hat. Sie Nachtdienst, er Nachtdienst, Messerverletzten eingeliefert → plaudern → Kaffee → et cetera → ♥. Übersiedelung nach 4123 Allschwil in die Nähe von Rosas Eltern, hinter dem Lindenplatz. Freddie verbringt seine Freizeit im Fitnessstudio und widmet sich dem Aufbau seines Körpers. Der Bizeps ist sein besonderes Fachgebiet. Schwarzenegger Arnie reimt sich fast auf Dominguez Freddie. Sein Lebensmotto: «Fitness isch Wellness für de Body.» Beim jährlichen Mitarbeitergespräch schneidet Freddie hinsichtlich Tatkraft, Einsatzbereitschaft und physischer Fähigkeiten hervorragend ab, etwas weniger hinsichtlich psychologischen Geschicks und kognitiver Fähigkeiten. Dass er als Aspirant in Zürich den gefrorenen Tank des Wasserwerfers auftauen wollte, indem er unter dem Fahrzeug ein Feuer zu entfachen plante, diese Anekdote ist ihm über den Jura bis nach Basel gefolgt. Allen Unkenrufen – rufen Unken wirklich? Und sind die noch nicht alle wegasphaltiert? – zum Trotz, seien wir ehrlich: Freddie D. ist eine Endorphin-Schleuder, ein Glücks-Spreader.

Anstelle von Detektivwachtmeisterin (Det Wm) Gülay Sermeter neu im Team, von der Fahndung übernommen: Detektivin Valérie Allmendinger (27), 1.80 m, drahtig, braune Locken. Nach der Polizeischule fünf Jahre bei der Sicherheitspolizei. Erst seit einigen Tagen im Team und deshalb bisher wenig gesprächig, mathematisch ausgedrückt: entspricht noch der Variable x.

Statt Gloria Werner und Xerxes Blaser, die nach bestandener Polizeiprüfung seit Anfang Jahr auf der Wache Kannenfeld arbeiten, sind dem Kriko nun Aspirantin Amber Odermatt (20) und Aspirant Vlado Vakulic (21) zugeteilt. Frischlinge.

Vollzählig haben sich tutti zu diesem Morgenrapport hingesetzt. Besprechungszimmer S 207 im Waaghof, Binningerstrasse.

Wir sind die Polizei – Ihr Sicherheitspartner.

Diese Mannschaft unterstützt den Müller, sie arbeitet mit ihm, sie hilft ihm, und er hilft ihnen allen. Polizeiarbeit heisst Zusammenarbeit. «Smells Like Team Spirit» (Nirvana). Bei der Polizei ist kein Platz für Superegoermittler, Megabrainexzentriker, Geheimniskrämer und Illuminaten. Dies, damit wir uns nicht missverstehen, Sie, die Öffentlichkeit und ich.

Bei Automatenkaffee und Mineral mit oder ohne geht der Müller mit seinen Leuten die Berichte durch und verteilt die Aufgaben, um die nicht vorliegenden Tatsachen zu ergründen.

Als Ranghöchster während Müllers Fieberabsenz rekapituliert Det Kpl Markus Gormann die wichtigsten Ereignisse der letzten Tage.

Wäckerlin und Gormann waren am Freitag gegen 18:00 Uhr beim Bundesplatzkreisel und haben den Fall des per Handywurfstern niedergestreckten Rinaldo Mayer aufgenommen. Als er im Kopf wieder klarer war, übers Wochenende, haben sie ihn zu Hause befragt. «Stickelberger hat mich deswegen gerade angerufen», schaltet sich Müller ein, «der Mann ist offenbar prominent. Was habt ihr?»

«Er leitet ein Life-Sciences-Start-up namens BMetrix in Allschwil, an dem er massgebliche Anteile besitzt. Er sitzt im Vorstand der ULP und –», beginnt Romina Wäckerlin.

«ULP?», fragt Freddie Dominguez, der darunter vielleicht den *Unit in the last place* versteht, was der kleinste Abstand zweier Gleitkommazahlen ist, die eine gegebene reelle Zahl einschliessen. Denkt er wirklich daran?

«Die ULP ist die Ultraliberale Partei», erklärt Wäckerlin etwas genervt. «Für die sitzt Mayer im Grossen Rat. Er wohnt im neuen grauen Hochhaus beim Bahnhof, hat eine Superaussicht über die Stadt, wenn die Gitter an der Fassade nicht gerade automatisch zuklappen. Ausser dem schwarzen BMW X4, den er am Tatnachmittag in der Neubadstrasse parkiert hatte, besitzt er einen Maserati-Sportwagen und einen Jaguar-Oldtimer, einen E-Type», fügt sie hinzu und schnalzt mit den Augen, weil das wirklich ein schönes Auto ist, vor allem in Silber, kostet sicher 100'000, obwohl im Verbrauch … Halt, stopp Benzinnarrativ, wir sind beim Morgenrapport: «Er ist liiert mit einer Frau namens Kayleigh Affentranger.» Hier lacht Wäckerlin unkontrolliert, was Freddie anstachelt, sich ihr anzuschliessen. Gormann und Müller, der immer sagt «Keine Witze mit Namen, ich kannte mal einen Fritz Frosch, und das war ein patenter Kerl», und Valérie Allmendinger, die Neue, bleiben Pokerface und sachlich. Die beiden Frischlinge, Amber Odermatt und Vlado Vakulic, halten sich ebenfalls zurück, wie es sich gehört, kämpfen aber mit den fast dreihundert Gesichtsmuskeln, die am Lachvorgang beteiligt sind.

«Ein einigermassen wichtiger Mann also.» Romina Wäckerlin hat sich wieder im Griff und schaut in die Runde.

«So einer hat garantiert Feinde», ruft Freddie Dominguez.

Müller geht darauf nicht ein. «Was sagt er selbst dazu?»

«Er sagt, er sei für die Linksextremen das ideale Feindbild: freiheitlich und erfolgreich. Die Linksextremen hätten ihn niedergestreckt, vermutet er. Aber das ist reine Spekulation», fasst Gormann die Befragung von Rinaldo Mayer in dessen Hochhauswohnung zusammen. Ergänzung zur Wohnung und damit zum Wesen von Herrn Mayer: funktionalkaltes, formschönes Design, anthrazitfarbene Sitzgruppe mit Büroflair rundherum und – wahrscheinlich als ironische Brechung – eine Lavalampe. Gormann hat ein Auge für so was.

Gormann weiter: «Zur Tatwaffe, dem Handy-Wurfgeschoss, wusste Mayer nichts zu sagen. Dazu hatte er keine Theorie.»

«Woher stammt dieses Handy?», will der Müller wissen.

Romina Wäckerlin antwortet: «Haben wir abgeklärt, Chef. Laut Jonovic gehörte es bis vor etwa einem Jahr einem gewissen Urs Aegerter, Mitarbeiter auf dem Steueramt in Oberwil. Der hat es damals als gestohlen oder verloren gemeldet. Die Versicherung hat ihm den Schaden ersetzt.»

«Ein geklautes Handy, das ein Jahr später als Wurfgeschoss wiederauftaucht», fasst Gormann zusammen. Dieser Aegerter sei «mit an Sicherheit grenzender ...» – Sie kennen die Formel – «... sauber», ergänzt er. Über ihn liege nichts vor, unbescholten, keine Vermerke im polizeilichen Informationssystem, keine Vorstrafen, und bei der Versicherung sei er nicht durch eine Häufung von Schadensmeldungen aufgefallen.

Freddie denkt mit. «Diese ULP, was ist das für ein ähm Verein?»

«Das ist die Vermutung, die Rinaldo Mayer geäussert hat. Dass ihn jemand auf dem Kieker hat, weil er sich politisch engagiert. Also die ‹Linksextremen›, wie er sagt», sagt Gormann.

«Die ULP ... die sind ultraliberal», ereifert sich Romina Wäckerlin, «also völlig für die Freiheit, nicht so weichsinnig, sozialistisch und grünlastig, sondern eben, ja, superliberal.»

Freddie murmelt, darunter könne er sich nicht so recht etwas vorstellen, und Wäckerlin ergänzt, sie wisse nicht, ob sich die ULP tatsächlich konsequent für Ruhe und Ordnung einsetzt, «sonst wäre das vielleicht eine gute Sache, nicht so Mainstream wie –»

Gormanns Protest unterbricht sie. «Solche ‹Weisheiten› bitte erst am Feierabend, wenn wir nicht im selben Raum sind, Romina.»

Der Müller fährt dazwischen. «Zur Sache bitte. Politische Diskussionen in der Pause oder noch besser, wie Markus sagt, nach Dienstschluss.»

Wäckerlin, etwas kleinlaut: «Sorry.» Freddie, etwas irritiert: «Aber …» Valérie Allmendinger sieht sich die Positionskämpflein in ihrem neuen Wirkungsbereich an. Der Chef scheint wirklich der Chef zu sein, der dunkelhaarige Gormann mit der griechischen Nase gehört zu seiner Fraktion. Kollegin Wäckerlin steht politisch anderswo, und Muskelmann Freddie fürchtet den Chef. Die beiden Aspis Odermatt und Vakulic versuchen die Gedanken des Kommissärs von dessen Miene abzulesen, weil der figuriert im Organigramm schliesslich ein bisschen arriba muchachos.

Müller → Auftragsausgabe: «Romina und Markus, ihr bleibt am Fall Mayer dran. Findet heraus, ob Mayer politisch oder geschäftlich jemandem auf den Fuss getreten ist. Oder hat seine Partnerin etwas damit zu tun?»

«Kayleigh Affentranger», kichert Freddie Dominguez.

«Alfred Mauchle aus Schlieren», bellt ihn der Müller an und überschreitet eine Grenze, die er respektieren wollte, «so geht das nicht.»

Stille allerseits. Hässig ist der Müller selten, aber wenn, dann, weil, ehrlich.

Wir sind zum Arbeiten hier, nicht zum Rumkaspern. Müller wird kaum je laut. Meist beruhigt er sich schnell, kann ich sagen, ich kenne ihn seit Jahren. Er kriegt sich wieder ein, aber es gibt Dinge, die mag er nicht, zum Beispiel Witze mit Namen. «Wenn ich's vor allem lustig haben will, brauche ich nicht arbeiten zu gehen», sagt dazu jeweils Bucher Manfred, Müllers Freund und jahrzehntelanger Mitpolizist in 8000 Zürich.

«Gestern Morgen dann …», fährt Gormann ungerührt fort, «der Unternehmer Melvin Wyss im Hasenbrunnen. Noch ein Unternehmer. Die beiden Kollegen von der Sicherheitspolizei», er sieht auf dem iPad nach, «Croci-Torti und Novak … sie haben nichts herausgefunden, weil es anscheinend keine Zeugen gibt.»

Müller schaut sich um wie der Bussard, der nach Beute späht, dann sticht er hinunter. «Freddie ... Dominguez. Das ist etwas für dich. Dir wird Aspirantin Odermatt zur Hand gehen.»

Gormann reicht Freddie einen Zettel mit Wyss' Geschäftsadresse, Ecke Feierabend-/Holbeinstrasse, 2. Stock. Weil selbstständige Geschäftsleute ausser Business wenig umtreibt, trifft man sie erfahrungsgemäss am ehesten im Büro.

Abgang Dominguez und Odermatt. Gormann und Wäckerlin ab ins Gemeinschaftsbüro. RIPOL-Einträge lesen, die Sach- und Personenfahndungsdatenbank, zu Mayer und seiner Firma recherchieren.

Den Hochdeutschen, der seit gestern Abend auf der Clarawache einsitzt und schweigt (gemäss StPO darf er das), den werden sich der Kommissär, Valérie Allmendinger und Aspirant Vlado Vakulic vornehmen. Mit einem grauen Zivilfahrzeug fahren sie durch die innerstädtische Fahrverbotszone, beim Theater vorbei, am Barfüsserplatz, vor dem Marktplatz rechts rein, am Rathaus vorbei und durch die Eisengasse, über die Mittlere Brücke und über den Rhein. Das Käppelijoch auf der Mittleren Brücke, denkt der Müller jedes Mal, wenn er die Brücke überquert, war einst eine Hinrichtungsstätte. Verurteilte in einen Sack einnähen und ins Wasser werfen. Gehen sie unter, ist die Strafe gerecht. Bleiben sie oben, hat Gott sie gerettet. Der Müller ist froh, dass diese Strafmethoden der Vergangenheit angehören.

Das Auto mit Müller, Allmendinger und Vakulic also → ins 4058 Kleinbasel hinüber. Vor dem Seiteneingang parkiert und in die Clarawache.

Der Diensthabende, Dupont oder Dupond, ich kann's mir nie merken, legt ihnen das Ergebnis der erkennungsdienstlichen Behandlung vom Vorabend vor. Die Kolleginnen haben Fingerabdrücke und Bild des Schweigsamen vom Benkenpark durch den Computer gejagt. Das Bundeskriminalamt im Deutschen drüben hat einen Treffer gemeldet. Der Mann ist wegen Vermögensdelikten vorbestraft. Genauer: Betrug. Noch genauer:

wegen «Enkeltrickbetrug». Klingt halbwegs niedlich, ist aber ernst. Also Vorsicht! Solche Leute sind organisiert und nutzen die Gutgläubigkeit und Freundlichkeit der Menschen aus, erzählen das Graue vom Himmel herunter und trachten nach Brutalstkapitalismus. Wenn sich diese Straftäter am Telefon überdies als «Polizisten» ausgeben, macht uns das teufelsfuchsig. Wir als Polizei werden Sie nie auffordern, uns Geld und Wertsachen anzuvertrauen, geschweige denn Ihre Sachwerte im Milchkasten oder in einem hm ja Abfalleimer zu deponieren. Wir nehmen nie Wertgegenstände in Verwahrung, weil angeblich «in Ihrem Quartier» gerade massiv Einbrecher unterwegs sind. Die Telefonnummer und der Name, die Ihr Apparat anzeigt, sind keine Garantie, dass wir es sind, die anrufen. Behauptet die Anzeige «Polizei», und die Ziffernfolge entspricht der der Kannenfeldwache, kann das irgendwer, ich wiederhole: irgendwer, sein. Weder der freundliche Fake-Polizist noch der Ihnen bis vor zwei Minuten unbekannte Grossneffe Jürgen, der Sie anruft, weil er gerade in der Klemme steckt, sind echt. Herzerweichend sind die Geschichten: Zwanzigtausend Franken braucht Jürgen sofort, um eine Busse zu bezahlen, sonst kann er sein Auto nicht auslösen und nicht zurück zur Familie mit dem todkranken Kind. Natürlich lässt Sie, also «dich», er ist ja dein Grossneffe, die ganze Familie übrigens ganz, ganz herzlich grüssen, wirklich schade, dass der Kontakt in den letzten Jahren praktisch eingeschlafen ist …

Irgendwas erzählen die. Einen Chabis. Lüge ist ein menschliches Prinzip, materieller Vorteil beständig ein Antrieb, Skrupel eine Utopie. Der Mensch bisweilen ein Irrtum der Schöpfung.

Müller, Allmendinger und Vakulic also in die Zelle hinein, wo Helmut Rösler (37), so heisst er laut den deutschen Kollegen, auf der Pritsche sitzt.

«Guten Morgen …», ruft der Kommissär so laut, dass vor Schreck in den Poren der Betonwände die Zementwürmer erbeben, «… Herr Rösler.»

Das Verweigern der Aussage, das Verschweigen der Personalien hat also nichts genützt.

«Wir wissen, wer Sie sind. Wir kennen Ihre Vorstrafen, und wir würden gerne von Ihnen erfahren, was sich gestern Abend zugetragen hat.»

Rösler protestiert, er sei das Opfer einer Gewalttat geworden. Er deutet auf seinen Kopf. Es sei komplett absurd, dass ihn die Polizei festhalte und einsperre. Die Schweiz sei ein Polizeistaat, verdammte Freiheitsberaubung, was dazu der Europäische Gerichtshof wohl sagen würde, entrüstet er sich.

Manchmal fühlt sich der Müller sehr müde.

«Warum haben Sie sich gestern Abend um 19 Uhr im Benkenpark aufgehalten?», fragt ihn der Kommissär.

Rösler rutscht auf der Pritsche herum. «Ich will einen Anwalt», sagt er.

Bis lic. iur. Peter Hauri eintrifft, der Pflichtverteidiger, dessen Dienste der Staat dem mutmasslich Beschuldigten unentgeltlich zur Verfügung stellt, wird Müllers Armbanduhr «10:10» sagen. Bis dahin Müller, Allmendinger und Vakulic in der Küche der Clarawache zuerst Kaffee holen, dann Computerarbeit, um der Steuerzahlerin und ihrem Mann nicht unnötig das Geld zu stehlen.

Dann erneut → in die Zelle.

«Was werfen Sie meinem Mandanten vor?», fragt RA Hauri.

«Betrug», sagt Müller aufgrund der Vorstrafen von Herrn Rösler, «Artikel 146 des Strafgesetzbuchs.» Er fügt hinzu: «Und Artikel 260ter: Beteiligung an einer kriminellen Organisation.»

Wacklig das, räume ich als Ombudsstelle ein, weil der Müller ausser den deutschen Strafregistereinträgen und der Tatsache, dass der Mann benommen und mit einer Quetschwunde am Kopf im Benkenpark angetroffen wurde, nichts in der Hand hat.

Jedoch Gefühl, Intuition, Erfahrung … das steht natürlich nicht in der Strafprozessordnung. Reicht nicht aus, dass wir den Mutmasslichen länger als 48 Stunden festhalten dürften. Spätestens dann müssten wir ihn einem Haftrichter vorführen. Der kann auf Antrag der Staatsanwaltschaft Untersuchungshaft anordnen. Doch als Haftgrund braucht der Müller Fakten, weil Rechtsstaat. Das ist gut so, findet er, wenn auch im Fall von Rösler gerade ziemlich ärgerlich.

Also bohren in Richtung Betrug. Ansatzpunkt: Zweck des Aufenthalts in Basel. «Verwandtenbesuch» kann der Mann nicht sagen, sonst müsste er deren Identität offenlegen. «Ferienreise» glaubt im Januar, ausser in den Halligalli-Après-Ski-Bergen, niemand. «Geschäftsreise» bedürfte zur Plausibilisierung der Namen von Kontakten.

«Dass Sie meinen Mandanten, der gestern Abend von unbekannt im Benkenpark verletzt worden ist, ohne konkreten Vorwurf festhalten, wird für Sie Folgen haben», interveniert lic. iur. Hauri. «Ich verlange, dass Sie Herrn Rösler sofort freilassen.»

Das muss der Müller wohl akzeptieren. Kein Paradestück, das er der neuen Kollegin und dem neuen Aspiranten vorgeführt hat. Ausser es wäre seine Absicht gewesen, ihnen zu zeigen, wie der Rechtsstaat funktioniert: Ohne dringenden Tatverdacht, ohne materielle Beweise, ohne Zeugenaussagen hast du als Polizeimann keine Handhabe.

«Auf Wiedersehen, Herr Rösler», sagt der Müller, ohne die Miene zu verziehen. Nach einer kleinen Pause fügt er hinzu: «Eine Streife wird Sie zur Grenze bringen.»

«Personenfreizügigkeit», protestiert RA Hauri.

«Rayonverbot aufgrund der Gefahr, dass Herr Rösler weitere Verbrechen oder Vergehen begehen wird … Artikel 67b StGB», kontert der Müller. «Sonst beantragen wir Untersuchungshaft wegen Wiederholungs- und Fluchtgefahr.»

Immerhin das Gesicht gewahrt.

***

Das freie Unternehmertum.

Wir wollen keine Klischees dreschen, aber um in Sachen Rinaldo Mayer voranzukommen, dürfen wir nicht verschweigen, dass der dreissigjährige Unternehmer privat im grauen Hochhaus beim Bahnhof ansässig ist und eine Miete im mittleren vierstelligen Bereich bezahlt. Gerne ist er auch in einer neu erstellten Eigentumswohnung in 4102 Binningen zu Gast, am Hügel oberhalb des Dorenbachs. Diese dient seiner Partnerin, der FinTech-Spezialistin Kayleigh Affentranger, als Zweitdomizil. Terrasse mit freiem Blick auf die nicht mehr ganz rot-grün regierte Stadt Basel hinunter, hinüber auf das schwarz-grün regierte Bundesland Baden-Württemberg und nach Nordwesten ins politisch und ideologisch wenig fassbare Nachbarland Frankreich. Hinauf zu Kayleigh zieht sich Mayer gelegentlich gerne zurück, um ungestört nachzudenken, für seine BMetrix neue Projekte zu erarbeiten, dank Digitaltechnologie ortsunabhängig und *worldwide*. Nach Feierabend oder im Zeitfenster zwischen dem elektronischen Meeting mit Toshihiro in Tokyo und dem Conference Call mit Brian K. und Chuck S., die in Los Angeles und Florida sitzen, trinkt er gerne mit seiner Partnerin einen Prosecco, um das Leben zu feiern. «Celebration!» (Kool & The Gang). Für Erfolg braucht es das richtige Ambiente. Bescheidenheit ist nicht für Siegertypen wie sie. «Fabrum esse suae quemque fortunae», jeder ist seines Glückes Schmied (Appius Claudius Caecus, wie Sallust «Ep. Ad Caes.» I, 1, 2 überliefert).

Affentrangers Hauptwohnsitz liegt nicht am Binninger Hügel, sondern im Kanton Schwyz, in Nachbarschaft von alt Tennisstars und anderen Steuerflüchtlingen. Wir erwähnen das nicht aus Sozialneid. Doch Tatsache ist, dass sich allein mit Arbeit und ohne Erbschaft kaum jemand mit dreissig eine solche Mietwohnung im Hochhaus beim Bahnhof und erst recht nicht Eigentum am Hügel leisten kann. Arbeit führt nicht zwingend zu Wohlstand. Deshalb zählen Supermarktkassiererinnen, Logistiker, Gesundheitsfachleute, Dentalhygienikerinnen, Tramfahrerinnen und Polizisten kaum zur Nachbarschaft von Affentranger und Mayer.

Wovon sie lebt, die Frau mit dem keltischen Vornamen, fragen Sie? Finanzen und Investment sind ihr Geschäft und ihre Leidenschaft. Sie verbringt gleich viel Zeit mit elektronischen Kommunikationssystemen wie ihr ultraliberaler Gespiele und ebenso lange mit der Pflege ihrer Schuhsammlung wie er mit dem Trimmen seines gut definierten Vollbarts, der auch im Businessalltag bestehen kann. Mayer hat es sich zum Markenzeichen gemacht, seine Wangen ratzekahl zu rasieren und es bloss um den Mund und am Kinn konturscharf eingedämmt spriessen zu lassen. Seine Freunde halten ihn für schneidig und energiegeladen. Das finden Markus Gormann und Romina Wäckerlin bei ihren Nachforschungen vom Waaghof her heraus. Kritische Geister erwähnen dagegen mehrfach seine hellgrauen Augen, die stechend scharf alles und jeden scannen, und halten seine Erscheinung für tauglich, einen Satan-Lookalike-Contest zu gewinnen.

Nun, vorerst brauchen Wäckerlin und Gormann den verletzten Geschäftsmann und Politiker Mayer kein weiteres Mal persönlich aufzusuchen. Seine Aussage vom Freitagabend, 5. Januar, in der Notaufnahme des Universitätsspitals und vom Samstag in seiner Hochhauswohnung haben sie schwarz auf weiss und von ihm unterschrieben. Er hat keine Ahnung, wer ihn nach Einbruch der Dämmerung am Bundesplatz mit einem angeschliffenen Handy beworfen hat, auch wenn er «die Linksextremen» verdächtigt.

Wie sähe das nur aus, wenn die Polizei den Geschädigten heute erneut kontaktierte, ohne ihm Ergebnisse mitteilen zu können? Schliesslich ist bereits der 10. Januar. Das würde den Anschein erwecken, als gingen sie erst jetzt vertieft seiner Anzeige wegen Körperverletzung nach. Diesen Umstand könnte der ultraliberale Unternehmer und Politiker verwenden, um sich öffentlich als doppeltes Opfer darzustellen: Opfer des Gewalttäters und der Untätigkeit der Kriminalpolizei des rot-grün-liberal dominierten Kantons. Manchmal hält sich die Kriminalpolizei also gescheiter zurück und prescht nicht zu eifrig vor. Politische Verwicklungen fallen immer der einfachen Polizeimannschaft auf den Kopf.

Also, wie gehen Romina Wäckerlin und Markus Gormann vor, um zu überprüfen, ob Mayers politische Aktivitäten etwas mit der Attacke vom Bundesplatz zu tun haben könnten?

Oder seine geschäftlichen Operationen oder die von Kayleigh Affentranger?

Zuerst suchen sie in den polizeilichen Datenbanken. Bloss eine Übertretung des Strassenverkehrsgesetzes erfasst (von Mayer, vor fünf Jahren). Dann suchst du im Internet und findest, was wir bereits wissen: Name, Alter, Bild, der Bart noch anders customized, Geschäftsdomizil und -feld (Life-Sciences-Start-up), Mitglied des Grossen Rats und des Vorstands der Ultraliberalen Partei (ULP).

Dann ruft Wäckerlin die Website dieser Partei auf und notiert die Namen der weiteren Vorstandsmitglieder. Es sind zum grossen Teil ehemalige Jungfreisinnige, abtrünnige Freisinnige und nachgewachsene Freiheitsdurstige. Romina und Markus teilen die Liste in zwei Hälften, zwei gleiche Mengen von Namen zum Abtelefonieren. Gormann holt am Automaten im Korridor zwei Kaffee, begibt sich wieder zurück ins Gemeinschaftsbüro im dritten Stock, überreicht Wäckerlin einen Becher und schliesst sich dem Telefonparcours der Kollegin an.

Lobeshymnen singen sie über Rinaldo Mayer, die Vorstandsmitglieder der ULP. «Energisch und visionär», nennt ihn Mary-Anne Trauffer (36), die Präsidentin, «innovativ und energiegeladen» Vizepräsident Goran M. Zvetkovic (33), «hart im Nehmen, unerbittlich, aber fair» die Strategieexpertin Katrin G. Mägerle (35). Als «analytisch und rhetorisch brillant» bezeichnet ihn der Medienverantwortliche Heiko G. Loacker (42), «lobendes Adjektiv und lobendes Adjektiv» (können Sie gerne hier einpflegen: ______________ und ____________) urteilt Sebastian J. Spoerri (31), Vorstandsmitglied mbA, der noch zwei, drei rastlos-explosive Verben beifügt: Mayer erschafft, er revolutioniert, er hinterfragt und wirft Gewissheiten über den Haufen. Maximale Skills, optimale Assets, innovativ, «ein Macher, einer, der es anpackt», betont Präsidentin Trauffer emphatisch.

«Was packt er an?», hakt Gormann nach.

«Unsere gemeinsame gesellschaftliche Vision», erklärt Mary-Anne Trauffer, «eine Ordnung, die auf Eigeninitiative, Eigenverantwortung und Selbstregulierung beruht.»

Und das soll funktionieren, denkt Gormann aufgrund der Erfahrung seiner vierzig Lebensjahre und seiner bald zwei Jahrzehnte als Polizeimann und dessen, was er in der Zeitung liest und im Radio hört, seit er sich mit ungefähr sechzehn Jahren für die Welt und die Menschen zu interessieren begann. Er diskutiert jedoch nicht. Seine Weltanschauung tut hier nichts zur Sache.

«Eigenregulierung, Selbstinitiative», kann er es sich doch nicht verkneifen, «wie packt Herr Mayer das an? So … nun, praktisch, im … politischen und geschäftlichen … Alltag?»

Trauffer lässt sich nicht irritieren und antwortet: «Mit klaren, konsequenten Konzepten, die immer die Freiheit als ultimativen Value, als grundlegendes oberstes Prinzip postulieren. Wie Milton Friedman gesagt hat …»

Da hört Gormann nicht mehr zu. Weil … das grundlegende Prinzip, das ganz oben liegt … Für die Kriminalpolizei bedeutet das: Fakten, Fakten, Fakten. Worthülsen sind das Gegenteil davon.

Romina Wäckerlin macht bei ihren Anrufen ähnliche Erfahrungen. Das wolkige totale Freiheitsprinzip der ULP vermag sie, obwohl selbst Verfechterin von Liberté et Patrie, nicht recht zu fesseln. «Zu viele Fremdwörter», sagt sie hinterher zum Kollegen Gormann, «die Normalbevölkerung versteht kein Wort davon, was die meinen.»

Immerhin erfährt sie vom ULP-Vizepräsidenten Zvetkovic, dass bei der Partei wiederholt rüde Mails eingegangen seien, «von irgendwelchen linken Wirrköpfen, die Mühe haben mit der Rechtschreibung», sagt er und lacht. Ob er deswegen Anzeige erstattet habe, fragt ihn Wäckerlin. «Nein», lautet die Antwort, «wir haben den Wortlaut nicht als strafrechtlich relevant beurteilt.»

«Mhm.» Die Detektivin zweifelt hörbar. «Eine Anzeige wäre vielleicht angebracht gewe–»

«Ich bin Anwalt, ich kann das selber beurteilen.»

«Wer ausser Ihnen weiss von diesen Mails?»

«Nun, ähm, nur ich selbst.»

Wäckerlin bedankt sich und merkt sich: Goran M. Zvetkovic werden sie auf den Waaghof bestellen.

Als sie und Gormann erneut Kaffee holen wollen, 14:45 Uhr ist's mittlerweile, klingelt das Telefon besonders eklig. Wäckerlin greift sich den Hörer. Es meldet sich ein lic. iur. René Strebel, Adjunkt in der Kanzlei von Dr. iur. Arno Glutz, dem Prominentenanwalt der Nordwestschweiz. Im Auftrag von Herrn Glutz will Herr Strebel in nicht eben zuvorkommendem Ton wissen, weshalb die Kriminalpolizei Erkundigungen über den Mandanten Mayer einzieht, der doch nicht *Täter*, sondern *Opfer* einer Straftat geworden ist. «Herr Mayer ist selbstverständlich vollauf bereit, Sie bei Ihren Ermittlungen zu dieser Körperverletzung zu unterstützen», sagt Herr Strebel im Auftrag und Sold von Herrn Glutz im Auftrag und Sold von Herrn Mayer. «Aber wir verwahren uns dagegen, dass Sie sein Umfeld mit Ihren Fragen belästigen, als sässe unser Mandant auf der Anklagebank. Damit keine Missverständnisse entstehen, wenden Sie sich in Zukunft bitte direkt an unsere Kanzlei. Ich gebe Ihnen die Nummer … null, sechs, eins –»

«Danke, Herr Strubel», unterbricht ihn Wäckerlin, «wir wissen, wie man eine Untersuchung führt. Wir tun das öfter.»

Als er «Strebel ist mein Name, Strebel» knurrt, hat sie bereits aufgelegt.

***

«Cherchez la femme» (Ralph Benatzky).

Der Müller erreicht Frau Affentranger auf ihrem Korea Inter-Galactica SX 27plus, völlig State of the Art, dieses Mobiltelefon. Ja, sie hält sich in ihrer Wohnung am Hang von 4102 Binningen auf. Sie sei sehr busy, aber … nun ja … eine Befragung könne sie vielleicht … doch, ja, doch, gerne … «in ihren Schedule einschieben», räumt sie ein, nachdem ihr der Kommissär als To-do alternativ eine Vorladung in den Waaghof in Aussicht gestellt hat. Müller, Valérie Allmendinger und Vlado Vakulic fahren in einem Zivilfahrzeug hin. Allmendinger, am Steuer, kennt zum

Glück die Gegend, die Verkehrsführung, die Baustellen … Der Müller hat das Grenzgebiet des Baselbiets auf seiner mentalen Landkarte noch nicht hundertpro intus, die Stimme des GPS nervt ihn, und dessen Anzeige auf dem Display findet er eine Zumutung, so klein und unscharf gepixelt. Er sollte vielleicht zum Sehtest.

Kayleigh Affentrangers Homebase ist ein Würfelhaus mit Doppelcarport davor. Kein Wunder kostet es einiges, hier zu wohnen: Superpanorama olé! Topaussicht hinunter auf Grossbasel-West, die Innerstadt mit den Münstertürmen, das Kleinbasel, nordöstlich die weissen Pharmatürme, die sich eins, zwei, drei vermehren. Hinter allem liegt in Ruhe der Schwarzwald, gegen Nordwesten der Flughafen (nachts die Lichter) und dahinter die Vogesen. Switzerland, Germany, douce France, das sieht Affentranger aus ihrer Wohnung, wie Müller und seine Leute gerade feststellen. Leider ist der Wow-Effekt durch Januarnebel, Winterwolkendecke und Lichtmangel eingeschränkt. Der Himmel über Basel versteckt sich, er vermummt sich mit trüben Schwaden. Liegt jenseits, irgendwo dahinter, Avalon?

Der kurzen Rede langer Sinn: Klingeln → eine Minute Wartezeit → Frau Affentranger, sportlich-strenge Erscheinung in Blautönen, brünett, 1.80, schlank, öffnet und grüsst. Um ihre Beine streicht ein rehbrauner Kurzhaardackel → «bitte» und Handbewegung → Treppe → Wohnzimmer → Platz nehmen → «danke» → Befragung.

Zwischenbemerkung: Fragen Sie sich, ob es verhältnismässig ist, dass der Müller mit zwei Kolleginnen (wovon eine männlich) anrückt? Zur Befragung einer möglichen Zeugin, einer Auskunftsperson, der – Stand jetzt – ganz und gar rien du tout zur Last gelegt wird? Geht der Kommissär verantwortungsvoll mit dem öffentlichen Budget um, also mit Ihren Steuergeldern? Entspannen Sie sich bitte. Detektivin Allmendinger hat ihren Dienst im Kriminalkommissariat erst vor wenigen Tagen angetreten und arbeitet sich ein. Aspirant Vakulic ist noch kein fertig gebackener Polizeimann. Er läuft auf Kostenstelle 0860

Ausbildung. Ihnen will der Müller zeigen, wie Polizeiarbeit geht. Aus seinen Fehlern können sie lernen. Und sicherlich auch aus seiner Erfahrung. Aspirantinnen und Aspiranten führt er gerne ins Metier ein. Sie sind noch nicht desillusioniert.

Zurück an den Binninger Hang oberhalb Basel-Stadt.

«Ich finde es schon … bemerkenswert, dass Sie zu dritt hier anrücken», übernimmt Frau Affentranger sofort den Lead. Exakt die Gedanken, die mir auch eben durch den Kopf gingen. (Lustig, nicht?) Es wäre aber nicht angebracht, wenn der Müller auf die Bemerkung reagierte. Wir sind keine Mitmach-Polizei, bei der alle ihren Senf dazugeben können.

«Danke, dass Sie uns Ihre Zeit opfern», sagt der Müller freundlich → Spannung ab- und → Vertrauen aufbauen, Konzentration fördern, auch weil das Handy der FinTech-Unternehmerin vor lauter Breaking News von Bloomberg hektisch vibriert und plingt und verrückte Sachen macht. Der Dackel hat sich auf Frau Affentrangers Lackschuhfüsse gelegt, schaut die unbekannten Menschen an, die plötzlich in seinem Revier aufgetaucht sind, und prüft mit den Nüstern deren Gerüche.

«Hat sich Herr Mayer in letzter Zeit ungewöhnlich verhalten? War er nervös, ängstlich, gereizt?»

«Nicht dass ich wüsste. Nein, ich habe nichts bemerkt.»

«Fühlte er sich bedroht oder von jemandem bedrängt?»

Sie scheint ihre Antwort abzuwägen. Oder denkt sie nach? «Hören Sie, ich weiss beim besten Willen … So gern ich Ihnen helfen würde. Alles war wie immer – bis zu diesem schrecklichen Überfall. Rinaldo hätte nie mit so etwas gerechnet.»

«Hat Herr Mayer Feinde, die ihn attackiert haben könnten?»

«Hören Sie, wir sind doch nicht in einem … Mafia-Film», antwortet Affentranger.

«Hat er Feinde?»

«Feinde?» Die Finanzexpertin wirkt ratlos. «Was für ein Wort. Rinaldo und ich, wir arbeiten. Wir machen Geschäfte, sind weltweit tätig. Das Business ist hart, aber Feinde?»

«Und die Politik? Herrn Mayers politische Aktivitäten –»

Der Dackel hat sich erhoben und schnüffelt an Müllers Hosenbeinen. Offenbar uninteressant. Nach einer Weile zieht er weiter zu Vlado Vakulic.

«Wenn wir wirklich in einer Demokratie leben, Herr Müller, können alle denken, wie sie wollen, auch wir», unterbricht sie den Kommissär.

«Lassen Sie mich ausreden ... Herrn Mayers politische Aktivitäten interessieren uns nicht, aber ...», kleine Pause, um die wiederhergestellte Luftherrschaft auszukosten, «... könnte daraus womöglich dieser Angriff mit Körperverletzung entstanden sein?»

Angriff mit Körperverletzung, wie rede ich bloss, denkt Müller. Das Strafgesetzbuch färbt immer mehr auf mein Vokabular ab.

«Ich persönlich kümmere mich wenig um Politik. Gute Politik dient dazu, der Wirtschaft die bestmöglichen Rahmenbedingungen zu verschaffen. Wir schaffen Werte. Wir bezahlen Steuern. Wir haben Ziele –»

«Welche?», platzt ihr der Müller in den Sermon hinein.

Sie schaut ihn etwas befremdet an und antwortet: «Erfolg.»

Nun ist es still in der trotz der Nebelschwaden hellen Wohnung, abgesehen vom Vibrieren und Fiepen des Handys von Frau Affentranger. Nicht einmal Heizkörper gibt es, die gluckern könnten. Unter dem Parkett liegen stumm und ohne Tageslicht die Schlaufen der Bodenheizung wie Mutantenengerlinge in altlastenverseuchten ehemaligen Industriearealen.

Der Dackel beschnuppert jetzt Valérie Allmendingers schwarze Winterstiefel.

«Mit der Ultraliberalen Partei und mit Rinaldos Firma habe ich nichts zu tun. Ich verfolge meine eigenen Strategien.»

Nachdem die Geschäftsfrau die Polizistin und ihre Kollegen zur Tür begleitet und hinter ihnen abgeschlossen hat, sagt Detektivin Allmendinger: «Sie hat uns nicht einmal gefragt, ob wir einen Kaffee wollten.»

Währenddessen sind Markus Gormann und Romina Wäckerlin unterwegs über die Halbkantonsgrenze nach Allschwil, an den Hegenheimermattweg, zu Rinaldo Mayers Firma. Sie sind angemeldet.

***

BMetrix. 4123.

Wirtschaftlicher Erfolg, wie es Frau Affentranger ausdrückt, erfüllt die Gesellschaft nicht einstimmig mit Wonne und Minnesang. Es dürfte daher aufschlussreich sein, ob Rinaldo Mayers Geschäftstätigkeit zu Reibereien geführt haben könnte. Wirtschaftliche Konflikte und vor allem Interna werden kaum je öffentlich ausgetragen, ausser *Fabrik versaut Umwelt* → Umweltschutzverbände gehen an die Medien; *Firma verletzt Arbeitsgesetz* → Gewerkschaften protestieren; *Unternehmen geht bankrott* → Betreibungsamt greift ein; *Unternehmen bricht Geldwäschereigesetz* → Das hätten wir (hoffentlich) in der Datenbank. Aber Niederschwelligeres? Unstimmigkeiten, die bisher nicht aktenkundig geworden sind? Konkurrenten, Neider, Werkspionage, Arbeitsklima. Daher eben doch weitere Befragung Rinaldo Mayer notwendig.

Was genau macht Mayer beruflich? Wir erwähnten es am Freitag: «Owner und CEO». Er besitzt die Aktienmehrheit und leitet das Life-Sciences-Start-up BMetrix. Was bedeutet das? Firma im Schnittbereich Digitalisierung, Biowissenschaften und Medizin. Was machen die? Forschen, entwickeln Produkte, erforschen Wirkstoffe, die sie patentieren lassen. Braucht natürlich erst einmal Rieseninvestition, Venture-Capital. Wenn das Medikament oder die Komponente innovativen Megasuccess einfährt, treibt das den Börsenwert der Firma brutalst in die Höhe, wodurch Rinaldo Mayer einen mindestens siebenstelligen Batzen verdienen könnte. Wie profitabel das Unternehmen bereits ist, ist unklar.

Die Firma BMetrix belegt eine halbe Etage in einem Geschäftshaus. 4123 Allschwil, Hegenheimermattweg. Klingt nach Elsass und Wiese und beschaulicher Verkehrsverbindung. Ist in Wahrheit die schnurgerade Raserstrecke zwischen (links) dem

Schwimmbad Bachgraben, dem baufälligen Jugendtreff, der bald weichen muss, den Sportanlagen des FC Allschwil und (rechts) einer grossen Entwicklungszone, wo Monstergeschäftshausbaustellen sich mit beeindruckender Geschwindigkeit in topmoderne Megabürohäuser verwandeln, das Tropeninstitut steht neuerdings hier. Einige Dutzend Meter weiter rechts beginnt Frankreich. Städtebauliche Kampfzone.

Gormann und Wäckerlin fahren da hinaus, obwohl nachbarkantonales Hoheitsgebiet. Aber a) hat das Delikt auf baselstädtischem Boden stattgefunden, und wir sind zuständig, und b) setzen wir unter Bullen eine gewisse informelle Kulanz um, um die Bürokratie im Zaum zu halten. Die Baselbieter Kollegen beschäftigen sich zurzeit intensiv mit einer Einbruchserie, einer Raserepidemie, Autoposern und nachweihnächtlichen Januarlochzwistigkeiten innerfamiliärer Art. Bis du die nachbarkantonalen Kolleginnen und -en gebrieft hättest, wäre die Wunde an Rinaldo Mayers Schläfe längst vernarbt.

Geschäftshaus am Hegenheimermattweg also, viel Glas und Stahl → Eingang → Lift → 3. Stock. Glastür mit Logo, hinein → junger Mann am Empfangsdesk, modischer Stoppelbart, weisses Hemd. Hinter ihm Grossraumbüro: Computer, Tische, Stühle, Korpusse, alles hell, blitzblank, viel Weiss, etwas Chrom und Vitra. Aus einem Glaskabäuschen im hinteren Eck (Fensterseite) schreitet ihnen im hellgrauen Brioni-Anzug Rinaldo Mayer entgegen. Er erwartet sie. Seine linke Hand kräuselt den kunstvoll dunklen Bart, die rechte streckt sich Gormann und Wäckerlin entgegen. Er scheint erfreut, dass die Kriminalpolizei dem «Attentat» auf ihn, diesen Ausdruck wird er gleich verwenden, die gebührende Aufmerksamkeit schenkt. Ab ins Sitzungszimmer. Anti-Schwitz-Geflecht auf den Sesseln, auf dem Tisch offene Klappen mit USB-Buchsen. Auf der Glaswand des Sitzungszimmers die Abbildung eines Moleküls, das die Polizei nicht auf Anhieb benennen kann. Stilles Mineralwasser aus einem Spender, Espresso aus der Alukapselmaschine, dazu ein Mikroschälchen mit in Plastik gefangen gehaltenen Amaretti.

Mayer wirkt angespannt und müde.

Zuerst fragt ihn Wäckerlin nach dem Wohlbefinden. So viel Höflichkeit darf sein. Dann erkundigt sie sich nach politischen Gegnern.

«Die Linksextremen», sagt Mayer wie auf Knopfdruck, «die müssen es gewesen sein. Ich bin ein Symbol: Ich bin politisch aktiv. Ich bin Unternehmer.» Mit etwas weniger Druck in der Stimme fügt er an: «Ich bin ... etwas wohlhabend.» Es scheint, dass sein Anzug zustimmend raschelt. Der CEO von BMetrix atmet durch, um zu zeigen, dass das Geld bloss der Fringe Benefit ist, weniger wichtig, als sich unternehmerisch zu entfalten und erfolgreich zu sein. «Was ich erreicht habe, habe ich mir selbst aufgebaut. Dass die *mich* angegriffen haben und mir ein *Handy* an den Kopf geworfen haben, muss auch eine Bedeutung haben. Ein Handy ... das ist ein physischer Angriff auf die Digitalisierung.» Aha, denkt Gormann, das ist eine neue Behauptung: Selbst zur Tatwaffe hat Rinaldo Mayer seit Samstag Schlüsse gezogen. Der Unternehmer spinnt sein Glasfaserkabel weiter. «Das politische Klima ist total verroht, die Gesellschaft gespalten. Die rot-grün-liberale Kantonsregierung hat die Lage nicht im Griff. Sie lässt diese Leute offensichtlich gewähren. Jetzt haben wir die Quittung. Wer seine Meinung offen äussert, gerät ins Fadenkreuz der Überkorrekten, der Sternchen*freaks, der Schneeflöckchen.»

So fährt er eine Weile fort, während Wäckerlin und Gormann wortlos zuhören wie ein Beichtvater dem reuigen Sünder. Nur dass Mayer die Fehler anderer geisselt.

«... die Freiheit ist bedroht von diesem Kartell von Gutmenschen und Besserwissern, die nie etwas Substanzielles geleistet haben und noch den letzten Bereich des Lebens regulieren wollen.»

Temperament hat er, denkt sich Romina Wäckerlin.

«Haben Sie handfeste Hinweise auf diese Täterschaft?», unterbricht Gormann Mayers Tirade.

Der hat plötzlich einen trockenen Mund, steht auf und holt sich am Spender Nachschub für sein Wasserkristallglas. Er trinkt einen Schluck, reisst einen der kleinen Amaretti-Beutel auf, steckt den Keks in den Mund, ein Bissen, haps, dann verzieht er den Mund und sagt: «Das ist doch Ihr Job, nicht?»

Gormann geht nicht auf diesen Satz ein. «Und … geschäftliche Konflikte? Konkurrenten? Neider? Interessenskonflikte? Unstimmigkeiten mit Geschäftspartnern? Finanzierungsschwierigkeiten … für das da.» Er zeigt auf die geschäftige Welt hinter dem Molekül, hinter der Glaswand des Sitzungszimmers.

Mayer schiebt den Unterkiefer vor, seine Lippen mümmeln. Er blickt Gormann, dann Wäckerlin, dann Gormann an, zieht die Mundwinkel nach unten, um die Form seines teuflischen Akkuratbarts zu unterstreichen. Dann schüttelt er den Kopf, dass es in seinen Halswirbeln leise knirscht.

In Sachen Business-Streitigkeiten und ähnlich gelagerter Kalamitäten äussert sich Mayer zurückhaltend, ja geradezu verstockt. Er sagt nämlich nichts. Gormann lässt die Zeit verstreichen, weil er weiss, dass unproduktive Minuten für einen Mann wie CEO und Founder Mayer eine Qual, wenn nicht gar eine persönliche Beleidigung bedeuten.

«Geschäftliche Konflikte?», fragt Wäckerlin nach. «Interessenskonflikte, entlassene Mitarbeiter, Konkurrenten, Finanzierungsprobleme?»

Der Unternehmer krault sich den Bart und studiert die USB-Buchsen auf dem Tisch. «Ich denke nicht, dass die Firma etwas mit diesem Attentat zu tun haben könnte. Das war ein Angriff auf mich. Auf mich als Symbol, auf meinen Erfolg, auf meine Gesinnung, auf die Meinungsfreiheit.»

«Mhm», macht Wäckerlin.

Mayers Blick folgt den braunen Augen von Markus Gormann, die über die Bürozone hinter der Glaswand wandern, auf der Suche nach Anhaltspunkten in Mayers geschäftlichem Universum …

«Ich fordere Sie auf, meine Mitarbeiterinnen und Mitarbeiter nicht zu behelligen. Wir müssen fokussieren. Ich und mein Team sind enorm im Druck. Wir stehen kurz vor dem Durchbruch.»

«Ich gratuliere», sagt Gormann und bemüht sich, nicht sarkastisch zu klingen.

Mayer wirft das Amaretti-Plastikbeutelchen, das er noch immer in der Hand hält, zerknüllt auf den Tisch, trifft die Öffnung mit den USB-Steckdosen, trinkt sein Glas aus und rutscht auf die vordere Stuhlkante. Er schiebt den linken Ärmel seines Brionis ein wenig nach hinten: Der Blick auf die Breitling signalisiert, dass er die Unterredung beenden will. Wäckerlin und Gormann nicht. Sie machen weiter.

Das Amaretti-Beutelchen entknittert sich sachte knisternd.

«Wir sind auf Ihre Mithilfe angewiesen», sagt Wäckerlin. «Es würde die Ermittlungen beschleunigen, wenn Sie unsere Fragen beantworten.»

«Säen Sie deshalb in meiner Firma und in meiner Partei Unrat? Ich weiss, wen Sie schon belästigt haben», gibt Mayer zurück. «Am Freitag wurde ich Opfer eines Attentats, wie Sie vielleicht wissen. Heute ist ... Mittwoch. Mittwoch! Was haben Sie in der Zwischenzeit getan, ausser meine Leute zu behelligen? Gehofft, dass sich der arme Täter stellt und Ihnen vorweint, dass er seine Tat bereut?»

«Wir können Sie in den Waaghof vorladen, wenn Sie das lieber mögen», antwortet Gormann.

«Mich vorladen? Mich? Ich bin das Opfer!»

«Als Zeuge und Opfer sollte es in Ihrem Sinne sein, dass dieser Vorfall möglichst bald geklärt wird, nicht?»

Rinaldo Mayers linke Hand fingert erneut am Bart herum. Er atmet durch. Raschelt der Anzug jetzt zornig?

«Sorry», sagt er zu Gormann und Wäckerlin und quetscht einen Lachversuch heraus, wedelt mit der Rechten vor seinem Gesicht, um die Missstimmung ungeschehen zu machen. «Sorry, ich habe zurzeit extrem viel um die Ohren, und diesen Überfall habe ich gerade noch gebraucht.»

Viel um die Ohren. «Ein voller Terminkalender ist noch lange kein erfülltes Leben.» (Kurt Tucholsky). Im Wechsel mit Romina Wäckerlin löchert Gormann den CEO weiter. Bei jeder Frage, die sich auf Geschäftliches bezieht, weicht Mayer aus. Immer wieder lenkt er das Gespräch aufs Politische.

«Er legt Wert darauf, dass das ein politischer Anschlag war», sagt Gormann zu Wäckerlin, als sie nach exakt 45 Minuten aus dem Geschäftshaus am Hegenheimermattweg treten.

«Ja, das leuchtet doch ein», antwortet Wäckerlin, «den Linksextremen ist es völlig egal, was Recht und Ordnung ist. Und wenn jemand anders denkt ...»

Sie sieht am Gesicht von Gormann, dass er keine Lust auf Grundsatzdebatten hat. Zu oft haben die beiden diskutiert. Ergebnis in der Regel ein lapidares Ich-sehe-das-anders. Darum hat es keinen Sinn, sich den Mund fusselig zu reden.

Finster ist es geworden in 4123 Allschwil, in 4102 Binningen und in 4000 ff. Basel. Der Himmel ist schwarz wie Espresso. Aus einer Armee von Cumulonimben regnet es mutig herunter. Dahinter, darüber, weit im Westen, ist die Sonne fies im Atlantik versunken. Die nächsten Stunden wird sie zuerst nutzlos über dem Meer vor sich hin kernfusionieren und danach exklusiv dem amerikanischen Kontinent heimleuchten. Es ist ein Jammer.

***

«Paranoid» ist Gogis Lieblingsplatte von Black Sabbath. Seit 1972 trifft sie seinen state of mind, mal mehr, mal weniger. Passt einfach zu ihm und er dazu: das Haar lang, hinter dem Kopf zu einem Pferdeschwanz zusammengebunden, mittlerweile ausgedünnt. Natürlich sieht er mit 73 etwas verwittert aus, das Leben hinterlässt halt seine Spuren. Er war mal ein recht passabler Gitarrist. Ein Babygesicht möchte er zwar absolutely not haben, doch dass er völlig aus dem Rennen ist, ihn, so scheint ihm, niemand mehr wahrnimmt, wenn er auf der Strasse oder in einem Lokal auftaucht, ärgert ihn. Sein Fehler ist «das Alter». Altsein ist nicht sexy, da kann man noch so viel erlebt haben.

Genau wie Cleo (71). Einst kreiste eine ganze Szene um sie. Nicht als «Muse», sondern als bildende Künstlerin und Aktionskünstlerin. Über sie wurde international geredet, Paris, London, Mailand, New York. Heute kennt sie kaum noch jemand. Klar, ein paar Kollegen von früher, doch sonst ... Die letzte Einzelausstellung in einem öffentlich finanzierten Museum liegt 24 Jahre zurück. Wann das letzte Mal jemand angerufen hat, um ihre Bilder und Objekte zu besichtigen und vielleicht eines zu kaufen, weiss sie nicht mehr.

Ihre Zeit ist vorbei. Sie waren zuvorderst, jetzt sind sie nirgends mehr. Cleo und Gogi sind sich einig. Neue Generationen sind nachgerückt. Die Kunsträume und Konzertlokale werden von Jungen bewirtschaftet. Die sind dabei, ihre eigene Welt aufzubauen. «Kuratieren», nennen die das. «Die kuratieren sogar ihren Einkaufszettel», sagt Cleo über die Millennials und Digital Natives und wie die alle heissen, «Generation Irgendwas». Die werden auch einmal alt und zum alten Eisen gehören. Das ist keine Genugtuung, sondern der Lauf der Zeiten. Die sind im Aufschwung, und du bist unten und raus und weg vom Horizont. Kein Platz mehr im Künstlerhimmel. Schon in Ordnung, denkt Cleo. Wir haben uns auch abgegrenzt gegenüber den Älteren und konnten mit deren Ästhetik und Ideen nichts anfangen.

***

Nächtlicher Vorfall. 4054.

Am Herrengrabenweg, 50er Nummer, 127 Quadratmeter, 4 1/2 Zimmer, 1.75 Millionen. Schmaler Neubau inmitten der schmalen Altbauhäuserzeile. Es klingelt an der Wohnungstür von Javier Pérez (29). Besuch erwartet er nicht. Als er die Gegensprechanlage betätigt, antwortet ihm das Nichts. Klingelstreich, denkt er trotz der Uhrzeit, zu der alle Kinder längst vom Gamen erschöpft in Alpträume versunken sind. Sich wieder ans Notebook setzen will er, der Termin für den Pitch sitzt ihm im Nacken. Er schont sich nicht, kennt keine Gnade mit sich, weil als Selbstständiger, da *will* er nicht nur aus innerer Motivation, da *muss* er auch. Das Business schläft nie, die Welt dreht sich, die Konkurrenz dreht nicht Däumchen. «Die Zeit wartet auf niemanden.» Wäre er älter, wüsste Pérez, dass so ein

Rolling-Stones-Stück heisst. Doch für Kulturarchäologie hat er keine Zeit, gestern nicht, jetzt nicht, morgen noch weniger und – Ehrenwort – in den folgenden Wochen ebenso null. Bevor sich Javier Pérez wieder hinsetzt, blickt er kurz aus dem Fenster im 2. Stock des Neubaus. Etwas da draussen ... ist ... ungewöhnlich. Das fühlt er mehr, als dass er es denkt. Ja, die ... Dunkelheit vor dem Fenster ... der Schein, die ... Farbe? ... Die Strasse ist rötlich, gelblich, unruhig erhellt, beleuchtet. Ist das Rauch? Ja, das muss ... Rauch sein – also auch Feuer? Feuer! Feuer! In der Quartierstrasse flackert es wie in einem Cheminée, in das jemand Brandbeschleuniger gegossen hat. Was draussen, zwei Stockwerke unter Javier Pérez' Eigentumswohnung (für die hat er wirklich hart gearbeitet), brennt, ist sein Porsche Canaille Turbo S E-Hybrid, Energieeffizienzkategorie G. Javier Pérez' Herz wechselt zwischen einem 6/7- und einem 9/13-Takt hin und her, legt unvermittelt eine Sechzehntelpause ein, schaltet zwei Triolen dazwischen, Aussetzer, brutal synkopierte Rhythmen überschlagen sich jetzt. Da brennt sein Turbo S E-Hybrid, Effizienzkategorie G. Da brennt sein Turbo S E-Hybrid, Effizienzkategorie G. Da brennt sein Turbo S E-Hybrid, Effizienzkategorie G. Um 22:33 Uhr registriert die Notrufzentrale seinen Anruf. Wenige Sekunden nachdem er das Gespräch beendet hat, trifft die Einsatzleitung der Berufsfeuerwehr ein, dann das Tanklöschfahrzeug, dann die Polizei. Alarm geschlagen hat jemand, der noch schneller war als Pérez selbst.

SIEBEN

«Ein neuer Tag» (Udo Lindenberg).

Waaghof. 07:30 Uhr. Morgenrapport am Donnerstag, 11. Januar. Das Müllerteam vollzählig versammelt: der Kommissär lui-même, Gormann, Wäckerlin, Freddie Dominguez, Allmendinger, Aspirant Vakulic und Aspirantin Odermatt.

Zuerst erstatten Freddie Dominguez und Amber Odermatt Bericht. Gestern Nachmittag haben sie Melvin Wyss (44) in seinem Büro an der Ecke Holbein-/Feierabendstrasse aufgesucht. Wyss Logistics. Er habe angegeben, ihm sei es schleierhaft, wer ihn in den Hasenbrunnen geworfen haben könnte. «Sein Arbeitsgebiet ist etwas abstrakt», sagt Freddie, als ihn Müller fragt, «etwas mit Fracht … äh, also wahrscheinlich Container und Schiffsladungen, nehme ich an.» Ob er das nicht genauer umschreiben könne, fragt der Müller, und Aspirantin Odermatt hilft Freddie über die kognitiven Limiten hinweg: «Freight brokerage», sagt sie, «Frachtmakler, das Bindeglied zwischen dem Spediteur und dem, der Waren transportiert haben will», vereinfacht sie für die Nichtfrachtspezialistinnen und Nichtfrachtspezialisten des Müllerteams, also für alle.

Fracht? Riecht das nicht nach … Drogen- oder Waffentransport, argwöhnen wir, möglicherweise nach Korruption? Doch ein Generalverdacht steht uns nicht zu. Nicht in jedem Container liegen illegale Güter. Zumindest sollte man nicht davon ausgehen, denn sonst kommt a) der Welthandel zum Erliegen, b) der überflüssige Elektronik- und Plastikschrott und die Textilien aus unfairer Produktion gelangten nicht mehr zu uns und c) schadet permanentes Argwöhnen der geistigen und psychischen Gesundheit.

Und d), vergass ich anzufügen, wird sich keine Firma, die eine Zukunft haben will, dazu verleiten lassen, Drogen- und Waffengeschäfte zu machen.

Ausserdem: Ungesetzliches Treiben und daraus folgende

Komplikationen enden eher nicht im Hasenbrunnen, sondern kalt und tot im Rechen von Kembs oder verscharrt im Hardwald. Ein Taucher im Hasenbrunnen klingt dagegen nach Bubenstreich, nicht?

Fokussieren!

Einen Grund für sein unfreiwilliges Morgenbad kann Melvin Wyss also nicht erkennen. Ebenso wenig scheint ihm plausibel, dass er Feinde haben könnte, die ihm solch einen Streich spielen würden. Wyss' vier anwesende Mitarbeiterinnen und Mitarbeiter äussern sich gegenüber Freddie Dominguez und Amber Odermatt ebenso ratlos. Im Gebäude, einem ehemaligen Wohnhaus aus dem frühen 20. Jahrhundert, in dem Wyss Logistics eine Etage belegt, sind drei weitere Firmen untergebracht – Treuhanddienstleistungen, ein Grafikbüro, ein IT-Start-up. Die im Gebäude angetroffenen Arbeitskräfte dieser Unternehmen geben an, Herrn Wyss nicht persönlich zu kennen. Nachdem ihnen der Kriminalpolizist und die Aspirantin sein Foto gezeigt haben, teilen ihnen einige immerhin mit, diesen Mann im Treppenhaus oder vor der Liegenschaft gesehen zu haben. Es gebe keine gemeinsamen Anlässe der Firmen im Haus, sodass man ins Gespräch gekommen wäre. Es gebe keine Berührungspunkte. «Er hat ein grosses dunkelgrünes Auto», sagt Antonia Sägesser (28) vom Grafikbüro, aber mehr weiss sie nicht. Sie kennt den Jaguar F-Type in Racing Green nicht, Beschleunigung auf 100 km/h ab 3.7 Sekunden, Höchstgeschwindigkeit bis 300 km/h.

So weit die Ermittlungen von Freddie und Aspirantin Odermatt, die sie beim Morgenrapport im Sitzungszimmer S 207 zusammenfassen.

«Danke», sagt der Müller und schaut Gormann an.

Romina Wäckerlin fasst zusammen: «Ich war gestern Nachmittag mit Markus bei Rinaldo Mayer. Er hält die Smartphone-Attacke für einen Anschlag aus politischen Gründen. Die Linken. Er war gestresst, nicht?» Sie schaut Gormann an. Er nickt und fügt hinzu: «Die Möglichkeit geschäftlicher Verwicklungen, Konkurrenten, Animositäten, Finan–»

«Animosiwas?», fragt Freddie.

Gormann lässt sich nicht dreinreden. «… Finanzierung, Werkspionage und so weiter kommen für Mayer nicht in Frage.»

Detektivin Wäckerlin: «Geschäftlich steht er kurz vor einem ‹Durchbruch›, hat er gesagt. Vielleicht erklärt das seine Anspannung. … Es ist natürlich ein Schock, wenn man so unerwartet angegriffen wird.» Das Protokoll von Mayers Aussagen sei bereits im System gespeichert.

«Werde ich gleich nachher lesen», übernimmt der Müller und geht zum nächsten Bericht über, seiner eigenen Aktion. «Valérie, Vlado und ich waren gestern Nachmittag bei Kayleigh Affentranger.»

Freddies Stammhirn löst einen Impuls zum Kichern aus. Müller schaut, Freddie auch, aber betreten.

Der Kommissär wirft Neuzugang Allmendinger einen Blick zu.

«Valérie, aus deiner Sicht … Welche Erkenntnisse haben wir aus dieser Befragung mitgenommen?»

Allmendingers Premiere. Härter als ihre Lehrabschlussprüfung als Laborantin: erstmals am Morgenrapport Bericht erstatten, von einer Befragung, die der Chef kennt, weil er ja dabei war.

Sie beginnt zögerlich: «Die Auskunftsperson scheint geschäftlich stark beansprucht zu sein und gewisse … hm, ja … Vorbehalte gegenüber uns zu haben. Sie hat uns nicht einmal gefragt, ob wir einen Kaffee wollen.»

«Das dürfte sich als Anzeichen dafür werten lassen, dass sie uns schnell wieder loswerden wollte.» Müller ermutigt die neue Kollegin.

«Sie gibt an, nichts über mögliche Gegner von Rinaldo Mayer zu wissen. Sie hat uns unterstellt, etwas gegen die Ultraliberale Partei zu haben. Als wären wir die Fachgruppe 9 –»

«Der Staatsschutz, der das auch nicht darf», klärt der Müller die Rechtslage.

«Leider», flüstert Wäckerlin Freddie zu und denkt dabei vermutlich an eine andere Zielgruppe als die ULP.

«Alles in allem also keine Ergebnisse, würde ich sagen», schliesst Valérie Allmendinger.

«Vlado? Etwas hinzuzufügen?», wendet sich der Kommissär an den Aspiranten, der ebenfalls an der Befragung am Hang teilgenommen hat.

«Ich? ... nun ... nein ... Ich weiss nicht, ob das wichtig ist ...»

«Erzähl einfach», sagt der Kommissär.

«Ihr Handy hat ja die ganze Zeit pling gemacht. Also habe ich halt hingeschaut und bemerkt, dass darauf eine Mitteilung von Mayer eingegangen ist und eine von einem Zverovic oder Zvetko–»

«Zvetkovic?», mischt sich Wäckerlin ein, «das ist doch dieser ... mit dem habe ich telefoniert. Der Vizepräsident der Ultraliberalen. So ein Jugo, der meint, hier Politik machen zu können, in Mayers Partei.»

«Jugo?», fragt Vlado Vakulic und läuft rot an.

Wäckerlin dreht ihr Gesicht zu ihm. «Ähm, nein, nein ... dich äh dich meine ich nicht, Vlado ... sicher nicht! Du bist ... ich meine, du kommst doch von hier, aus der Breite, Zürcherstrasse, oder?»

«Stopp», geht der Müller dazwischen, «mach's nicht noch schlimmer, Romina. Du entschuldigst dich bei Vlado. Solche Sprüche toleriere ich nicht.»

Betretenes Schweigen würde an dieser Stelle passen. Wissen Sie was? Ich schreibe es hin: Betretenes Schweigen.

«Äh ... ich ... ja, gut ... Vlado, ich ...»

Dem ist es peinlich, wie sich die Kollegin windet, weil ein Gesichtsverlust vor dem ganzen Team, das tut weh. Er öffnet den Mund, um die Entschuldigung anzunehmen, bevor sie ausgesprochen ist. Er will ein volles Jahr mit dieser Gruppe zusammenarbeiten und hat noch keine Ahnung, wie die Gruppendynamik spielt, die interne Hackordnung. Dass der Kommissär aufmerksam ist und keine Disziplinlosigkeit durchgehen lässt, dafür ist Vlado Vakulic dankbar.

«Ich will das in Ordnung bringen.» Romina Wäckerlin findet den Faden wieder. «Ich wollte dich nicht beleidigen, Vlado.

Ich habe nichts gegen Jugos. Jonovic von der IT-Forensik ist auch einer und …» Sie verstummt, bevor sie sich um Kopf und Kragen redet. «Jedenfalls … ich entschuldige mich. Ich hab's nicht so gemeint.»

«Akzeptiert», sagt Vakulic, um die Szene zu beenden. Dann blickt er zum Chef. Die anderen auch, ohne Anstrengung mittels transversaler Bewegung der Atlantoaxialgelenke der Halswirbelsäule. Müller blickt in die Runde und schweigt, damit sich diese Auseinandersetzung ins Langzeitgedächtnis seiner Equipe absenkt.

Im Korridor des Waaghofs hört man den Lift, Schritte, einige Stimmen. Wahrscheinlich kehren Kollegen von einem Einsatz zurück, begeben sich zu einer Vernehmung, zum Rapport mit einem der anderen Kommissäre oder mit einem Staatsanwalt.

Der Müller giesst den Rest des kalten Kaffees in seinen Mund, schluckt und sagt: «Dann haben wir noch was Neues: Am Herrengrabenweg haben gestern Nacht Unbekannte den SUV eines Javier Pérez abgefackelt … einen Porsche Cayenne Turbo.»

«Das ist etwas für Freddie!», ruft Romina, offenbar schon erholt von der Korrektur von eben. «Freddie, Javier Pérez! Du, von Spanier zu Spanier.» Der zieht ein Gesicht, weil er ja weiss, dass sie weiss, dass alle wissen, dass er ein eingeheirateter Neuspanier ist. Trotzdem steuert er rollenbewusst ein Wort mit gerolltem r bei: «Caramba!»

Bisschen ein Tollhaus, dieses Basel? Perma-Dunkelheit, kühle Temperaturen und beständiger Nieselregen können ebenso auf die Persönlichkeit Einfluss nehmen wie die Mikrowellenhitze, die diese Stadt im Sommer quält.

Devise auch heute: keine Schlappness, weitermachen.

Raus aus dem überheizten Waaghof.

***

Pro Sene Sano.

4051, Ecke Holbein-/Feierabendstrasse, ruhiges Wohnquartier, mehrheitlich hundertjährige Gebäude, vereinzelt als

Büroräume genutzt. Vis-à-vis von Wyss Logistics das Altersheim Hasenbrunnen. Die alten Leute dort, Senioren, «Silver Ager», Rentner und -innen, womöglich haben sie wenig zu tun. Vielleicht schläft jemand schlecht und war am Dienstagmorgen zwischen sieben und acht spazieren oder schaute aus dem Fenster. Dass jemand auf der Bank an der Ecke gesessen hätte, ist wegen der Temperaturen und Niederschläge unwahrscheinlich. Die Bise vertreibt die Menschen erst recht. Hat eine Bewohnerin, ein Bewohner des Altersheims etwas gesehen? Oder jemand von den Angestellten?

Freddie Dominguez und Aspirantin Odermatt fragen sich zum Büro durch. Andrea Gätzi, die Leiterin, koordiniert am Bildschirm elektronisch die Abläufe, die notwendig sind, damit eine solche Einrichtung funktionieren kann. Vertieftes Wissen darüber habe ich nicht, und weil das nicht das Hauptinteresse dieser Geschichte ist, verzichte ich darauf, Frau Gätzis Arbeit im Detail zu erläutern. Jedenfalls verhält sie sich freundlich, aber etwas besorgt, weil die Polizei im Haus ist. «Das könnte Unruhe bringen», sagt sie zu Dominguez und Odermatt, «viele unserer Bewohnerinnen und Bewohner sind nicht sehr belastbar. Die Anwesenheit der Polizei könnte sie erschrecken.»

«Wir gehen nett mit ihnen um. Ich habe selber einen Grossvater, der nicht mehr ganz bei Trost ist», antwortet Freddie und schliesst aus der Reaktion der Heimleiterin, einem Blick, wie er ihn auch vom Müller kennt, dass er sich nicht ausgedrückt hat, wie es in dieser Branche üblich ist.

«Immerhin sind Sie nicht in Uniform», sagt Frau Gätzi. «Ich schicke Ihnen eine Mitarbeiterin mit, damit sich unsere Gäste nicht aufregen.»

«Einverstanden, danke», sagt Freddie betont freundlich nach seinem lexikalischen Fehlgriff.

Andrea Gätzi begleitet den Muskulösen und Odermatt in den Korridor. Dessen eine Seite ist beige gestrichen, abschnittweise lindengrün, die andere roter Backstein. Sie schaut sich um, erblickt eine Mitarbeiterin und winkt sie heran. Sie fasst zusammen, was die Polizei will. Altenpflegerin Liljiana Maric soll bitte den Kontakt zu den Bewohnerinnen und Bewohnern des Hasenbrunnens vermitteln und die Befragungen begleiten.

Amber Odermatt heisst gleich wie das Bier, aber der Vorname bezeichnet weder den Charakter noch die Flüssigkeitsvorlieben der Aspirantin. «Amber» meint eine leicht holzige und trockene Duftnote, süss-balsamisch und erinnert ein wenig an Tabak. Amber ist ein Duft mit einem erdigen, warmen Hauch.

Zurück zum Polizeilichen.

Liljiana Maric bringt Dominguez und Odermatt zuerst in den zweiten Stock. Auf Stühlen in einem Aufenthaltsraum (Blumen, Philodendron, Sessel, Stühle, Tisch, ausgeschalteter Fernseher) sitzen drei Frauen. Eine schläft, eine strickt, eine schaut zum Fenster hinaus.

Die Strickerin, Marianne Lütolf, pensionierte Schneiderin, erkennt den Herrn auf dem Foto nicht, das Odermatt ihr zeigt.

«Er arbeitet gegenüber, im Eckhaus», bohrt die Aspirantin nach.

«So weit sehe ich doch gar nicht mehr», antwortet Frau Lütolf und lacht, als habe sie den Witz des Jahres erzählt. Wegen des Gelächters wacht die Schlafende auf und blickt interessiert um sich.

«Frau Settembrini», sagt Liljiana Maric zur Aufgewachten, «vielleicht können Sie die Frage der Polizei beantworten?» Sie zeigt auf Odermatt und Dominguez.

«Polizei?», fragt sie. «Was ist denn passiert? Meine Enkelin ist auch bei der Polizei, in Solothurn. Lara heisst sie. Vielleicht kennen Sie sie?»

«Leider nicht», antwortet Freddie, der befürchtet, nun den Stammbaum der Settembrinis erzählt zu bekommen. Die Kollegin hält der Frau das Foto von Melvin Wyss hin. Frau Settembrini nimmt es in beide Hände und betrachtet es. Schliesslich sagt sie: «Hm …»

«Kennen Sie diesen Herrn?»

«Vielleicht habe ich ihn einmal gesehen, als ich spazieren gegangen bin.»

Das nützt uns zero und gar nichts.

«Haben Sie ihn eventuell am Dienstag gesehen, morgens, etwa um halb acht?»

«Dienstag, war das … der 9. Januar?»

«Ja», antwortet Amber Odermatt schnell, um Frau Settembrinis Erinnerungsfaden zu stärken.

«Am Dienstag? Um halb acht Uhr morgens?»

«Ja?»

«Ehm … Nein, um halb acht morgens frühstücke ich in meinem Zimmer. Da interessiert mich nur, was auf dem Teller liegt.» Sie zwinkert Freddie zu.

Der bedankt sich und wendet sich an die dritte Frau, die noch immer ungerührt aus dem Fenster schaut. «Guten Tag», sagt er, «können Sie uns sagen, ob Sie diesen Mann gesehen haben? Am Dienstagmorgen –»

Liljiana Maric unterbricht ihn: «Frau Wolter kann Ihre Frage nicht beantworten.»

«Ist Sie schwerhörig, hä?» Er brüllt der Frau ins Ohr: «Frau Wolter.»

Die Altersheimangestellte schüttelt den Kopf. «Sie versteht Sie nicht. Sie erkennt nicht einmal mehr ihre Kinder.»

«Oh, Entschuldigung», sagt Freddie zu Frau Wolter, zu Frau Maric und vielleicht auch zum Leben. Maric legt ihm kurz die rechte Hand auf die Schulter. «Es ist nicht einfach, für niemanden.»

Unter den Bewohnerinnen und Bewohnern des Altersheims sind etliche mehr, zu denen Liljiana Maric Freddie Dominguez und Amber Odermatt erst gar nicht führt.

«Ist sie auch …?», fragt Freddie, als ihnen eine violettsilberhaarige Frau in blauer Strickjacke entgegentappt, den Rollator fest im Griff.

«Ja», antwortet Maric, «aber dort kommt Herr Schoch. Er spaziert viel im Quartier, vielleicht weiss er etwas … Herr Schoch, kann Ihnen die Polizei einige Fragen stellen?»

Doch der Mann reagiert nicht. Hört er schlecht?

«Herr Schoch, ein paar Fragen von der Polizei? Das sind Herr Dominguez und Frau Odermatt –»

«Karli, no-ne Gool, oh, wie duet das wohl ...», singt Herr Schoch mit brüchiger Stimme.

Freddies Miene hellt sich auf: der FCB-Schlager von Peter Felix aus dem Jahr 1970. Das Schlieremer Chind Alfred Mauchle alias Freddie Dominguez hat sich per Heirat in kurzer Zeit so stark eingebaslert, dass ihm diese Melodie das Herz wärmt. Die Fussballbegeisterung, universelle Leidenschaft der Nordwestschweiz, ein gemeinsamer Nenner, der ihm helfen könnte, den Kontakt zu diesem drahtigen und kahlköpfigen Mann herzustellen. «Ja, ja, der FCB ... eine schwierige Saison», schlägt Freddie vor.

Herr Schoch schaut ihm ins Gesicht, aber knapp neben den Augen vorbei.

«Der Trainer ... die Vereinsführung ...», versucht Freddie weiter, im alten Mann eine Reaktion zu triggern, wie man heute sagt.

«Herr Schoch», mischt sich Liljiana Maric ein, «der Polizist möchte Ihnen ein Foto zeigen und Sie etwas fragen.»

«Mhm», gibt der Mann zurück, schüttelt sanft den Kopf und geht langsam weiter.

Tja, denkt Freddie Dominguez, noch so einer, der knapp weiss, wo oben und unten ist. Wenig ergiebig, die Befragungen im Altersheim. Mit neunzehn ... ja, neunzehn Personen haben sie sich unterhalten, zählt er in seinem Notizbüchlein. «Vielleicht» und «kann schon sein» und «nicht» und «hm, ähm, nun» ist ihnen der Unternehmer Melvin Wyss bekannt. Ein Herr Sonderegger bringt ihn mit einem «grossen dunkelgrünen Auto» in Verbindung, «das oft in der Holbeinstrasse parkiert». Sein einziger Kommentar: «Sieht teuer aus, aber ich bin früher Velo gefahren.» Niemand erinnert sich, Wyss am Dienstag bemerkt zu haben, erst recht nicht morgens um halb acht, als pflatsch.

***

Ultraliberal.

Dunkel ist es, «Dark as a Dungeon» (Johnny Cash), als Goran M. Zvetkovic pünktlich um 16:30 Uhr im Waaghof eintrifft.

Romina Wäckerlin hat den Anwalt und Vizepräsidenten der Ultraliberalen Partei vorgeladen. Sein Anwalt Marcel von Büren eskortiert ihn. Er rechnet also mit allen Eventualitäten. Offenbar zieht er in Betracht, dass ihn die Behörden einer Straftat beschuldigen werden, sonst wäre er allein gekommen. Das ist interessant. Einen Anwalt bräuchte Zvetkovic als Zeuge oder Auskunftsperson nämlich nicht. Siehe StPO. Artikelnummer ist mir gerade entfallen.

Befragungsraum S 311, deine verzweiflungsfördernde Aura male ich für einmal nicht in Öl. «Angst essen Seele auf» (R. W. Fassbinder). Sie, geschätzte Leserin, geschätzter Leser, sind mit der kalten Funktionalität dieses Raums von circa 18 Quadratmetern inzwischen vertraut. Sie möchten nicht dort sitzen, Goran M. Zvetkovic auch nicht. Für seinen Rechtsvertreter, RA lic. iur. Marcel von Büren, Studienkollege und Farbenbruder des ultraliberalen Vizepräsidenten, ist es einfach nur Arbeit.

Für Gormann und Wäckerlin dito. Aspirant Vakulic übernimmt die Rolle des Stummen, der bei der Tür steht und die Auskunftsperson anstarrt. Gormann und Wäckerlin werden das Guter-Cop-böser-Cop-Muster durchexerzieren. Anwalt von Büren wird protestieren, das Kriminalkommissariat halte seinen Mandanten von der Arbeit ab und schränke seine Freiheit ein. Zvetkovic denkt, er werde von der grossen Blonden mit dem Pferdeschwanz und dem kleinen Dunkelhaarigen mit der griechischen Nase dazu gezwungen, seine Zeit zu verschwenden.

Die sollten sich gescheiter um Verbrechen kümmern. Aber so ist es halt, wenn der saturierte Staat zu viel Geld hat, denkt Zvetkovic. Okay, Polizei braucht es. Damit die Neider und Habenichtse, die Faulen und die Weichen sich nicht erdreisten, das, was sie nicht erarbeitet haben, von denen zu holen, die es besitzen. Statt sich selbst anzustrengen, per aspera ad asperissima, nicht? Ohne Fleiss kein … «Gehirn: ein Organ, mit dem wir denken, dass wir denken.» (Ambrose Bierce).

So … Klappen wir Goran M. Zvetkovics Schädel wieder zu, damit die Elektronen unbehelligt darin kreisen können.

Die eine Neonröhre im Befragungsraum S 311 flackert leicht. Nicht besonders eklig, wir kennen das, aber Besuchern feilt das an den Nerven. Kaffee oder Mineral? Der Ultraliberale und sein Anwalt sitzen auf der einen Seite des festgeschraubten Tisches, Wäckerlin und Gormann auf der anderen. Wobei es Markus Gormanns Aufgabe sein wird, hin und wieder aufzustehen, mit der Kniescheibe zu knacken, durch den Raum zu wandern und mit Vakulic, der Statue bei der Tür, Unverständliches zu flüstern. Gelegentlich wird Gormann durch die massive Tür verschwinden, zurückkehren, sich erneut an den Tisch setzen, vielsagend ☺ lächeln, auf dem Notizblock vor sich unleserliche Notizen anfertigen und dabei das eine oder andere Wort wissend grinsend unterstreichen oder einkringeln.

Durchsichtig? Nicht, wenn Sie dort sitzen, wo Goran M. Zvetkovic gerade sitzt. Sie würden Ihr Hemd und Ihre Krawatte durchschwitzen. Sie wären nervös, empört und unendlich müde. Ihr Herz würde unkontrollierbar klopfen. Und vielleicht nagt an einem gut versteckten Ort unter Ihrem psychischen Regenbogen ein Käfer namens Gewissen. «Maybe Baby» (Buddy Holly) haben Sie etwas auf dem Kerbholz, das … nun ja … vielleicht nicht cento percento absolut dem Gesetz entsprochen hat? Womöglich haben Sie die … Vorschriften … (beschwichtigender Tonfall) … bei der einen oder anderen Gelegenheit … leicht … gedehnt? Darauf gehofft, dass die Sachlage derart kompliziert und verwickelt ist, dass die Strafverfolgungsbehörde gar nicht drauf kommt?

Keine Vorverurteilung, bitte. Der Vizepräsident der ULP wurde als Auskunftsperson vorgeladen. Nun aber: «Let the Show Begin» (Bonnie Tyler).

Gormann drückt die Aufnahmetaste und nennt Datum und Uhrzeit: Donnerstag, 11. Januar, 16:36 Uhr. Er zählt die Anwesenden auf: Wäckerlin, sich selbst, Vakulic; Zvetkovic, von Büren. Nennt den Gegenstand der Befragung: «Hintergründe zur Körperverletzung an Rinaldo Mayer, begangen am 5. Januar, circa 17:00–17:30 Uhr am Bundesplatz.»

Wäckerlin ergreift das Wort. «Als Jurist wissen Sie doch, Herr

Zvetkovic, dass Sie für eine Befragung als Auskunftsperson keinen Anwalt benötigen. Warum trotzdem dieser Aufwand?» Sie zeigt auf RA von Büren.

«Ich bin nicht Strafrechtler, sondern Wirtschaftsanwalt ...», sagt der Befragte.

«Mit Ihrem Vorgehen geben Sie zu verstehen, dass Sie meinen Mandanten einer Straftat beschuldigen», empört sich von Büren.

«Und? Herr Zvetkovic, trifft das zu?», fragt Wäckerlin, weil das syntaktisch vormoderne «Ist dem so?» weniger ihrem Sprachgebrauch entspräche.

«Zur Sache, Frau ... äh, Wäckerlin», spielt sich von Büren auf.

«Ich will Ihren Mandanten hören, nicht Sie. Wir befragen Herrn Zvetkovic als Auskunftsperson. Als einen, der den Geschädigten Mayer gut kennt, mit ihm im Vorstand der ULP sitzt und der ... auch mit seiner Partnerin, Frau Affentranger, im Austausch steht.»

«Wie kommen Sie darauf?» Zvetkovic macht erstmals fallbezogen den Mund auf.

Gormann erhebt sich vom Stuhl und fängt an, vier Schritte hin, fünf zurück, drei in Richtung Vakulic, viereinhalb wieder zum Tisch zu gehen, in lähmender Langsamkeit. (Berechnen Sie bitte die Fläche der von Markus Gormann umschrittenen Figur.)

Wäckerlin wechselt das Thema. «Sie haben mir gestern am Telefon gesagt, dass bei der Geschäftsstelle der ULP ‹rüde E-Mails› eingegangen sind, nicht?»

«So ist es.»

«Weshalb haben Sie diese Mails vor den übrigen Vorstandsmitgliedern, Rinaldo Mayer inklusive, verheimlicht?»

Zvetkovic und von Büren wechseln einen Blick.

«Ich habe sie nicht ‹verheimlicht›, wie Sie es nennen», antwortet Goran M. Zvetkovic pikiert, «ich habe den Parteivorstand nicht informiert, weil wir ab und an solche Mails bekommen. Es sind im Grunde Bagatellen ... Ich wollte die Kolleginnen und Kollegen nicht beunruhigen –»

«Bagatellen, die die Kolleginnen und Kollegen beunruhigen könnten? Das passt nicht zusammen, Herr Zvetkovic.»

Wäckerlin ist recht zufrieden, wie es läuft. Sie blickt zu Markus Gormann. Der verzieht keine Miene, steht aber erneut auf, geht zur Tür, raunt dort Vakulic etwas zu und verlässt S 311.

Zvetkovic schaut ihm nach, RA lic. iur. Marcel von Büren ebenfalls. Die schwere Tür fällt mit einem Thummppp ins Schloss. Vlado Vakulic, der beim Eingang postiert ist, hält ungerührt seinen Laserblick aufrecht. Verunsichert wenden sich Zvetkovic und von Büren wieder Romina Wäckerlin zu, die den ultraliberalen Wirtschaftsanwalt anlächelt. Ihre Zähne sind so weiss wie die Kältewüste von Baffinland.

«Hat sich Herr Mayer in letzter Zeit ungewöhnlich verhalten?», führt sie die Befragung weiter.

«Hm. Also ... nein. Er war wie immer.»

«Von Sorgen oder Drohungen hat er Ihnen nichts gesagt?»

«Nein. Wenn etwas ... nun, Konkretes vorgelegen hätte, hätte er sich mir bestimmt anvertraut.»

«Etwas Konkretes? Was meinen Sie damit?»

«Eben ... Drohbriefe, Mails, ein Farbanschlag auf sein Auto, ein Brandsatz in seinem Briefkasten. Das gab es bisher nicht.»

«Bisher?»

«Sie ... ähm ... Sie wissen ja, wie vergiftet das politische Klima ist. Wer sich öffentlich zu einer Meinung bekennt, die nicht dem Mainstream entspricht, hat es ... schwer. Der Mainstream spaltet –»

Gormann kehrt hustend durch die Tür in den Verhörraum zurück und setzt sich neben Wäckerlin.

RA Marcel von Büren: «Kommen Sie bitte zur Sache, Frau ... äh ... Wäckerlin. Mein Mandant hat noch weitere Termine.»

«Gerne», gibt sie zurück, und wer sie kennt, bemerkt ein hinterlistiges Funkeln in ihrem Blick. «Existieren diese ‹rüden Mails› wirklich, oder wollen Sie von etwas ablenken, Herr Zvetkovic?»

«Das ist eine –», setzt Rechtsvertreter von Büren an. «Unterstellung» wollte er sagen.

«Ob sie existieren, können wir leicht überprüfen», fällt ihm Detektivin Wäckerlin ins Wort. «Das Zwangsmassnahmengericht –»

«Halt! Halt», ruft der Anwalt dazwischen.

Wäckerlin lässt sich nicht stoppen: «… wird uns bestimmt eine Durchsuchung Ihres Computers und Ihres Mail-Accounts genehmigen.»

Gormann steht erneut auf, lächelt und verlässt S 311.

«Völlig unverhältnismässig», platzt es aus Zvetkovic heraus. Von Büren nickt und tastet nach seiner Herzseite, etwas theatralisch.

Wäckerlin sagt ruhig: «Wir ermitteln in einem Angriff gegen Leib und Leben, einem Gewaltdelikt. Hätte das mutwillig präparierte Handy Herrn Mayer mit voller Wucht an der Schläfe getroffen, könnte er tot sein. Das Wurfgeschoss hätte ihm auch die Halsschlagader aufschlitzen können, er wäre verblutet. Wäre es kälter gewesen, hätte er erfrieren können. Er lag bewusstlos im Grünstreifen beim Bundesplatz. Mindestens versuchte Tötung.»

Von der Tür her äugt weiterhin Aspirant Vakulic.

Zvetkovic weiss nicht, wie ihm geschieht. Nach einigen Sekunden sagt er: «Äh, die Mails habe ich, glaube ich, gelöscht.»

«Von Ihrem Computer auf der ULP-Geschäftsstelle?»

Der Befragte nickt.

«Von Ihrem Partei-Mailkonto?», fragt Wäckerlin.

Der Befragte nickt. (Sagittale Bewegung des Kopfes aufgrund der Beschaffenheit des Atlas.)

Von Büren versucht einen Gegenstoss. «Ich sage es klar und deutlich: Mit meinem Mandanten hat der Angriff auf Rinaldo Mayer nichts zu tun. Nichts. Sie sind Parteifreunde. Sie sind auch privat befreundet.»

«Wir werden sehen», setzt Romina Wäckerlin voll auf das Futurum I.

Markus Gormann tritt wieder in den Befragungsraum. Seine Gummisohlen quietschen auf dem hellgrauen Linoleum. Er setzt sich zurück an den Tisch zu Wäckerlin und fragt Zvetkovic wie aus dem Nichts: «Welchen Kontakt haben Sie zu Frau Affentranger, Mayers Partnerin?»

Wären wir wieder bei dieser Person.

Zvetkovic macht von seinem Recht auf Aussageverweigerung Gebrauch.

Wäckerlin und Gormann machen noch eine Weile weiter. Vakulic schaut von der Tür her zu und lässt Zvetkovic nicht aus den Augen. RA von Büren mimt den Ärgerlichen, um sein Honorar und Zvetkovics Farbenbruderfreundschaft weiterhin zu verdienen. Kommissär Müller, von Gormann informiert, hat inzwischen seinen Chef Krähenmann kontaktiert und der das Zwangsmassnahmengericht. Dieses hat telefonisch die Sicherstellung von Zvetkovics Computer bewilligt. Gormann wird nachher das schriftliche Durchsuchungsgesuch aufsetzen.

***

Währenddessen.

Um näher bei der Mannschaft zu sein, setzt sich der Kommissär ins Gemeinschaftsbüro. Für sich und Valérie Allmendinger hat er Kaffee geholt. Sie gehen Vakulics Beobachtung nach, dass Goran M. Zvetkovic offenbar mit Frau Affentranger in elektronischem Kontakt steht.

Den Kaffeebecher noch an den Lippen, gibt Allmendinger zuerst den Namen von Rinaldo Mayers Partnerin in die kalifornische Suchmaschine ein. «Ungefähr 9400 Ergebnisse (0.37 Sekunden)» meldet die Maschine. Nicht überaus viel, dennoch begrenzen auf «letzten Monat» → nun bleibt ein Bruchteil. Einige Business-News-Erwähnungen, eine – mit Bild – bei einem Apéro des Wirtschaftsverbands Nordwestschweiz gemeinsam mit Rinaldo Mayer. «Sie arbeitet offenbar diskret, im Hintergrund», sagt Detektivin Allmendinger zum Kommissär. Die Finanzbranche ist eine verschwiegene Parallelgesellschaft. Transparenz würde dem Business schaden.

Müller hat derweil Goran M. Zvetkovic auf dem Bildschirm, ebenfalls vom Suchmaschinenalgorithmus gefiltert. «Ungefähr

216'200 Ergebnisse (0.41 Sekunden)» lautet die Bilanz. Zeitlich eingegrenzt, bleiben hauptsächlich politische Wortmeldungen übrig. Zvetkovic kommentiert die Wirtschaftslage, die überbordende Regulierungswut, den Freihandel, dem noch immer zu viele Hemmnisse in den Weg gelegt werden. Er äussert sich über die Perspektiven für den chinesischen und amerikanischen Markt, die Hindernisse, die der Mainstream der freien Entfaltung der unternehmerischen Innovation in den Weg legt, die ideologische Intoleranz, die Anspruchsmentalität grosser Teile der Einwohnerschaft. Er analysiert «das durch Teile der Bevölkerung stark belastete und viel zu teure Gesundheitswesen», wobei «durch eine rigorose Erhöhung der obligatorischen Franchise und des Selbstbehalts» das «irrige Konstrukt kuriert werden» müsse. «Stillstand ist Rückschritt», behauptet er, einen unbekannten Manager zitierend, der – wie böse Zungen behaupten – bestimmt wegen Insiderdelikten und Verstössen gegen das Arbeitsrecht verurteilt wurde. Böse Zungen, ich wiederhole. Schliesslich – gestern in mehreren Medien zitiert – hat sich Zvetkovic zum Attentat auf seinen geschätzten ULP-Vorstandskollegen Rinaldo Mayer geäussert, «dessen Urheber im linksgrünen oder autonomen Lager zu suchen sein müssen, stellen doch diese Kreise permanent unter Beweis, was sie von unserer Rechtsordnung und unserem Wirtschaftssystem halten». Er sieht zudem die Meinungsfreiheit in Gefahr und prophezeit dem System den «Untergang durch Überregulierung».

Müller liest all das am Bildschirm. «Nichts Überraschendes über Zvetkovic», sagt er zur Kollegin.

«Nun verknüpfen wir die beiden Namen», schlägt Allmendinger vor, die ihm schräg gegenübersitzt.

«Mhm», antwortet der Müller und tippt. Im Gemeinschaftsbüro ist nur das Geräusch des Rädchens an der Maus zu hören. Er scrollt die Einträge hinunter.

«Äh …», denkt er laut, «schau mal, Valérie. Ich glaube, da haben wir etwas.»

Allmendinger steht auf, umrundet ihren Tisch, stellt sich neben den sitzenden Kommissär und schaut ihm über die Schulter.

«Den Hund kennen wir doch», sagt sie und lacht.

«Und die Menschen sowieso. Da ist noch mehr ...»

Kayleigh Affentranger hat auf ihrem Instagram-Profil Schnappschüsse von einer der mindestens fünf Kameras in ihrem Superhandy gepostet, mit vielen #Hashtags: sie, #Goran und #LuckyDuke in #Zermatt beim #AprèsSki; sie, #Goran und #LuckyDuke in #Gstaad in einem Restaurant; sie und #Goran ohne #LuckyDuke an Partys in Lokalen mit Discokugeln, bunten Lichtern und tanzenden Menschen als Hintergrund für ihren #Lifestyle ...

«Der Dackel von Frau Affentranger heisst also Lucky Duke», stellt Valérie Allmendinger fest.

«Und sie und Zvetkovic hatten offensichtlich etwas miteinander», ergänzt der Müller, «die Einträge stammen aus dem vorletzten Jahr, bis in den Frühsommer.»

«Oder die Sache läuft immer noch. Dass Vlado gesehen hat, dass bei ihr eine Mitteilung von Zvetkovic einging, könnte ein Hinweis sein.»

Müller nickt.

Telefonrunde.

Katrin G. Mägerle, Strategieexpertin der Ultraliberalen Partei, beteuert am Telefon gegenüber Allmendinger, sie wisse «nichts über Gorans Privatleben», sie arbeite «meist vom Homeoffice aus» und halte sich «fast ausschliesslich zu Sitzungen in der Geschäftsstelle» auf. Solange die Vorstandsmitglieder die ULP nicht in Negativschlagzeilen brächten, kümmere sie sich nicht darum, was ihre Kolleginnen und Kollegen treiben. «Wenn Sie suggerieren wollen, wir würden unsere führenden Mitglieder intern disziplinieren, so haben Sie unseren Freiheitsbegriff nicht verstanden.»

Heiko G. Loacker, der Medienverantwortliche der ULP, gibt Müller zu Protokoll, er bekleide seine Funktion erst seit eineinhalb Jahren, und «was vorher war, darüber weiss ich nichts». Als der Polizeimann nachbohrt, verrät Loacker immerhin, dass Zvetkovic seines Wissens derzeit «nicht liiert» sei. Er selbst gehöre jedoch «nicht zum allerengsten Kreis des Vizepräsidenten». Ihre Kontakte beträfen «in der Regel politische und gesellschaftliche Fragen», und er stehe ihm und Parteipräsidentin Trauffer «nur bei öffentlichen Auftritten oder Interviews zur Seite».

«Was meinen Sie mit ‹in der Regel›?», fragt der Müller.

«Nun, selbstverständlich tauscht man sich bei einem äh Apéro, einem Nachtessen oder sonstigen Events auch einmal ein wenig persönlicher aus.»

«Worüber denn?»

«Ferien, die technischen Daten des neuen Autos, empfehlenswerte Restaurants, Shopping-Tipps ...»

Gegockel also, denkt der Müller, schiebt weitere Fragen nach, kriegt nichts von Belang zu hören und bedankt sich.

Nächster Mülleranruf → Sebastian J. Spoerri, laut ULP-Website «Vorstandsmitglied mbA». Ihn fragt der Kommissär zuerst, was dieses «mbA» bedeutet, weil es wohl kaum mit einem «MBA» gleichzusetzen ist, obwohl Spoerri beiläufig einflicht, dass er «natürlich» ein MBA hat (von Harvard). (Was, wie der Müller später herausfindet, pure Neugier, zwei Jahre dauert und per annum rund 100'000 US-$ kostet.)

«MbA bedeutet ‹mit besonderem Auftrag›», erklärt Spoerri dem Telefonhörer.

«Das weiss ich. Aber was ist dieser besondere Auftrag?»

Die Erde rast während einer dreisekündigen Sprechpause rund 90 Kilometer weiter, ellipsoid um das Zentralgestirn.

«Ich weiss nicht, ob ich Ihnen das am Telefon erklären kann», antwortet Spoerri. Müller hört die Schwingungen zwischen den Zeilen, denkt nach und folgert, dass ihm der Mann etwas sagen will. Und zwar ohne das Risiko, belauscht oder abgehört zu werden, ohne die Gefahr, dass das Gespräch aufgezeichnet werden und in falsche Hände geraten könnte.

«Wann haben Sie Zeit?», fragt der Müller.

Im Telefon ist es so still wie auf der Venus.

«Sind Sie noch da?»

Zwei Sekunden später sagt Spoerri: «In einer Stunde beim

Tinguely-Brunnen? Ich trage einen hellbraunen Mantel und habe einen blauen Schirm dabei.»

Ich weiss, wie Sie aussehen, denkt der Müller, bei der Kripo haben wir auch Internet.

Gehst du natürlich nicht unvorbereitet hin. Als Polizist willst du wissen, mit wem du es zu tun hast. Womit verdient ULP-Vorstandsmitglied mbA Spoerri seinen Lebensunterhalt? Als Chief Agile People Coach. Hä? Innerhalb des agil organisierten Fachbereichs Online Technology fördert er Mitarbeitende in ihrer persönlichen Entwicklung, ihrer Zufriedenheit am Arbeitsplatz und ihrer Produktivität. Das Aufgabengebiet: Er fördert eine offene Feedbackkultur zwischen Mitarbeitenden und führt selber regelmässige Feedbackgespräche mit Mitarbeitenden inkl. Besprechung von individuellen Entwicklungszielen durch. Er kümmert sich um Personalrekrutierung und verantwortet das Onboarding von neuen Mitarbeitenden. In personellen Angelegenheiten ist er die erste Ansprechperson und hilft seinen Mitarbeitenden, Probleme zu erkennen und zu lösen. In Zusammenarbeit mit Scrum Masters und Tech Leads erkennt der Chief Agile People Coach Wissenslücken und entwickelt zielgerichtete Weiterbildungsmassnahmen zum Know-how-Transfer. Als Teil der agilen Gilde fördert er eine positive und produktive Arbeitskultur, indem er Werte wie Eigenverantwortung, Vertrauen, Offenheit und Respekt thematisiert und vorlebt. Er freut sich darüber, in einem dynamischen, abwechslungsreichen und hoch motivierten Umfeld zu arbeiten. Er geniesst es, den digitalen Wandel des Unternehmens an vorderster Front mitzugestalten. Es erfüllt ihn mit Zufriedenheit, die lernende Organisation mit vielfältigen Möglichkeiten zu Wissensaufbau und -vermittlung voranzubringen und in stetigem Austausch zu stehen.

Das liest der Müller in diesem Internet, denkt an David Graebers Buch «Bullshit Jobs», das er vor Jahren gelesen hat. Das Buch hat ihm damals sein Zürcher Freund Franz Schubert geschenkt, Inhaber und Chef der Internationalen Clearingzentrale an der Bäckerstrasse. Der cleart und cleart und entwirft Konzepte und setzt sie um, führt global Transaktionen durch, was dem Müller immer ein Rätsel war, eben ein Bullshit-Job, in dem sich Franz dennoch nächtelang mit Wohlbehagen umtut. Er selbst, Kommissär Müller Benedikt, wäre lieber tot, als an so einem [redacted]arbeitsplatz das Leben zu verschwenden. Lieber Polizist sein als Gehirne waschen.

Eine Stunde später beim Tinguely-Brunnen. Keine malerischen Eisgebilde heute, weil die Temperatur bei einem bis zwei Grad Celsius liegt. Kälter war es in den letzten Wochen selten. Da friert dir vielleicht das Herz im Gemüt, die Feuchtigkeit kriecht in den Kragen und die Hosenbeine hoch, durchdringt die Gummisohlen und krallt sich hartnäckig an den Füssen fest. An Licht fehlt es ohnehin an diesem Donnerstag, dem 11. Januar, weil der Hochnebel dicht und tief fast den Boden berührt. Kurz: Die hin und her und vor und zurück schaukelnden Metallteile und Schläuche des Tinguely-Brunnens zeigen keinen Eisbart und prellen die wenigen Städtereisenden um ein beliebtes Fotomotiv.

So touristisch-ökonomisch denkt der Müller nicht. Schliesslich ist er im Dienst.

Dunkelblaue Windjacke, schwarze Hose, braune Winterschuhe, graue Wollmütze bis über die Ohren, der Müller tut sein Bestes, um freundlich dreinzublicken, weil der Zeuge ja freiwillig aussagen will. Der Kommissär hält Ausschau nach dem Mann im hellbraunen Mantel mit blauem Schirm.

Sogar die Spatzen frösteln, geben aber mental und physisch alles und tschilpen sogar an einem Tag wie heute auf Teufel komm raus.

Da kommt er mit schnellem Schritt. Etwas über 1.80, braunes Haar, gescheitelt. Zwischen den Kragenschössen gucken ein dezent gestreiftes Hemd und eine dunkelblaue Krawatte mit goldenen und weinroten Streifen hervor. Müller hebt die Hand einige Zentimeter. Sebastian J. Spoerri nickt knapp und stellt sich zwei Meter neben den Polizeimann ans flache Brunnenbecken, als wolle er erkunden, wie die Wasserspritzerei funktioniert.

«Danke, dass Sie gekommen sind», sagt Müller Benedikt.

«Ich habe zu danken», sagt Spoerri, «freut mich.»

«Mich auch», sagt der Müller, für den diese Formel ungewohnt ist. «Sie wollten mir Ihren ‹besonderen Auftrag› erklären …»

«Eigentlich geht es mir um etwas anderes», sagt Spoerri.

«Nämlich?»

«Sie fragten mich nach Goran und Rinaldo …»

«Ja?»

«Und nach Kayleigh … Affentranger.»

Da muss der Müller nichts sagen, sondern kann sich der Tugend des Zuhörens, empfohlen von allen Ehe- und Erziehungsberaterinnen und -beratern, hingeben. Bloss interessiert aussehen muss er, aber nicht zu offensiv den Kontakt zur Quelle pflegen, weil der Treffpunkt, den Spoerri vorgeschlagen hat, auf ein starkes Bedürfnis nach Diskretion schliessen lässt.

Wie die beiden in der feuchten Kälte stehen, mit dem Sicherheitsabstand von 200 cm, das würden unbefangene Betrachter für Zufall halten: zwei Passanten, die sich nicht kennen und sich im Mahlstrom des ewigen Businessfleischwolfs einen Augenblick Auszeit und einige Plauderworte mit einem Unbekannten gönnen. Eine Illusion, die echt wirkt: spontaner zwischenmenschlicher Austausch. So etwas findet zwischen Workflows, Organigrammen und Kostenstellen kaum Platz.

«Kayleigh und Goran kennen sich schon länger», erklärt Sebastian J. Spoerri. «Vielsagend» könnte ich hinzufügen, aber ich tue es nicht. «Die beiden kennen sich … gut … Drücke ich mich deutlich genug aus?»

«Sie haben zusammen …?»

«Genau.»

«Immer noch? Obwohl Rinaldo Mayer und Frau Affentranger … ein Paar sind?»

«Sie haben mich verstanden», bekräftigt Spoerri.

«Sollten Sie mich absichtlich falsch informieren, kann das strafrechtliche Folgen –»

«Vorletzte Woche bin ich abends an Kayleighs Haus vorbeigefahren, oben am Hang. Im Carport neben dem Würfel stand Gorans Auto. Ich kenne es und auch sein Kennzeichen. Daneben hat er einen Aufkleber der Studentenverbindung angebracht. Ich täusche mich nicht.»

«Mhm», quittiert der Müller. «An welchem Tag und zu welcher Zeit war das?»

Spoerri denkt nach. «Freitag … ja, Freitag muss das gewesen sein, vorletzte Woche. Das war … der 22. … richtig, der 22. Dezember, kurz vor 23 Uhr. Ich kam von einem Termin, der länger gedauert hat. Ich erinnere mich genau.»

«Mhm.» Der Müller nimmt die Information zur Kenntnis.

Im Wasserbecken paddeln zwei Stockenten hintereinanderher und benehmen sich, als wäre schon Frühling. Manchmal kennt die Tierwelt gar nichts.

«Die beiden haben zusammen einen Hund», ergänzt Spoerri, als decke er etwas Kompromittierendes auf. «Goran wird sie aber kaum deswegen besucht haben.» Seine Augen suchen die vom Müller.

Ein gelb-rotes Tram quietscht den Steinenberg hoch. Im Gegensatz zu den grünen haben die WLAN.

«Warum erzählen Sie mir das?», fragt ihn der Müller.

«Aus Wahrheitsliebe», antwortet Spoerri sofort und breitet die Arme aus.

Müller muss lächeln. «Sie könnten uns doch wie alle anderen erzählen, Sie hätten keine Ahnung und im Übrigen gehe uns das Privatleben des ULP-Vizepräsidenten gar nichts an.»

Spoerri betrachtet die Metallteile des Brunnens, die mechanisch hin und her und vor und zurück geschaukelt werden, den Schlauch, der einen Bogen Wasser spritzt, die Spatzen, die sich im Brunnen das Federkleid netzen und keine Ruhe geben.

Das ULP-Vorstandsmitglied mbA schweigt.

Am Hang.

Der Müller → zurück in den Waaghof, pickt Allmendinger auf → Überraschungsbesuch bei Frau Affentranger auf dem

Hügel oberhalb von Binningen. Die Klingel schellt. Keine Antwort.

***

ULP.

Während sich Goran M. Zvetkovic und RA von Büren am späteren Nachmittag noch in Raum S 311 im Waaghof aufhalten und Müller und Allmendinger der Dreiecksgeschichte und dem Spoerri-Hinweis nachgehen, rücken vier Sicherheitspolizisten, Gülay Sermeter und Mladen Jonovic von IT und Wirtschaft aus. Zum Büro der Ultraliberalen Partei.

Steinengraben, Abschnitt der Autobahn, die während der verkehrsplanerischen Barbarei der Sechziger und Siebziger mitten durch die Stadt hätte geführt werden sollen. Das Schlimmste wurde zwar verhindert, doch diese Schneise wurde tatsächlich realisiert. Der Müller fragt sich öfter, wie dieses Quartier aussah, bevor die Baumaschinen hier eingefallen sind. Jetzt ist der Steinengraben eine breite vierspurige Strasse. Für die Fussgänger wurde bei der Einmündung der Leonhardstrasse eine Fussgängerunterführung gebaut, mittlerweile ein Architekturdenkmal. Die lebendigen Menschen stopft man nur noch selten unter den Boden. Steinengraben, breite Strasse also, viel Brummbrumm und Rrrrroaaaarrr und Whoooshhh und Verkehr. Wohnen möchte hier niemand. Wohnen kann und tut hier auch niemand, seit gegenüber vom neuen Viersternehotel eine Versicherung die besetzten Häuser aus dem 19. Jahrhundert ausradiert und durch ein Bürohaus ersetzt hat, und das ist so … na ja … so ist es halt. Links und rechts der Strasse – einziger Lichtblick die Musikakademie und etwas weiter die Berufsfeuerwehr – also Geschäftshäuser, Geschäftshäuser, Geschäftshäuser, siebziger, achtziger, neunziger, nuller, zehner, und zwanziger Jahre. Können Sie sich vorstellen: eher suboptimal gelungen, seelenlos, austauschbar. Klartext: zum K[redacted]zen. Hier, am Steinengraben, ist die Geschäftsstelle der Ultraliberalen Partei eingemietet.

17:48 Uhr. Im Erdgeschoss – bei einer Firma, deren Name nicht von Belang ist – brennt noch Licht. Jonovic betätigt die Taste der Gegensprechanlage, sagt: «Polizei, öffnen Sie bitte.» Summen → Jonovic, Sermeter und die vier Uniformierten hinein → aus der Glastür im Parterre tritt ein Mann im Blaumann, «ich bin der Hauswart», Maxim Aliti (59) heisst er → «Wir müssen in den zweiten Stock.» → «Zur Treuhandfirma?» → «Nein, zur ULP. Ist da noch jemand?» → «Gut möglich, die arbeiten oft bis spät.» Bevor Aliti sagen kann, dass sie ohne Erlaubnis der Mieter die Räumlichkeiten nicht betreten dürfen, sind die zwei Zivilen und die vier Uniformierten auf dem Weg die Treppe hoch in den zweiten Stock.

Links die Glastür einer Treuhandfirma, rechts eine massive Stahltür, auf der «ULP» steht.

Jonovic klingelt. Nichts passiert. Er drückt erneut auf den Knopf. Nun glaubt Gülay Sermeter, drinnen ein Knacken gehört zu haben oder einen Stuhl, den jemand über den Boden geschoben hat. Jonovic drückt erneut auf die Taste. Der Türspion wird hell und dunkel. Im Schloss dreht sich ein Schlüssel, die Türe geht auf.

Eine Frau Ende dreissig, schulterlanges Haar, blonder Pony, Perlenohrstecker, anthrazitgraues Deux-Pièces, flache Schuhe, um den Hals ein Foulard in Blautönen, maritime Motive.

«Sermeter und Jonovic, Kriminalkommissariat, dürfen wir hineinkommen?»

«Warum?» Eine kritische, aber nicht abweisende Stimme.

«Wir haben einen Durchsuchungsbefehl. Für Goran Zvetkovics Büro und seinen Computer», sagt Jonovic und weist ein Dokument vor.

«Darf ich sehen?»

Sie liest das Papier durch, reicht es Sermeter zurück und hält der Truppe die Tür auf.

«Welches ist Herrn Zvetkovics Büro?», fragt Mladen Jonovic.

«Wir haben keine Einzelbüros. Sein Platz ist hinten links, dort in der Ecke, bei den Blumen.»

Jonovic und drei Uniformierte gleich hin.

Sermeter und ein Blauer bleiben mit der Frau beim Eingang stehen. «Sie sind?», fragt Sermeter.

«Mary-Anne Trauffer, Präsidentin der ULP und Mitglied des Grossen Rates.»

«Ist es der hier?», ruft aus der Ecke Mladen Jonovic und zeigt auf einen Rechner.

Trauffer schaut hinüber. «Ja, das ist richtig.»

Zu Gülay Sermeter sagt sie: «Was ist denn los?»

Die Detektivwachtmeisterin fragt stattdessen: «Kennen Sie die Zugangsdaten zu Herrn Zvetkovics Mail-Account?»

«Nein, aber ...»

Jonovic wird damit schon klarkommen.

«Hat sich Rinaldo Mayer in den letzten Wochen ungewöhnlich verhalten?», fragt Sermeter unvermittelt.

Die Parteipräsidentin befühlt das maritime Foulard, das sich um ihren Hals schlingt. «Nein, aber ... Sie ... beschlagnahmen Gorans Computer und fragen mich nach Rinaldo?»

«Wir versuchen, den Angriff auf Herrn Mayer aufzuklären», sagt Sermeter.

«Und Sie denken, der Anschlag hat mit Goran zu tun? Goran und Rinaldo sind Vorstandskollegen, Parteifreunde, sie kennen sich seit Jahren, sie haben dieselben Ansichten ...»

Die drei Uniformierten und Jonovic haben Zvetkovics Computer in eine Plastiktüte gepackt, lassen Frau Trauffer eine Quittung unterschreiben und ziehen ab, ausser Mladen Jonovic. Der stellt sich neben Gülay Sermeter und den vierten Blauen.

Sermeter wiederholt ihre Frage: «Hat sich Herr Mayer in letzter Zeit ungewöhnlich verhalten?»

Die ULP-Präsidentin schüttelt den Kopf. «Mir ist nichts aufgefallen.»

«Hat Ihnen Herr Zvetkovic etwas von Drohungen und Beschimpfungen erzählt, die per E-Mail bei ihm eingegangen sind?»

«Ach, hören Sie ... Wir bekommen ständig unfreundliche Zuschriften. Unser Standpunkt findet nicht nur Freunde. Die Linken –»

«Also hat Herr Zvetkovic Ihnen gegenüber nichts Spezielles erwähnt? Nachrichten, die er als ernst eingestuft hat? Die ihm vielleicht Angst gemacht haben?»

Ihre rechte Hand spielt wieder mit dem maritimen Foulard. «Nein.»

«Nein ja oder nein nein?»

***

Digital.

21:12 Uhr im Waaghof. Jonovic hat Gigabytes von Softwarepaketen durch Goran M. Zvetkovics Computer gejagt. Weder im Mail-Account noch unter den gelöschten Mitteilungen hat er Zuschriften gefunden, die beleidigend, geschweige denn bedrohlich sind.

ACHT

Ein Leben endet.

Am Donnerstagabend, 11. Januar, ist es Rosa Markwalder (92) leid. Sie hat es sich überlegt. Reiflich überlegt. Sie handelt nicht aus einer Laune heraus, nicht sprunghaft. Von den Medikamenten, die ihr die Hausärztin verschreibt, hat sie während Monaten immer mal wieder eine Tablette beiseitegelegt und die Schmerzen ausgehalten. Schmerzen hat sie überall. Ihr Körper ist alt, einfach sehr alt. Nachher wird ihr nichts mehr wehtun. Es wird ihr besser gehen. Sie wird ihren Mann Albrecht und ihre Tochter Rosa wiedersehen. Darauf freut sie sich. Obwohl es ihr im Grunde nicht entspricht, sich das Leben zu nehmen. Lange hat sie gerne gelebt. Doch jetzt ist genug, jetzt ist es zu viel.

Zweiundneunzig Jahre sind eine lange Zeit. Im St. Johann ist sie aufgewachsen. Viel hatten sie nicht, nur viel gearbeitet haben sie. Den Krieg hat sie erlebt, die Angst, dass die Soldaten den Rhein überschreiten oder von Frankreich her einmarschieren. Wenige hundert Meter vom Elternhaus standen die schwarz Uniformierten, die Nazis, die Ungeheuer. Nachts, beim Einschlafen, dachte sie oft an die. Dass sie kämen. Dann wachte sie weinend auf, und ihre Mutter oder ihr Vater trösteten sie. Zu essen hatten Rosa und ihre Familie. Knapp, aber es reichte. Kein Vergleich mit denen, die jenseits der Grenze eine Viertelstunde zu Fuss entfernt lebten. Aber die Angst, der Lärm, die Flugzeuge, die Motoren, die Bomben, die Explosionen waren zu hören, der Geschützdonner, die Stimme des irren Teufels im Radio, die Nachrichten, die Angst. Trotzdem hatte sie eine … ja, eine schöne Kindheit. Stundenlang in den Hinterhöfen herumgestreunt, Seilspringen, Murmelspiele, an der Anlegestelle die Frachtschiffe beobachtet, bei der alten Stadtgärtnerei, wo heute der St. Johanns-Park ist. Die Werkstätten in den Innenhöfen, ein Sattler, ein Schreiner, ein Schlosser, ein Wagner, die

Lebensmittelläden und an jeder Kreuzung die Beizen, in denen angetrunkene Männer sassen, die manchmal aufeinander losgingen, vor allem wenn sie über Politik sprachen oder Vollmond war. Der Vater ging nie in die Beiz. Ihn reute das Geld, sagte er. Wahrscheinlich, denkt Rosa Markwalder, hatte er auch keine Lust auf jene Gesellschaft, auf Rauch und Bierdunst und Schnaps und Ärger. Ihr Vater beobachtete gerne Vögel, fuhr Rad und schnitzte für seine und die Nachbarskinder Tiere aus Holz. Ein stiller Mann war er, Xaver Strübin, ihr Vater. Ihre Mutter, die auch Rosa hiess, hatte Lachfältchen um die Augen und war freundlich und herzensgut. Nur wenn jemand Brot auf den Boden warf oder einen schorfigen oder angefaulten Apfel wegwarf, statt ihn zu rüsten ... dann konnte sie fuchsteufelswild werden.

Nach der Sekundarschule absolvierte Rosa Strübin junior eine Lehre als Damenschneiderin, danach lernte sie beim Tanz Albrecht kennen, eben den Markwalder. Ein stattlicher Mann, sportlich und wie ihr Vater weder Saufkopf noch Wichtigtuer. Sie heirateten und bezogen eine Drei-Zimmer-Wohnung, Metzerstrasse, auch im St. Johann. Neben dem Haushalt flickte Rosa in Heimarbeit Kleider, oder sie machte Änderungsarbeiten. Es war eng, aber man kam durch. Leider ging die mechanische Werkstätte, in der Albrecht arbeitete, Ende der fünfziger Jahre bankrott. Einige Monate war es schwierig, den Kochtopf zu füllen, weil mittlerweile das Margritli und der Eugen zur Welt gekommen waren. Die kleine Rosa auch bald. Sie hatten wenig, aber die Familie hielt sich über Wasser. Das Leben der «einfachen» Leute war und ist nicht immer einfach, denkt Rosa Markwalder.

Die Kinder sind einigermassen recht geraten. Nicht alles eitel Sonnenschein, aber alles in normalem Rahmen. Dass die kleine Rosa vor einigen Jahren gestorben ist, Brustkrebs, das hat Rosa jetzt senior mitgenommen. Was will man machen? So ist der Lauf der Welt. Normalerweise sollten die Eltern vor den Kindern sterben. So hat es die Natur vorgesehen. Die Lebenden müssen sich zusammenreissen, denkt Rosa Markwalder, zumindest *versuchen*, gute Menschen zu sein. «Was du nicht willst, das man dir tu, das füg auch keinem andern zu.» Das hatte ihr die Grossmutter ins Poesiealbum geschrieben und dazu einen Blumenstrauss gezeichnet. Diese Seite hat sie wie ein Foto im Gedächtnis. Dass sich Eugen und Noldi, der Mann von Margrit, wegen einem Unsinn zerstritten haben, hat die alte Frau Markwalder nie richtig verstanden. Sie weiss nicht mehr, worum es ging, eine Kleinigkeit war es. Sie versuchte, gerecht zu sein, aber der Geni war ihr halt näher als der Schwiegersohn, der immer wieder gspässige Sachen von sich gab. Wahrscheinlich hat sie sich da nicht richtig verhalten und hätte auf den Tisch klopfen sollen und sagen: So, gebt euch die Hand und vertragt euch. Eine verpasste Chance, aber gut: Das sind erwachsene Männer, die müssten selbst darauf kommen, dass sich Streit nicht lohnt.

«Üb immer Treu und Redlichkeit» (Text: L. C. A. Hölty; Musik: W. A. Mozart).

Vor neunzehn Jahren starb Albrecht. Vierundsiebzig war er. Das Herz hörte plötzlich auf zu schlagen. Auch das ist der Lauf der Dinge, so traurig das war. Gott hat Albrecht zu sich genommen, den Markwalder. Die Trauer, ja. Trauer. Albrecht fehlt ihr noch immer. Irgendwann tut der Verlust nicht mehr so weh, aber eine Lücke bleibt. Das Gras wächst nach. Der Rhein fliesst weiter. Langsam hat sich die Leere in Rosa Markwalder wieder gefüllt. Obschon ihr manchmal durch den Kopf geht: Was würde Albrecht zu diesem und jenem Thema sagen? In diesen Momenten glaubt sie fast, ihn zu hören, denn sie weiss, was er sagen würde: dass Fett immer oben schwimmt. Dass Lügen leider nicht strafbar ist. Dass Hornochsen Hornochsen bleiben. Dass ehrlich zwar am längsten währt, aber nicht reich macht. Dass man immer in den Spiegel schauen können muss. Dass das grösste Maul nicht das grösste Hirn bedeutet.

Fast immer haben sie übereingestimmt.

Als das erste Trauerjahr vorüber war, zog Rosa Markwalder weg aus dem St. Johann. Um nicht mehr bei jeder Badezimmerkachel und jedem Parkettquadrat im Wohnzimmer an ihn zu denken. Sie wollte neu anfangen, war ja erst in den Siebzigern. 4051, zwischen Austrasse und Spalenring: Rütlistrasse. In der Nähe, im Paulusquartier und im Gotthelf, hatte sie Bekannte, vom Turnverein her. Das half ihr, am neuen Ort Fuss zu fassen. Ihr Leben lang ist sie leicht mit den Menschen in Kontakt gekommen. Ein Schwätzchen beim Einkaufen oder wenn sie das Altpapier vors Haus stellte. An der neuen Adresse vergingen die Jahre. Sie fuhr regelmässig mit dem Bus zum Friedhof Hörnli. Nicht nur wegen Albrecht. Mit der Zeit fanden einige ihrer Bekannten dort ihre letzte Ruhe und hoffentlich den ewigen Frieden. Die Jahre brachten für Rosa Markwalder auch Beschwerden mit sich: das rechte Knie, die Hüfte, Arthrose. Schlafstörungen. Die Schmerzen strahlten aus. Lange hat sie das ausgehalten, auch dank der Tabletten der Hausärztin. Nicht jammern, weitermachen. So hat sie immer gedacht. «Mach es wie die Sonnenuhr, zähl die heit'ren Stunden nur», ein weiterer Eintrag in ihrem Poesiealbum. Von wem nur? Daran erinnert sie sich nicht mehr. Was muss, das muss. So ist es halt. Sie ist nie jemandem zur Last gefallen. Nie hat sie jemandem etwas zugemutet. Sie hat alles selbst bewältigt. Zuerst mit dem Markwalder, wie sie ihn oft scherzhaft nannte. Seit neunzehn Jahren ist sie allein, seit achtzehn Jahren an der Rütlistrasse, nicht weit vom Schützenmattpark.

Vor zwei, drei Jahren merkte Rosa Markwalder, dass sich in ihr etwas zu verändern begann. Wenn sie die Zeitung las, stellte sie fest, dass die Welt sie befremdete und sie die Nachrichten immer seltsamer fand. In den Artikeln kamen fast nur noch Leute vor, bei denen sie sich fragte, was die denn geleistet hätten, um sich so aufzublasen. Sie las von Politikern, die nur Unrat säen und von sich derart überzeugt sind, dass sie vor Eitelkeit fast platzen. Freche Plagöri, die viel Chabis verzapfen und auf allen herumhacken, die anderer Meinung sind. Rosa Markwalder kam zum Schluss, dass es in dieser Welt ein Nachteil ist, wenn man freundlich ist und nachdenkt, bevor man etwas sagt. Dass Unverschämtheit der Trumpf Buur und Frechheit das Nell ist. Dass ... und da dachte sie, hinsichtlich Wortwahl ihren Gepflogenheiten entgegengesetzt, dass diese [redacted] so viel Unfrieden und Hass verbreiten, dass sie trotz all ihrer Lebenserfahrung kein Gegenmittel wusste. Überall dürfen diese bösen Männer in Interviews ihre Ansichten herausposaunen. Manche Leute jubeln ihnen sogar zu. Sie führen sich auf, als wären sie normale Leute. Aber ans Wohl der anderen Menschen denken sie nicht und geben mit ihren geschäftlichen Erfolgen an, ihrer Macht, ihrem Geld. Während andere mit der AHV-Rente und einer kleinen Pension durchkommen müssen.

Das Leben kann ermüdend sein.

Die Arthrose erleichtert nichts. Sie schlägt auf die Psyche. Zweiundneunzig Jahre Erfahrung auf der Erde … das ist viel und, findet Rosa Markwalder jetzt, eigentlich genug.

Sie will nicht erst nach Tagen in ihrer Eineinhalb-Zimmer-Wohnung an der Rütlistrasse gefunden werden. Darum füllt sie eine PET-Flasche mit Leitungswasser. Sie nimmt die Blackcurrant-Pastillen-Blechdose mit den Tabletten aus dem Badezimmerschrank, zieht die Schuhe und den dunklen Mantel an, geht hinaus, schliesst die Wohnungstür ab, obwohl das eigentlich keine Rolle mehr spielt. Aus den anderen Wohnungen hört sie nichts, als sie im Treppenhaus horcht. Sie drückt auf den Knopf und lauscht dem Geräusch des Motors, der die Liftkabine hochbefördert.

***

Währenddessen.

Das Nebeneinander von Tragödien, von denen wir wissen oder nicht, der Folter in den Gefängnissen mancher Länder, den Entbehrungen und der Not von Flüchtlingen, den Erfolgen von Extremisten, den Hetzern und Verführern, dem Schrecken des Krieges, dem Grössenwahn von Potentaten – et cetera et cetera et cetera – und von schönen Dingen wie der Sammlung des Kunstmuseums, der ersten Verliebtheit von Teenagern, dem kreativen Rausch einer Gitarristin, die ihrem Instrument unerhörte Geräusche entlockt, der Form des Gänseblümchens, dem Klopfen des Herzens und des Buntspechts … dieses Nebeneinander, diese Gleichzeitigkeit, dieses beständige Faust-aufs-Auge und Tropfen-in-Fass-zu-viel könnten jede und jeden in die Verzweiflung treiben. Diese Gegensätze hältst du im Kopf nicht aus. Doch der Mensch hat zum Glück Strategien entwickelt, wie er den Zusammenprall von Böse und Gut verkraftet. Vergeben, aber nicht vergessen. Sich abkoppeln vom Wirbelsturm des Schreckens, ohne dessen Existenz abzustreiten oder alle Emotionen zu unterdrücken. Mindestens immer den Wahlzettel einwerfen und sich wenigstens feierabends zurückziehen und aufgehoben fühlen im Schönen, Persönlichen, Privaten. Bescheiden bleiben.

«Das Private ist politisch», postulierte die Frauenbewegung. Mag stimmen. Aber drehst du nicht durch, wenn du dich ohne Verschnaufpause ständig mit deiner gesellschaftlichen Rolle auseinandersetzt, richtig handelst, konsequent bist, dich bemühst, alles zu über- und durchschauen, und dich stets hinterfragst? Immer voll Robespierre, Kreuzritter, Asket der Wahrheit in Universalunion? Nicht ein winziges Mal abschalten, ausspannen, entspannen, rumblödeln, die Widernisse und Niederträchtigkeiten, den Unsinn, Schwachsinn und Wahnsinn aussperren?

Einfach nur etwas glücklich sein. Ist das zu viel verlangt?

«Dunkelheit kann Dunkelheit nicht vertreiben. Nur Licht kann das.» (Martin Luther King).

Ja, glücklich sein. Bedeutet beim Müller, dass er den Abend mit Gülay verbringt, bei ihr im 4057 Kleinbasel, Matthäusquartier, Hammerstrasse, Vier-Zimmer-Altbau.

Was tun Gülay Sermeter, bis Ende Dezember Detektivwachtmeisterin in Müllers Team und seit 1. Januar bei der Abteilung Wirtschaftskriminalität, und der Kommissär an diesem Donnerstagabend, 11. Januar? Sie haben Pflanzliches gekocht, sich mit Gülays Kindern Céline (11) und Murat (12) unterhalten, Céline um 20:30 Uhr ins Bett geschickt, während Murat in seinem Zimmer noch eine halbe Stunde … jawohl, so mit Büchern … Die Jugend liest! Es verhält sich oft anders als ein unbekannter Sumerer anno 3000 v. Chr. in eine Tontafel ritzte: «Die Jugend achtet das Alter nicht mehr, zeigt bewusst ein ungepflegtes Aussehen, sinnt auf Umsturz, zeigt keine Lernbereitschaft und ist ablehnend gegen übernommene Werte.» Auch Sokrates war bei diesem Thema nicht weiser: «Die Jugend von heute liebt den Luxus, hat schlechte Manieren und verachtet die Autorität. Die Jungen widersprechen ihren Eltern, legen die Beine übereinander und tyrannisieren ihre Lehrer.» Solche Aussagen prophezeien den Niedergang der Menschheit. Sie wiederholen sich über die Jahrtausende. Sie treffen den Daumen statt den Nagel auf den Kopf. Glauben Sie dem Müller, der mit seinen Neffen Maurice und Noah und mit Gülays Kindern Murat und Céline meist positive Erfahrungen macht.

Gülay plus Müller sitzen in diesem Augenblick in der Küche an der Hammerstrasse, haben längst alles in den Geschirrspüler geräumt, trinken nach einem Glas Spätburgunder nun einen Baldrianwurzel-Malven-Lavendel-Tee, bläulich schön und schlaffördernd. Aber was tun sie, werden Sie vielleicht fragen. Was? Sie sitzen in der Küche, trinken Tee, hören einander zu und sprechen. Sie leben.

«Einen Laib Brot und einen sauberen Kragen – was braucht der Mensch mehr?» (Sherlock Holmes in «Der Hund von Baskerville»).

88 Charisma, 90 Gelassenheit, 75 Nachdenklichkeit, 24 Fitness. So lauten Müllers aktuelle Superkraftpunktewerte.

Vollkommen im Entspannungsmodus ist der Müllerorganismus nicht. Im Gehirn des Kommissärs kreisen die Neutronen oder die Neuronen. Das ULP-Vorstandsmitglied mbA Sebastian J. Spoerri gibt ihm zu denken. Es kann nicht anders sein: Sebastian J. Spoerri spinnt eine Intrige. «Cui bono?» (Cicero). Wem nützt es, wenn Rinaldo Mayer und Goran M. Zvetkovic verfeindet sind? Hofft Spoerri auf einen Skandal, um den Ruf des Kollegen zu ruinieren, damit er selbst innerhalb der Partei aufsteigen kann? Vizepräsidium → Grossratsmandat → Nationalratssitz → Verwaltungsratsmandate → Vergütungen. Einfluss, Macht, Geld?

«Was hast du gesagt?», fragt der Müller Gülay. Weil er weiss, dass sie etwas gesagt haben muss, denn ihre Lippen haben sich bewegt.

«Mach doch mal Feierabend», wiederholt sie. Unfreundlich klingt sie nicht.

***

384'400 Kilometer entfernt.

Draussen glotzt der Mond auf die Bescherung hinunter, die die einen Menschen den anderen eingebrockt haben und weiterhin anrichten. Nicht einmal selber leuchten kann der faule Kerl, sondern nur das Licht, das ihm die Sonne ins Gesicht schleudert, zu uns hinunterwerfen. Ebbe und Flut macht der Mond anderswo. In Basel hängt er untätig und träge am Himmel oben und tut, als wache er über alles. Als sei er eine poetische Metapher, doch niemand weiss, wofür. Mond, du Poser, du. Warum nur flogen Armstrong, Collins, Aldrin und Gagarin und alle anderen hoch zu dir?

NEUN

Ein langer Tag.

Neun Minuten nach dem hypothetischen Sonnenaufgang, der absurd weit über der Hochnebeldecke stattfindet, meldet am Freitag, dem 12. Januar, um 08:27 Uhr ein Spaziergänger telefonisch der Nummer 117, im Schützenmattpark, Seite Spalenring, auf einer Parkbank eine alte Frau entdeckt zu haben, die sich nicht bewege. Er habe sie angesprochen, sie reagiere nicht. Dass sie so tief schlafe, denke er nicht. Ihre Tasche sei zu Boden gefallen und wäre gute Beute für einen Dieb.

«Bleiben Sie bitte bei ihr. Wir schicken sofort jemanden vorbei», sagt die Kollegin von der Einsatzzentrale.

Drei Minuten später trifft die Patrouille bei -1 °C im Park ein. Der Leichenfinder steht bei der Seniorin, tritt von einem Fuss auf den anderen. Die Patrouille – Simone Jeanneret und Marco Petracca – erkennt seine Notlage, schickt ihn hinter den Kastanienbaum und befasst sich mit Frau Markwalder. Sie ist tot und kalt. Keine Fremdeinwirkung erkennbar, jedoch in ihrer Tasche eine Blackcurrant-Pastillen-Blechdose mit einem Rest von weissem Staub. Die Analyse von Dr. François Haberthür im Institut für Rechtsmedizin wird ergeben, dass Rosa Markwalder (92) am Vorabend wohl etwa um 22 Uhr eine Überdosis Schmerz- und Schlafmittel eingenommen hat und auf diese Weise höchstwahrscheinlich an Ort und Stelle Suizid begangen hat.

Der Pinkler kommt erleichtert zurück. Jeanneret und Petracca nehmen seine Aussage und seine Personalien auf, bedanken sich, entlassen ihn, bleiben vor Ort und rufen die Zentrale an. Diese benachrichtigt die Ambulanz.

Unnatürlicher Todesfall → Kriminalpolizei wird avisiert → Müller. Der fährt aus 4057 Hammerstrasse herüber. Eintreffen auch Roland Cattaneo von der Kriminaltechnik und seine Leute. Augenschein → Vermutung naheliegend. Aber Naheliegendes = mögliche Fehlerquelle. Deshalb Sorgfalt behalten, aufmerksam sein für alle Überraschungen, die die Realität in petto halten kann.

Der Müller betrachtet die zerbrechliche alte Frau im dunklen Mantel, die leblos auf der Bank im Schützenmattpark sitzt. Sehr alt, denkt er, uralt. Dass ein Leben, das so lange gedauert hat, auf einer Parkbank endet, auf die jemand mit dem Wasserfesten «ACAB» gekritzelt hat, nicht weit von Häusern, in denen Dutzende von Menschen wohnen, die Blechdose mit Spuren von Tablettenstaub in der Handtasche ... ein langes Leben, das so zu Ende geht ... das trifft den Müller im Kern. Weil das nicht sein sollte. Nun trifft Romina Wäckerlin ein.

«Voilà.» Cattaneo hat die tote Frau fotografiert, die Umgebung abgesucht und die Szenerie dokumentiert. Er reicht dem Kommissär ein abgenutztes braunes Lederportemonnaie. Darin einige Münzen, siebzig Franken in Noten, eine Identitätskarte. Das Foto stimmt. Die Identifikation hat sich erledigt. Über die Einwohnerkontrolle finden sie die Adresse.

Vom Schützenmattpark einige Meter den Spalenring raus, nach der Pizzawerkstatt und dem Inder rechts rein, Rütlistrasse. Da wohnte die alte Frau.

09:57 Uhr betreten Müller und Wäckerlin Rosa Markwalders Eineinhalb-Zimmer-Wohnung im zweiten Stock.

Einfach und dunkel möbliert. Schlafsofa, runder Tisch aus dunklem Holz mit bestickter weisser Tischdecke, ein kleines Bücherregal mit «Archipel Gulag», «Im Westen nichts Neues», «Buddenbrooks» und älteren Buchclub-Ausgaben von Klassikern. Auf dem Regal bei den Büchern gerahmte Schwarz-Weiss-Fotos: ein Paar mit drei Kindern, ein lächelnder Mann, dieselben drei Kinder, älter. An der Wand ein Stich: eine Ansicht der Stadt Basel. Reproduktion. Eine Vase mit nicht mehr schnittfrischen Nelken. Sauber, aufgeräumt. Bescheiden, aber kein Hinweis auf Verzweiflung, wie sie Frau Markwalder gequält haben muss. Nichts deutet auf eine Selbsttötung hin. Kein Abschiedsbrief. Ohnehin schreiben die Menschen, die diesen Weg gehen, oft keinen.

In einem Schrank in der Küche, die einem Einrichtungsmuseum gleicht, der Vermieter muss Jahrzehnte an Unterhaltskosten gespart haben, findet Detektivin Wäckerlin eine Pappschachtel mit Unterlagen. Sie bringt sie ins Wohn-/Schlafzimmer zum Müller und stellt sie auf den Tisch.

Müller zieht Latexhandschuhe an, um den Schuhkarton zu öffnen.

Briefumschläge und Postkarten, Papiere, ein Zeitungsausschnitt. Der Kommissär blättert den Inhalt durch. Wird er in den Waaghof mitnehmen.

«Hier ist noch etwas», ruft ihm Wäckerlin aus der Küche zu, «eine zweite Schachtel.»

Müller steht auf, um den grauen Behälter zu holen. Er liegt auf der Arbeitsfläche neben dem Brotkasten, von Zeitungen zugedeckt. Rosa Markwalder leistete sich offenbar ein Zeitungsabo.

«Sie war am Weltgeschehen interessiert», sagt der Müller zur Kollegin, als er den Zeitungsstapel betrachtet.

Mit den Handschuhen hebt er den Deckel vom zweiten Karton und findet neben dem Familienbüchlein und anderen Schriftstücken zwei Couverts mit dem Schriftzug der Immobilienverwaltung Habitatinvest AG vom Herbst. Warum hat Frau Markwalder diese Briefe aufbewahrt? Müller zieht die A4-Blätter aus den Umschlägen. Die Verwaltung reagiert, versteht der Kommissär, auf Reklamationen der alten Frau wegen des Zustands ihres Badezimmers und wegen eines Wasserschadens, den eine undichte Leitung ein Stockwerk höher verursacht hat. Die Habitatinvest teilt der Mieterin mit, in der Wohnung keine kurzfristigen Investitionen vornehmen zu wollen, weil man zurzeit Konzepte entwickle, um, der Philosophie des Unternehmens entsprechend («Quality living for quality people»), «das Raumkonzept unseres Immobilienportfolios neu zu gestalten».

Wirklich, der Müller sieht im Badezimmer nach und stösst auf marode Installationen und Schimmel in den Fugen. Im Wohn-/Schlafzimmer entdeckt er bei genauerem Hinsehen, dass sich die Tapete an der Aussenwand wellt und sich der Anstrich der Decke verfärbt hat. Da muss Wasser aus undichten Rohren ins Mauerwerk eingesickert sein.

Der Müller ist nicht der Mieterverband, doch eine private Meinung hat er trotzdem.

Als wollte die Habitatinvest die langjährige Hausbewohnerin rausekeln, um die Kleinwohnung zu sanieren, vielleicht mit der nebenan zusammenzulegen und mit saftigem Aufschlag an eine zahlungskräftigere Mieterschaft zu vergeben. Wurde die alte Frau das Opfer der Praktiken von Mietzinsprofiteuren, von Immobilienwucherern? Ist sie der Kollateralschaden einer bevorstehenden Totalsanierung?

Müller seufzt.

Was bleibt, wenn jemand gestorben ist? Zwei Schuhschachteln Papiere, denkt er und blickt auf das, was vor ihm auf Frau Markwalders weissem Tischtuch liegt.

Müller und Wäckerlin nehmen die Pappkartons mit aufs Kriminalkommissariat.

Der Kommissär ruft im Waaghof an. Markus Gormann soll Hinterbliebene aufspüren. Er nennt ihm die Namen aus dem Familienbüchlein.

Rosa Markwalders Dokumente werden nun im Gemeinschaftsbüro des Müllerteams ausgewertet. Müller und Wäckerlin haben alles säuberlich auf einem freien Tisch ausgelegt. «Schau dir die Briefe der Habitatinvest AG an und versuch, etwas herauszukriegen, Valérie. Vielleicht liegt da der Grund für die Verzweiflung», weist der Müller die Kollegin Allmendinger an. Die macht sich mit Dominguez und den beiden Aspis an die Arbeit. Die vier begutachten Briefumschläge und Postkarten. Einige stammen aus den letzten zwei Jahren, die meisten sind vor längerer Zeit abgestempelt. Weihnachts-, Osterkarten und Feriengrüsse einer Reihe von Personen, die bloss mit ihrem Vornamen unterschrieben haben: Margrit und Arnold, Rosa, Eugen und Cathy, Anneliese und Jürg, Marianne, René, Alfons, Albert, Cleo und Gogi. Freddie erstellt ein Personenverzeichnis. Keine Absender auf den Umschlägen und Karten. Die Orte, die auf den Karten abgebildet oder auf Poststempeln erwähnt sind – Lungern, La Spezia, Gardasee, Adelboden, Mallorca, Ascona,

Montréal –, erlauben keine Rückschlüsse auf den Wohnsitz der Absenderinnen und Absender.

Amber Odermatt stösst auf eine längst abgelaufene Identitätskarte von Frau Markwalder. Sie entdeckt auch einen Zeitungsausschnitt mit einem Foto, der vom Brand eines Hauses an der Elsässerstrasse vor 26 Jahren berichtet. Das könnte, denkt die Aspirantin, erklären, dass keine älteren Unterlagen vorhanden sind. Kindheitsfotos von Rosa Markwalder, vielleicht das Dienstbüchlein des Vaters mit den Einträgen vom Aktivdienst, Dinge, die man aufhebt, weil sie einen an die Herkunft erinnern. All so was fehlt. Odermatts Nachforschungen werden ergeben, dass das Haus, in dem Frau Markwalder bis vor 26 Jahren wohnte, abgebrannt ist, sich aber die Hausbewohner retten konnten.

Es wäre nun megapraktisch und sachdienlich, fände das Müllerteam in den Schachteln ein Adressbüchlein mit Frau Markwalders privaten Kontakten, Familie, Freundeskreis, Bekannte. Nein, nichts dergleichen taucht auf. Um die Telefonnummern in diesem Büchlein auszuwerten, würde das Müllerteam eine Telefonorgie durchführen. Die Nummern des Hausarztes und der Zahnärztin würden vielleicht noch stimmen. Andere Personen wären verstorben oder verzogen, manche noch unter sechsstelligen Nummern verzeichnet oder mit ewig untergegangenen Vorwahlkombinationen wie 01 (Zurigo!) oder 057 (Lenzburg) oder ohne Vorwahl, wodurch man erfährt, dass der Eintrag im Büchlein vor dem Jahr 2002 erfolgt ist. Aber, ach nein, ein Adressverzeichnis von Rosa Markwalder finden sie nicht. Vermutlich hatte die alte Frau die nötigen Informationen im Gedächtnis. Unterschätzen Sie die Alten nicht.

Es wäre nun ebenfalls megapraktisch und sachdienlich, hätte das Müllerteam in Frau Markwalders Wohnung einen Computer sicherstellen können. Der Vollständigkeit halber und als Reverenz ans volldigitale Zeitalter sei erwähnt, dass die zweiundneunzigjährige Frau keinen besass. Sie gehörte einer der Hunderten von vordigitalen Generationen seit dem Homo floresiensis an, die in der digitalen Prähistorie lebten und denen es deswegen dennoch nicht grundsätzlich an etwas fehlte. Sie pflegte, nehmen wir aufgrund der wenigen schriftlichen Zeugnisse an, analogen Kontakt mit den Menschen: Sie begegnete ihnen wohl im Quartier und verabredete sich mit ihnen per Telefon. Sie griff öfter zum Hörer, wie die (bezahlten) Telefonrechnungen belegen, die Freddie Dominguez in ihren Unterlagen findet. Eine Karte aus Grindelwald, von einer Marianne, lässt auf Spaziergänge mit anderen Personen schliessen. Ein schriftlicher Neujahrsgruss von einem Albert legt nahe, dass sich die Verstorbene mit ihm und anderen zu einer Jassrunde getroffen hat. Rosa Markwalder gehörte einer Generation an, die Termine für verbindlich hält und sie nicht per Messenger-Dienst kurzfristig verschiebt oder annulliert.

Valérie Allmendinger recherchiert, wie der Kommissär gewünscht hat, nach der Vermieterin der Verstorbenen. Habitatinvest AG. Das Handelsregister legt offen, dass deren Verwaltungsrat unter anderen der Unternehmer und ULP-Grossrat Rinaldo Mayer angehört, der Niedergestreckte vom Bundesplatz. Die weiteren Namen sagen Allmendinger nichts.

■ Wenn Ihnen die Idee, die Habitatinvest AG oder Rinaldo Mayer könnten etwas mit Frau Markwalders Suizid zu tun haben, abstrus erscheint, können Sie beim Lesen gerne einige Seiten überspringen und erst an der Stelle weiterlesen, wo Sie erneut dieses Quadrätchen ■ entdecken.

Dass ein Mitglied des Verwaltungsrats dieser Firma angegriffen wird und kurz darauf eine ihrer Mieterinnen den Freitod wählt, könnte Zufall sein. Doch, ein Gedanke nur: Von rund 190'000 Personen, die im Kanton Basel-Stadt leben, sind innert kürzester Zeit zwei, die mit der Habitatinvest AG zu tun haben, in aussergewöhnliche Vorfälle verwickelt, Verwaltungsrat Mayer und Mieterin Markwalder. Könnte da eine Verbindung bestehen? Es gilt die Unschuldsvermutung gemäss Art. 10 StPO und Art. 32 Abs. 1 BV. Trotzdem setzt sich dieser Gedanke in Allmendingers Geist fest. Bei ihren Nachforschungen findet sie keine Verurteilungen gegen die Immobilienfirma. Das Unternehmen scheint das Gesetz zu respektieren – oder seinen

Spielraum nicht übertrieben auszureizen. Verdacht trotzdem: Die unbarm- und kaltherzige Haltung der Habitatinvest AG hat der alten Frau zugesetzt und womöglich ihre Verzweiflung vorangetrieben.

Daraus eine strafrechtliche Verantwortung ableiten? Vergiss es. Höchstens eine moralische, und darum geht es nicht im StGB.

Allmendinger prüft nochmals die zwei Antwortbriefe der Immobilienfirma: die Weigerung, Unterhaltsarbeiten vorzunehmen, getoppt durch die Bemerkung «Wir evaluieren derzeit das Potenzial dieser Liegenschaft, um das Raumkonzept entsprechend unserer Philosophie ‹Quality living for quality people› anzupassen». Bedeutet, denkt die Detektivin: Verzieh dich, alte Gurke, wir renovieren, und der Nachfolgemieter drückt viel mehr ab als die 1370.- CHF inklusive, die du für die Eineinhalb-Zimmer-Wohnung an dieser zentrumsnahen und dennoch ruhigen Lage bezahlst.

Unterschrieben sind beide Briefe von einer Immobilienbewirtschafterin namens Aida Bühler. Blick auf die Uhr: 11:03, Freitag → Bürozeit → Allmendinger wählt die Nummer auf dem Briefkopf. Als sie «Kriminalkommissariat Basel-Stadt, Allmendinger» gesagt hat, hört sie ein Stocken. Doch Aida Bühler zeigt sich beflissen. Nachdem sie die Dokumente in ihrem Computer aufgerufen und überflogen hat, bestätigt die Immobilienbewirtschafterin den Inhalt der beiden Briefe. Ja, das Unternehmen plane einen «substanziellen Investitionsschub» in diversen Liegenschaften. Anderweitige Aufwände würden deshalb «aus naheliegenden Gründen» vorerst zurückgestellt. Nein, Frau Markwalder sei ihr persönlich nicht bekannt. Sie, Aida Bühler, sei zwar für das Gebäude an der Rütlistrasse zuständig, richtig, aber war selbst noch nie vor Ort in diesem Objekt. Die Hauswartung kümmere sich um Schäden und Sauberkeit. Die würden ihr allfälligen Handlungsbedarf melden. Der Entscheid, die Anfrage der Mieterin abschlägig zu beantworten, stamme im Übrigen nicht von ihr, sondern von der Geschäftsleitung. Sie selbst habe nichts zu … Alles entspreche überdies den gesetzlichen Vorgaben. Aber … warum die Kriminalpolizei sich um diese Frau kümmere? Ob etwas nicht in Ordnung sei?

«Frau Markwalder hat sich gestern Abend entschieden, die Welt zu verlassen», sagt Detektivin Allmendinger leise und fügt hinzu: «Leider ist es ihr gelungen.»

Sie hört zwei Sekunden lang der Sprachlosigkeit der Immobilienbewirtschafterin zu, wartet zwei zusätzliche Sekunden und beendet höflich das Gespräch.

Sie begibt sich in Müllers Einzelbüro. Der Chef sitzt vor dem Bildschirm und liest Berichte. «Setz dich», sagt er, und Allmendinger fasst ihre Überlegungen zusammen: vielleicht moralische Mitschuld der Immobilienfirma an Frau Markwalders traurigem Tod.

Moralische Mitschuld … wir betonen: Im StGB findet sich dazu nichts. Doch halten Sie den Kommissär für einen Mieterrechtsaktivisten, weil er die Hypothese der Detektivin teilt, dass «womöglich die Verbindung zwischen Frau Markwalder und der Habitatinvest genauer zu untersuchen» sei? Sprich: Trägt Habitatinvest-Verwaltungsrat Rinaldo Mayer direkt oder indirekt Verantwortung für den Suizid der Rentnerin?

■ Hier ist wieder das Quadrätchen. Ich begrüsse erneut die Leserinnen und Leser, die die vorangegangenen Seiten überblättert haben, weil ihnen der Gedanke hirnrissig vorkommt, die Habitatinvest AG oder ihr Verwaltungsratsmitglied Rinaldo Mayer könnten an Frau Markwalders Suizid mitschuldig sein.

■ Willkommen zurück also.

Ja, ist denn dieser Gedanke absurd? Leiden die Mitarbeiterinnen und Mitarbeiter des Kriminalkommissariats Basel-Stadt unter ihrem Kommissär so stark, dass sie sich nicht trauen, ihm zu sagen, dass seine Hypothesen total pffffuiiiiit ballaballa sein könnten?

Sind sie das?

Der Müller hat mit Detektivin Allmendinger, Aspirantin Odermatt und Aspirant Vakulic ja drei Neue im Team. Sie lernen. Er will ihnen zeigen, wie er mit menschlichen Schicksalen umgeht. Eine tote alte Frau auf einer Parkbank … das ist kein

Aktenzeichen, keine Zahl für die Statistik unnatürlicher Todesfälle. Sondern ein Mensch. Oder zeigt er seinen Mitarbeiterinnen und Mitarbeitern den strategischen Kniff, den Durchblick zu gewinnen, «indem man einen geeigneten Umweg als den geraden Weg ausfindig macht», wie es Meister Sun in seiner «Kunst des Krieges» beschreibt?

Denn absurd ist eine Idee erst, wenn sie sich als Irrtum erwiesen hat.

Gleichzeitig.

Amber Odermatt und Vlado Vakulic versuchen Adressen zu den Vornamen auf Freddies Liste der Absender von Rosa Markwalders Post zu finden. Vornamen ... bringen uns nicht wirklich weiter. Weil Margrit und Arnold, Rosa, Eugen und Cathy, Anneliese und Jürg, Marianne, René, Alfons, Albert, Cleo und Gogi ... so heissen doch noch einige in der Schweiz. Gut, Gogi nicht. Wofür könnte diese Abkürzung stehen? Einen heiligen Gogi gibt es meines Wissens nicht.

Gleichzeitig.

Ein besseres Los hat Markus Gormann gezogen: Angehörige zu finden. Müller hat ihm bereits von der Rütlistrasse in 4051 die Namen aus dem Familienbüchlein durchtelefoniert. Gormann stellt fest:

Albrecht hiess Rosa Markwalders Ehemann, gestorben vor neunzehn Jahren.

Margrit, Eugen und Rosa lauten die Vornamen der Kinder. Von allen dreien, sofern es sich tatsächlich um dieselben Personen handelt, liegen Feriengrüsse und Weihnachtspost vor, sieht er auf Freddie Dominguez' Auswertung der Ansichtskarten et cetera. Laut dem Familienbüchlein sind die Markwalderkinder zwischen Ende sechzig und Anfang siebzig. Margrit hat zusammen mit einem Arnold aus Lungern gegrüsst, Eugen gemeinsam mit einer Cathy aus Montréal, Rosa vor einigen Jahren allein zu Weihnachten.

Gormann teilt den Aspiranten mit, dass die Vornamen Albrecht, Margrit (plus Arnold), Eugen (plus Cathy) und Rosa geklärt sein dürften.

Herausforderung I: Du musst herausfinden, wo sich diese Angehörigen aufhalten.

Herausforderung II: Nach altem Eherecht mussten die Frauen bei der Heirat den Namen ihres Mannes annehmen. Bei Töchtern erfordert es daher oft Sonderaufwand, sie aufzuspüren. Sofern sie sich entschlossen haben, sich zu verheiraten, womöglich sogar mehrmals. Die unkomplizierteste Anlaufstelle bei der Namenssuche ist das elektronische Telefonbuch in diesem Internet, das wir im Waaghof auch haben.

Markus Gormann sucht zuerst Margrit Markwalder, wie die älteste Tochter mit Ledignamen heisst. 72 ist sie laut Familienbüchlein. Der Name ihres Mannes lautet Arnold. Treffer. Sie wohnt in Oberdorf SO und heisst seit 48 Jahren Zjörien-Markwalder.

Rosa Markwalder jun. wäre zurzeit 67. Gormann findet sie im elektronischen Zivilstandsregister unter den Todesfällen vor vier Jahren. Sie war nicht verheiratet und hat keine Nachkommen hinterlassen.

Den Sohn, Eugen, vermag Gormann nicht ausfindig zu machen. Er muss mittlerweile 70 sein und taucht weder im Telefonbuch noch im Einwohnerregister noch bei den Todesfällen auf. Die Ansichtskarte in der Schachtel seiner Mutter schickte er in Montréal ab.

Gormann meldet Müller den Wohnort von Margrit, der älteren Tochter. Subtext: Telefonisch übermitteln wir eine Todesnachricht nicht. Den ausserkantonalen Kollegen überlassen wir diese Aufgabe höchstens, wenn's nicht anders geht. Müllers aktuelle Superkraftwerte: 90 Empathiepunkte, 80 Samthandschuhpunkte, 100 Frischluftlustpunkte, 95 Taktikpunkte: Die Reaktion der Hinterbliebenen kann für uns aufschlussreich sein. Wir selbst sind Menschen und absolvieren in der Ausbildung auch ein Modul über Empathie und ab und zu mal einen Brush-up. Deshalb: Der Kommissär antwortet: «Wir fahren hin.»

Motorengeräusche ... Motorengeräusche ... Motorengeräusche ... (ad lib.)

4051 Basel, Waaghof, Binningerstrasse 21 → 4515 Oberdorf SO, Solothurner Jura. 71.2 km, voraussichtliche Fahrzeit: 1 h. Eine Stunde. Wie könnte ich die überbrücken? Ticktack, ticktack, ticktack, ticktack. Mit einer Landschaftsschilderung? Trüber Januartag und Landschaft und grauer Himmel über Basel, dem Baselbiet, dem Jura, dem Solothurner Jura, ticktackticktackticktack – eher langweilig. Mit etwas Philosophisch-Meteorologischem? «Auch der Verstand hat seine Wolken.» (Prudentius). Nun, hm ... Alternative: Die inneren Monologe von Müller und Gormann aufzeichnen? Etwas spielt sich in ihren Köpfen sicher ab. Die Gespräche unterwegs? Erzählerisch ist all das zu wenig fallrelevant. Müller ist ja eher wortkarg. Drum lasse ich es bleiben. Wortloses Ticktackticktack also, sechzig Minuten lang. Motorengeräusche, Motorengeräusche. Irgendwann ist es so weit: Der Kommissär und der Detektivkorporal halten mit ihrem dunkelgrauen Zivilfahrzeug vor einem leicht verwitterten Gebäude am Ortsrand von Oberdorf. Das Ortswappen zeigt den Erzengel Michael, übrigens den Patron der Polizei, in der rechten Hand das Schwert, in der linken die Seelenwaage → Omen günstig. Das zweistöckige Einfamilienhaus liegt wenig abseits der Hauptstrasse. Ein fünfzehn Meter langer mit Jurakalk bestreuter Fahrweg führt zum Siebziger-Jahre-Bau, letzte Renovation mindestens dreissig Jahre zurück. «Kein Premiumobjekt», würde Immobilienmakler Sprengel & Düncklers urteilen, sondern «Familienheim mit Cachet für Bastler». Die Pneus unseres BMWs knirschen noch auf dem Kies, da bellt bereits ein Hund. Wachsamkeit, das gefällt uns, solange sie sich nicht gegen uns richtet. Dem Zivilfahrzeug rennt ein Deutscher Schäferhund entgegen, bleckt die Zähne, lässt viral verseuchte Speichelfäden aus dem Maul baumeln und knurrt wie in einem Film über die dreissiger Jahre. Dem Müller irrlichtert die Frage durch den Kopf, ob seine Tetanusimpfung noch wirksam ist. Das Sprichwort behauptet zwar, dass *barking dogs never bite* und *chien qui aboie ne mord pas*, und der Stoiker führt ins Feld, dass die Hunde nur bellen mögen, die Karawane aber weiterzieht. Hunde, die bellen, beissen nicht. Verhält es sich wirklich so?

Redewendungen und Sprichwörter nützen wenig, wenn ihnen der Praxistest bevorsteht. Angst ist allerdings kein guter Ratgeber. «Man braucht im Leben nichts zu fürchten, man muss es nur verstehen» (Marie Curie). Stimmt schon, doch sicher ist auch: Menschliche Waden sind nicht aus Stahl.

Item. Der Schäferhund steht nun still, die Ohren hat er aufgerichtet, das Maul ist offen, die Reisszähne blecken entblösst, der Geifer tropft weiter, die Augen sprühen gelbe Blitze in Richtung der Eindringlinge im Auto.

«Bobby!», ruft eine Männerstimme. «Bobby! Fuss!»

Der Hund gehorcht, verschwindet um die Ecke, woher er gekommen ist, taucht aber nach wenigen Sekunden erneut auf, hinter einem stämmigen Mann in blauem Überkleid, der eine Axt mit sich trägt.

Schäferhund + Mann + Axt = Gefahr?

«Bobby ist ein bisschen hitzig.» Er lacht. Zu seinem vierbeinigen Freund gewandt, sagt er: «Jooo, Bobby, jooo, braver Hund.» Bestimmt zerreisst Bobby Eichhörnchen roh. Zu Müller und Gormann, die inzwischen ausgestiegen sind, sagt der Mann mit der Axt: «Wer seid ihr? Was wollt ihr auf meinem Grund und Boden?»

«Guten Tag», antwortet der Müller, schaut dem Mann mitten zwischen die Augen und wartet.

«Euer Auto steht in meiner Einfahrt.»

«Guten Tag», schliesst sich Gormann seinem Vorgesetzten an.

Der Blaumann murmelt etwas, was wohl ein Gruss sein soll, obwohl es mit «hä!» aufhört.

«Müller und Gormann, wir sind von der Polizei. Herr Zjörien?»

«Jaha, aber sicher. Polizei? Ah ...» Zjörien lässt die Axt sinken und entspannt sich, knurrt dabei aber: «Das hat ja gedauert.»

Hm. Fragezeichen. «Wir sind nicht von der Kantonspolizei Solothurn, sondern aus Basel … Stadt», präzisiert der Müller und zeigt mit dem Finger auf das Kontrollschild des Zivilwagens.

«Sie kommen also nicht wegen des Holzdiebstahls?»

«Nein.»

«Also … mindestens zwei Ster … dort hinten lag es, gutes Brenn–»

«Davon wissen wir nichts. Damit beschäftigen sich sicher die Kollegen hier.»

«Ich habe den Gubser in Verdacht, der –»

«Wir möchten Ihre Frau sprechen, Herr Zjörien.»

Er schaut erstaunt. «Meine Frau? Hahaha. Ich kann mir nicht vorstellen, was die mit der Polizei zu schaffen hätte. Aber nun gut. Hahaha.» Es ist kein herzliches Lachen. Bobby knurrt wieder neben dem Blaumann. Vielleicht signalisiert ihm das Hahaha des Herrn und Meisters, dass frisches Fleisch in Aussicht steht. Denn der Speichelfluss des Zuchtwolfs produziert weiter zähen Schleim, der in Fäden auf den Boden rinnt.

«Gritli», brüllt Zjörien unvermittelt zum Haus hin, «die Polizei will mit dir reden.»

Weil sich nichts tut, ruft er erneut: «Griiitli. Die Polizei.»

Nun öffnet sich im ersten Stock ein Fenster, an dem die Wappenscheibe mit dem Erzengel Michael hängt. Eine Frau schaut aus dem Fenster. Kastanienbraun gefärbte Haare, mittellang, rostroter Strickrollkragen, Brille mit silberfarbenem Metallrahmen. Aus der Distanz jünger als 72.

«Was ist, Noldi? Ich bin grad am –»

«Ääächch», unterbricht er sie mit so einem Männergeräusch. «Die Polizei ist da, habe ich doch gerade gesagt. Sie wollen mit dir reden.»

«Warum bittest du sie denn nicht herein, hä?»

Zum ersten Mal schaut sie in Richtung Müller und Gormann.

«Bitte, meine Herren, kommen Sie herein. Noldi», ruft sie, «bring sie zur Tür und geh wieder Holz spalten. Damit du fertig wirst, bevor's dunkel wird.»

Massive Holztür (Eiche?) mit schmiedeeisernem Klopfer (in Handform), Arnold Zjörien-Markwalder öffnet die Tür, fordert die Polizeimänner mit einer Kopfbewegung auf einzutreten. «Bitte!», sagt er und ruft hinein: «Gritli! Komm jetzt aber.»

Oben vergehen einige Sekunden. Unten auch.

Schritte auf der Treppe zum ersten Stock. «Grüezi», ruft's von oben. Gormann und Müller treten ein. Auf den Stufen erscheint Frau Zjörien. «Gehen wir hinauf», lädt sie sie ein. An der Wand im Treppenhaus das schwarz-weisse Foto eines Bauernhauses in den Bergen, eine kleine Kuhglocke, ein Dreschflegel, Schwarz-Weiss-Fotos von Eringer Kühen, von Kindern in Schürzen und kurzen Hosen, mit Zöpfen und Schnudernasen.

Im Wohnzimmer ein Sofa mit Textilbezug (Grüntöne) und ein Sessel, der dazu passt, zum Fernseher ausgerichtet, ein Buffet mit Glastüren, hinter denen sich Weingläser, Porzellan und zwei Zinnteller mit unklarem Motiv langweilen. Ein Tischchen mit einer TV-Zeitschrift und Kreuzworträtselbüchern, ein Bleistift, ein Radiergummi*. Über einige Möbel sind weisse Deckchen gebreitet. Auf manchen Flächen lauern kleine Figuren aus Stein, farbigem Glas oder Keramik. Ein Reh, ein Storch, zwei Zwerge, ein Ziegenbock, vier Schnapsgläschen, auch Familienfotos sind aufgestellt. An der Wand ein grosses Farbfoto der Walliser Alpen, stellt Müller fest, weil Matterhorn.

Margrit Zjörien-Markwalder folgt seinem Blick. «Noldi ist Walliser», erklärt sie. «Trinken Sie einen Kaffee? Ich habe gerade Wasser gekocht.»

Der Müller und Gormann nehmen an. Die Frau holt ein Glas Instantkaffee, eine Zuckerdose, zwei Löffelchen, Tassen und Untertassen mit Rosendessin und platziert all das vor den Polizisten auf den Glastisch. Heisswasser bringt sie in einem Thermoskrug. Mit einer Handbewegung fordert sie die Polizisten auf, sich zu bedienen und das Kaffeegranulat selbst zu dosieren.

---

* Frau Zjörien-Markwalder und ihr Gatte lösen die Kreuzworträtsel also ordnungsgemäss. Die Verwendung von Kugelschreibern und Tipp-Ex ist bei dieser Beschäftigung verboten.

Tschack tschack tschack. Hinter dem Haus spaltet Noldi Brennholz.

«So», sagt sie, «Sie wollen mit mir reden.»

Müller legt mucho Freundlichkeit in seinen Blick. «Es geht um Ihre Mutter, Frau Zjörien.»

«Ja?», fragt sie.

«Ihre Mutter ist leider gestern Nacht verstorben ... Mein herzliches Beileid.»

Margrit Zjörien schweigt einige Sekunden, während denen wir draussen den Schäfer Bobby bellen hören, sicher ein Reh im nahen Wald, vielleicht sogar ein Bambi? Frau Zjörien breitet beide Arme aus, Handflächen nach oben, und seufzt. «Nun ja, Mutter war 92. Damit muss man rechnen.»

Tschack tschack tschack.

«Mein Beileid», sagt auch Gormann.

«Danke. Aber weshalb kommt deshalb die Polizei, aus Basel?»

«Es ist schwierig, das ... zu formulieren», sagt der Müller und legt mucho Sanftmut in seine Stimme, «es war kein natürlicher Tod.»

«Ist das Haus abgebrannt? Das ist schon einmal passiert ...»

«Nein. Ihre Mutter hat ... Suizid begangen.»

«Sie ... hat sich ... umgebracht?»

Müller nickt. «Wir versuchen den Grund herauszufinden. Können Sie sich vorstellen, was sie zu diesem Schritt bewegt haben könnte?»

Draussen bellt Bobby, die Axt spaltet tschack tschack tschack Holz.

Margrit Zjörien denkt nach, schaut aus dem Fenster, schüttelt nach einer Weile den Kopf und murmelt: «Nein.»

Tschack tschack tschack.

Müller und Gormann trinken einen Schluck Instantkaffee, synchron, als hätten sie die Bewegungen einstudiert.

«Wir standen uns nicht besonders nah», erklärt sie. «Wir haben ab und zu telefoniert, zuletzt an Weihnachten. Gesehen haben wir uns ... ja, vielleicht zwei- oder dreimal im Jahr, wenn ich gerade in der Stadt war. Noldi und meine Mutter vertragen sich schlecht. Es … gibt immer Streit, und Noldi ist … war hinterher oft tagelang ungeniessbar.»

Tschack tschack tschack. Und Bobby bellt erneut.

«Was ist der Anlass für den Streit?»

Margrit Zjörien-Markwalder seufzt, verdreht die Augen und seufzt noch einmal. Sie hebt die rechte Braue und winkt ab. «Ach, das ist eine uralte Geschichte.» Ihr Kopf bewegt sich weiter hin und her.

«Wir möchten sie hören», sagt Markus Gormann und beugt sich vor, um mucho Interesse zu demonstrieren. «Vielleicht bringt sie uns weiter.» Der Müller nickt der Auskunftsperson aufmunternd zu.

«Wenn Sie meinen.» Sie gibt sich einen Ruck. Vielleicht freut sie sich, sich mit jemandem zu unterhalten, der nicht Noldi ist?

Während die Standuhr mit den Messingzahlen tickt und jede Viertelstunde bimmelt, erzählt sie von einem Streit vor über drei Jahrzehnten, bei dem Noldi und ihr Bruder Eugen aneinandergeraten sind, heftig aneinandergeraten. Es ging um Automarken. «Um Automarken?», fragt Gormann. Eugen focht offenbar vehement für französische und Noldi für deutsche Autos. Ein Wort gab das andere, «Bohémien» hier und «Snob» da und weitere Nichtkomplimente. Noldi duldete es fortan nicht mehr, dass Margrit ihren Bruder auch nur erwähnte. «Die Mutter hat immer zu Geni gehalten, zu Eugen. Noldi meint, Geni habe die Mutter gegen ihn aufgehetzt. Er ist nicht immer ein Einfacher, der Noldi, aber trotzdem.»

Seither hätten sie und ihre Mutter nur noch selten und das Nötigste miteinander gesprochen und meist nicht einmal das.

«Und Eugen?»

Frau Zjörien-Markwalder zuckt die Schultern.

«Wo ist er?», fragt Gormann.

«Wahrscheinlich immer noch in Kanada, seit bald dreissig Jahren. Er hat eine Kanadierin geheiratet, Cathy. Mit ihr konnten wir nicht so gut. Sie tut so grossstädtisch. Als hätte sie alles schon mal gesehen, und sie behandelt uns, als wären wir Hinterwäldler.»

«Benachrichtigen Sie Ihren Bruder wegen des Todes Ihrer Mutter?»

«Kann ich nicht. Ich kenne seine Adresse nicht», wiederholt Margrit Zjörien. «Wir haben keinen Kontakt.»

Im Auto schweigen der Müller und Gormann. Ein Mensch ist gestorben, und die Tochter lässt sich nicht anmerken, ob ihr das nahegeht. Kinder sind miteinander aufgewachsen, haben zusammen gespielt, einander geärgert und sich wieder versöhnt, zusammen gesungen und Blumen gepflückt, Schnecken gesammelt, einander aufgebrochene Hagebutten in den Kragen gestopft, den ersten ausgefallenen Zahn betrachtet. Und eines Tages haben sie sich nichts mehr zu sagen. Ja, sie wissen nicht einmal, wo der andere wohnt. Das Leben geht vorbei. Zack, und bald ist es vorüber. Wenn man noch miteinander spricht, sagt man nichts von Belang. Wenn man nicht spricht, das blanke Nichts. Schweigen ist sozialer Tod.

***

Alibi ist Latein und bedeutet «anderswo».

Valérie Allmendinger klärt derweil telefonisch ab, wo sich Dr. iur. Goran M. Zvetkovic zur Zeit der Gewalttat gegen Rinaldo Mayer aufgehalten hat. Er gibt sich zuerst belustigt über die Absurdität, seinen Verbleib zum fraglichen Zeitpunkt offenlegen zu müssen. Dann wird er ärgerlich: Hat der aufgeblähte Staatsapparat nichts Gescheiteres zu tun, als ihn, einen guten Steuerzahler übrigens, mit lächerlichem Klimbim zu behelligen?

Als Allmendinger dem Juristen aus Bottmingen einige Paragrafen des Strafgesetzbuchs nennt – unter anderem Art. 134 StGB (Angriff) und Art. 181 StPO (Einvernahme), wobei sie das Zeugnisverweigerungsrecht gemäss Art. 180 StPO selbstverständlich nicht ausspart, damit es nicht zu Formfehlern kommt –, zeigt sich Zvetkovic kooperativer.

Nach Gegencheck in seiner elektronischen Agenda sagt er: «Ja, genau … Am Freitag, dem 5. Januar, war ich in Luzern.

Ab 14 Uhr Meetings in der Firma GlobalMedTech AG. Um 19 Uhr wechselten wir zum Dinner ins Restaurant des Hotels ‹National›, von wo ich kurz vor 23 Uhr aufgebrochen bin.»

«Haben Sie dafür Zeugen?»

Zvetkovic lacht mit einer Überlegenheit, für die ihn Valérie Allmendinger gerne auf einen Kaktus setzen würde. «Selbstverständlich. Georgios Athanasiadis, CFO von GlobalMedTech AG, Ambira Sathiyanathan, CEO von Med Bio International Ltd, die sitzen in Baar –»

«Atha- und Sathiwas?», fragt Allmendinger nach.

Zvetkovic buchstabiert's (100 Süffisanzpunkte, 95 Fuck-the-Cops-Punkte, 100 Lass-mich-in-Ruhe-Punkte) und fährt fort: «Kevin Studer, CEO von Central Switzerland Venture Knowhow AG. Soll ich das auch buchstabieren?»

«Nein, Herr … ähm … Zett-Vau-E-Tee-Kaa –»

«Hören Sie auf. Für Scherzchen habe *ich* keine Zeit», fährt ihr der Wirtschaftsanwalt ins Wort.

Vlado Vakulic, der im Grossraumbüro mitgehört und -geschrieben hat, macht sich mit Kollegin Odermatt daran, die Telefonnummern der angeblichen Alibizeugen herauszusuchen.

«Woher wissen Sie so genau, wann Sie losgefahren sind?»

«Ich wollte um Mitternacht zu Hause sein und rechne für diese Strecke immer mit einer Stunde Fahrzeit. Ausserdem liefen am Radio, als ich den Motor startete, gerade die Nachrichten.»

Odermatt und Vakulic haben die Gesprächspartner Zvetkovics in Luzern und Baar beziehungsweise deren persönliche Assistenten und den Geschäftsführer des Restaurants des Hotels «National» erreicht, noch bevor Detektivin Allmendinger ihr Telefongespräch mit Zvetkovic abgeschlossen hat.

Ergebnis: Meeting und Essen haben am 5. Januar tatsächlich stattgefunden, wobei das Menu, das Athanasiadis, Sathiyanathan, Studer und Zvetkovic an jenem Freitagabend ab 19 Uhr erfreut hat, wirklich mehrere Stunden in Anspruch genommen haben musste. Vier Stunden für einen Neungänger, Turbohochleistungsgourmandise:

Menü

ÉMINCÉ DE SAUMON A LA BÛCHERONNE
Ingwer Tapioka, Randen

SCHWEINELENDEN
Pistazien Uzi, Sellerie Kalashnikov

MANGOLDSTRUDEL OKINAWA
Vollkornkomet Dashi, Jakobsmuscheln

ZANDER
Ratatouille Beurre Blanc,
Epinards du Cuistot Endormi

WEISSER TRÜFFEL
Spaghetti Tombola,
Raps Schaum sans Trait d'Union

PINGOUIN GRILLÉ
Petersilien Joghurt,
Salive de Cygogne à l'Anis

REHKITZ «BAMBI»
Dattel Langpfeffer Jus,
Miso Misanthrope aux Oignons Hachés

PONT L'ÉVÊQUE
Tromperie Raffinée au Fruit de Passion,
Rüebli Brioche de l'Ecureuil

COINGS ÉCRASÉS
Platin Sorbet, Crème Fraîche Mousse,
Poing à la Frimousse

Die Getränke, die zum Essen gereicht wurden, notiert sich Valérie Allmendinger nicht. «Schade, dass man einen Wein nicht streicheln kann», schrieb Kurt Tucholsky, der eines Tages Ge£d genug für solche Genü$$e hatte. Fast hätte Allmendinger den ultraliberalen Herrn gefragt, ob das kulinarische Feuerwerk unter Spesen abgebucht worden ist, um den Gewinn zu schmälern und die Summe vorsätzlich dem Fiskus vorzuenthalten. Sie weiss, dass sie damit ihre Kompetenzen überschritten hätte. «Giftig tun: ja. Doch im Rahmen der Pflicht», lautet dahingehend der Rat von Sir Malcolm Doddle KBE («How To Fight Crime», 3. verbesserte Auflage, 2014).

Zwischenbilanz Verdächtiger ULP-Vizepräsident:

Goran M. Zvetkovic kann aufgrund der physikalischen Unmöglichkeit, sich an zwei Orten gleichzeitig aufzuhalten, den Angriff auf Rinaldo Mayer nicht ausgeführt haben. Urteil: Schade. Folgerung: Wer dann? Emotionaler ausgedrückt: Sch[redacted]!

***

Rüpelei.

Die alte Schalterhalle des Bahnhofs Basel SBB war während des Umbaus des Westflügels ein Take-away-Fegefeuer nebst Moneytransfer und Treuepunkten. Mitten in dieser Halle stand ein grauer Kubus mit Geldautomaten und stehen heute noch viele blaue Billetautomaten, weil man auf dem Bahnhof … ja? Genau, man kann dort den Zug nehmen, aber ansonsten ist das ganze Gebäude ein Kaufparadies. Wo die SBB früher Zugbillette verkaufte, ganz rechts aussen, wo zur Zeit dieser Ereignisse Käse-, Zwiebel-Käse- und Spinatwähen verkauft und als Surplus Cumuluspunkte verbucht werden, warten um 10:56 Uhr in der Schlange zwei ältere Menschen im Mantel und eine junge Frau in Kaltwettersportbekleidung. Sie gedulden sich, bis Ursula Fischer (69), die Vorderste in der Schlange («Einmal Käse und einmal Spinat und zum Trinken bitte ein Mineral ohne»), ihr Rückgeld erhalten, die Papiertüten behändigt, sich bedankt, umgedre…

Das! Dauert! Reto Bodmer (20)! Einfach! Zu lange! Diese Alten, die die einfachsten Alltagsabläufe nicht mehr speditiv bewältigen können. Die beiden Alten vorne, das Sportgirl hinter ihnen. Er, shit, erst als Vierter in der Warteschlange … und der Verkäufer? … Lahm! Wie! Nur! Irgendwas! Fünf Ausrufezeichen, Welt nimm das: !!!!! Keinen Schneckenzentimeter rückt das Faultierrennen voran. Ewig und zwei Tage wird es dauern, bis er, Reto Bodmer, endlich die Vitrine mit dem Food erreichen wird. Dabei hat *er* nicht die ganze Zeit Zeit. Weil er hungrig ist und der Zug in … jetzt noch vier, nein, drei Minuten abfährt, auf Gleis 8, er muss also noch die Rolltreppe hochrennen, sich auf der Passerelle zwischen all den Leuten durchschlängeln. Diesen Zug muss er kriegen. Der Termin in Bern wartet nicht und ist superwichtig.

Vorher muss er etwas fooden, sonst kommt er völlig weak und geschwächt an beim Job-Interview, so schwach kompetitiv wie die Greisin, die um-ständ-lich nach der Papiertüte mit ihrem Frass drin greift, nachdem sie pro-vo-ka-tiv lang-sam ihre Rück-geld-mün-zen in Empfang ge… Münzen, Bargeld … noch nie was von der Gegenwart gehört? Einfach zack die Karte ans Gerät halten, kontaktlos, das bucht die Elektronik ab. Ihr Greise … Bargeld! Bargeld! Darauf wimmelt es von Bakterien, das stinkt.

Ihm reicht's. Bodmer überholt die Goretex-Sportskanone und den alten Mann im grauschwarz gesprenkelten Regenmantel, der auch noch eine gestrickte Bommelmütze trägt. Meint der, er lebt in den fünfziger oder sechziger Jahren? «Alles fahrt Schi, alles fahrt Schi, Schi fahrt die ganzi Nation …», hä?

Wie eine Mamba dringt Bodmer vor. Er schlängelt und drängelt sich zwischen der Alten und dem Bommelopa hindurch und ruft dem Verkäufer zu: «Zweimal Spinat, schnell!» Der Verkäufer schaut irritiert drein, weil der schneidige Junge die ältere Kundin vorne bei der Vitrine zur Seite schiebt.

«Halt, halt, junger Mann», ruft der Opa dazwischen und

berührt Bodmer an der Schulter. «Diese Schlange hat einen Schwanz, und der beginnt dort hinten.»

«Klugscheisser», zischt Bodmer, dreht sich um, schaut angewidert auf den faltigen Finger, der die Schulter seines Aberzombie-&-Snitch-Anoraks berührt hat. Er stösst den Alten vor die Brust und sagt: «Pfoten weg, alter Mann! Du hast mir gar nichts zu sagen.»

Und so passiert es, schauen Sie hin: Der ehemalige Artilleriefeldweibel Alfons Thüring (72) ohrfeigt diesen Vertreter der aufstrebenden jüngeren Generation. Links und rechts. Er hat einen kräftigen Schlag. Die durchtrainierte junge Sportlerin (Name bei den Akten, wir verschweigen ihn, weil sie in drei Jahren Olympiasiegerin werden wird) geht dazwischen, hält Bodmer zurück, redet auf ihn ein. Sie kann Deeskalation. Reto Bodmers Zug ist weg.

Zwei Kollegen von der Transportpolizei, die sich nebenan verproviantieren wollten, greifen ein, führen eine Personenkontrolle und Zeugenbefragung durch. Somit wird dieser Vorfall aktenkundig.

«Du belastest nur die AHV und leistest gar nichts, du Greis. Braucht dich überhaupt noch jemand?» So habe sich der Drängler geäussert, bestätigen die Transportpolizisten und die sportliche Zeugin.

«Wasche dein Maul und schäme dich», riet Diodoros einst seinem Schwager Cn. Quintus Abominabilis, den er bei einem unflätigen Telefongespräch belauscht hatte. Das war im Jahr, als die Vandalen sich anschickten, gen Westen aufzubrechen und sich ihren Namen zu verdienen.

***

«Talk of The Town» (The Pretenders).

«Schon verrückt das alles, hä?», sagt Christian Salvi (54) in der Waschküche des Mietshauses bei der Bushaltestelle an der Holeestrasse zur Nachbarin, Hanni Tschümperlin (66).

«Was meinen Sie?», antwortet sie.

«Das mit diesem Anti-Politiker-Zeug und die anderen Sachen.»

«Was meinen Sie? Steht das in der Zeitung?»

«Ja, heute. Nur ein kurzer Artikel. Die wissen wahrscheinlich noch nicht genug. Sie können gerne die zweite Maschine nehmen», fügt er hinzu, «ich brauche nur die eine.»

«Danke, das ist nett. Was ist denn passiert?»

«Beim Bundesplatz ist einer mit einem Handy beworfen worden. Voll an den Kopf und bewusstlos. Der sitzt im Grossen Rat und besitzt eine Firma, in Allschwil, glaube ich. Und der andere ist im Hasenbrunnen gelandet. Beim Altersheim dort in der Holbeinstrasse. Schon verrückt, hä? Was es nicht alles gibt.»

«Ja, schon. Kann ich von Ihnen etwas Waschmittel borgen? Ich sehe gerade, dass ich –»

«Kein Problem, Frau Tschümperlin.»

«Hast du schon davon gehört, von diesen Sachen?», fragt Hanni Tschümperlin (66) am Telefon ihren Onkel Albert Schoch, den jüngsten Sohn ihrer Grosseltern.

«Was denn?», fragt Schoch zurück.

«Der Politiker, der im Koma beim Bundesplatzkreisel lag. Jemand hat ihm ein Handy an den Kopf geworfen, das präpariert war, damit es viel Schaden anrichtet. Das hätte übel ausgehen können. Und der Mann, der im Hasenbrunnen getunkt worden ist. Alles erst ein paar Tage her. Heute steht es in der Zeitung. Da hört doch alles auf, nicht? Schon speziell, nicht wahr?»

«Jaha, schon, ja.»

«So, Herr Schoch, da sind Ihre Schuhe. Die Nähte hier … alles neu genäht … und beide Absätze frisch besohlt. 34 Franken bitte.»

Albert Schoch reicht dem Schuhmacher José Rodriguez (64) zwei Scheine. Der zählt ihm sechs Franken Rückgeld auf die Hand.

«Und sonst, Herr Rodriguez?»

«Immer viel zu tun.»

«Das ist gut.»

«Wissen Sie, was schlimmer ist als Arbeit?», fragt der Schuhmacher und antwortet gleich selbst: «Keine Arbeit.»

Albert Schoch lacht.

Rodriguez fragt: «Haben Sie davon gehört? Der bewusstlose Politiker beim Bundesplatz und der Geschäftsmann im Brunnen …»

«Ja, meine Nichte hat es mir am Telefon erzählt.»

«Ich find's ja gut, dass etwas geht», sagt der Schuhmacher.

«Dass was geht?»

«Eben diese Dinge. Da passiert etwas.»

«Ja, aber … weiss man denn, ob die wirklich zusammenhängen?», fragt Schoch.

«Ziemlich gut finde ich das, was heute in der Zeitung steht, im Lokalteil, mit diesem Politiker und dem Mann im Brunnen. Die Sprüche von dem Politiker … ich habe im Lokalfernsehen mal ein Interview mit dem gesehen. Was der alles behauptet! Natürlich müsste man die Probleme friedlich lösen, nicht wahr? Aber eben …»

Das sagt Mathilde Hotz (73) in der Schuhmacherwerkstatt zu José Rodriguez. Dieser nickt und packt wieder seinen Hammer.

Frau Hotz spricht weiter: «Aber … manchmal muss man einfach … renitent sein. Auf den Tisch hauen. Man ist das ganze Leben lang … brav, immer brav.»

Rodriguez nickt. «Es bleibt einem doch nichts anderes übrig, oder?»

«Schon, ja», sagt Frau Hotz. «Vielleicht bin ich ein bisschen … gemein, haha, aber es … freut mich ein wenig, also, wenn es ähm auch mal die trifft. Sie nicht auch?»

José Rodriguez legt den Hammer hin, schichtet hinter der Theke einige Lederstücke um und antwortet nach 1, 2, 3 Sekunden: «Doch, ja.»

***

Die Redaktion I.

BRUTALE ATTACKEN AUF UNTERNEHMER
Aus dem Dunkeln saust ein Geschoss gegen den Kopf von Rinaldo Mayer (30), CEO der BMetrix AG in Allschwil, Vorstandsmitglied der Ultraliberalen Partei und Mitglied des Grossen Rats. Nur wenig fehlte und der politische und unternehmerische Senkrechtstarter wäre tödlich getroffen worden. Nur um Haaresbreite verfehlte die perfide Waffe seine Schläfe. Bitterkalt und feucht ist es. Der Januar zeigt sich von seiner schlechtesten Seite.
Am Freitag kurz vor 18 Uhr, schwarze Finsternis hat sich bereits auf die Stadt gesenkt, geht der Rentner Gregor Staub (72) mit seinem Appenzeller Sennenhund Seppetoni Gassi. Beim Bundesplatzkreisel erregt ein dunkler «Gegenstand» seine Aufmerksamkeit. «Zuerst dachte ich, es handelt sich um eine grosse Sporttasche, doch dann», berichtet der vitale Rentner, «doch dann erkannte ich, dass der ‹Gegenstand› einen Kopf und Beine hat.» Sofort rief Gregor Staub die Polizei …

Ralph Staehelin, Leiter der Lokalredaktion, zitiert aus dem Konkurrenzblatt und unterbricht sich. «Warum …», er schaut seine Redaktion an, «warum haben wir heute diese Geschichte nicht?»

Seine Stimme klingt ungemütlich und rau. Vermutlich hat er gestern Nacht zu viel gebechert und deshalb eine wunde Gurgel und Kopfschmerzen. In diesem Zustand ist er wie ein rohes Ei. Aber eines, das austeilt.

Die Redaktion duckt sich. Niemand wagt es, den Chef darauf hinzuweisen, dass die Geschichte ja schon einige Tage alt ist und sie damals auch einen Artikel gebracht haben. Und dass er das weiss. Dass er nur plötzlich das Bedürfnis nach einer noch schärferen Story hat, weil die Konkurrenz sie aufwärmt. Ohne neue Fakten. Nein, wenn Staehelin so drauf ist, segelst du besser unter dem Radar.

Staehelin zitiert weiter:

Am Dienstagmorgen, halb acht, stellt Unternehmer Melvin Wyss (44) wie immer seinen dunkelgrünen Jaguar F-Type in der blauen Zone in der Holbeinstrasse ab, um sich in sein Büro zu begeben. Unbekannte Täter greifen ihn von hinten an, stülpen einen Sack über seinen Kopf und stossen den Inhaber von Wyss Logistics ins eiskalte Wasser des Hasenbrunnens. Versuchte vorsätzliche Tötung? Angesichts der Temperaturen ein nachvollziehbarer Verdacht …

«Et cetera et cetera … Und auch diese Geschichte! Ich frage euch: Warum haben die vom Aeschenplatz heute diese Story und wir … nicht?» Das halbe Dutzend Redaktorinnen und Redaktoren, das mit ihm um den ovalen Besprechungstisch steht, der Rest wurde längst wegumstrukturiert, schaut interessiert zur Decke und sucht dort Unregelmässigkeiten in den schalldämmenden Lochplatten.

«In dieser Geschichte steckt Potenzial», doziert der Redaktionsleiter und starrt in die Runde, im Befehlston weiter: «Po-ten-zial! … Ich erwarte für morgen einen Anreisser für die Front und auf der Aufschlagseite des zweiten Bundes ein Follow-up. Wir müssen diese Geschichte …», er klopft auf die heutige Ausgabe des Konkurrenzblatts, «gopferdeggel toppen. Wir sind keine Schnarchnasen. Wir müssen die Besten sein … die Schnellsten. Die … Besten … und … die … Schnellsten.»

Lokalredaktorin Evelyne Wiedemeyer – «meine einzige Mitarbeiterin mit zwei y, höhö» (Staehelin) – meldet sich mit erhobenem Finger zu Wort.

«Ja, Evelyne … Was hast du Konstruktyves?»

Sie zeigt aufs Konkurrenzblatt. «Wir hatten diese Geschichte doch schon. Sind denn diese Informationen verlässlich? Sind sie bestätigt? Vielleicht wurde das denen gezielt zugespielt.»

Staehelin, nicht nur Ressortleiter Lokales, sondern auch stellvertretender Chefredaktor, runzelt seine stressgerötete Stirn. «Eben genau das müsst ihr herausfinden, Evelyne. Ich will morgen eine knackige Story im Blatt haben und eine heute um 17 Uhr im Netz. Über diese Attacken auf das freie Unternehmertum, das Wohlstand schafft, der allen zugutekommt … Ihr wisst, was ich meine …»

***

Umwälzung.

Weil am Morgen im Wohnhaus von Frau Markwalder keine anderen Mieter anzutreffen waren, schickt der Müller gegen Abend Wäckerlin und Freddie Dominguez an die Rütlistrasse. Sechzehn Klingelknöpfe. Die grosse Blonde und der mittelgrosse Muskelwüchsige haben mehr Glück. Ausser einer Festnahme – ein mutmasslicher Drogenhändler mit Pupillen wie Espressountertassen – ergibt sich allerdings kaum Brauchbares: Die befragten Mieter geben an, sie hätten im Haus keinerlei Kontakte untereinander gepflegt, und konnten auch nicht bestätigen, dass die Verwaltung Unterhaltsarbeiten verweigere oder bald das Gebäude aufwerten wolle.

Was Wäckerlin und Dominguez auffällt: Die Mieterinnen und Mieter leben erst seit Kurzem im Haus, manche erst seit wenigen Monaten. In diesem Objekt der Habitatinvest AG wechselt die Mieterschaft offenbar schnell. Frau Markwalder als einzige langjährige Hausbewohnerin … vielleicht ist sie vor Jahren bei einer Kündigungswelle vergessen gegangen.

***

Die Redaktion II.

Die Redaktorinnen und Redaktoren telefonieren, googeln, durchsuchen das digitale Archiv. Eine versucht dem Kollegen vom Konkurrenzblatt den Gefallen abzuschwatzen, die Telefonnummern seiner nicht namentlich zitierten Quellen herauszurücken. Ein Journalist erreicht lediglich den Assistenten von Rinaldo Mayer bei der BMetrix, der dessen Rückruf verspricht, was allerdings ausbleibt. Bei Wyss Logistics antwortet niemand, weil, wie auch wir nicht wissen können, die Belegschaft einen Teambuilding-Event in einem Escape-Room abhält, um sich auf die gemeinsamen Anstrengungen und Erfolge des neuen Kalenderjahres einzuschwören. Auch drei informelle Polizeikontakte telefonieren Evelyne Wiedemeyer und ihre Kolleginnen und Kollegen an, aber diese behaupten, sie könnten niente an Informationen herausrücken und weder bestätigen, dass die Vorfälle zusammenhängen, noch dementieren, dass ... Da mutmasst du nur, warum sie dir nichts sagen wollen/können/dürfen. All so ein Pipifax reicht nie und nimmer für den Aufmacher des Lokalteils. Weil knallen soll es, hat Staehelin gesagt.

«Wir können uns nicht genug darüber wundern, wie so wichtig den andern ihre eigenen Angelegenheiten sind.» (Marie von Ebner-Eschenbach). Vor allem, wenn sie von oben delegiert oder besser gesagt verordnet sind.

Es wird geschwitzt im Redaktionsbüro, die Synapsen knistern, die Leitungen glühen, das WLAN läuft heiss, die Zeit rennt, und die Mittagspause fällt aus.

Ideal wäre es wirklich, die Leidensgeschichten von Mayer und Wyss aus erster Hand zu erfahren. Ein Foto vom Schauplatz: Der Angegriffene zeigt mit der Hand auf den Tatort. Das zweite Foto die frische, erst halb verschorfte Wunde, der Blick verloren, weil das subjektive Sicherheitsgefühl erschüttert ist. Die Leserschaft will eine von der Brutalität des Vorfalls gezeichnete Psyche sehen. Das wäre was. Nicht ein Allerweltsfoto vom Gebüsch bei der zylinderförmigen Stromverteilersäule beim Bundesplatz und auch keines vom Hasenbrunnen, so zuversichtlich Meister Lampe auch die Holbeinstrasse hinunterguckt. Die Nullsätze von Beat Schwarz, dem Mediensprecher der Staatsanwaltschaft, sind journalistisch nicht zu gebrauchen: «Wir ermitteln in alle Richtungen», «wir verfolgen vielversprechende Spuren» und «aus ermittlungstaktischen Gründen können wir leider ...» und «Personen, die verdächtige Wahrnehmungen gemacht haben, werden gebeten ...».

Dunkelheit dringt von Osten her nach Westeuropa vor, legt sich wie ein Mantel des Bösen Längengrad um Längengrad über den Planeten, macht sich breit in der Stadt Basel. Zuerst dunkelgrau und jetzt schwarz wie im Magen eines Munis. Luftfeuchtigkeit: 73%. Temperatur: +1 °C. Windstill wie in «Moby Dick».

In der Redaktion wird es 16:30 Uhr. Ralph Staehelins Gesicht = weiterhin ein Sorgenfaltenfriedhof. Oder sind es Furchen des Zorns? Staehelin ruft die Redaktion zusammen: «Wenn ich euch richtig verstehe, habt ihr nichts hingekriegt? Um 17 Uhr muss die Geschichte online sein. Das erwarten unsere User.» Unheilvoll schweift sein Blick wie ein gorgonisches Menetekel über die Redaktionsmitglieder. «Wer opfert sich?» Niemand antwortet. Der Redaktionsleiter fährt fort: «Und ich will diese Story morgen gross im Blatt. Ich habe auch schon eine Idee. Hat jemand von euch eine bessere?»

«Welche hast du denn?», fragt Evelyne Wiedemeyer, die mit ihrer Skepsis die ganze Redaktion ansteckt, verdammt noch mal.

Staehelin schlägt zurück: «Evelyne ... du übernimmst den Online-Artikel, zwei- bis dreitausend Zeichen, jetzt sofort. Du hast noch dreissig Minuten.»

«Mit welchem Material?», fragt Wiedemeyer zurück.

«Etwas Kreativität! Lass deiner Phantasie freien Lauf. Wenn dir nichts einfallen sollte», hier grinst er hinterlistig als Ausdruck des Subtexts, «schreibst du den Artikel unserer Mitbewerber vom Aeschenplatz um. Finde eigene Worte dafür. Paraphrasieren, paraphrasieren! Jetzt kannst du zeigen, was du draufhast. Okay? Los geht's.»

Hopphopp zu sagen kann er sich gerade noch verkneifen.

Evelyne Wiedemeyer steckt den Schlag ein, verschwindet vom Stehtisch, setzt sich an den Computer und schreibt los.

Ralph Staehelins Räudiger-Panther-Blick verhindert jede Widerrede. Er setzt aber nach: «Ich warte auf eure Ideen für unseren Aufmacher morgen.»

Nach einigen Sekunden meditativ-produktiver Stille meldet sich Roger Kriesi zu Wort, frisch von der Universität und noch in der Probezeit, hat er sich, wenn schon nicht durch seinen Output, so doch durch seinen Input, auf der Redaktion bereits beinahe einen Namen gemacht. «Einen Meinungsartikel oder ein Pro-und-Kontra aus der Redaktion», schlägt er vor und fährt mit der rechten Hand durch seine steckengeraden blonden Haare, mit dreissig wird er kahl sein.

«Genau meine Gedanken.» Der Redaktionsleiter strahlt und hält beide Daumen hoch.

Für eine kontradiktorische Behandlung des Themas fällt der Redaktion nichts ein. Niemand meldet sich freiwillig mit einer pointierten Pro- oder Kontra-Position. Pro und kontra Gewalt? Wer befürwortet schon Gewalttaten gegen Unternehmer und Politiker? Kollegin Wiedemeyer schreibt gerade für online. Mit ihrem penetrant abwägenden Einerseits/Andererseits könnte sie Staehelin für was gepfeffert Kontroverses ohnehin nicht einsetzen. Ausserdem ist Freitagnachmittag, bald Freitagfeierabend, da will sich niemand für dreitausend Zeichen aus den Fingern gesogene Darlegungen den Wochenendbeginn versauen lassen.

«Wir fragen ein paar Promis», drängt sich Roger Kriesi wieder vor.

«Super», sagt Redaktionsleiter Staehelin. «Input irgendwer?»

In seiner Ein-Zimmer-Wohnung an der Dornacherstrasse ist Virgil Herrmann Zanger erstaunt, als das Telefon um 17:17 Uhr anzeigt, dass ihn die eine der beiden Regionalzeitungen anruft. Der Philosoph nimmt das Gespräch entgegen und will gerade sagen, dass er sich nicht für ein Abonnement interessiert, weil er schon das Konkurrenzblatt … aber weshalb sollte er sich überhaupt rechtfertigen?

«Staehelin», sagt Ralph Staehelin, «ich leite die Lokalredaktion. Wir haben viel von Ihnen gehört und verfolgen Ihre Aktivitäten seit Langem mit Interesse.»

Das ist mir neu, denkt Zanger. Diese Zeitung hat ihn noch nie angefragt, nicht einmal zitiert. Dass sein Internetportal «Philosophica Universalia» doch eine gewisse Reichweite hat, wenn auch nicht so umfassend wie der geistige Dünnpfiff, den die schlecht rasierten Gecken im Fernsehen von sich geben, die er nimmer und nie als «Kollegen» bezeichnen würde, diese eitlen

Säcke, vielleicht hat sich das endlich herumgesprochen … Gut, Raetus B. Wohlhauser-McLuhan weilt ja nicht mehr unter den Verschmutzern des Äthers.*

«Herr Zanger», sagt Staehelin, während der etwas verkannte Philosoph diese Gedanken wälzt, «wir. Brauchen. Sie! Viertausend Zeichen bis 21 Uhr.»

«Heute?»

«Ja, kommen Sie schon. Zieren Sie sich nicht. Wir platzieren Sie auf der Aufschlagseite des zweiten Bundes. Thema: die Angriffe auf Unternehmer und Politiker, Raimondo Mayer und Marvin Wyss. Bedrohung der Meinungsfreiheit durch unbekannte Täter, Verrohung der Sitten, Wirtschaftsfeindlichkeit, vergiftetes gesellschaftliches Klima? Ein Fokus in diese Richtung?»

«Raimondo … Mayer? Marvin Wyss?»

«Sagte ich gerade, ja, genau. Dazu würden wir ein Foto von Ihnen abdrucken, Herr Zanger, einen Hinweis auf Ihre letzte Publikation und eine Kurzbiografie. Nun, wie klingt das in Ihren Ohren?»

«Ich … ähm … bis 21 Uhr sind es … nicht einmal … vier Stunden.»

«Ausnahmsweise können wir Ihnen achthundert bezahlen … für knapp vier Stunden Arbeit. Das ist doch was, nicht?»

Knapp dreieinhalb Stunden, denkt Zanger, als das Telefongespräch geendet und er zu seinem Erstaunen festgestellt hat, dass er Staehelins Auftrag angenommen hat. Dreieinhalb Stunden. Bin ich ein Expressdenker, ein Turboformulierer? Was schreibe ich bloss? Und heissen die wirklich Raimondo und Marvin?

***

Frischluft und Dunkelheit.

21:35 Uhr. Multitasking, denkt der Müller, als er nachts im Bachlettenquartier seine Strecke rennt, Multitasking ist

---

* Siehe «Müller und der Schwarze Freitag», 2019, Köln: Emons. Dort tritt auch V. H. Zanger auf.

Quatsch. Wie soll ich gleichzeitig die Vorfälle um Rinaldo Wurfstern-Mayer, den Suizid von Rosa Markwalder, den Enkeltrickbetrüger Rösler, Melvin Wyss, der im Hasenbrunnen landet, und den abgefackelten Porsche von Javier Pérez aufklären? Mit diesem kleinen Team? Klar, Gormann, Wäckerlin, Dominguez, Allmendinger und die Aspis Odermatt und Vakulic geben ihr Bestes. Aber.

Ecke Oberwiler-/Birsigstrasse → Bundesplatz → Kiosk → Schützenmattpark.

Kriminalkommissär Müller Benedikt läuft also, im Nieselregen, bei Dunkelheit, die Wolken so tief, es könnte Bodennebel sein, der die Regenwürmer im Winterschlaf kitzelt. Die Bise weht aus dem Ausland herein – jetzt -1 °C – und kneift den Müller ins Gesicht, in den Nacken, sie sticht ihm in die Hände. Egal. Dort drüben, beim Ring, weiss er, steht die Bank, wo sie die tote Frau Markwalder gefunden haben. Immer ist irgendwas. Überall. Ständig. Er will den Kopf freibekommen, die Muskulatur stärken, den Rücken, die Beine, vor allem die Beine, die Figur.

Aber. Aber. Aber. Immer ein Aber. Das Aber will er sich aus dem Leben rennen.

Laufen, einatmen, ausatmen, Rhythmus, Herzschlag, Knacken der Wirbelsäule, Schritte, Schritte, atmen, Beine, Rhythmus, leichter Schmerz im Knie, Herzschlag, Herzschlag. Die Beine werden warm, sie beginnen wehzutun. Einatmen, ausatmen, Rhythmus, Schritte. Einatmen, ausatmen, das Herz, das Herz. Kontraktion, Expansion, Kontraktion, Expansion. Du-dum, du-dum, du-dum. Die Wärme in den Muskeln. Was da biochemisch passiert? Will er bei Gelegenheit nachschlagen. Er spürt das Blut in den Adern kreisen, wie es Sauerstoff in die äusserste und innerste Zelle trägt. Zwanzig Sekunden braucht ein Blutkörperchen, um den Kreislauf zu vollenden. Grossartig, schnauft der Müller, grossartig, der menschliche Körper, wie der funktioniert. Schritte, ausatmen, einatmen, Schritte, knack, ein Ästchen unter dem Turnschuh, einatmen, ausatmen. Sich freirennen.

Intramentalbürste, geistige Reinigung, funktioniert nicht auf Knopfdruck. Die Gedankenspirale bohrt sich nämlich immer wieder zum Immergleichen zurück … Multitasking … du-dum, du-dum, du-dum … Multitasking … gleichzeitig, gleichzeitig, gleichzeitig mit allem, allem, allem vorwärtsmachen, mit der Attacke auf Mayer, dem Tod von Rosa Markwalder, dem Kleinkriminellen Rösler, dem unfreiwillig gebadeten Melvin Wyss und dem zerstörten SUV am Herrengrabenweg … falls das alles zusammenhängt, und dazu noch alles weitere, das mit dem Strafgesetzbuch, dem Betäubungsmittelgesetz, dem Geldwäschereigesetz, dem Ausländergesetz, dem Irgendwasgesetz kollidiert … mein Hirn gleicht einer To-do-Liste … Will ich das noch vierzehn Jahre mitmachen, Hamsterrad, Sisyphusarbeit? … Will ich vielleicht etwas anderes? Kann ich etwas anderes als Polizei? … Und Chef Krähenmann und Chefchef Stickelberger und die Medienberichte und sicher auch bald die Vorsteherin des Justiz- und Sicherheitsdepartements Cordelia Gruber, Dr. iur. … Alles, alles fällt über ihn her, gleichzeitig, simultan, synchron … ich übertreibe, denkt Müllers Kopf, während der Restkörper rennt, ich übertreibe, ich bin ja nicht der einzige Kriminalkommissär des Kantons Basel-Stadt, ich muss nicht alles und alles und alles allein allein allein bewältigen. Wirtschaft, Cybercrime, Drogen, Fachgruppe 9 (Staatsschutz), dafür gibt's spezialisierte Teams. Der Müller und seine Equipe bearbeiten vor allem Gewaltdelikte, doch meist gibt's dazu Vorbereitungstaten, Nebendelikte, vieles lässt sich nicht scharf abgrenzen. Er will gut arbeiten und arbeitet gut. Er will Gerechtigkeit und Wahrheit und – ja! – die Welt ein wenig besser machen. Aber. Aber. Aber: dieser Haufen Arbeit mit dieser kleinen Mannschaft? Das geht einfach nicht auf. Besitze ich neun Hirne und drei Herzen wie ein Oktopus?

Multitasking ist Quatsch.

«Wenn der Sturm kommt, der Wind ist stark.» (Aus Dalmatien). Windkraft her im Geist. Weg mit den Negativpronomen und Zweifelskonjunktionen.

Müller rennt im Schützenmattpark zwei Runden. Unter den

Schuhen saftet nass der Dreck. Die Lampen bei den Asphaltgehwegen erleuchten schwach die kahl getretene Spur am Rand der grossen Rasenfläche mit der Keith-Haring-Skulptur mittendrin und den asphaltierten Rundweg, an dem die Bank steht, wo Rosa Markwalder den Tod gefunden hat.

Wer nach einer Tat schnell bestraft wird, sieht seinen Fehler eher ein. Die Schnelligkeit der Strafverfolgung wirkt auf Delinquenten stärker als die Verschärfung von Strafen, nach der Politiker gerne rufen, wenn sie nach Schlagzeilen gieren.

«Sie müssen mehr delegieren, Müller», hat er den Ersten Staatsanwalt Stickelberger im Ohr, «Prioritäten setzen, delegieren, befehlen, motivieren.»

Einatmen, ausatmen, Rhythmus, Herzschlag, Schritt für Schritt, der Boden federt leicht, Müllers Füsse setzen sich einer vor den anderen, einatmen, ausatmen, er findet den Rhythmus, das Herz schlägt den Rhythmus, ein Metronom, das Leben. «Versuche stets, ein Stückchen Himmel über deinem Leben freizuhalten.» (Marcel Proust). Warm ist die Müllermuskulatur, heiss der Kopf, durchgepustet die Lunge. Die Beine schmerzen. Weitermachen. Einatmen, ausatmen. Einatmen, ausatmen. Von einem der Bäume im Schützenmattpark fällt – vermutlich – ein Pflanzenteil. Eine verspätete Kastanie? Ein abgebrochener Zweig? Ein verlassenes Vogelnest, das die Bise aus einer Astgabel geweht hat? Einatmen, ausatmen, weitermachen.

Das Budget, das Budget. «Errette meine Seele vom Schwert, mein Leben von den Hunden.» (Psalm 22, 20). Er rennt in Richtung des Pavillons, das Restaurant hat die Lichter längst gelöscht. Wenn's dunkel ist, kommen keine Gäste mehr in den Park. Er wendet sich nach rechts und achtet darauf, dass er im Dreivierteldunkeln bei den Kleinkinderspielgeräten nicht auf die Gummiflächen tritt und ausrutscht. Er verlässt den Schützenmattpark. Die Beine tragen ihn in die Belchenstrasse, die Thanner-, die Blauenstrasse, die Palmen- und über die Ahorn- in die Türkheimerstrasse, die Colmarer- und die Burgfelderstrasse und um die Ecke in die Strassburgerallee.

Dunkel liegt vor ihm der Polizeiposten Kannenfeld, Öffnungszeiten Montag bis Samstag 07:30 bis 18:30 Uhr. Wählen Sie in dringenden Fällen die Notrufnummer 117. Jetzt brennt im Posten kein Licht. Als einzige Wache im Kanton ist der Posten Clara 24/7/365 geöffnet.

Müller läuft weiter. Die Muskeln brennen, das Herz fühlt sich gross an, die Lunge imprägniert mit kühler, feuchter Luft. Kopf, mach dich endlich leer und frei.

Unsichtbar über ihm, weit über der Wolkendecke, steigen schnurförmig aufgereiht Formationen von Dutzenden von Starlink-Satelliten in den Himmel. Ein Milliardär will der Erde besseres Internet bringen. Die Erde, ein mikroskopisches Teilchen in der Milchstrasse, ein Planetchen, dessen zweibeinige Bewohner sich für die Krone der Schöpfung halten. Daran denkt der Kommissär jetzt nicht. Er ist ganz Körper und ganz Geist. Allen Ballast hat er abgeworfen. Er hört einzig seinen Atem und spürt sein Herz.

ZEHN

Meinung I: Das zangersche Gesellschaftsaxiom.

«Meinung» steht als Spitzmarke über Virgil Herrmann Zangers Artikel, der am Samstag, 13. Januar, die ganze Aufschlagseite des Lokalbundes einnimmt. In der Rubrik «Meinung» erscheint in der Regel Geschreibsel von Interessengruppen, die mit dem Verleger weltanschaulich verbandelt oder wichtige Werbekunden sind. Dann und wann braucht es mal wieder einen Knaller. Am liebsten werden Leute angefragt, die ein Reizthema mit Schwefel und Pulver anrühren. Um den Rauch hinterher zu verwedeln, rückt der Chefredaktor, auch aus pluralistischen Gründen, dann und wann Gegenpositionen ins Blatt, Konträres. So demonstriert er Unabhängigkeit und Offenheit. Selbst krude Ergüsse sind möglich, weil das Wort «Meinung» – wie viele meinen – davon entbindet, Überlegungen durch Fakten zu stützen. Hier wird «gegen den Strich gebürstet», «der Mainstream hinterfragt», «die Weltlage aus anderem Blickwinkel analysiert», «eine andere Perspektive eingenommen». Kurz: In der Regel kann man diese Zeitungsseite getrost ungelesen aufs Altpapier legen. Interessant wäre aber trotzdem, Buch darüber zu führen, wer wann wie viel Raum für welches Thema geschenkt bekommen hat. Mit an Sicherheit grenzender ... könnte die Zusammensetzung des Verwaltungsrats oder des Aktionariats oder wie das heisst, all die juristischen und natürlichen Personen, die einen Anteil an diesem Medientitel besitzen, dabei eine Rolle spielen.

Der Philosoph Virgil Herrmann Zanger, CEO, Chef- und Alleinredaktor der Internetplattform «Philosophica Universalia», bildet da eine erfrischende Ausnahme. Er ist wirklich unabhängig. Hinter ihm stehen weder finanzielle noch politische Kräfte, sonst lebte und arbeitete er nicht in dieser Ein-Zimmer-Wohnung in der Dornacherstrasse, 4. Stock, Fenster Richtung Norden.

Tatsache ist: Alle anderen VIPs, die wirklich Wichtigen, die Lokalredaktionsleiter Staehelin in persona um eine Stellungnahme angefragt hatte, haben abgesagt. Zuerst durchaus interessiert zugehört, aber sobald er den Redaktionsschluss erwähnte, fiel ihnen ein, dass sie … ausgerechnet heute Abend … nein, leider, das tut mir sehr leid, ein andermal garantiert und gerne.

Virgil Herrmann Zanger war der achte Name auf der Liste, die die Redaktion zusammengetragen hat. Zwei waren nicht erreichbar, die anderen fünf redeten sich raus, ich sagte es.

Zanger hat sich wacker geschlagen und den Auftrag locker weggetippt: In weniger als dreieinhalb Stunden hat er furiose und gelehrte viertausendsiebenhundert Zeichen zu seinem Lieblingsthema abgeliefert, der Geisselung des Establishments. Dieses Thema verfolgt er seit Jahren. Es ist universell anwendbar, und er hat es in eine Formel gefasst, die Ihnen womöglich bekannt vorkommt:

U = R x I

Diese Gleichung sieht simpel aus, nichts Quadratisches oder √ oder π, keine komplizierten Brüche und ähnliche schöne Sachen, nix von Spitzenstöchiastik. Sie haben es richtig erkannt: U = R x I ist eine grundlegende Definition aus der Elektrik. U = Spannung, R = Widerstand, I = Stromstärke. U ist das Produkt von R und I.

Nun lässt sich dies, so der Philosoph, auch als Metapher für gesellschaftliche Umbruchprozesse verwenden. Für Virgil Herrmann Zanger bedeuten U die Spannungen in der Gesellschaft, R die Anzahl der Widerständigen und I deren Stärke. Die gesellschaftliche Spannung entspricht dem Produkt aus der Anzahl der Widerborstigen und ihrer Stärke.* So weit einigermassen … nun ja … einigermassen … einleuchtend.

---

* In den methodischen Kanon der philosophischen und sozialwissenschaftlichen Forschung ist dieses vom Schöpfer selbst als «zangersches Gesellschaftsaxiom» bezeichnete wissenschaftliche Hilfsmittel bisher nicht eingegangen.

Wobei sich bei U die Frage nach der Messmethode stellt, bei R das Problem der Erfassung der Zahl dieser Menschen, und bei I tut sich als weites Feld die Definitionsfrage auf: die Stärke dieser Menschen? Meint die Formel dies ökonomisch nach Friedman, sozial nach Engels, physisch im Sinne von Stallone oder kulturell nach Bourdieu?

Widerspiegeln Zangers Ausführungen eine Realitätsverschiebung, das ubiquitäre Anything-goes eines verwirrten Intellektuellen oder, gerade im Gegenteil, die exakte Wissenschaft?

Was bedeutet das zangersche Gesellschaftsaxiom (Merkwort: «Urkanton mit drei Buchstaben») für die aussertheoretische, praktische Praxis, also für das Leben?

Zanger geht seriös vor, indem er die Formel mit Daten unterlegt, um den Beweis auf empirischer Basis zu führen. Wie er das in der Zeitung bewerkstelligt, ist ein denkerisches Meisterstück. Dieses knapp wiederzugeben überfordert mich ... Nun ja ... äh, wie soll ich sagen? Geht's Ihnen auch so? Unter den Leserinnen und Lesern der Zeitung von der Viaduktstrasse stösst der naturwissenschaftlich-philosophische Versuch, die Angriffe auf Rinaldo Mayer und Melvin Wyss theoretisch-empirisch herzuleiten, eher in bescheidenem Mass auf Verständnis. Das mag daran liegen, dass nur wenige derart profund von der Materie tangiert werden wie der Autor.

Zum Glück ist nicht der ganze Artikel so. Die übrigen Abschnitte von Zangers Artikel sind verständlicher, also für unsereins. VHZ, wie er sich abkürzt, wenn er nicht «ich» schreiben will, VHZ nimmt, vielleicht unter dem Einfluss einer bewusstseinserweiternden Substanz, seinen mentalen Radiergummi zur Hand und vollführt eine Spitzkehre zurück zu einer generellen Zeitkritik, zur Asymmetrie der Machtverhältnisse, zur Verblödung durch die Hierarchisierung von Unternehmensstrukturen, zur fortschreitenden Diktatur des neoliberalen Stalinismus. «Strukturelle Gewalt erzeugt physische Gewalt», fasst Zanger Bertolt Brecht zusammen, der seinerseits den chinesischen Philosophen Me-Ti interpretierte: «Es gibt viele Arten zu töten. Man kann einem ein Messer in den Bauch stechen, einem das

Brot entziehen, einen von einer Krankheit nicht heilen, einen in eine schlechte Wohnung stecken, einen durch Arbeit zu Tode schinden, einen zum Suizid treiben, einen in den Krieg führen usw. Nur weniges davon ist in unserem Staat verboten.»

«Und», führt Zanger den Gedanken ad culminationem, «in unserer Gesellschaft erst recht nicht.»

Ja, so steht es an diesem Samstagmorgen im Blatt.

Kurz: Lokalredaktionsleiter Ralph Staehelin ist alles andere als happy, als er beim Frühstück die Aufschlagseite seines Bundes liest. Er stösst so wüste Wörter aus, dass die Kinder loskichern, angesichts der roten Birne des Vaters aber schlagartig verstummen. Seine Frau spuckt vor Schreck den Bissen Buttergipfeli, den ihre perlweiss manikürten Zähne gerade zu kauen im Begriff waren, quer über Biobuttergefäss, Konfitüre, Holzofenbrotkorb, Schweizer Honig und gefüllte Kaffeetassen. Darauf entfahren Staehelin weitere Silbenfolgen, die er den Kindern immer verbietet. Sie finden es lustig, reissen sich aber zusammen. Da dudelt auch schon Papas Handy los: der Chefredaktor. Verdammte [redacted]! Verdammte [redacted]! Maurus! Maurus Knoll, der verfluchte Chefredaktor, sitzt bestimmt in seiner Wohnung am Zürichsee vor demselben Artikel, ist vor wenigen Augenblicken von seinem ideologischen und finanziellen Herrn und Meister aus dem Schlaf geklingelt und zusammengestaucht worden und … In Staehelins Hirn ballt sich eine schwarze Wolke zusammen. «Wer sieht nicht Geister auf den Wolken beim Untergang der Sonne?» (Ph. O. Runge). Geht Staehelins Sonne nun unter? Der Dienstredaktor, der den Text gestern Abend um 21 Uhr abnehmen sollte … hat der den Artikel überhaupt g.e.l.e.s.e.n oder ihn leichtsinnig unbesehen ins Blatt gerückt? Wer hatte gestern Abend Dienst? Der ist fällig, denkt Staehelin, will das dem Chefredaktor mittei… Doch kommt gar nicht dazu, weil Maurus, wie ihn alle nennen dürfen, nein müssen, weil Chefredaktor Maurus ihn, Staehelin, so was von zur Schnecke macht, weil als Ressortleiter *er* die Verantwortung, die volle und ganze, gegenüber den Leserinnen und Lesern, den Mitarbeiterinnen und Mitarbeitern, der Chefredaktion, der Verlagsleitung, den Shareholdern und Stakeholdern und angesichts der Krise der gesamten Medienbranche … Ein Donnerwetter geht über Ralph Staehelin nieder, dass er erbleicht und auf den Satz «Du kommst am Montagmorgen um 8 in mein Büro» wartet.

Nach zehn Minuten Donner, Blitz und tiefgekühltem Hagel geht er schliesslich nieder, der Satz: «Ralph, du kommst am Montagmorgen um 8 in mein Büro.»

[redacted]!

Voll Anti-Establishment also, Zangers Artikel. Ohne jemanden namentlich anzugreifen immerhin, ohne sich jemandem anzudienen oder sich in Abhängigkeiten zu verstricken. VHZ blieb strikte im abstrakten, vertrackten, zerhackten Bereich, einzig der eigenen rationalen Logik verpflichtet. Er blieb sein eigener Herr. Chapeau!

Zanger hat in Jahren stillen und einsamen Wirkens das modulare Schreiben erfunden. Gewisse Wörter, gewissermassen Platzhalter, triggern andere Wörter. Egal, was Zanger in diese Wortmaschine eingibt, immer kommt Bedeutung heraus. Das Ganze garniert er mit dem einen oder anderen Zitat. Aristoteles, Platon, Thomas von Aquin, Hegel, Adorno. Doch Schopenhauer mag er besonders gerne.

Anders gesagt: Die meisten Mitglieder des Müllerteams, die den Artikel privat beim Frühstück oder auf dem Schlautelefon lesen, überfliegen den Text nur oder blättern weiter zu den Sportseiten, weil er keine sachdienlichen neuen Fakten enthält. Zangers Überlegungen, die willst du dir nicht unbedingt antun, ausser Geistesakrobatismus ist dein Hobby, wie es beim Müller ist und auch bei Gormann. Deshalb verschwinden VHZ und seine im Eiltempo verfassten gedanklichen Tiefbohrungen, obwohl sie aus dem Thesaurus vieler Jahrhunderte schöpfen, sang- und klanglos auf dem Altpapier und aus dieser Geschichte. «Sic transit gloria mundi», wie es heisst, wenn der neue Pontifex Maximus erstmals den Petersdom betritt, «so vergeht der Ruhm der Welt».

Meinung II und III.

Die politische Linke reagiert verärgert. Nicht auf Zangers Artikel, sondern auf die Aufmerksamkeit, die die Ultraliberalen und ihre nur ein Aerosolmolekül weniger staatskritischen Gesinnungsverwandten durch die Angriffe auf Rinaldo Mayer und Melvin Wyss erfahren. Die Übergriffe (Goran M. Zvetkovic in der Boulevardpresse und auf Newsportalen, die diese copy-paste-kannibalisieren oder ein wenig umformulieren: «Terrorismus!») machen so fette Schlagzeilen, dass Bruce Baumann, Fraktionschef des linksgrünen Lagers im Grossen Rat, und zwei Mitparlamentarierinnen, Barbara Freiermuth und Senay Oeztürk, über die sozialen Netzwerke verlauten lassen, die ULP und ihre Spezis hätten die Vorfälle, die «auffällig wenig tragisch verlaufen» seien, eigenhändig inszeniert, um «endlich» ein Medienthema zu werden. Sonst beachte diese «obstruktiv-destruktiven libertären Wirrköpfe» (Freiermuth) ja kaum jemand. Nun aber würfen sie sich als Opfer in Pose. Opfer dieses «höchstwahrscheinlich selbst eingefädelten Schmierentheaters» (Oeztürk), das sie – wetten? – bald dem politischen Gegner in die Schuhe schöben. «Unsere Fraktion wird das nicht zulassen. Wir fordern eine schonungslose Aufklärung ohne Tabus», zwitschern der linksgrüne Fraktionschef und die Mitparlamentarierinnen auf ihren Social-Media-Kanälen.

Ähnlich wie der letzte Satz klingt es vom Ersten Staatsanwalt Dr. iur. Daniel Stickelberger, der den Müller an diesem Samstagmorgen zu Hause bei Gülay auf dem Diensthandy anruft. Als Kommissär ist Müller Benedikt für Schwerwiegendes fast durchwegs in Bereitschaft. Schwerwiegendes wäre zum Beispiel ein Tötungsdelikt, der Versuch von Rechtsextremen, das Rathaus zu stürmen, oder ein Einbruch durch einen unterirdischen Tunnel in den Tresorraum einer Bank, aber certamente no ein Anruf des Ersten Staatsanwalts, der, von Medien oder Interessengruppen aufgeschreckt, dem Kommissär mitteilt, «dass wirklich zügig etwas passieren muss», er «baldmöglichst Ergebnisse sehen» will, weil die «causae» Mayer und Wyss «ein denkbar schlechtes Licht auf unseren Kanton werfen: dass eine solche

Serie von Attentaten hier bei uns überhaupt möglich ist» – vor allem, und diesen Vorwurf nimmt der Kommissär persönlich, «ungeahndet».

So etwas verdirbt dem Müller das langsame Aufwachen, den Kaffee und das Toastbrot, das ihm auf dem Teller erkaltet ist.

Meinung IV.

Ganz falsch liegen die Leute von der rot-grünen Fraktion nicht, wenn sie beklagen, wie viel Raum die Medien der ULP und ihren Geistesverwandten widmen. Mit irgendeinem Thema müssen sie halt ihre Spalten und Sendezeit füllen. Kontroversen lieben sie be$onder$. Das Publikum will Action, die Pumpgun der Zwietracht. Gäbe es keine Differenzen, würde man sie erfinden. Zum Glück existieren reichlich Verbalkrawallbrüder, die einem gepfefferte Standpunkte, Spaltpilzpolemik und Schwachsinn auftischen, der sich aufpumpen lässt. Gerne gibt man fragwürdigen Gestalten Raum. Egal, was diese … äh … ich sag's jetzt im Klartext, okay? … diese [redacted] von sich geben, egal, ob man denen eine Plattform bietet, Hauptsache, es bringt Klicks und Quote. Damit hält man die Werbekunden bei der Stange, und die Zeitung ist ohne viel Recherche für den nächsten Tag gefüllt.

Wer den Kommentaren unter den elektronisch verbreiteten Artikeln einige Minuten gönnt, sollte die Baldriantropfen und den Inhalator in Griffweite haben und am besten ein Stofftaschentuch, mit dem man sich selbst knebeln kann, um nicht zu schreien … wer liest, was manche Individuen aus unserer Bevölkerung denken, den überfällt das Grausen. Als hätten sie nie eine Schule besucht, in der ihnen die Rechtschreibung und vor allem die Grundwerte der Aufklärung vermittelt worden wären; als hätten sie nie von Menschenrechten gehört, vom Wert des Lebens, nie von Naturwissenschaft, Demokratie, Rechtsstaat, Pluralismus und Toleranz, geschweige denn von Nächstenliebe, Mildtätigkeit, Bescheidenheit und Demut.

«Ohne Moral und Gerechtigkeit keine Freiheit», schrieb Diodoros, als er den Verfall des Römischen Reiches kommen sah.

Doch nicht nur die Ultraliberale Partei und ihresgleichen schaffen es in die Schlagzeilen. Auch der Unternehmerverband meldet sich zu Wort und beklagt die «unternehmerfeindliche Stimmung im Kanton Basel-Stadt, die sich in mehreren Anschlägen auf Vertreter der Wirtschaft entladen hat». Der Verband warnt davor, «dass die Attentate Schule machen könnten». Er kritisiert, «die Aufklärung der Angriffe auf die Unternehmer M. und W.» scheine «nicht in Sicht», was wir Polizeier als Seitenhieb auf unsere Ermittlungsarbeit auffassen. Damit liegen wir richtig, der Direktor des Unternehmerverbands fordert nämlich: «Wir erwarten, dass die Polizei konsequent durchgreift und endlich für Ordnung und Sicherheit sorgt.» Was sich leicht sagen lässt, doch dafür brauchst du Ergebnisse, und Ergebnisse brauchen Zeit. Abrakadabra zu sagen hilft nicht.

Der Gewerbeverband äussert sich ebenfalls und lässt Ähnliches verlauten. Bei den Medienhäusern gehen Communiqués weiterer Interessenverbände ein, von denen die Erfahrenen unter den Journalistinnen und Journalisten zu Recht vermuten, dass sie aus nicht mehr als drei Dutzend Mitgliedern bestehen.* Deshalb entsorgen sie diese Wortmeldungen im digitalen Abfalleimer.

Die ULP stösst nach und wiederholt ihr Credo.

Andere Parteien und Lobbyorganisationen springen auf, drängeln sich vor und versuchen die Vorfälle Mayer und Wyss auf ihre Mühlen umzuleiten und deuten sie so, dass sie in ihr Weltbild passen.

Der Müller liest die Artikel auf Papier oder auf dem Gerätlein. Er lässt sich auch von Sermeter, die bei der Abteilung Cybercrime und IT gelegentlich die Online-Kanäle mitverfolgt, auf dem Laufenden halten. Interessant findet der Kommissär, dass all die Interessengruppen längst «wissen», wer wofür verantwortlich ist, obwohl die polizeiliche Untersuchung einem Ergebnis so fern ist wie unsereins einem Wochenendausflug auf den Mond.

---

* Beispielsweise die IG «Kapital- und Technologie-Transfer» (KAPUTT) oder die «Stiftung Autonomie und Unabhängigkeit» (SAU).

Müller holt sich am Automaten einen Kaffee. Im Waaghof ist es samstagmorgens relativ ruhig. Die Freitagnachtspitze ist verarbeitet, die Bagatellfälle sind entlassen, die nötigen Verfahren eingeleitet, der Samstagnachtrush beginnt erst in zwölf Stunden.

Dass Melvin Wyss von Wyss Logistics mehreren Medientiteln einen Leserbrief zustellt, wird kaum ein Echo finden. Wyss betont darin, dass er politisch der ULP keinesfalls nahestehe und sich dagegen wehre, dass Organisationen und Verbände ihn zu einem Märtyrer der unternehmerischen Freiheit stilisieren – oder, andererseits, ihn als kapitalistisches Feindbild aufbauen. Seine politischen Ansichten seien Privatsache, er bitte darum, sein unfreiwilliges Bad im Hasenbrunnen nicht zu vereinnahmen, «zu welchem Zweck auch immer». Mit extremen Ansichten habe er nichts zu schaffen, er stehe zur demokratischen Rechtsordnung und habe volles Vertrauen in die staatlichen Behörden, schreibt Wyss. Sein Brief wird am Montag zwar in den zwei Basler Regionalzeitungen abgedruckt werden. Weil der Frachtunternehmer aber weder Götterdämmerung noch Weltuntergang heraufbeschwört, rührt er keine Emotionen auf.

***

Unrund.

4052. Breite. Die Zürcherstrasse, die Froburgstrasse und die Lehenmattstrasse begrenzen eine dreieckige Spielwiese, die traurig triefende kahle Bäume säumen. Samstagmorgen, 13. Januar, 10:00 Uhr, +1 °C, Luftfeuchtigkeit 78%, Wind aus NW, 23 km/h. Jetzt spaziert hier höchstens jemand mit pipibedürftigem Hund vorbei oder kreuzt den Platz auf dem Rückweg vom Gipfeliholen in der Bäckerei gegenüber. Ein Mann mittleren Alters nähert sich der Wiese. Er blickt sich um und steuert auf einen der festgeschraubten Abfalleimer bei den Schaukeln und Sandkästen am westlichen Rand des kleinen Parks zu. Will er eine feste Ausscheidung seines Vierbeiners im korrekt verknoteten Beutel fachgerecht entsorgen? Nein, er hat kein Tier dabei. Der

Mann – mittelgross, Mütze und dunkler Regenmantel – schaut sich erneut um und entdeckt niemanden. Die vier Pfoten, die auf ihn zukommen, hört er nicht. Er will in den Mülleimer langen, plötzlich knurrrrrrt es hinterrrr ihm. An der Wade packen ihn scharrrrffffe Zzzzähne. Ah! Ein Maul reissssst an seinem Hosenbein. Der Mann will den schwarrrrrzen Hund abschütteln, den verfluchten, es gelingt ihm nicht, der Kerrrrrl grrrrrrr verbeisst sich. Keine Chance, in den Abfalleimer zu greifen.

Ein Pfiff.

Wie ein Pfeil schiesst der Hund davon, die Lehenmattstrasse stadtauswärts. Unter den Bäumen dort drüben, beim Kanal, bevor der Hügel zum Gellert hoch beginnt, steht da jemand? Hinter den Stämmen in Deckung? Verborgen im Dunst und in der Dauerdämmerung dieses Januarmorgens?

Der Mann im Regenmantel ist sich unsicher. Der Wadenbiss schmerzt. Der Mann humpelt zum Eimer, streckt die Hand tief ins dunkle Loch. Nichts! Nur Abfall. Abfall. Die Ärsche haben ihn verarscht.

Als er sich unter Schmerzen zur Zürcherstrasse schleppt, um bei der Haltestelle «Waldenburgerstrasse» ins Tram zu steigen, stehen plötzlich zwei Uniformierte neben ihm, eine Frau und ein Mann.

«Guten Tag, Ihren Ausweis bitte», sagt sie. Gross, kurzhaarig und giftig sieht sie aus. Der andere, ein kleiner Kahlkopf mit Bart, steht breitbeinig, sprungbereit da. Mit der Bisswunde am Bein ist an Wegrennen nicht zu denken.

«Ja», sagt er, greift in seine Jacke – und wird vom Glatzkopf zack zu Boden geworfen.

Grabesstimme: «Erwarte nichts, rechne mit allem.» (Sir Malcolm Doddle KBE, «How To Fight Crime»).

Auf der Clarawache wird der Gebissene verarztet und vom herbeigerufenen Dr. med. gleich gegen Tetanus geimpft, Freund und Helfer, olé. Den Rest des Tages verbringt der Festgenommene in einer Zelle. Ein Pflichtverteidiger kommt vorbei und unterhält sich mit ihm. Die Sachlage ist eindeutig: Elsbeth und

René Schnieper, wohnhaft gegenüber dem kleinen Park in der Ramsteinerstrasse, haben zeitig genug der Zentrale die für 10:00 Uhr anberaumte Übergabe einer grösseren Summe an einen ihnen bislang unbekannten «entfernten Verwandten» gemeldet. Deshalb hielt sich bei der Tramhaltestelle die Patrouille bereit.

Et voilà. Bye-bye Switzerland.

Nach Befragung durch Petracca Marco und Jeanneret Simone von der Sicherheitspolizei wird der Beschuldigte Karlheinz Eisele auf richterliche Anweisung am späteren Nachmittag beim Zollamt Weil-Friedlingen an die deutschen Behörden übergeben, die, wie das Schengener Informationssystem SIS preisgibt, ebenfalls mindestens ein Hühnchen mit ihm rupfen wollen, strafrechtlich gesehen.

***

Liaison dangereuse.

Klingelt das Telefon, muss das nicht Glück bedeuten. Klingeln tut es bei Frau Affentranger oben am Binninger Hügel. «XXX» lautet wohlweislich Müllers Anruferkennung. Weisst du als angerufene Person nie: Könnte was Lukratives sein, ein Super-VIP, der seine Nummer topsecret halten will. Deshalb nimmt die Investorin das Gespräch entgegen. Hätte sie nur gewusst, dass es der Müller ist, mit seinen Fragen, den lästigen. Mit seiner ewigen Leier? Nein, der Kommissär kommt mit etwas Neuem: «Kennen Sie einen Herrn Zvetkovic?»

Fragst du da als Angesprochene: «Herrn … wie?» oder gleich «Goran M.?» Oder mimst du die Ahnungslose: «Mhmmm … äh? Zvetko…?» Oder streitest du prophylaktisch präventiv proaktiv sofort ab: «Nein, niiiie gehört. Wer ist das?» Oder gebärdest du dich sogar etwas aufmüpfffffig: «Pphh! Nicht dass ich wüsste. Sollte ich?»

Schwierig zu entscheiden, so aus dem EffEff, spontan etc. pp. Der Kriminalpolizist, den du am Ohr hast, das ist doch der mit dem Kurzhaarschnitt und den graugrünen Laseraugen, der vorgestern mit einer Kollegin und einem Kollegen hier in der

Wohnung angerückt ist. Dem Lucky Duke das Hosenbein beschnuppert hat. Der Kriminalpolizist … der dürfte, nein, *muss* wohl etwas wissen, sonst würde er nicht nach Goran fragen. Die Frage passt haargenau in die Kerbe, die das Leben in Kayleigh Affentrangers emotionales CV gehauen hat.

Aber was geht den das an?

Wühlt die Kripo nowadays im Gefühlsleben der Bevölkerung? In einem rot-grün-liberal regierten Kanton würde es noch passen, dass die Polizei einen geheimen Regierungsauftrag ausführt: das freie Unternehmertum durch Schikanen, ja Psychoterror zu schwächen.

Affentranger lächelt, weil dieser Gedanke sowohl von Goran M. Zvetkovic als auch von Rinaldo Mayer stammen könnte. Warum denkt sie zuerst an Goran und erst dann an Rinaldo? Weil sie Goran länger kennt? Weil sie ihn aufregender findet? Weil Rinaldo mit seinem teuflischen Bärtchen noch egozentrischer und … etwas … ein biggerer Challenge ist als Goran? Weil sie über den Dackel Lucky Duke ein Hundeleben lang mit Goran verbunden ist? Oder ist es eine freudsche Reihenfolge? Eine Reihenfolge nach Freud?

«Frau Affentranger, hören Sie mich?», fragt die Stimme des Kriminalkommissärs aus dem Korea InterGalactica SX 27plus.

Die Investorin fühlt sich bei ihren Gedanken ertappt. «Ja, ja … ich habe bloss nachgedacht –»

«So lange, wie Sie nachgedacht haben, ist Ihnen bestimmt einiges eingefallen.»

Bei einem Videoanruf sähe der Müller nun, dass Frau Affentranger errötet. Nur leicht, weil sie in Verhandlungstechnik trainiert und im Businessalltag gewohnt ist, unangenehme Situationen zu meistern. Sachlichkeit, Coolness, Unverbindlichkeit, Schweigen, Lügen und unvollständige Informationen nach Bedarf. Lauern und warten, bis das Gegenüber mehr offenlegt, als es vorhatte. Lächeln. Ruhig bleiben. Sich kontrollieren. Die Stimme beherrschen. Pokern. Wenn nötig, im richtigen Zeitpunkt die Trümpfe ausspielen.

Ist ihre Superkarte «Ace of Spades» (Motörhead)? Nein,

daran denkt sie nicht. Sie ist zu jung dafür, und sie würde ihre Weisheit sicher nicht von haarigen Männern in Lederjacken mit zig Fingerringen an den Händen beziehen. Sie lebt auf einem anderen Planeten. Müller fragt noch einmal ins Telefon hinein: «Nun? Möchten Sie Ihre Aussage lieber bei uns im Waaghof machen? Dann könnten Sie sie auch gleich unterschreiben.»

«Nein, nein, ich –»

«Es macht uns keine Mühe. Ich schicke Ihnen gerne einen Wagen. In fünf Minuten werden Sie abgeholt.» Diese Freundlichkeit klingt nach Zellentür und quietschendem Linoleum.

«Nein, nein ... das ist nicht nötig. Ich war nur etwas out of focus ... abgelenkt von meinem Hund, der gerade an einem Raumelement ... Lucky, nein, nein, Lucky!»

Raumelement? Als Bulle mit über fünfundzwanzig Dienstjahren hast du vieles schon gehört, aber *Raumelement*?

«Kennen Sie Goran M. Zvetkovic?»

Sie atmet. Müller auch.

«Ja», gibt Kayleigh Affentranger zu, weil das zu leicht überprüfbar wäre.

«Wie nah stehen Sie sich?»

Nun wirklich ... «Mein Privatleben geht Sie nichts an.»

«Sie stehen sich also sehr nah.»

«Kein Kommentar.»

Der Müller lässt vier, fünf Sekunden Zukunft Gegenwart werden. Verdammt lang dauern diese fünf Sekunden, bis sie der Vergangenheit angehören. Eine Erklärung von Affentranger ist nicht mehr zu erwarten.

Müller, kurz: «Danke. Sie hören von uns.»

«La jalousie te crèvera le coeur» (Les Rita Mitsouko). Die Eifersucht wird dir das Herz zerreissen. Liegt hier die Ursache für den Angriff auf Rinaldo Mayer? Eifersucht? Hahnenkampf? Duell der Megatestikel?

***

Steinenvorstadt, nachts.

«Night fever, night fever», sangen 1977 die Bee Gees. Olivia Newton-John und John Travolta hätten uns dazu etwas Greasiges vorgetanzt und -gesungen «You're The One That I Want ... Huhuhu!» ... Heute in der Steinenvorstadt, Pardon Klischee, ist aber wahr, fragen Sie die Kolleginnen und Kollegen, die am Wochenende Nachtdienst leisten, geht es meist weniger elegant und rhythmisch zu. Zum Beispiel gerade jetzt.

21:15 Uhr. Handfeuerwaffe.

BANG!

Das Echo geht im Samstagabendrummel unter.

Der Schuss peitscht durch die Strassenschlucht, wo sich selbst bei den meteorologischen Bedingungen dieser Jahreszeit (der Januar macht das f[redacted]ing extra) an Bartheken Raucherinnen und Raucher, die Shisha-Nuckler, die E-Vaper und andere Personen in der Frischluft aufhalten. Sie feiern, einfach so. Celebration! Farbige Drinks mit Schirmchen werden geordert und getrunken, und allerlei Substanzen wirken auf die Menschen.

Dass in diesem Perimeter an einem Samstagabend, in einer Samstagnacht, bei Dunkelheit – abgesehen von den Zivilstreifen – irgendwer halbwegs unter der Promillelimite bleibt oder das Betäubungsmittelgesetz (BetmG) auch nur andeutungsweise in Ehren hält, davon ist nicht auszugehen.

BANG! Haben wir doch gehört. (Aber das Echo nicht.)

Den Schuss, von dem wir sprechen ... Ein Metallprojektil, das die feuchte Luft zerteilt und fliegt, fliegt, flugs einem Ziel entgegen ... und trifft. Nämlich den linken Oberarm von Diamant Sherifi (26), der bis zu diesem Moment mit Freundinnen und Freunden die Freizeit eingefeiert hat, um nach einer Aufwärmphase weiter- und durchzufeiern. Weil Samstag! Samstag! Samstag! Die Kugel ist durch die Designerlederjacke in den linken Oberarm eingedrungen, Kaliber .358. «Du Siech», hat Sherifi noch gescherzt, weil er meinte, sein Kumpel Pit habe ihn gekniffen, als er sich gerade mit seiner Cousine Valdete über die Pläne für die Sommerferien unterhielt. Aber Pit schaut ihn ratlos an, warum er ein Siech sein soll.

Dann brennt es auf einmal im Arm.

Pit und Valdete schauen zu Diamant Sherifi, dessen Gesicht sich vor Schmerz verzerrt. Mit der rechten Hand greift er nach seinem linken Oberarm, und zwischen den Fingern ... tropft ... Blut hervor.

«[redacted]!» Ein unschönes Wort entfährt ihnen, während der Angeschossene ächzt und schwankt, weil der Schmerz ... Bleich wird der Mann, weil sofort das Blut aus dem ganzen Körper in den Oberarm strömt, um die verwundete Körperregion mit Sauerstoff zu versorgen.

Sch[redacted]!

Valdete stützt ihren Cousin, Pit ruft die 117.

Steinenvorstadt, Samstagabend, Schusswaffenvorfall.

Was denken Sie? Was denkst du?

He, logisch: kleinkriminelles Testosterongetue von jungen Männern mit gepflegtem Bart, strahlend weissen Sneakers und Tätowierungen und Waffen in den Taschen, Macho nur der Vorname.

Das Alarmpikett trifft ein, ein Wagen, zwei, drei. Insgesamt sechs Mann und drei Frau. Die 144 fährt vor, Bahre raus, Diamant Sherifi hingeleitet, abgelegt, den verletzten Arm sanft aus der Lederjacke gezogen, die Wunde erstversorgt, Blutung gestillt, Abfahrt → Notaufnahme Universitätsspital.

Die Jacke wird Sherifi, dannzumal pensionierter Finanzchef eines grossen Handelsunternehmens, noch 59 Jahre später an Familienfesten seinen drei Kindern, neun Enkeln und all seinen Schwiegersöhnen und -töchtern zeigen und erzählen, wie er als junger Bankkaufmann unversehens mitten ins Fadenkreuz der Kriminalität gerückt war, damals in der Steinenvorstadt, an einem Samstagabend, 13. Januar.

21:32 Uhr. Aus der Freizeit geholt: Detektivin Wäckerlin und Detektivkorporal Gormann und Lukas Hurni von der Kriminaltechnischen Abteilung nebst drei Leuten.

Die neun vom Alarmpikett haben alle Hände voll zu tun, damit nicht alle mutmasslichen und potenziellen Zeuginnen und Zeugen abschwirren. Mit den Bullen wollen viele Leute nichts zu ... Dabei wäre es ... Damit ... Sie wissen schon und pflichten mir hoffentlich bei.

Wer sich vom Tatort hat entfernen können, wissen die neun Polizist und -innen nicht. Sie ahnen bloss, dass das Gedränge an der Freiluftbar deutlich grösser war, bevor und während das Geschoss aus der Faustfeuerwaffe die Luft im Postleitzahlenbezirk 4051 durchpflügte, um den Oberarm von Diamant Sherifi (26) zu durchbohren.

Befund: glatter Durchschuss, keine grossen Blutgefässe getroffen, dank schnellen Eintreffens der Ambulanz den Blutverlust in Grenzen gehalten. Das meldet um 22:06 Uhr die Notfallabteilung des Universitätsspitals dem Kriminalkommissariat.

Die Kugel hat Sherifis Arm sauber durchquert und danach ihren Weg fortgesetzt. Im Tresen der Freiluftbar steckt sie, stellen Hurni und seine Kriminaltechnik-Kollegen fest, die den mittleren Abschnitt der Steinen Quadratdezimeter für Quadratdezimeter absuchen. Ballistik + Geometrie → Geschossen wurde vom oberen Abschnitt aus, beim 1955 fertiggestellten Hochhaus von Arnold Gfeller, das in naher Zukunft abgerissen wird. Eine Patronenhülse finden jedoch weder die Kriminaltechniker noch Gormann und Wäckerlin vom Kriminalkommissariat. Auch die Sicherheitspolizei nicht. Das Alarmpikett hat Verstärkung angefordert. Neun weitere Polizeileute sind eingetroffen. Zeuginnen und Zeugen werden vor Ort befragt. Als Erste Valdete Sherifi und Pit Rothenbühler.

«Also, ich habe gar nichts begriffen. Plötzlich hat sich Diamant an den Oberarm gegriffen und ist bleich geworden», sagt die Cousine.

«Dann ist ihm Blut zwischen den Fingern rausgelaufen», fügt Pit hinzu. «Er hat sich den Arm so gehalten und mir etwas zugerufen. Dann hat er nicht mehr gelacht. Huereseich.» Er schüttelt den Kopf.

«‹Du Siech›, hat er gerufen, weil er gedacht hat, du hast ihn ...», versucht Valdete den Ablauf der Ereignisse einzuordnen, weil die Freunde sich gerne mal foppen.

Aber ehrlich, Basel-Stadt, ein Bankangestellter samstagabends im Ausgang mit seinen Freunden … wer schiesst auf so einen?

Die übrigen nicht verdufteten möglichen Augenzeugen – Personalien in den Akten – haben nichts mitbekommen, bis der grosse Mann mit dem gepflegten Bart und der Lederjacke plötzlich «aaaaah» gestöhnt hat und die Frau und der Mann, mit denen er sich unterhielt, hektisch wurden und der mit der wattierten Jacke so schnell zum Handy gegriffen hat, dass er das Glas mit dem farbigen Drink fallen liess, es schwebte noch – Trägheitsprinzip – einen Sekundenbruchteil in der Luft, bevor es klirr am Boden zerschellt ist.

ELF

Die Nacht auf Sonntag, 14. Januar, Namenstag des Rainer, Felix und Engelmar, Minimaltemperatur – 3 °C, vorwiegend trocken, vergeht für Wäckerlin und Gormann mit Abklärungen zur Schussabgabe auf Diamant Sherifi. Führt eine Spur vom Opfer zum Täter? Ja, wenn es ein vorsätzliches Verbrechen war. Welcher Art könnte diese Verbindung sein? Wer hasst Diamant Sherifi? Nadel im Heuhaufen. Tropfen in Wasserfass. Haar in der Suppe. Köche zu viel. Aller schlechten Dinge sind viele. Oder war es keine vorsätzliche, zielgerichtete Straftat? Dann wird die Ermittlung noch komplizierter. War das tatsächliche Opfer nicht das intendierte Opfer, fragt sich: Wem hätte die Kugel sonst gegolten? Oder tummelt sich in der Steinenvorstadt ein Vollpsycho, dessen Hirn unter Unterdruck leidet?

Zu Bankkaufmann Sherifi, Bürger von 4142 Münchenstein BL, finden Wäckerlin und Gormann in den polizeilichen Datenbanken rein gar nichts, nicht einmal eine Busse wegen Falschparkierens.

Zu seiner Cousine Valdete Sherifi, kantonale Verwaltungsangestellte, Bürgerin von Basel, ebenfalls niente und dito zu Pit Rothenbühler, Mitarbeiter von SBB Cargo, Bürger von Lützelflüh BE.

Alles sch[redacted]ssunbescholtene Einwohnerinnen und Einwohner der beiden Basel.

Angesichts des Menschengewühls in der Steinenvorstadt an einem Samstagabend und des Zustands des anwesenden Bevölkerungssegments ist es kaum möglich, eine Zeugin oder einen Zeugen zu finden, die oder der Verwertbares bemerkt hätte. Die Musik wummert, die Menschen sprechen und lachen, machen Quatsch, vergnügen sich, Erdbeer- und Apfelgeruch aus Wasserpfeifen weht durch die Gasse, aus dem Pub weiter unten dringt englischer Fussballkommentar, «You'll Never Walk Alone» (Gerry & The Pacemakers), Stöckelschuhe klacken, in Mündern zerknacken die letzten Kinopopcornbissen, von der Heuwaage oben und vom Barfi unten schickt das Tram grün sein Quietschen in die Steinen. In diesem Geräuschteppich kann der Knall eines Schusses leicht untergehen. Ebenso der oder diejenige, die den Schuss abgegeben hat.

Ein Schuss?

Wer sagt denn, dass es nur einer war?

Lukas Hurni und seine Kollegen von der Kriminaltechnischen Abteilung haben nirgends eine zweite Kugel entdeckt und auch nach einer halben, drei viertel, einer ganzen Stunde keine einzige Hülse. Klar, die Steinenvorstadt ist für die Spurensicherung ein Alptraum, hä. Dutzende, Hunderte spazieren durch den Tatort. Woher sollten sie auch wissen, dass es einer ist? Die Absperrung durch das Pikett kommt zu spät. Vielleicht hat eben ein Balenciagasneaker, ein Guccislipper oder Blahnik eine Patronenhülse in den Gulli gekickt, ohne dass der Fuss darin und das damit verbundene Hirn es bemerkt haben? Möglicherweise steckt «irgendwo über dem Regenbogen» (Musik: Harold Arlen, Text: E. Y. Harburg) in einer Mauerritze im zweiten oder dritten Stock ein Projektil, an dem sogar noch DNS des Täters festzustellen wäre. Oder das Geschoss traf auf Stein, prallte ab, schwirrte als Querschläger in den Basler Nachthimmel und fiel an einem unbekannten Ort auf ein Dach, kullerte in die Regenrinne, wo es vor sich hin korrodieren wird bis zum Jüngsten Tag beziehungsweise Abbruch des Gebäudes zwecks Optimierung des Grundstückspreises – wie beim Hochhaus an der Heuwaage, vor dem geschossen wurde. Dort werden 41 günstige Wohnungen und Geschäftsraumfläche aufgewertet.

Wenn aber bloss ein Schuss abgegeben wurde: Hat die Täterschaft die Flugbahn und das Ergebnis, den Treffer, mitverfolgt und ist darauf geflüchtet? Wer beim ersten Schuss trifft, lässt sich zweifellos als geübter Schütze einstufen. Denn die meisten, die rumballern, treffen ihr Ziel nur zufällig und wegen der hohen Anzahl von Schussabgaben.

Ach, Romina Wäckerlin und Markus Gormann sind nicht zu

beneiden. Bis weit in die Nacht, bis am Sonntagmorgen, brennt Licht im Gemeinschaftsbüro im Waaghof. Draussen schimmert schemenhaft durch die Bewölkung bereits unser Zentralgestirn auf den Tatort und den Rest von Basel herunter. Der Himmel über Basel fängt von den Rändern her an zu leuchten. Im Grunde ein schöner Moment, der feierlich stimmt. Doch ohne Ergebnis = ein Vollseich. Das Naturlichtspektakel spendet immerhin ein wenig Trost.

***

«Sunday Papers» (Joe Jackson).

Die Sonntagspresse erfreut sich geistiger Topform. Auf der mit «Meinung» betitelten Seite breitet sich heute, 14. Januar, ein Ökonomieprofessor, dessen Kinn bis zur Schmerzgrenze glatt rasiert ist, über «die Privilegien der Alten» aus: Sie erben viel, leben unendlich, kassieren jahrzehntelang Rente, besetzen Wohnraum, der besser der aktiven Bevölkerung zugutekäme, beanspruchen Platz im hochsubventionierten ÖV, belasten das Gesundheitssystem überproportional, ohne sich entsprechend an den Krankenkassenprämien zu beteiligen. Durch ihre «Vulnerabilität» schränken sie gerade in Pandemiezeiten «drastisch» die Freiheit für den Rest der Bevölkerung ein. Dadurch bremsen sie die Wirtschaft und «unseren» Wohlstand. Der Ökonomieprofessor sieht das Land in Gefahr, «im globalen Wettbewerb unterzugehen». Die heutige Lebenserwartung führe, so schreibt er weiter, «zu einer ungünstigen Demografie, was die Volkswirtschaft und die öffentliche Hand in Schieflage zu bringen droht, worauf die Linke stets nur eine Antwort aus dem Ärmel zu zaubern fähig ist: neue und höhere Steuern».

Ein Artikel in der Sonntagszeitung mit dem hellblauen Schriftzug, zu der die eine Lokalzeitung gehört, lässt den Müller stutzen: «Die Waffe gegen den Unternehmer», steht da. Darunter ein Foto von einem Korea Universum SX90 Pro+ und die Bildlegende: «Mit diesem Handy wurde Rinaldo Mayer fast ermordet.» Haben wir nicht herausgegeben, diese Detailinformation, denkt der Kommissär bei der elektronischen Zeitungslektüre. Er hält Gülay über die Kaffeetassen hinweg sein Mobiltelefon vors Gesicht. Sie liest, blickt ihn an und sagt: «Ein Leck im Waaghof?» Er antwortet: «Sieht ganz so aus.» Wird er Krähenmann darauf ansprechen, den Chef.

Der Sonntagsmedienkonkurrenztitel, ebenfalls aus Zürich, lässt in seiner Meinungsrubrik einen freiheitlichen Hedonisten und Absolventenfrischling der Hochschule St. Gallen zu Wort kommen. In seinem «Gastbeitrag» fordert er «genügend gesellschaftlichen Raum für uns alle, die wir das Leben feiern wollen», «ohne die Lasten und Beschränkungen, die das Sozialsystem uns allen auferlegt». Er und seine Generation hätten «die Bevormundung durch den von Greisen geführten, überregulierten Staat gründlich satt». Er gibt auch zu bedenken, dass die «immensen pekuniären Asymmetrien, die die Senioren verursachen», volkswirtschaftlich und fiskalisch «nicht mehr tragbar» seien. Deshalb gelte es, «den Generationenvertrag neu aufzusetzen», und zwar «auf eine Art und Weise, die unsere Generation nicht bis in alle Ewigkeit finanziell ruiniert».

Die Sonntagsboulevardzeitung bringt das Thema vereinfacht auf den Punkt und fragt: «Wie lange können wir uns das noch leisten?» Antwort im Artikel: «seit Jahren nicht mehr.»

***

«Hast du dieses Geschwafel gelesen?», fragt der frühere Schlossermeister Albert Schoch (78). Das will er im gemeinschaftlichen Esszimmer des Altersheims Hasenbrunnen von der pensionierten Schneiderin Marianne Lütolf (74) wissen. Dabei raschelt er mit der Zeitung, um die Aufmerksamkeit der Mitbewohnerin auf sich zu ziehen.

Frau Lütolf setzt die Kaffeetasse (zwei Assugrin) ab und antwortet: «Nein. Ich habe meine Brille noch nicht gefunden.»

«Ich helfe dir beim Suchen, wenn du willst.»

«Ja, du mit deinen Adleraugen.» Sie lacht.

Er insistiert: «Soll ich dir's vorlesen?»

«Wenn's ‹Geschwafel› ist, lieber nicht. Ich muss gleich los, zum Gottesdienst.»

«Ohne Brille? So siehst du ja all die Heiligen nicht.»

«Nun sei nicht gleich beleidigt, dass du mir das Geschwafel nicht vorlesen kannst, du Protestant. Du findest ja jeden Tag irgendeinen Chabis-Artikel.»

«Hm», kommt von Schoch, weil Frau Lütolf recht hat. Er streicht sich mit der Hand über die Glatze. Die Kopfhaut fühlt sich kühl an.

«Wie ist das jetzt mit dem Brillesuchenhelfen?»

Sie steht auf. Albert Schoch ebenfalls. Er ruft ihr in den Korridor hinterher: «Der Mensch geht einfach vergessen. Es geht immer nur ums Geld und um Volkswirtschaft und Wettbewerb. Jeder Trottel meint, er wisse über alles Bescheid.»

«Wo bleibst du, Albert? Hilfst du mir jetzt, meine Brille zu finden?», hört er Marianne Lütolf rufen.

«Ich komme, ich komme», ruft er zurück und brummelt vor sich hin: «Ich bin lieber ein ‹kleiner Mann› als ein grosser Löli.»

ZWÖLF

Versuchte Tötung. Vorsätzlich?

Balz Ulrich (43), Ökonom bei einer Zu-gross-um-zu-scheitern-Bank, Mitglied des Grossen Rats und einer Partei, die der Müller privat unsympathisch findet, wird am Sonntag, 14. Januar, kurz nach 21:00 Uhr (-1 °C, Wind aus NW, 12 km/h) bei der alten Stadtmauer am 4052 St. Alban-Rheinweg ein stumpfer Gegenstand über den Kopf gezogen und er danach in den Rhein geworfen. Die Wassertemperatur beträgt 4.7 Grad Celsius, fast steif gefroren sind die Moleküle. Der helle Regenmantel und die Seidenkrawatte bieten natürlich keinen Schutz gegen die Kälte des Wassers. Balz Ulrichs Körper bleibt an einer Boje hängen, nachdem der kalte Fluss schlagartig den Politiker und Wirtschaftswissenschaftler aus der Bewusstlosigkeit erweckt hat.

Aus den Fluten gerettet wird der Kadermann, weil der preisgekrönte Dichter Dietmar von Heinz (42), ein intensiver Beobachter der Menschen, der Stadt, der Natur und der Oberflächenstrukturen fliessenden Wassers – «panta rhei» (Heraklit) – sich eben zu diesem Zeitpunkt den Spiegelungen der Lichter auf dem Rhein hingegeben hat. Seinem Werk fügt dieses Vorkommnis unseres Wissens vorderhand keine neuen Facetten hinzu. Sie kennen ziemlich sicher sein Prosagedicht:

> *Auf der Strasse kriecht ein Wurm / Verhängnisvoll sein Heldentum / Seinem sich'ren Verderben entgegen / Denn bald schon wird es wieder / Trocken und heiss werden.*

Der einen oder dem anderen unter Ihnen mag Dietmar von Heinz zudem als Präsident der Stiftung «Nichts» in Erinnerung sein, die sich mit der Erforschung des Nichts befasst. Im Jahresbericht steht seit ihrer Gründung vor fünfzehn Jahren konsequenterweise nichts. Damit hat die Stiftung getreu dem Stiftungszweck auch nichts Schriftliches vorzuweisen.

Dass der Dichter und Stiftungspräsident tatkräftig den nicht unprominenten Herrn Ulrich vor dem ultimativen Fährmann Charon rettet, entspricht im Grunde gar nicht seiner Art. Dieses faktische von heinzsche Nicht-Nichts wird Folgen haben. Dietmar von Heinz hat sich, ohne zu zögern, teilweise entkleidet, ins Wasser gestürzt und, seinem Ruf als Träger des Seepferdchen-Schwimmabzeichens gerecht, den Mann vor dem Tod gerettet. Ein längeres Nachtessen mit dem Dichter in der «Mägd» in der St. Johanns-Vorstadt zum Dank für die Rettung wird Balz Ulrich einige Tage später sein Damaskuserlebnis bescheren. In den nächsten Wochen und Monaten wird er beginnen, den Begriff «Markt» in neuem Licht zu betrachten, sich mit der Kulturwirtschaft befassen und die Präambel der Bundesverfassung genau durchdenken, das mit der «Stärke des Volkes, die sich am Wohl der Schwachen misst». Er wird seine Prioritäten verschieben, aus der Partei austreten und neue Menschen kennenlernen. Und Dr. iur. et oec. Balz Ulrich wird sich als «Madman Balz The Tie Bomb» als Slampoet versuchen, als einziger Ü40-Teilnehmer. Als Co-Szenarist einer Comicserie über einen sprechenden Kaktus mit Grössenwahn wird er in Insiderkreisen sogar einen gewissen Ruhm erlangen.

Doch zurück zum Angriff am St. Alban-Rheinufer.

Bei der Befragung durch den Kollegen Gormann in der Tatnacht, gibt Ulrich an, sich einzig daran zu erinnern, dass ihm … wenn ihn sein Gedächtnis nicht trügt … auf dem Trottoir am St. Alban-Rheinweg ein Mann mit Wollmütze und Bommel entgegengekommen sei. Ja … doch. An einen Wortwechsel mit diesem Mann oder dass sich der verdächtig verhalten hätte, kann er sich nicht erinnern. Balz Ulrichs Brieftasche steckte, völlig durchnässt, sogar noch im Regenmantel, der mit seinem Leib im Rhein gelandet war. Die Kreditkarten, das Zolli-Gönnerabo und der Badge, der den Eingang der Zu-gross-um-zu-scheitern-Bank entriegelt, alle durchnässt, aber unversehrt. Können wir Raub als Motiv ausschliessen? Nein, denn das Bargeld fehlt, und Ulrichs Ehering ist ebenfalls verschwunden. Vielleicht vom Finger gerutscht, als ihn der oder die Täter gepackt hat oder haben? An der Boje abgestreift? Liegt der Ring auf dem Grund des Flussbetts? Oder wird er in Richtung Mittlere Brücke → Johanniterbrücke → Dreirosenbrücke → Dreiländerbrücke → Deutschland/Frankreich → Niederlande geschwemmt, Stückchen für Stückchen abgeschliffen, erodiert, bis sich dieses Symbol der Gütervereinigung (und Liebe) zwischen Balz Ulrich und Karin in nichts aufgelöst hat? Wie schrieb der Philosoph Sat Su-Ma posthum: «Leben heisst Leiden.»

DREIZEHN

Montagmorgen, 15. Januar, 07:30 Uhr.

In der «Kunst des Krieges» schreibt Meister Sun: «Frühmorgens ist der Kampfgeist schneidig, tagsüber erschlafft er, und am Abend entschwindet er.»

Im Waaghof ist zum Glück Morgen. Das Wetter schmollt weiter. Egal. Freddie Dominguez und Romina Wäckerlin treffen gleichzeitig im Büro ein, beide nicht 100% ausgeschlafen. Freddie war bis spät im Kraftstudio und hinterher mit Rosa, seiner Frau, an einer Proteinshake-Degustation. Romina schaute auf dem Streamingdienst stundenlang «Mindhunter» und «Collateral», weil sie nicht einschlafen konnte, aber auch niemand da war, der sie hätte am Einschlafen hindern können. «Schau! Da!», ruft sie Freddie entgegen, bevor sie ihn überhaupt grüsst.

«Was?», fragt der Muskelmann.

«Zwei Schneeflocken, dort drüben!»

Freddie freut sich. «So viel Schnee hatten wir seit Jahren nicht mehr.»

In Basel kein Witz, sondern ernst. So ernst wie die Arbeit, zu der sie antreten.

Im Einzelbüro im 3. Stock, der Müller, denkend. Hat er eine Hypothese? Kristallisiert sich in ihm das grosse Oléolé? Nein, aber … Mayer, Wyss und jetzt Ulrich … An Zufall glaubt kein Rationalist. Der Müller ruft aufs Geratewohl – alle Eventualitäten abklären – beim Kollegen [redacted] von der Fachgruppe 9 an. Die FG 9 ist im gesamten Halbkanton für den Staatsschutz zuständig. [redacted], der sich insbesondere mit der Beobachtung der linksextremen und autonomen Szene befasst, antwortet: «Diese Kreise begehen hauptsächlich Sachbeschädigung, Schmierereien an Banken und Geschäften, deren Inhaber sie für brutalkapitalistisch oder gar ‹faschistisch› halten. Oder sie zerstören Maschinen von Firmen, die am Bau des Gefängnisses Bässlergut beteiligt sind. Es gibt Reifenstechereien an SUVs und

Luxusautos. Also, ich würde meinen Ferrari über Nacht nicht draussen parkiert lassen.» Er lacht. Hat doch ein Bulle sicher keinen Ferrari, Mann.

Leib-und-Leben-Delikte aus der linken Ecke? Das will der Kommissär wissen.

«Eher unwahrscheinlich. Mal fliegt an einer Wahlveranstaltung eine Tomate, oder einem Kandidaten werden die Wahldrucksachen entrissen und in den Dreck geworfen. Ab und zu wird ein Briefkasten gesprengt. Das F-Wort und das N-Wort verwenden sie locker, also Ehrverletzung. Gegen Privatpersonen gehen sie aber selten direkt vor, ausser wenn sie sich mit Neonazis prügeln.»

Ob er sich diese Zurückhaltung bei Angriffen gegen Personen erklären könne?

«Ich will ja nicht philosophisch werden ...», sagt [redacted] und spricht das Aber nicht aus. «Komm, sag schon», ermuntert ihn der Müller.

«Da wirkt meiner Meinung nach die gute Erziehung nach. Diese Leute stammen mehrheitlich aus der Mittelschicht. Einfamilienhauskinder, die rebellieren.» Er lacht wieder. «Schon in Ordnung, solange sie es nicht zu bunt treiben. Wir sind ja auch noch da», sagt er in väterlichem Ton. «Regierungsräte und Parlamentarier sind doch oft allein zu Fuss oder auf dem Velo unterwegs. Mehr als dumme Sprüche melden die selten, die Männer wenigstens. Und die wirklich mächtigen Leute bringen auf dem Briefkasten nur ihre Initialen an, lassen ihr Grundstück mit Kameras überwachen und bewegen sich im Wagen von Tiefgarage zu Tiefgarage. So diskret, wie die sich verhalten, kann gegen Leib und Leben nicht viel passieren.»

Ob er denke, dass Mayer, Wyss und Ulrich Hassfiguren der Linken und Autonomen seien?

«Die haben sicher keine Freude an denen, vor allem an den Libertären. Vielleicht würden sie ihnen das Haus versprayen, im Extremfall das Auto abfackeln, aber ... diese Attacken auf Personen passen nicht ins Muster», sagt [redacted] entschieden und vermeidet den Ausdruck «modus operandi», weil er bodenständig aufgewachsen ist und nicht kariert quatscht. «Wir haben bisher keinen Hinweis darauf, dass sie ihre Taktik geändert hätten.»

***

Montagmorgen, 15. Januar, 08:00 Uhr.

Teppichetage, frisch shampooniert. Ralph Staehelins Nervosität sorgt dafür, dass er beim ersten Klopfversuch an die Tür des Vorzimmers das Holz verfehlt und nur die Luft trifft. Ihm ist warm, die Luft ist überheizt, trocken, sauerstoffarm. Im zweiten Versuch schafft er es, das Toktoksignal zu erzeugen. Er wird hereingerufen, grüsst Back-Office-Assistant Michaela Lavizzari, die ihn mit ernster Miene durchwinkt. Scheint informiert zu sein. Himmel, was steht ihm hier bevor?

Warum, weiss er nicht, aber ihm fällt ein afrikanisches Sprichwort ein: «Bis der Löwe Schreiben lernt, verherrlichen alle Geschichten den Jäger.»

Türe auf, zwei Schritte hinein, er schliesst die Türe hinter sich. Die Luft ... im Büro des Chefredaktors fühlt sie sich dick und verärgert-verschwitzt an. Chefredaktor Maurus Knoll, Brille, Scheitel, Kinnbart, sitzt hinter seinen zwei 24-Zoll-Bildschirmen, die auf der Glasplatte stehen, die gerne als Metapher herhalten muss, dass Transparenz und kristallklare Argumentationslinien zählen. Heute ist Maurus' Gesicht dunkel umwölkt, das Wochenende hat ihn offenbar nicht besänftigt.

Und Ralph Staehelin, Ressortleiter Lokales, weiss, dass er der Grund dafür ist. «Welcome To Hell», denkt er, obwohl er den Song von Venom nicht kennt.

«Guten Morgen, Maurus», sagt er abwartend, bleibt bei der geschlossenen Tür stehen. Er schwitzt kalt. Sein Herz pumpt heftig. Die Lymphknoten jucken. Der Blutdruck strebt nach einem persönlichen Rekord.

Maurus Knoll verzichtet auf die Konvention der Höflichkeit. «Nimm Platz», befiehlt er ohne Bonjour und deutet auf den armlehnenlosen Stuhl vor dem gläsernen Chefredaktorentisch mit dem Doppelbildschirm. Der Besucherstuhl ist zu tief eingestellt. Staehelin unterdrückt den Impuls, ihn zu justieren.

«Ich hatte übers Wochenende ... einige», dies Wort lässt er ... brutale ... zwei ... Sekunden hängen wie ein böses Omen, «Telefonate mit ... mehreren Personen.» Nach dieser Ouvertüre legt er eine weitere Pause ein, damit sich Staehelin fragen kann, was ihm nun blüht. Maurus Knoll ist Meister im rallentando crescendo.

Stille kann laut sein.

Stille kann wehtun. Staehelin fühlt es.

Er sieht sich bereits auf dem RAV an der Hochstrasse beim Bahnhof auf den Termin warten, er wähnt sich in nächster Zukunft zu Hause vor dem Computer, wie er an Bewerbungen feilt. Er beobachtet sich sehr bald beim Bezahlen der Rechnungen, jeden Monat. Der Kontostand in Leuchtziffern vor seinen Augen sinkt und sinkt vom Vierstelligen ins Dreistellige, wenige Tage danach ein Minus davor, eine drei-, dann vierstellige Minuszahl. Er befürchtet Anrufe. Sie kommen. Er nimmt sie nicht entgegen, weil er mittlerweile die Nummer der Bank auf der Anzeige kennt. Ein Brief des Geldinstituts, das ihm mitteilt, dass und weil. Ein eingeschriebener Brief. Mona, seine Frau, die ihm mitteilt, dass so nicht und weil, weil und dass so auf keinen Fall ... Er wird ... umziehen müssen, in eine kleinere Wohnung, das Auto wird verkauft. Was, wenn die Nachbarn sehen, dass das Betreibungsamt die Wohnung halb leer räumt. Wen von seinen Freunden wird er anrufen können? Bliebe ihm auch nur ein einziger?

«Ralph, hallo? Hörst du mir überhaupt zu?» Der Chef unterbricht seine apokalyptischen Visionen.

Ähm, was ist? «Ja, äh, Pardon. Ich bin ganz bei dir.»

«Das hoffe ich», schnarrt Maurus Knoll, zupft am Kinnbart und behält die stahlblauen Augen auf Ralph gerichtet. Dieser verflucht innerlich den vorsätzlich zu niedrig hinuntergeschraubten Demütigungsstuhl, auf dem er nicht einmal im Erdboden versinken kann.

«Wir könnten dich sofort ersetzen», sagt Knoll sachlich

und ruhig. «Die Branche implodiert. Die Journalisten stehen Schlange. Das weisst du ja.»

(Eine Stimme aus dem Off sagt zu Staehelin:) «Ralph, das sagst du deinen Leuten auch, um sie zu disziplinieren.» Er schaut sich um. Wer hat da mit ihm gesprochen? Er entdeckt niemanden. Ein schalter Kauer läuft ihm den Rücken hinunter. Nöllig veben sper Dur … Stalph Raehelin reisst sich am Riemen. Er servucht sich wieder auf den Refchedaktor zu kofussieren. Der vollführt – soooo – eine wegwerfende Handbewegung, sieht aus wie eine Ohrfeige. Mit dem rechten Zeigefinger tippt er auf einen Stapel von Dossiers, die auf dem allerheiligsten Metapher-Glastisch thronen: «Wir fänden leicht einen geeigneten Nachfolger für deine Position.»

Nachfolger? Er hat *ersetzen* und *Nachfolger* gesagt! Die Konjunktive *könnten* und *fänden* entzünden in Ralph Staehelin jedoch ein Fünklein Hoffnung.

Maurus Knoll lehnt sich zurück, zieht mit dem Zeigefinger seinen Scheitel nach und dehnt stumm die Sekunden. «Ich sagte vorhin, als du mit dem Kopf irgendwo anders warst …», ein Blick wie ein Ameisensäuresorbet, «ich sagte: Ich habe bei meinen Telefonaten dafür gekämpft, dass du deine Funktion … behalten kannst.»

Staehelin schluckt und will sich seine Erleichterung nicht anmerken lassen, sonst weiss Maurus definitiv that «there is no alternative» (Margaret Thatcher) für ihn, beruflich. Selbstkontrolle, eisern. Selbstbeherrschung, stählern. Gelassenheit, fast Zen. Aber er ist aufgewühlt. Seine Nerven in Fetzen, seine Psyche aschgrau und zerknittert, auch wenn er sich sagen kann: bye-bye Geldprobleme, bye-bye Eheprobleme, bye-bye Obdachlosigkeit. Fast denkt er wieder ein bisschen «Life's What You Make It» (Talk Talk).

«Was sagst du dazu, Ralph?»

Ähm, nun, wie antwortet einer in dieser Situation gescheit, damit er nicht auf der Kann-weg-Liste für die nächste Umstrukturierung landet?

Schliesslich sagt er leise: «Danke, Maurus.» Seine Lippen

wölben sich vor und kneten sich gegenseitig. Ralph Staehelin stösst die Luft aus, hoffentlich lautlos.

Der Chefredaktor hebt die rechte Hand, sein Allzweckzeigefinger ragt in die Höhe. «Unter einer Bedingung.» Wieder eine tyrannische Kunstpause. «In Zukunft wandern *alle* kontroversen Themen über meinen Tisch. Ohne Absprache mit mir rückst du kein politisches Thema mehr ins Blatt. Du bist persönlich dafür verantwortlich, dass das klappt. Das ist deine letzte Chance.»

Widerrede wäre Harakiri. Der Leiter Lokales nimmt die Degradierung hin. Er hat der Abkanzelung standgehalten, ohne dass Wasser in seine Augen getreten wäre.

«Habe ich mich klar ausgedrückt, Ralph?»

***

O nein.

Dass das Opfer vom Rhein, Balz Ulrich, ein Parteifreund des Ersten Staatsanwalts Daniel Stickelberger ist, dämmert dem Müller beim Lesen der Einträge im internen Informationssystem am Montagmorgen, gleich nach dem Telefonat mit [redacted] von der FG 9, um 07:40 Uhr. Von den wichtigsten politischen Ereignissen erfährt der Kommissär durch die Regionalpresse und durch die Streitereien zwischen Romina Wäckerlin und Freddie Dominguez auf der einen Seite und Markus Gormann auf der anderen. Aus der Zeitung weiss der Müller, was er in diesen Minuten auch im Internet auffrischt, dass der Ökonom Balz Ulrich ausgesprochen leistungsorientierte Positionen vertritt. Ulrich äussert sich gegen die Kultursubventionsflut, propagiert aus mathematisch-demografischen Gründen ein höheres Rentenalter und befürwortet die Senkung der Ausschüttungen der ersten und zweiten Säule, um die Vorsorgeeinrichtungen auf eine gesunde Basis zu stellen und die Unternehmen zu entlasten. Er gehört der Partei an, deren Priorität Wirtschaftwirtschaftwirtschaft ist. Den Begriff «Globalwettbewerbsfähigkeitundfreihandel» kann er in allen Tonlagen singen. Damit der Bevölkerung diese Melodie gefällt und sie sich in ihr Schicksal ergibt, zieht er auch das Register «Arbeitsplätzeundwohlstandfüralle». Balz Ulrich setzt auf Eigenverantwortung und nimmt für die Grossbank, deren höherem Kader er angehört, Einsitz im Verwaltungsrat der Immobilienfirma Habitatinvest AG.

Diesen Firmennamen kennt der Kommissär. Frau Markwalder, die sich im Schützenmattpark mit einer Überdosis Medikamente umgebracht hat, war Mieterin dieses Unternehmens. Rinaldo Mayer sitzt mit Ulrich in deren Verwaltungsrat. Müller denkt an dieser Stelle einen Satz über Gleichzeitigkeit und Ungleichzeitigkeit, über Zufall und Nichtzufall. Weil der Zufall empirisch nicht zu beweisen ist, sonst wäre er keiner, sondern ein logischer Zusammenhang, müssen wir diese Überlegung in den philosophischen Denkraum wegsperren, sonst ufert die Denkerei aber so was von aus. Für eine theoretische Auseinandersetzung mit solchen Fragen wird die Polizei nicht bezahlt.

Sachdienlicher: Die Mitgliederzeitschrift des Mieterverbandes nennt die Habitatinvest AG einen «Immobilienhai» und führt Fälle von Leerkündigungen und Totalsanierungen auf, die diese Firma zu verantworten hat. Die Häuser würden bisweilen mit zweifelhaften Methoden geleert: zuerst die nötigsten Unterhaltsarbeiten zurückgestellt, danach freie Wohnungen überteuert mit Kurzzeitverträgen der Sozialhilfe vermietet. Die vergibt die Wohnungen an Süchtige, psychisch Kranke und andere labile Menschen, worauf die letzten bisherigen Mieter so huschhusch wie möglich ausziehen.

Habitatinvest AG.

Mit diesem Gedanken begibt sich der Kommissär um 07:45 Uhr zum Morgenrapport. Sitzungszimmer S 207. Automatenkaffee, Mineral mit und ohne. Freddie Dominguez hat für alle je einen Proteinriegel mitgebracht. Das ist lieb und muskulaturfördernd. Anwesend: «The Magnificent Seven» (The Clash): Müller, Gormann, Wäckerlin, Dominguez, Allmendinger, Vakulic, Odermatt.

«Guten Morgen», beginnt Müller. Die Equipe murmelt, nickt, und die eine und der andere erwidert den Gruss verbal.

«Die FG 9 hält nichts von Rinaldo Mayers Idee, die Linksextremen könnten ihn behelligt haben», erledigt er dieses Thema fürs Erste. «Die Immobilienfirma Habitatinvest … Frau Markwalders Wohnung gehört denen. Rinaldo Mayer und Balz Ulrich sitzen in deren Verwaltungsrat. Für meinen Geschmack … zu viel Zufall. Da können wir ansetzen.»

Die Equipe schaut den Kommissär an. Erwartungsvoll oder gespannt, so ein Adjektiv würde hier passen. Die Modellierung ihrer Augen- und Gesichtsmuskulatur lässt darauf schliessen, dass sie die Müllergedanken nachvollziehen können. Ausser Freddie. Der beschäftigt sich sekundenlang intensiv mit dem Kleingedruckten auf dem Proteinriegel und stellt fest, dass er vermutlich bald eine Brille braucht. Er, die Fitness in Person, eine Sehhilfe! Die Stufe unmittelbar vor dem Rollator.

«Freddie», holt ihn Müller ins realpolizeiliche Leben zurück, «und Markus. Ihr versucht alles über die Habitatinvest AG herauszubekommen. Haben sie Drohungen erhalten? Besonders umstrittene Sanierungen geplant? Mietern gekündigt?»

«In Ordnung», quittiert Gormann. Freddie schaut vom Proteinriegel auf, beisst hinein, kaut und nickt.

«Und befragt noch einmal diesen Dichter, der Balz Ulrich gerettet hat … Dietmar von Heinz. Stiftung ‹Nichts› … er ist der Präsident …» Müller schüttelt etwas befremdet den Kopf, und sein Gehirn formuliert den Kalauer, dass ihm die Stiftung «Nichts» nichts nützt. Aussprechen tut er das nicht, weil zu flachwitzig. «Vielleicht ist ihm über Nacht etwas eingefallen, ein Detail, das er uns gestern nicht erzählt hat, weil er selbst unterkühlt war.»

Gormann nickt. Freddie wirkt ganz aufgeregt. «Ein Dichter, ich wollte mich schon lange mal mit einem unterhalten.» Wäckerlin schmunzelt, weil sie sich das nicht vorstellen kann. Auch wir sind eher skeptisch. Doch einen Schlieremer soll man nie unterschätzen.

«Valérie, Vlado und Amber … Ihr arbeitet die Berichte zu

den Angriffen auf Mayer, Wyss und Ulrich noch einmal durch. Wenn euch etwas Ungewöhnliches auffällt, bitte mir sofort melden.»

Der Kommissär atmet aus.

«Hast du eine Idee, wonach wir suchen?», fragt ihn Valérie Allmendinger.

Nach der Täterschaft, könnte der Müller antworten. Aber das würde oberpampig wirken. Also sagt er: «Leider nein. Romina und ich besuchen Balz Ulrich.»

***

Posttraumatisches Home, Sweet Home.

Nach dem nächtlichen Bad im Rhein ist Balz Ulrich nicht in die Bank gefahren, sondern zu Hause geblieben. Verständlich: Ein Überfall aus heiterem Himmel, das nimmt dich mit. Zur Tagesordnung überzugehen, als wäre nichts gewesen, davon ist ohnehin abzuraten. Das sagt jeder Experte. Sonst verkapselt sich der Schreck in der Psyche wie das Ei eines Basilisken und bricht eines Tages auseinander, die kleinen Drachen schlüpfen und zerfressen dir von innen die Seele. Todesangst ... Todesangst hatte Balz Ulrich. Sich also dem Problem stellen, die Herausforderungen der Existenz annehmen, das Leben meistern, die Bürde schultern. Muss er. Will er. Mal nicht Ökonom und Grossrat sein, der auch sich selbst vorspielt, er habe «alles und noch viel mehr» (Rio Reiser) komplett unter Kontrolle. Sondern einfach – als ob das so einfach wäre – einfach nur ein Mensch sein, mit Schwächen, Verletzungen, Lackschäden, Dellen. Deshalb hat Balz Ulrich frühmorgens gleich mit seinem Bruder Hannes telefoniert. Der ist zwar ein Linksgrüner, politisch verstehen sie sich nicht, aber immerhin ist er Psychologe. Der hat ihm geraten, es erst einmal ruhig angehen zu lassen, zur Stressbewältigung seinen Lebensretter anzurufen, ihm zu danken, mit ihm die Geschehnisse zu besprechen und auf diese Weise mit der Aufarbeitung zu beginnen. Er, Hannes, komme am späteren Morgen vorbei.

Als es gegen 10:00 Uhr an Balz Ulrichs Haustür an der Sevogelstrasse klingelt, seine Frau Karin ist längst in der Kanzlei, ist er überrascht, dass nicht Hannes auf ihn wartet, sondern ein robuster kurzhaariger, grauäugiger Mann um die fünfzig und eine kraftstrotzende grosse Blonde mit Pferdeschwanz.

«Kriminalkommissariat, Müller und Wäckerlin», sagt der Fremde und streckt dem Ökonomen einen Dienstausweis entgegen. «Wir hätten noch einige Fragen wegen gestern Nacht.»

Ulrich, immerhin nicht mehr im Morgenrock, bittet die beiden herein. Er bietet ihnen Kaffee aus der George-Clooney-Maschine an, was sie ablehnen. Zwar hätte der Müller Lust auf einen Lungo Forte, er will aber zur Sache kommen.

Flur → Wohnzimmer → Sessel/Grand Sofà, 3 1/2 Seater, Antonio Citterio. (Gormann sähe das.)

«Wie geht es Ihnen?», fragt der Kommissär.

«Ein bisschen durcheinander», antwortet Ulrich, um nicht zu viele Worte um seine Verletzlichkeit zu machen. «Was wollen Sie von mir wissen?»

Dasselbe wie Kollege Gormann letzte Nacht kurz nach der Tat: Wir bohren uns in die Erinnerungen, fragen nach Gegnern, Neidern, Feinden, Konflikten, Streitigkeiten, wollen wissen, ob ihm jemand gedroht hat, am Telefon, per E-Mail oder mit der Post. Hat jemand am Haus Schmierereien angebracht, Fäkalien oder Abfall in den Briefkasten gestopft, das Auto nach Art. 144 sachbeschädigt? Ist Balz Ulrich in jüngster Zeit angepöbelt oder beschimpft worden? Hat er Ungewöhnliches bemerkt? Irgendetwas, ein Detail? Auch scheinbar Unbedeutendes kann nützen. Da capo al fine und noch einmal. Dem Hirn Beine machen. Alles Fragen, auf deren Antworten im polizeilichen Informationssystem bisher nichts hinweist. Muss man bedenken: Viele Geschädigte zeigen Vorfälle nicht an, solange sie unterhalb einer subjektiven Schwelle liegen. Sondern erst, wenn das Leiden ein gewisses Mass erreicht. Müller und Wäckerlin stellen Fragen über Fragen, die Balz Ulrich alle verneint. Ausserhalb des Ratssaals sei er kaum je in Kontroversen verwickelt, und wenn, laufe alles zivilisiert ab, sagt er. Was den Müller wundert, wenn er ans Auftreten mancher Exponenten von Ulrichs Partei denkt. Solange nichts strafrechtlich Relevantes vorliegt, braucht ihn der politische Stil jedoch dienstlich nicht zu kümmern.

Vielleicht gehört Dr. oec. et iur. Balz Ulrich einfach zum anständigen Teil seiner Partei, denkt Müller Benedikt. Man soll nicht alle über einen Kamm scheren und mit dem Bade ausschütten. Man muss nicht miteinander einverstanden sein, um sich zu respektieren, von Mensch zu Mensch, von Polizist zu Bevölkerung, von Bürger zu Politiker und umgekehrt. Und von -in zu -in naturalmente dito, das gilt auch für Stern*chen und Doppel:punkt. Die Kriminalpolizei macht da keinen Unterschied.

Balz Ulrich wiederholt, was er spätnachts Markus Gormann berichtet hat: «Auf dem Trottoir am St. Alban-Rheinweg ist mir ein älterer Mann mit einer Winterkappe … einer Wollmütze, ja, entgegengekommen. Wir haben nicht miteinander gesprochen. Ich habe ihn eigentlich gar nicht, überhaupt nicht beachtet. Man kann sich nicht für alle Passanten interessieren, nicht? Ich war in Gedanken und wollte nach Hause. Sich verdächtig bewegt? Einen Stock oder Ähnliches in der Hand? Ich kann mich … nein, ich kann mich nicht … an etwas Auffälliges kann ich mich nicht erinnern. Ich weiss nur, dass mir … also mir wurde schwarz, wie auch immer … Wie ich von oben, vom Trottoir, die Uferböschung hinuntergelangt bin? Nein, hm, keine Ahnung. Kalt und nass war es, als ich wieder zu mir kam. Im Wasser, das weiss ich. Zum Glück war da die Boje. An der habe ich mich festgehalten. Mir war kalt. Dann habe ich um Hilfe gerufen, geschrien, und Herr von Heinz hat mich gesehen, ist in den Fluss gesprungen und hat mich gerettet. Er hat mich rausgezogen und die Polizei gerufen.»

«Sie sagten, es war ein älterer Mann. Wie kommen Sie zu diesem Schluss? Nachts ist's doch ziemlich dunkel am St. Alban-Rheinweg?», fragt Romina Wäckerlin.

«Stimmt, ja.» Balz Ulrich zögert. Hat er drauflosspekuliert? Nein, er scheint nachzudenken. «Nun, wie er sich … bewegt hat … vielleicht? Nicht so … elastisch wie ein junger Mensch, sondern etwas … steifer? Es ist mehr … ein Gefühl …» Er schüttelt den Kopf. «Sicher bin ich mir nicht mehr, jetzt, wo Sie nachfragen. Aber … doch, ich glaube, es war ein Mann eines gewissen Alters, über fünfzig vielleicht, sechzig … Genau kann ich's nicht sagen.»

«Gut», übernimmt Müller wieder. «Hat er Sie bedroht? Wollte er Geld?»

«Ich wüsste nicht, dass mich dort jemand angesprochen hat, nein. Jedenfalls, meine Brieftasche steckte noch immer in der Innentasche meiner Jacke, die Kreditkarten waren drin, als mich Herr von Heinz an Land gebracht hatte. Nur, komischerweise, das Geld und der Ehering … die sind weg.»

Ein Strassenräuber, der ihm bloss das sofort Verwertbare abgenommen hat?

Nach einer halben Stunde Fragerei deponieren Müller und Wäckerlin beim Politiker ein «danke» und verabschieden sich. Als sie das repräsentative Haus an der Sevogelstrasse verlassen, treffen sie auf einen Mann mit Dreitagebart und anthrazitfarbenem Regenmantel, der offenbar auch zu Ulrich will. Seine Beethovenfrisur, foppt sie die Müllerkopfbehaarung?

«Seltsam, die Atmosphäre in der Stadt, findest du nicht?», fragt der Müller die Kollegin, als sie sich mit dem zivilen Dienstwagen dem Aeschenplatz nähern.

«Der Wurfstern gegen Rinaldo Mayer, Melvin Wyss im Hasenbrunnen, die Beschimpfungen und Tätlichkeiten im Drachencenter und beim Imbiss im Bahnhof SBB …», zählt Wäckerlin auf.

«… die Mayer-Zvetkovic-Affentranger-Dreieckskiste, der verprügelte gescheiterte Enkeltrickbetrüger vom Benkenpark, Balz Ulrich, der im Fluss landet», fährt Müller fort.

«Ja, untypisch für Januar», résümiert Wäckerlin. «Neben allem anderen haben wir in dieser Zeit doch in anderen Jahren, ha, vor allem die … na ja, die Nachwehen von Weihnachten. Ehemänner, die durchdrehen, weil trotz aller Investitionen das traute Heim nicht Glück allein bedeutet und Frau und Kinder zu wenig dankbar sind für die Geschenke. Einsame, die ausflippen, weil ihnen das Leben zu trostlos scheint und die guten Vorsätze fürs neue Jahr schon verpufft sind. Die Quartalstrinker der Silvesternacht. Leute, denen das Januarloch zu schaffen macht und das himmeltraurig [redacted] nasskalte Wetter …»

«Eigenartig, ja. Was hat dieser Salat zu bedeuten? Ich frage mich, ob all diese Vorfälle etwas miteinander zu tun haben.»

***

Medien.

Die gleiche Frage stellen sich die Journalistinnen und Journalisten, zumindest die, die neben dem Blatt- und Sendegefäss-Füllen etwas Zeit zum Denken und Recherchieren haben. Die Regionalmedien berichten über einige der Vorkommnisse, die Wäckerlin und Müller auf der Rückfahrt aus dem Gellert in den Waaghof gerade besprochen haben. Der Fall Balz Ulrich ereignete sich gestern erst nach Redaktionsschluss der Druckausgabe. Deshalb ist darüber vorerst nur online first zu lesen.

In Stichworten:

Rinaldo Mayer, Melvin Wyss, Balz Ulrich.

Verrohung und Rätsel. Bewusstlos geschossen, in Brunnen geworfen, ums Haar im Rhein ertrunken.

Gemeinsamer Nenner: Unternehmer und Wirtschaftsvertreter. Mayer und Ulrich: Exponenten wirtschaftsfreundlicher, freiheitlicher Parteien.

Unterschiedliche Tatzeitpunkte: Feierabend, Morgen, Nacht.

Auffällig: Opfer bekamen Täter nie zu Gesicht. Heimtückische Angriffe von hinten? Hinterhalt?

Unbekannt: Drohbriefe oder Bekennerschreiben? Vorsatz? Täterschaft?

Die Polizei: schweigt. Wüsste sie etwas, würde sie es bestimmt ausschlachten, um die Mittel für einen neuen Wasserwerfer und weitere Elektrostreifenwagen bewilligt zu bekommen.

Die Staatsanwaltschaft: schweigt. Weil die Ermittlungen keine Ergebnisse zeitigen? Weil die Abklärungen schlampig geführt werden?

Die neue Vorsteherin des Justiz- und Sicherheitsdepartements: schweigt. Ist sie ihrer Aufgabe gewachsen? Geht so Krisenkommunikation? Hat sie die Polizei im Griff?

Zeitkritik: Verrohung der Sitten? Gezielte Angriffe auf Unternehmer und bürgerliche Politiker? Intoleranz der Gutmenschen und politisch Korrekten? Meinungsdiktat des linken Mainstreams? Zerfallserscheinungen des demokratischen Pluralismus? Autoritätsschwund? Gesellschaftliches Klima = grosse Unzufriedenheit.

Verdacht: die Linksextremen, die Klimaaktivisten, die Autonomen, die Marxisten. Oder – was als wenig wahrscheinlich abgetan wird – interne Querelen bei der ULP? False-Flag-Operationen, um den weltanschaulichen Gegner zu diskreditieren? (Letzteres nur zwischen den Zeilen angedeutet.)

Dazu Expertenmeinungen.

Dazu Politikerinnen und Politiker, die schonungslose Aufklärung durch die Justiz und vor allem härtere Strafen fordern.

Dazu so viele Leserkommentare, dass du denkst, die Leute haben nichts Gescheiteres zu tun, als die Rechtschreibung zu foltern und der humanistischen Gesinnung zu spotten.

Weil sich Nachrichten heutzutage schnell verbreiten, falsche schneller als wahre*, liest der Müller auf seinem Bildschirm im Einzelbüro, dass sich in anderen Städten Vergleichbares ereignet hat: Enkeltrickbetrüger und falsche Polizisten verklopft, Libertäre misshandelt, Exponenten der Wirtschaft angepöbelt, Statussymbole zerkratzt, bei SUVs Reifen zerstochen, Fahrzeuge in Brand gesteckt, Handgreiflichkeiten in Supermärkten und anderen Geschäften, Luxusmarkenflagshipstores und Privathäuser mit Parolen beschmiert, Buttersäure bei Louis V[redacted] in Zürich und bei H[redacted]mès in Genf …

Deshalb ruft der Müller um 11:45 Uhr bei der Polizei Zürich an. Über den Jura fliegt der elektrische Impuls. Im Grossen Polizeihaus im Kreis 4 klingelt es.

Bucher sitzt an seinem Platz, meldet sich und beisst, als er

* Siehe Soroush Vosoughi et al. 2018: «The spread of true and false news online».

die Stimme «Müller» sagen hört, volle Kraft knack in eine Biokarotte aus dem Zürcher Unterland.

Bucher Manfred freut sich, von seinem uralten Freund zu hören. Zuerst drei Minuten und dreiunddreissig Sekunden privater Austausch.

Dann Bucher Manfred: «Wenn du mich im Grossen Polizeihaus anrufst, Beni, muss das einen dienstlichen Grund haben.» Während Manfred dem Müller zuhört, der ihm die Situation in Basel schildert, knabbert er weiter an seiner Karotte, weil sich sein Magen schon arg nach der Kantine sehnt. Das Wurzelgemüse knackt durch die Leitung das Limmattal hinunter, über den Aargau und den Jura hinweg, quer durchs Baselbiet bis nach Basel-Stadt.

«Ist bei euch Ähnliches vorgefallen?», fragt Müller.

«O ja! Was ihr in Basel könnt, schaffen wir in Zürich erst recht.»

Knack. Aus dem Gedächtnis zählt Bucher Manfred einige Vorkommnisse der letzten zwei Wochen auf, die dem Muster der Basler Ereignisse entsprechen. Knack.

«Von einer Kollegin in St. Gallen und den Luzernern habe ich gehört, dass sie vergleichbare Probleme haben. Und die Stadtpolizei Winterthur hat heute Morgen mitgeteilt, dass ein Unternehmer und Lokalpolitiker über Nacht im Brühlgutpark an einen Baum gefesselt, geknebelt und mit roter Farbe eingeschmiert worden ist.»

Knack. Nun ist das Rüebli verschwunden. Müllers Problem scheint ein gesamtschweizerisches zu sein.

Anruf von oben.

Himmel, wäre ich Dr. iur. Thomas Krähenmann, Müllers direkter Chef, wäre ich stocksauer, dass der Erste Staatsanwalt Dr. iur. Daniel Stickelberger, also mein direkter Chef, über meinen Kopf hinweg den Kommissär Müller anruft. Ich bin glücklicherweise nicht Dr. iur. Thomas Krähenmann, doch der weiss, dass sein Vorgesetzter Stickelberger ihn regelmässig übergeht. Vor allem, wenn der Verdacht besteht, eine Straftat könnte politisch motiviert sein. Das hat seinen Grund. Die Posten in der Justiz werden nach Parteienzugehörigkeit proportional vergeben. Stickelberger vertraut Krähenmann in politischen Dingen nicht ganz, weil er der politischen Konkurrenz angehört. Kommissär Müller, das wissen Krähenmann und Stickelberger, neigt weder den einen noch den anderen zu, sondern ist unabhängig und hat seine eigenen Ideen. Weltanschaulich sind aber beide mit Müller über Kreuz. Doch bei der Arbeit ist das normalerweise kein Thema. Krähenmann findet den Kommissär sympathisch, weil er geradeheraus ist und die Arbeit ernst nimmt, das Gesetz, die Strafprozessordnung. Weil er alle gleich fair behandelt, ob sie jetzt so denken und $$$$$$$ verdienen oder anders und nur $ oder zero.

Krähenmann hält sich in diesen Minuten bei Müller in dessen Einzelbüro auf, um gemeinsam den Stand der Ermittlungen durchzusprechen, als der Tischapparat klingelt und auf der Anzeige Stickelbergers Name erscheint. Beide sehen es.

«Darf ich?», fragt Krähenmann und grinst. Müller nickt. Der Leitende Staatsanwalt stellt den Lautsprecher an.

«Kommissär?», hören sie Stickelbergers Stimme. «Sind Sie da?»

«Ja», ruft Müller aus dem Hintergrund.

«Warum haben Sie in Sachen mögliche linksextreme Täterschaft noch nichts unternommen?», bellt der Erste Staatsanwalt.

Müller von hinten, viel Raumgeräusch, undeutlich: «Ich habe heute Morgen als Erstes mit [redacted] vom Staatsschutz telefoniert. Die Fachgruppe 9 denkt, das Muster passt nicht zu einer linksextremen Täterschaft.»

«Ich höre Sie schlecht. Was ist da los? Warum verfolgen Sie diese Spur nicht intensiver?»

Ganz nah und deutlich antwortet ihm Krähenmann: «Weil der Kommissär und ich noch nicht zum Schluss gekommen sind, dass dies dringend notwendig ist.»

«Thomas?», fragt Stickelberger. «Bist du das? Warum nimmst du in Müllers Büro Anrufe entgegen?»

«Weil ich sein Vorgesetzter bin.»

Ohne ein Antwortwort legt Stickelberger auf. Krähenmann freut sich, seinem Chef einen Streich gespielt zu haben. Müller lässt sich zur Feier des Tages vom Chef am Automaten zum Kaffee einladen. Mit Rähmli (Krähenmann) und ohne (Müller) stossen sie «auf weiterhin gute Zusammenarbeit» an.

***

Weigerung.

Gegen 14 Uhr ruft die kantonale Parteileitung bei Balz Ulrich an, um ihm ein kerniges Statement und die Mitunterzeichnung der dezidierten Medienmitteilung zum Überfall abzuverlangen.

Balz Ulrich lehnt ab.

Nach dem Besuch seines Bruders Hannes hat er mit seinem Retter Dietmar von Heinz telefoniert, sicher dreissig Minuten lang. Sie haben sich angeregt unterhalten und sich für den nächsten Tag zum Nachtessen im Restaurant Kunsthalle verabredet. Balz Ulrich will sich mit dieser Einladung dafür bedanken, dass sich der Dichter in die eisigen Fluten gestürzt und ihn ans Ufer gebracht hat. Im Ökonomen und Grossrat Balz hat bereits die Transformation vom rein zahlenbasierten Denken zur Freundschaft mit der Kultur und den feineren Sitten eingesetzt. Wenige Tage später, bei einem erneuten gemeinsamen Essen in der «Mägd», an dem auch Balz Ulrichs Frau Karin teilnimmt, wird die ulrichsche Weltsichtmetamorphose an Fahrt gewinnen. Durchaus auch zur Freude von Dr. iur. Karin Kellenberger Ulrich. Sie wird die Scheidungsdokumente, die sie bei ihrem Anwalt in Auftrag gegeben hat, zurückziehen. Endlich ist Balz wieder Balz, frohlockt sie, nach all den Jahren, in denen er ausschliesslich an die Arbeit, die Arbeit, das Geld, die Ökonomie und die Partei und die Partei gedacht hat. Dass sie das denkt, können wir zwar nicht wissen, doch mir liegen Informationen aus gut unterrichteten Quellen vor. Das Paar hat sich für einen Tangokurs angemeldet – ein Wunsch, den Karin seit vierzehn Jahren hegt und wofür Balz vor und während ihrer Ehe nie

Zeit hatte. «Besame Mucho, Balz!» (Consuelo Velázquez/Karin Kellenberger Ulrich). «Ay ay ay!» (Balz Ulrich).

***

Quadratmeterpreis und Dichtkunst.

Marian B. Karrer, CEO der Habitatinvest AG, erzählt Freddie Dominguez am Telefon, ihm sei unbekannt, dass beim Unternehmen Drohungen eingegangen wären. Hätten die Verwaltungsräte Mayer und Ulrich an Meetings persönlich welche erhalten, hätten sie das sicher thematisiert. Natürlich mache sich eine Immobilienfirma wie die, die er operativ leite, nicht nur Freunde: «Wir sind nicht der soziale Wohnungsbau. Wir entwickeln unser Portfolio dynamisch. Unser Ziel ist es, den Return on investment zu optimieren.» Er spricht vom Claim des Unternehmens: «Quality living for quality people». «Wir streben nicht die Freundschaft mit dem Mieterverband und den Linken an», sagt CEO Karrer und lacht dabei. Mit anderen Ansichten müsse man leben, so sei das in einer freien Marktwirtschaft. Aus dem politischen Engagement der Verwaltungsräte Mayer und Ulrich seien dem Unternehmen keine Nachteile erwachsen. «Im Gegenteil, wir profitieren von der Expertise und vom Netzwerk unserer Verwaltungsratsmitglieder.»

Gormann kontaktiert zur gleichen Zeit den Mieterverband. «Die Habitatinvest AG ist uns nur zu gut bekannt», erklärt die Präsidentin Lotta Garzoni. «Verschiedentlich war unsere Organisation vor der Schlichtungskommission mit Mietererstreckungsbegehren erfolgreich. Doch das Privateigentum ist in diesem Land halt unantastbar, selbst wenn es nicht zum Wohle aller, sondern zur Maximierung der Rendite eingesetzt wird», sagt Garzoni. Ähnliche Aussagen hören Freddie von den Grünen und Gormann von den Sozialdemokraten, wobei es bei der BastA, der linkeren Vereinigung, noch einen Zacken kämpferischer klingt.

Freddie Dominguez ruft zudem Dietmar von Heinz an, den Dichter und Präsidenten der Stiftung «Nichts». «Der Mann, den ich am St. Alban-Rheinweg gesehen habe, er ist hinter der Bank vorbeigegangen, auf der ich sass, als Ulrich ins Wasser geworfen wurde … die auffällige Mütze, die er trug …»

Eine gestrickte Bommelmütze, die Farbe habe er bei der Dunkelheit nicht erkennen können. «Sie war gestreift, dunkel und hell. Und der Mann hat gehustet.»

Und es könnte sein, ja, könnte es …? «Ja, es könnte sein, dass auf der anderen Seite der Strasse, auf dem Trottoir auf der Seite des Papiermuseums und dieses Restaurants … wie heisst es nur, ‹Sternen›? … dass gleichauf mit dem Mützenmann ein zweiter unterwegs war. Ja», sagt von Heinz, in dessen Gedächtnis die Erinnerung aufsteigt, «so war es … glaube ich. Dort war noch einer. Er muss … vielleicht Stiefel? … getragen haben. Seine Schritte klangen anders. Der Mann mit der Wollkappe hatte Schuhe mit Gummisohlen an. Die waren kaum zu hören.»

Detektivin Valérie Allmendinger und die Aspis Amber Odermatt und Vlado Vakulic ordnen und sichten den ganzen Nachmittag von A bis W sämtliche Informationen zu den Fällen Rinaldo Mayer, Melvin Wyss und Balz Ulrich. Ihr Fazit: Melvin Wyss ist politisch nicht aktiv, Rinaldo Mayer und Balz Ulrich sind es in verschiedenen Parteien. Zwei – Mayer und Wyss – sind selbstständige Unternehmer, wenn auch in unterschiedlichen Branchen, einer – Ulrich – Mitglied des oberen Kaders bei einer Grossbank.

Klingt banal, aber → Mengenlehrediagramm → Das Opferprofil deutet auf eine wirtschafts- und unternehmerfeindliche Täterschaft hin, die es auf rechtsbürgerliche Politiker abgesehen hat.

***

Bei Ankunft Müll.

Gegen 22:30 Uhr lenkt Heiko G. Loacker (42), Kommunikationschef eines Pharmaunternehmens und nebenher Medienverantwortlicher der Ultraliberalen Partei Basel-Stadt, seinen Audi A8 Plug-in-Hybrid in die Einfahrt des Hauses am Hellring in 4125 Riehen. Hier wohnt er mit seiner zweiten Frau lic. oec. Geneviève, deren zweiter Ehemann er ist. Eine grüne Gegend am sanften Hang, nebenan der Wenkenpark mit tagsüber Bombenaussicht über Basel und nach links bis ins Deutsche hinüber, alte Baumbestände, grosse Wiesenflächen, erstklassig unterhalten. Das trifft alles auch auf Loackers Wohnimmobilie zu. Er hat sie geerbt, sonst wäre es ihm selbst mit seinem Salär und seinen leistungsbezogenen Boni unmöglich gewesen, sich in dieser Lage einzukaufen. Er kehrt gerade von einem Termin zurück, einer Konferenz: ein Impfstoff, der in Kürze auf den Markt kommen wird. Abstimmung der Kommunikationsstrategie, letzte Entscheide, Wording. Unterschiedliche Detailstandpunkte in der Geschäftsleitung bereinigen. Ein Fünfzehnstundentag. «Erfolg hat seinen Preis» (Karrierebibel): Heiko G. Loacker ist müde. Für heute bleiben wenige Pendenzen: ein Glas Rotwein mit Geneviève oder noch lieber einen Talisker on the rocks. Kurzer Austausch mit der Frau an seiner Seite über die Essentials des Tages – und dann ab ins Bett, ein japanisches. Das boostet seine Hands-on-Mentalität.

Auf den Autoabstellplatz vor dem Haus eingebogen, ausgerollt, den Zündschlüssel gedreht, die Scheinwerfer ausgemacht, dringt mit Verzögerung eine Botschaft zu seinem Hirn durch: War da nicht … etwas …? Ist da nicht … doch! Da war etwas Ungewöhnliches. Was? Die Augen müssen sich erst an die Dunkelheit gewöhnen.

Er schaltet die Scheinwerfer wieder ein.

Was liegt … liegen da … Säcke … Abfallsäcke! Hat jemand Abfall auf den Treppenstufen vor der Haustür verstreut? Jemand hat! Einen, zwei, drei aufgeschlitzte und ausgeschüttete Kehrichtsäcke zählt er, als käme es auf deren Anzahl an. Und rote … Schmierereien, feuerrote Buchstaben an der Hauswand.

«KAPITALISTENSCHWEIN», liest Loacker.

Einfach nur «KAPITALISTENSCHWEIN».

Die halbe Fassade versaut! Und Geneviève, die sich im Haus aufhält. Wenn die Schmierer ins Haus eingedrungen und …

hoffentlich ist ihr nichts passiert. Heiko G. Loacker stürzt aus dem Wagen, stolpert über die aufgeschlitzten blauen Säcke, zwischen dem Unrat hindurch die paar Treppenstufen hoch, stürzt ums Haar ... nicht, rappelt sich auf, verschmiert sich an der Türklinke die Hand mit feuchter Farbe, ruiniert seinen Schlüssel im rot verklebten Türschloss, schon angetrocknet, das Schloss blockiert, den Schlüssel bringt er nicht mehr raus, er klingelt, klingelt Sturm.

Geneviève hat das Motorengeräusch gehört und erkannt. Sie eilt zum Eingang. Was ist da draussen los? Braucht sie den Baseballschläger, den sie und Heiko hinter der Haustür immer bereithalten? Heiko hört sie drin ärgerlich «einen Moment» sagen, sie entriegelt das Schloss und reisst die Tür auf, sieht zuerst ihn, nein, er ist nicht betrunken, und er hat auch nicht wieder den Schlüssel im Büro vergessen. Dann entdeckt sie die Bescherung. Die Gebührensäcke, aus denen Unrat über die Eingangstüre quillt.

«Da», stösst Heiko G. Loacker hervor und zeigt auf die linksextrem roten Buchstaben und auf die [redacted] Sauerei.

«Nein», ruft auch Geneviève Loacker-Sütterlin. «Ich rufe sofort die Polizei.»

Gleichzeitig schenkt sich Loacker im Wohnzimmer einen doppelten Talisker ein, verzichtet auf Eiswürfel, giesst ihn in den Rachen und ruft trotz der Uhrzeit ... es reicht ihm, aber wirklich, [redacted] ... einen befreundeten Politiker und Verleger in Zürich an. Er schildert ihm den Vorfall und legt dar: «‹Kapitalistenschwein›, haben sie hingeschmiert. Das Werk von Linksextremen!» In der Not muss man zusammenstehen. Der Freund bedankt sich für die Information und verspricht zu unternehmen, was in seiner Macht steht.

VIERZEHN

Zur Klärung eines Sachverhalts.

Alfons Thüring (72), der ehemalige Artilleriefeldweibel, der am Freitag gegen 11:00 Uhr beim Take-away im Bahnhof Basel SBB den Drängler Reto Bodmer (20) zurechtgewiesen und, seien wir vollständig und wahrhaftig, links, rechts, links und rechts geohrfeigt hat, trifft an diesem Dienstag, 16. Januar, pünktlich um 07:58 Uhr am Empfang im Waaghof ein. Über Thüring liegen im Informationssystem keine Einträge vor. Zweiundsiebzig Jahre hat er unbescholten gelebt.

Vielleicht rührt daher die Selbstsicherheit, mit der er der muskulösen Statur von Freddie Dominguez folgt, der ihn in den dritten Stock begleitet, ins Befragungszimmer S 311.

Kaffee, Bitte um wenige Minuten Geduld.

08:08 Uhr. Der Müller kommt, begleitet von Detektivin Valérie Allmendinger.

Begrüssung, Darlegung des Gegenstandes der Befragung, Informationsgespräch, keine Anklage gegen Sie erhoben, keine Anzeige liegt vor.

«Wir würden gerne von Ihnen erfahren, weshalb Sie auf den jungen Mann losgegangen sind.»

«Aber das habe ich doch der Bahnpolizei schon erzählt», sagt Thüring. «Dem habe ich nichts mehr hinzuzufügen.»

«Bitte, doch, wir würden das gerne unsererseits hören», sagt der Müller.

Allmendinger gibt vor, Notizen zu machen. Alfons Thüring wiederholt also seine Version des Vorfalls am Freitag ungefähr um 11 Uhr beim Take-away in der Bahnhofshalle, ganz rechts aussen bei den Wähen. Er erzählt von der Unverschämtheit des Dränglers, seiner Bemerkung über «Friedhofgemüse», seiner Respektlosigkeit gegenüber der Dame, die gerade bedient wurde.

«Eine Schlange beginnt hinten», sagt Alfons Thüring abschliessend zu Müller und Allmendinger, «und zwar seit Jahrhunderten.»

Warum hören wir uns diesen Tathergang noch einmal an? Um a) zu überprüfen, ob die Schilderung der früheren Version entspricht, und b) um die Auskunftsperson zu ermüden und abzulenken und zum geeigneten Zeitpunkt mit einem unerwarteten Themenwechsel zu überraschen.

Allmendinger schaut von ihren imaginären Notizen auf und wirft ein: «Kennen Sie einen Rinaldo Mayer?»

Thüring denkt kurz nach. «Meier kenne ich einige ... Aber keiner heisst Rinaldo.»

«Mayer mit ay», präzisiert Allmendinger.

«Ein Deutscher? Ich kenne ... nur Sepp Maier, den Torhüter. Der fällt mir ein. Aber Sie sind viel zu jung dafür», sagt Thüring zu Allmendinger. «Sie wahrscheinlich nicht», fügt er für den Müller hinzu.

Darauf der Kommissär: «Kennen Sie einen Melvin Wyss?»

«Wer soll das sein?»

«Sie wohnen doch in der Holbeinstrasse, gegenüber dem Altersheim Hasenbrunnen, nicht? Im Block gleich neben dem Brunnen?»

«Mhm.»

Müller legt ihm ein Bild des Chefs von Wyss Logistics hin. «Das ist er.»

Alfons Thüring betrachtet das Foto und schüttelt nach 2.45 Sekunden den Kopf. «Nein, diesen Mann kenne ich nicht.»

Lügt er? Lügt er, wie unzählige Menschen lügen? Doch Alfons Thüring, kommt es dem Müller vor, Alfons Thüring ist kein geübter Lügner. Müller merkt, dass Thüring unter Stress steht. Seine Atmung hat sich verändert, er hält dem Blick des Kommissärs demonstrativ stand.

Stress ... wenn Sie den nicht kennen sollten ... Stress ist, wenn du mit 53 1/2 weiteren Fahrgästen in einem Bus sitzt, der Busfahrer unmittelbar vor dir einen Herzinfarkt erleidet, du fliegend heldenhaft das Steuer übernimmst, feststellst, dass das Gaspedal blockiert ist und die Bremse nicht funktioniert, der

Verkehr dicht und dichter wird, du aber wegen der technischen Probleme konstant nicht unter 90 km/h fahren kannst, und im Drehbuch steht, dass in exakt 15:00 Minuten eine von extremistischen 14:59 Wirrköpfen 14:58 am Fahrzeugunterbau befestigte 14:57 Bombe 14:56 hochgehen 14:55 wird, mit der bösartige 14:54 gibt es denn 14:53 andere? 14:52 Terroristen 14:51 ihre Ideale 14:50 weltweit 14:49 verbreiten 14:48 und propa- 14:47 -gieren und 14:46 die mittels 14:45 Fernzün- 14:44 -dung hoch- 14:43 -gehen wird … 14:42 … 14:41 … Ja, das 14:40 ist reiner 14:39 purer 14:38 brutaler 14:37 Stress! Blöde Drehbuchidee! Woher, um Himmels willen, sollst du denn überhaupt von dieser verfluchten Bombe wissen, ausser die bösartigen Terroristen haben deine Handynummer, was nun wirklich unglaubwürdig wäre? Aber so ergeht es Alfons Thüring jetzt, als ihn der Müller befragt: 100% hochkonzentrierter Stress made in Basel, Switzerland. Gerade jetzt.

«Woher kennen Sie Herrn Wyss?»

Thürings Lippen bewegen sich fast unmerklich. Er scheint die Worte zu suchen, die richtige Antwort. Schliesslich sagt er: «Nun, ja … ähm, dieser Mann, ich erfahre erst jetzt von Ihnen, wie er heisst … er arbeitet im Eckhaus Feierabend-/Holbeinstrasse. In einem Büro, nehme ich an. Das Haus ist voller Büros. Er parkiert sein Auto jeden Tag an dieser Ecke in der blauen Zone, ein flottes Auto, dunkelgrün, glaube ich.»

«Sie beobachten ihn?»

Thüring fährt auf: «Sicher nicht! Ich habe Besseres zu tun. Ich bin eben viel im Quartier unterwegs und schaue auch aus dem Fenster meiner Wohnung. Da bekommt man unweigerlich vieles mit.»

«Was denn zum Beispiel?»

«Nun, so … was halt passiert im Alltag … ähm … Wer kommt, wer geht, wer auf der Bank vor dem Altersheim sitzt und seine Fastfoodverpackungen liegen lässt. Die Obdachlosen, die sich im Sommer am Brunnen waschen. Die Schülerinnen und Schüler, die mit dem Velo zu den Schulen jenseits des Steinengrabens fahren. Solche Sachen eben.»

«Und Melvin Wyss.»

Alfons Thüring zuckt mit den Schultern und brummt etwas Unverständliches.

Anruf von oben.

Als der Müller um 09:47 Uhr in S 311 Alfons Thüring ohne handfestes Ergebnis entlassen hat und in sein Einzelbüro zurückkommt, blinkt der Tischapparat. Ein Anruf in Abwesenheit. Es ist das traditionelle Telefonat des Ersten Staatsanwalts Dr. iur. Daniel Stickelberger, der einmal mehr Müllers direkten Vorgesetzten, den Leitenden Staatsanwalt Thomas Krähenmann, überdribbelt. «Call Me» (Blondie) bedeutet das Blinken. Der Müller kennt das mittlerweile, also wählt er Stickelberger an.

«Haben Sie die Online-Medien gelesen?», feuert der höchste Ankläger des Kantons Basel-Stadt los.

«Ich bin noch nicht dazu gekommen, nein», sagt der Müller wahrheitsgemäss und platziert das Negationsadverb an den Schluss der Antwort, weil das weniger brüskiert.

«Sollten Sie aber. Das gehört dazu, wenn man in leitender Funktion tätig ist.»

Wollen wir dem Müller hier keine Überinterpretation des Konjunktionalsatzes unterstellen. Paranoid ist er nicht.

«Worum geht es? Bei allem Respekt, wir haben viel zu tun», versucht der Müller den Chefchef auf Distanz zu halten.

«Das kann ich mir vorstellen», gibt Stickelberger zurück. «Rinaldo Mayer, Melvin Wyss, Balz Ulrich und jetzt Heiko G. Loacker ...»

Von dem weiss der Müller noch nichts.

«Im Kanton sind massive Angriffe höchstwahrscheinlich von Linksextremen gegen Exponenten der Wirtschaft im Gang, gegen bürgerliche Politiker, und Sie haben nichts, aber auch gar nichts vorzuweisen und sind in keinster Weise auf dem Laufenden. Womit schlagen Sie und Ihr Team denn die Arbeitszeit tot?»

Jetzt aber, denkt der Müller und sagt: «Woher wollen Sie

wissen, dass ‹Linksextreme› dahinterstecken? Und dass ein Zusammenhang zwischen diesen Fällen besteht?»

«‹Kapitalistenschwein› haben sie in Riehen an Loackers Haus gesprüht und Müll vor dem Hauseingang verstreut. ‹Kapitalistenschwein›! Das ist so gut wie ein Bekennerschreiben, nicht?»

Müller hält den Hörer etwas weiter vom Ohr weg und wartet ab.

«Was wirft das für ein Licht auf unseren Kanton? Eine Wochenzeitung in Zürich hat mich bereits angerufen, der Chef selbst. Online haben sie schon losgelegt. Er will eine Artikel*serie* über die linksextreme Stadt Basel und ihre untätigen Strafverfolgungsbehörden schreiben.»

«Woher hat dieser Chefredaktor denn Ihre Privatnummer?», fragt der Müller. Die Raumtemperatur fällt um 7 Grad, die Anruftemperatur um 14, und Stickelbergers Blutdruck schiesst so heftig hoch, dass dieser keine Worte mehr findet.

«Wir arbeiten, Herr Stickelberger», sagt der Müller ruhig, «wir arbeiten, und das braucht Zeit. Wie Sie wissen, habe ich gestern ausführlich mit dem Kollegen [redacted] vom Staatsschutz telefoniert.» Kleines Päuselchen, das Wort «Staatsschutz» wirkt immer. Der Kollege vom FG 9 ist, anders als viele vermuten dürften, kein fanatischer Kommunistenjäger, sondern ein überzeugter Demokrat. «Falls Sie sachdienliche Informationen zu unseren Ermittlungen beisteuern können, Herr Stickelberger ... noch so gern, bitte lassen Sie es uns wissen, mich und meinen direkten Vorgesetzten, Herrn Krähenmann.»

Er hört einzig noch die Atemzüge des Ersten Staatsanwalts, der im fünften Stock des Waaghofs sitzt, zwei Etagen über ihm, geistig eine Weltreise, verbunden lediglich über die Strafprozessordnung, das Strafgesetzbuch und nun leider über die interne Telefonleitung.

«Einen erfolgreichen Tag», schnarrt der Oberchef und legt auf.

Und der Müller jetzt? Schaukelt sich mit den Füssen auf seinem Bürodrehstuhl hin und her und lehnt sich zurück. «Es gibt Pfade, denen man nicht folgt», schreibt Meister Sun. Doch welchen lohnt es sich zu folgen? Der Müller schliesst die Augen. Seine Gedanken reisen ab, dringen durchs Fenster, steigen über der Binningerstrasse kerzengerade hoch, verschwinden in den tief hängenden Stratuswolken. Feucht und kühl ist es hier, doch der Himmel über Basel, Müllers Himmel, kann der nur feucht und kühl und dämmerig sein? Und morgen? Wie wird er morgen aussehen oder in ein, zwei, drei Jahren? Was mache ich am liebsten, fragt sich Beni (nur Gülay und Bucher Manfred nennen ihn so). Was kann ich am besten? Ausser Polizei? Mit Menschen reden? Jungen Leuten etwas beibringen? Nicht auf jede Geschichte, auf jede Aufregung hereinfallen? Merken, wenn jemand lügt?

***

Rückschau.

Das war easy gestern Abend. Mit dem Bike hin. Der Schal vor dem Gesicht. Die Handschuhe fielen wegen der Temperaturen sicher niemandem auf. Kein Mensch unterwegs, weil in diesen durchgrünten Wohngegenden abends alle beim Hummeressen sind, beim post-BIP-alen Apérölen vor dem Grossflachbildschirm oder im «Trois Rois» oder im «Stucki» gesellschaftliche und geschäftliche Verpflichtungen wahrnehmen. Diese Leute … hm, vermutlich eher ihre Hausangestellten … haha … deponieren ihren Abfall pflichtbewusst sauber in Containern hinter blickdichten immergrünen Hecken an der Grundstückgrenze. Braucht man sich bloss zu bedienen. Mit dem Bike geräuschlos hin. Das Teppichmesser und die Sprühdose in der Jackentasche. Hinschmeissen, aufschlitzen: eine Minute für den Abfall. KAPITALISTENSCHWEIN: eine knappe Minute für die Buchstaben. Nimm das, du A[redacted]!

Ausblick.

Der Mensch ist ein soziales Wesen. Er hat Partnerinnen und Partner, vielleicht Kinder, Freundinnen und Freunde, Kolleginnen und Kollegen, Eltern, Grosseltern, Tanten und Onkel,

Nichten und Neffen, Grossnichten und Grossneffen, Nichten und Neffen ersten, zweiten und dritten Grades, Cousinen und Cousins ersten, zweiten und dritten Grades, Arbeitskollegen, aktuelle Geliebte und solche aus vergangenen Zeiten, Nachbarinnen und Nachbarn, Vereinskolleginnen und -kollegen, bekannte, vertraute, ehrliche, verlässliche, zuverlässige, treue, loyale Zeitgenossinnen und Zeitgenossen. Menschen, denen eine Person so sehr vertraut, dass sie für sie die Kastanien ins Feuer legen würde. Der Mensch ist nicht allein. «Fürchte dich nicht!» (Jes. 41, 10. 13. 14.). Manche haben einen Gott als Rückendeckung und Grundlage der Zuversicht, andere eine Auswahl ihrer Artgenossinnen und Artgenossen. Wir sind nicht allein. Es gibt Wege und Mittel.

Unsichtbar = unschlagbar.

Wir sind unsichtbar. Sie schauen uns nicht an, sie sehen uns nicht, sie nehmen uns nicht wahr. Wir existieren ausschliesslich, wenn sie etwas von uns wollen. Wenn wir für sie wählen sollen, nachdem sie uns den Kopf vollgelabert haben. Wenn sie unser bisschen Geld wollen und wir für ihre Ideen stimmen sollen. Dass ich nicht lache, Ideen! Sie kümmern sich nur um sich. Die Sonne kreist um sie, denken sie. Sie sind der Mittelpunkt der Welt. Es kümmert sie nicht, dass viele Mühe haben, über die Runden zu kommen. Dass die Mieten und die Krankenkassenbeiträge steigen und steigen. Dass die Frage für 99% nicht lautet, ob Malediven oder Seychellen, ob BMW X4 oder Maserati Ghibli.

Gegen Ende Monat stehen Teigwaren nackt auf dem Menuplan, während die sich schamlos die Taschen füllen.

«Aktion → Reaktion» (Newton).

***

«Je älter man wird, desto mehr ähnelt die Geburtstagstorte einem Fackelzug» (Katharine Hepburn).

Etwas früher an diesem Dienstag, 16. Januar, 08:30 Uhr, treffen Freddie Dominguez und Romina Wäckerlin im Altersheim Hasenbrunnen ein, begeben sich ins Büro zur Leiterin, Frau Gätzi, und informieren sie, dass leider eine weitere Befragung einiger «Insassen» (Dominguez), «Bewohnerinnen und Bewohner», korrigiert Andrea Gätzi, «Pardon», sagt Wäckerlin, «Bewohnerinnen und Bewohner», berichtigt sich Freddie, «notwendig ist, aber nur eine kurze».

Als Aufpasserin gibt ihnen die Altersheimdirektorin erneut Liljiana Maric mit, «damit keine unnötige Unruhe entsteht», erklärt Gätzi. Dabei erinnert sich Freddie, dass sie das letztes Mal schon gesagt hat. So schwer von äh Begriff ist er nun wirklich nicht. Hausrecht, gut, weiss er, hast du zu respektieren. Aber wir sind ja nicht mit einem Durchsuchungsbefehl oder mit dem Überfallkommando im Altersheim aufmarschiert.

Auf dem Korridor des Hasenbrunnens riecht es nach Lindenblütentee. Hat jemand Fieber?

Romina und Freddie haben wiederum ein Foto von Melvin Wyss mitgebracht und eines seines Jaguar F-Type in Racing Green. Manche Menschen reagieren stärker auf Maschinen als auf ihre Artgenossen. Manch Auto ist markanter als der Besitzer, der es fährt. Hervorragende Eigenschaft von Maschinen: Man kann sie ein- und ausschalten. Man kann sie reparieren, tunen, polieren, ölen, betrachten, zerlegen, zusammenbauen, modifizieren, einsetzen, entsorgen, verschrotten und blitzblanke neue kaufen. Mit Menschen geht das nicht. Maschinen sind fast so treu wie Hunde. Lucky Duke, dem Dackel von Kayleigh Affentranger und Goran M. Zvetkovic, ist es egal, ob seine Herrin und seine zwei Herrchen gegen Gesetze oder moralische Grundsätze verstossen. Er leckt dir immer die Hand und wedelt hinter sich fröhlich vor sich hin und keucht happily, solange du ihm Hundekekse, Doggygourmetmenus und Hundechampagner hinstellst, für ein warmes, weiches Körbchen sorgst und ihm in ausreichendem Mass das Fell kraulst. Nur Shampoo in den Äuglein mag er nicht.

Im Korridor im zweiten Stock des Altersheims treffen sie erneut auf Herrn Sonderegger, der am Donnerstag Freddie und

Aspirantin Odermatt vom «grossen dunklen Auto» erzählt hat. Die Aufnahme könnte den fraglichen Wagen zeigen, ja ja, bestätigt er. Das Kennzeichen hat er sich jedoch nicht gemerkt. «Ich hatte ja keinen Grund dazu, nicht?» Zum Brunnentaucher von Melvin Wyss ist ihm nichts in den Sinn gekommen. «Ich habe nichts gesehen. Zu dieser Uhrzeit mache ich jeweils meine Übungen.»

«Sport?» Fitness-Freddie merkt auf.

«Ja», sagt Sonderegger.

«Was denn für Übungen?»

«Rumpfbeugen, Liegestütze, Dehnungsübungen, Hanteln.»

«Hanteln!» Freddie freut sich.

«Nur zwei Kilo», erklärt Sonderegger, «nichts Wildes.» Anerkennend schaut ihn Freddie Dominguez an. «Alle Achtung. Respekt.»

«Ja, denken Sie denn, mit über siebzig kann man keine Gewichte mehr heben?», fragt ihn der alte Mann. «Da täuschen Sie sich aber gründlich.»

«So habe ich das nicht gemeint», verteidigt sich Freddie und errötet, «ich treibe selber Sport ... Fitness ... und ich wollte Ihnen nur –»

Romina Wäckerlin sagt zu Herrn Sonderegger: «Vielen Dank für Ihre Auskünfte. Das hilft uns weiter.» Obwohl es das gar nicht tut. «Höflichkeit: Der Affe der Herzensgüte» (Wilhelm Busch). Sie tippt Freddie an die Oberarmmuskeln und steuert ihn in den Aufenthaltsraum. Hier duftet der Lindenblütenteegeruch stark wie in einer Kräuterstube.

Sie legen den zwei Frauen, die Freddie und Odermatt am Donnerstag befragt haben, das Foto von Melvin Wyss' Wagen vor.

«Also, ja, natürlich. Das ist das Krachauto von dort drüben. Was der immer den Motor röhren lässt! Einen Lärm macht der, als wären alle schwerhörig auf der Welt», sagt Marianne Lütolf. Sie legt ihre Stickerei ab, um die Aufnahme genau zu studieren.

Liljiana Maric ordnet die Blumen in der Vase auf dem Tisch. Nelken und so rote und gelbe mit Grün, Freddie kennt sich zu wenig aus mit Pflanzen. Ihm ist zu warm, die Luft zu trocken. Haben die keinen Luftbefeuchter hier?

«Wie sieht er aus, dieser Mann?», fragt Frau Settembrini, die Frau mit der Enkelin bei der Solothurner Polizei. «Zeigen Sie mir bitte das Foto nochmals ... Ah, ist er das? Nein, den kenne ich nicht. Aber in die Ferne sehe ich nicht einmal mit Brille gut.» Was die munter ist! Was die alten Leute auch immer heiter sein können, denkt Freddie.

«Doch, doch, das ist dieser Mann», sagt Frau Lütolf. «Im Winter lässt er ewig den Motor laufen, bevor er losfährt. Auch am Morgen, bevor er aussteigt. Eigentlich auch im Sommer, gell. Ich glaube, der freut sich einfach am Auspufflärm.»

«Stimmt, ein Krach ist das jeweils», schaltet sich Herr Sonderegger wieder ein, der ihnen mit 0.7-Meilen-Stiefeln in den Aufenthaltsraum gefolgt ist.

«Ja! Den Lärm höre ich», meldet sich Frau Settembrini wieder. «Das mag ich gar nicht, Automotoren. Autos verschrecken die Vögel.»

«Deshalb hat jemand beschlossen, etwas dagegen zu unternehmen?», mischt sich Romina Wäckerlin in die Diskussion der alten Frauen ein. «Damit wieder Ordnung herrscht?»

In der Ecke des Aufenthaltsraums tickt eine Standuhr. Alle sind verstummt.

«Das wäre eine Idee», sagt Marianne Lütolf keck.

Frau Settembrini fällt ihr ins Wort: «Ach, wir sind doch alte Leute. Solche Sachen machen die Jungen, aber sicher nicht wir.» Dann lachen die beiden Frauen und Herr Sonderegger, während Frau Wolter wie eh und je stumm in ihrem Sessel sitzt und zum Fenster starrt. Ob sie etwas sieht? Ob ihr Hirn registriert, was die Augen sehen?

Wäckerlin und Dominguez bedanken sich, fast übertrieben freundlich, findet der Muskulöse. Irgendwie sind diese Alten nicht mehr von dieser Welt, findet er. Die sind so anders. Keinen Stress mehr, etwas langsamer und ... ja ... vielleicht freier? Ehrfurcht? Hm, sí señor, er hat Ehrfurcht vor ihnen.

Dann verlassen Wäckerlin und Dominguez die Silver-Ager-

Lounge, überlassen Frau Wolter ihrem Fensterblick und Frau Lütolf ihrer Stickarbeit. Herr Sonderegger widmet sich dem Sportteil der Tageszeitung. Frau Settembrini attackiert mit Lupe und Bleistift ein Kreuzworträtsel. Freddies Ermittlerblick hat vorhin das Rätsel summarisch überprüft. Es ist ihm ein Rätsel, wie die alte Frau anscheinend, ohne nachzudenken, absurd abwegige Wörter einfüllen kann, zum Beispiel «Einfassung e. Wandöffnung» mit dreizehn Buchstaben*, «trop. Nagetiere» mit sechs** und «griech. Philosolivenschule» mit vier***.

Im Flur treffen die beiden Polizeikollegen und Liljiana Maric auf Herrn Schoch, den Freund des rot-blauen Fussballs. Freddie riskiert eine Bemerkung: «Und? Neuigkeiten aus dem Trainingslager des FCB? Bei Málaga, hä? Wenn sie da nur nicht zu viel Sangria trinken. Haha! ...»

Albert Schoch wendet Freddie kaum den Kopf zu, sondern nickt bloss schwach und geht langsam vorbei, zum Lift.

Freddie, irritiert, mehr zu sich selbst: «Also, so möchte ich nicht alt werden, wie die Frau, die nur aus dem Fenster schaut, oder der Mann da, der nur noch uralte FCB-Lieder singt und nicht mehr spricht.»

«Herr Schoch, Karli no-ne Gool?», fragt Maric zurück.

«Genau der. Ist das noch ein Leben, wenn man so ... ähm ... weggetreten ist?»

«Wie? Herr Schoch? Der ist nicht ‹weggetreten›», sagt Liljiana Maric. «Er ist die gute Seele vom zweiten Stock und hilft allen, wo er kann. Sofern sie ihm sympathisch sind.»

***

* Fensterrahmen. – Okay, gut, ja. Doch mit den Wörtern «Einfassung e. Wandöffnung» gefragt. Wer kommt da auf «Fensterrahmen» ... Aber hallo! Geht's noch? So drückt sich doch niemand aus.

** Agutis. – Wer, der nicht total brainsick oder tierlieb ist, weiss so etwas? Wollen die, die den Kreuzworträtsellogarithmus erfunden haben, uns zeigen, dass wir Idioten sind? Madonna!

*** Stoa. – Alte Griechen ... Ewig her ist das! Wer, bitte, soll sich heute noch daran erinnern können?

Fokus neu einstellen.

Um 10:30 Uhr versammelt sich die Müllerequipe zu einer Besprechung im Sitzungszimmer S 207. Kaffee, Mineral mit und ohne. Gormann hat sogar Amaretti mitgebracht. Anwesend: Müller, Gormann, Wäckerlin, Dominguez, Allmendinger, Aspirantin Odermatt, Aspirant Vakulic.

Der Chef begrüsst alle, manche zum zweiten oder dritten Mal heute, das schadet nicht. Er beginnt: «Mit den Ermittlungen zum Handywurf gegen Rinaldo Mayer sind wir noch nicht viel weiter. Aus sicherer Quelle weiss ich, dass Mayers Freundin –»

«Kayleigh Affentranger.» Freddie schmunzelt in Wäckerlins Richtung, doch die macht Pokerface, vielleicht weil bald das Mitarbeitergespräch bevorsteht.

«... genau», sagt der Müller und blickt zu Freddie, dem Schlieremer Chind mit den oft ... nicht so scharfsinnigen Gesprächsbeiträgen, «sie hat etwas mit Zvetkovic.» Allmendinger weiss das ja, doch der Kommissär war diskret: heikle Information.

Freddie und Wäckerlin ziehen nicht ganz geräuschlos Luft ein.*

«Woher wissen wir das?», fragt Gormann.

Müller zögert. «Wenn diese Information nach draussen gelangt, haben wir ein Problem ... ein Riesenproblem. Dann können wir alle wieder in Uniform zum Ordnungsdienst beim Joggeli, zum Nachtdienst im Pikettfahrzeug und zu Drogenrazzias.»

Stille im Sitzungsraum. Müller wartet einige Sekunden, bis er weiterspricht.

«Keine unbedachten Plaudereien im Freundeskreis, kein Wort zu Verwandten, keine Silbe zu irgendwem. Auch nicht zu den freundlichen Journalisten, die auf Kumpel machen und immer wieder versuchen, uns Informationen aus der Nase zu ziehen.»

Die Kriminalpolizistinnen und Kriminalpolizisten, die As-

---

* Diesen Vorgang nennt man auch «einatmen».

pirantin und der Aspirant schauen auf ihren Kommissär wie das Kaninchen auf den Zauberer.

«Verstanden?»

«Ja», sagt Gormann als Ranghöchster und schaut sich um, «wir wissen alle, was auf dem Spiel steht.»

Zustimmendes Gemurmel.

«Mir ist nämlich weiterhin schleierhaft, wie die eine Sonntagszeitung erfahren konnte, dass es ein Korea Universum SX90 Pro+ war, das Mayer beim Bundesplatz getroffen hat. Diese Information haben wir nicht veröffentlicht. Irgendwo im Waaghof muss eine undichte Stelle sein», sagt der Müller und blickt streng.

Die Müllermannschaft sieht nicht schuldig aus. Aber woran könnte man ein schlechtes Gewissen erkennen? Roter Kopf? Ultrarapider Puls? Schweissausbrüche? Erbleichen? Vergiss es. So einfach ist die Welt nicht und erst recht nicht der Mensch.

Der Kommissär fährt fort: «Ein Vorstandskollege von Mayer und Zvetkovic ist die Quelle für die Dreiecksverhältnis-Info, Sebastian J. Spoerri. Ich denke, die Libertären haben Krach untereinander.»

Besprechung finita, alle machen sich wieder an die Arbeit. Nur Romina und Freddie bleiben sitzen. «Chef», sagt Freddie, «Romina und mir ist etwas aufgefallen.»

Der Müller gibt per Mimik zu verstehen, dass er zuhört.

«Einer der Altersheiminsassen –», beginnt Detektivin Wäckerlin.

«Jetzt sagst du das auch schon so», unterbricht Dominguez die Kollegin.

«... Bewohner des Hasenbrunnens», korrigiert sie sich, «Albert Schoch ...»

«Ja?», fragt der Kommissär.

«Uns gegenüber benimmt er sich, als sei er nicht ganz hundert, aber Frau Maric vom Altersheim sagt das Gegenteil. Er sei die gute Seele vom zweiten Stock und helfe allen.»

«Ja?», sagt der Müller.

«Das passt nicht zusammen. Ich schlage vor, wir befragen ihn genauer», sagt Wäckerlin.

***

Zeugenaufruf.

Auf Drängen des Ersten Staatsanwalts Stickelberger, dessen Unruhe zunimmt, weil noch keine Ermittlungsergebnisse vorliegen und die Medien deswegen sticheln, veröffentlicht die Medienstelle der Staatsanwaltschaft über ihre elektronischen Kanäle einen Zeugenaufruf. Vielleicht meldet sich jemand aus der Bevölkerung, der etwas über die Angriffe auf Rinaldo Mayer, Melvin Wyss und Balz Ulrich aussagen kann.

Müller ist von dieser Aktion unbegeistert. Seine Leute sind ausreichend beschäftigt, und er will nicht, dass sich seine Mannschaft zusätzlich noch mit Rückmeldungen aus der Bevölkerung herumschlagen muss. Zumal Zeugenaufrufe ungefähr ebenso erfolgversprechend sind wie Goldwaschen am Unterlauf der Reuss, wo der Müller aufgewachsen ist.

Wenige Minuten nach der Veröffentlichung des Zeugenaufrufs geht jedoch die Meldung eines Studenten ein, die Detektivin Allmendinger vielversprechend erscheint. Der junge Mann, Amerikanistikstudent im vierten Semester, aus Quellenschutzgründen nennen wir ihn hier Joey Iseppi, hat in der Mensa der Universität das Gespräch zweier Kommilitonen mitgehört, das Balz Ulrichs unfreiwilliges Bad zum Thema gehabt haben dürfte. «Es hat ihm sicher gutgetan, einmal aufgeweckt zu werden», habe der eine gesagt. «Du meinst ‹abgeschreckt›», habe ihn der Zweite mit einem Wort aus dem Küchenwortschatz korrigiert. Dann hätten die beiden gelacht.

Mhm, jaja, hm. Warum nimmt die Allmendinger ausgerechnet diesen Hinweis ernst, fragen Sie sich und mich und Allmendinger?

Weil Anrufer Joey Iseppi beiläufig davon sprach, die zwei Plauderstudenten hätten sich am Gedanken belustigt, «dass einer, der im hellen Regenmantel und mit Krawatte im Rhein rumzappelt», bestimmt «megakomisch» ausgesehen haben muss. Ulrichs Kleidung war im Zeugenaufruf mit keinem Wort erwähnt.

Nun, der Anrufer kann die beiden Mitstudenten nur ungenau beschreiben. Zwar versucht er's, aber Studenten in einem Fachbereich unterscheiden sich oft nicht sehr voneinander. Sie tragen häufig Turnschuhe, Jeans, einen Wollpulli oder einen Hoodie, egal, ob hombre oder mujer. Und jemanden so zu beschreiben, dass die Polizei die Person erkennen könnte, ist schwierig. Handelt es sich nicht gerade um Prinzessin Leia oder um Darth Vader, kann fast jede Beschreibung auf Tausende von Personen zutreffen.

«Am Freitagnachmittag sitze ich mit denen jeweils in einer Vorlesung», löst Joey Iseppi das Dilemma, «dort könnte ich sie Ihnen zeigen. Um 16 Uhr.»

Allmendinger notiert sich Zeit und Ort sowie die Personalien des Hinweisgebers und verspricht, Polizeiangehörige in Zivil würden sich am Freitag kurz vor 16:00 an der Universität einfinden. Beim Petersplatz. Heute ist Dienstag.

E.G.O.

Sebastian J. Spoerri, Vorstandsmitglied der Ultraliberalen Partei mbA … Warum hat er Müller das Dreiecksverhältnis Affentranger-Zvetkovic-Mayer unter die Nase gerieben?

Nun ja, Wahrheitsliebe als Motiv … das wäre edel, scheidet aber bei Menschen meist aus. Das lehrt die polizeiliche und menschliche Erfahrung.

Das kriminalistische Motiv ergibt sich meistens aus der Frage «Cui bono?», wem gereicht es zum Vorteil? Das fragte Cicero (Pro Sex. Roscio, 84). Der Müller hat seine Vermutung in der Teambesprechung geäussert: In der Regel treibt Eigennutz die Menschen an: Fällt X vom Sockel, kann sich Y – vielleicht – an dessen Platz manövrieren. Gerät X ins Zwielicht, kann sich Y – womöglich – in ein helleres Licht setzen. Entstehen wegen X Schwierigkeiten, vermag sich Y – eventuell – als Retter in der Not zu inszenieren und an Prestige zu gewinnen. X wird zum Buhmann, ausgegrenzt, ausgeschlossen, verhöhnt – oder, noch schlimmer: gemieden und ignoriert.

Spoerris Beweggrund, sich der Polizei anzuvertrauen, ist der nächste Auftrag für Markus Gormann. Im zentralen, vollautomatischen Strafregister VOSTRA findet er nichts. Spoerri gehört nicht zu den 798'000 Personen, die dort aufgelistet sind. Auch im Bussenregister keine Spur von ihm.

Angemeldet ist er bei der Einwohnerkontrolle in 4148 Pfeffingen BL. An derselben Adresse eine Frau namens Eroica Gubelmann, lic. oec., offenbar seine Partnerin. Steuerschulden hat er keine. Ein neueres Mercedes-Modell ist auf seinen Namen angemeldet.

Nächster Schritt: Internetrecherche. Spoerri stand wie Goran M. Zvetkovic und Rinaldo Mayer auf der ULP-Liste für die Wahl in den Grossen Rat. Im Gegensatz zu seinen Vorstandskollegen aber auf einer aussichtslosen Position. Weil er ausserkantonal wohnt oder weil gegen ihn intrigiert wurde? Rinaldo Mayer thronte auf dem ersten Listenplatz. «Gut unterrichtete Kreise» sagen ihm Ambitionen in Richtung Bern nach. Als Lobbyist für eine Wirtschaftsvereinigung, getarnt als Nationalrat.

Markus Gormann stösst im WWW auf Spoerris Abschlussarbeit an der Hochschule St. Gallen und auf eine von ihm mitverfasste Arbeit mit dem Titel «Managing Global Production: Theory and Evidence from Just-in-Time Supply Chains». Darunter kann sich nicht einmal der geistig rege Gormann etwas vorstellen. Als Co-Autorin dieser Arbeit wird eine Jasmin Buchholz aufgeführt. Ihr Wohnort ist auf dem Titelblatt vermerkt: 8274 Tägerwilen TG.

Wenn Gormann Glück hat, kann er Frau Buchholz erreichen und von ihr vielleicht Brauchbares über Spoerri erfahren.

Sie nimmt seinen Anruf entgegen. An diesem Dienstagnachmittag arbeitet sie im Heimbüro. Der Detektivkorporal stellt sich vor, erwähnt, er ziehe routinemässig Erkundigungen ein, weil Spoerri mit einem von der Kriminalpolizei Basel-Stadt bearbeiteten Fall zusammenhängen könnte, ja: könnte, also:

«Soweit wir informiert sind, haben Sie mit Sebastian Spoerri an der HSG studiert …»

Gormann muss seine Frage gar nicht ausformulieren, weil Jasmin Buchholz sofort gegenfragt: «Was wollen Sie über ihn wissen? Es ist zwar ein paar Jahre her, aber …»

«Sie haben mit ihm eine Arbeit mit dem Titel ‹Managing Global Production: Theory and Evidence from Just-in-Time Supply Chains› geschrieben, wie …»

«Sebastian würde sagen, er habe die Arbeit geschrieben und ich nur …»

«Und in Wirklichkeit …»

«… war es umgekehrt. Recherchen, Struktur und Text waren von mir, und er …»

«Ja?»

«… hat sich aufgeplustert und sich aufgeführt, als sei das Ganze …»

«Und das hat geklappt?»

«Das ist seine Technik, er hat das immer so gemacht. Der Professor war begeistert von ihm und hat ihm danach eine Assistentenstelle angeboten, aber das ging daneben.»

«Warum?»

«Sebastian ist ein Blender. Er überzeugt auf den ersten Blick … Einer, den alle bewundern, weil er nie um eine Antwort verlegen ist, schlagfertig …»

«Und die anderen die Arbeit machen lässt?»

«Sie sagen es. Sebastian …»

Sie spricht nicht weiter, vermutlich weil ihr Szenen aus dem Studium hochkommen, Situationen.

«Schätzen Sie ihn als ehrlichen Menschen ein, Frau Buchholz?»

Als Antwort lacht sie. «Nun, das wäre … weiss Gott nicht das erste Wort, das mir zu ihm einfällt.» Sie präzisiert: «Was er sagt, sagt er mit einem Hintergedanken. Jedenfalls war es an der HSG so. Ich kann mir nicht vorstellen, dass er sich seither geändert hat. Er tut nur, was ihm nützt. Er macht nichts umsonst. Er verfolgt immer ein Ziel.»

«Welches?»

Jasmin Buchholz sucht das Wort und findet es. Auf Französisch, Latein und Deutsch besteht es aus jeweils drei Buchstaben: «Moi, ego, ich.»

Danke sehr. Müllers Hypothese, dass sich Sebastian J. Spoerri mit dem Verraten des Liebesdreiecks ULP-intern vordrängen will, erhärtet sich. Er lenkt aus Kalkül den Verdacht im Mayer-Fall auf Goran M. Zvetkovic. Ein durchsichtiges Manöver. «Remember?» (Irving Berlin): Zvetkovic war an jenem Tag in Luzern. Wie wir wissen, haben sein Alibi mehrere glaubwürdige Zeuginnen und Zeugen bestätigt.

«Ich glaube, Spoerri will sich nur aufspielen», sagt Markus Gormann zum Kommissär in dessen Einzelbüro, als er ihm das Telefongespräch mit Jasmin Buchholz zusammenfasst. «Der will die Situation nutzen, um sich in eine bessere Position zu bringen. Der stiehlt nur unsere Zeit.»

Der Müller wiegt den Kopf, denkt an die Zeiträuber in «Momo» und sagt zum Kollegen: «In Ordnung. Nicht weiterverfolgen. Ausser im Umfeld der Ultraliberalen Partei käme es zu weiteren Vorfällen von strafrechtlicher Relevanz.»

***

Der linke Flügel.

Obwohl Kollege [redacted] vom Staatsschutz es für unwahrscheinlich hält, dass Linke oder Autonome hinter den Angriffen stecken, weil Attacken auf Personen kaum ihrem Tatmuster entsprechen, fällt der Müller am frühen Nachmittag die Entscheidung, diese Möglichkeit dennoch vor Ort zu überprüfen.

Der Kommissär will sich nicht vorwerfen lassen, eine Hypothese von vornherein auszuschliessen. Auch wenn eine linksextreme Täterschaft dem Ersten Staatsanwalt Stickelberger besonders willkommen wäre, weil er dann beim Plädoyer vor Gericht und gegenüber den Medien richtig aufdrehen könnte.

Chefchef Stickelberger mag politisch voreingenommen sein, doch vielleicht trifft seine Vermutung trotzdem zu.

Müller ruft Gormann und Allmendinger in sein Büro.

«Die Linksextremen, Autonomen, Anarchos, den schwarzen Block», sagt der Müller den beiden. «Diese Möglichkeit dürfen wir nicht ausschliessen.»

Wohlweislich setzt er nicht Dominguez und Wäckerlin auf diese Hypothese an. So erspart er sich deren Kommentare.

«‹Kapitalistenschwein› hat jemand an die Fassade von Heiko G. Loackers Haus in Riehen gesprüht. Das könnte in diese Richtung deuten», sagt Müller. Man braucht allerdings bloss um eine Ecke zu denken und käme vielleicht zum Schluss: Die ULP hat diese Sprayerei und das Mülldepot vor Loackers Haus selbst durchführen lassen, eine Operation unter falscher Flagge, um die Vorfälle den Linken in die Schuhe zu schieben. In jeder politischen Organisation finden sich Heisssporne, die willig sind zu Abenteuern. Als Polizeileute wissen wir, dass alles möglich ist. Aber paranoid sind wir nicht. Was ich sagen will: «Sei auf alles vorbereitet, obschon indes das Schwärzeste nicht eintreten muss», formulierte es der zu Unrecht völlig vergessene Frühaufklärer Jean-Hugues de la Motte-Radabam vor seinem Duell gegen den Nebenbuhler der Gräfin Aurélie-Joséphine-Cléopâtre-Bérénice d'Huître d'Arcachon et Cornichon 1699.

Fährst du nun als Kriminalkommissär mit deiner Mannschaft einfach zum besetzten Haus im St. Johann, zu ein paar WGs im Klybeck und im Matthäusquartier oder in eine Ateliergemeinschaft im Lysbüchel hinaus? Damit die dich anmotzen, mit Tiernamen und Fäkalausdrücken beschimpfen und mit Flaschen, Steinen oder anderen behelfsmässigen Wurfgeschossen bewerfen? Certamente no! Das brächte zero success. Manche Leute werden, wenn sie einen Polizisten sehen, zack grün und rot im Gesicht. Sie halten dich für einen Schergen der Staatsgewalt, was zwar stimmt, aber mucho unfreundlichissimo ausgedrückt ist. Weil nicht Scherge, sondern Diener. Manche halten das Recht für eine Unterdrückungsmaschine und Ordnung für eine Faschistenphantasie, und das «System» finden sie sowieso htznkrmpfx und schtonk. Die Polizei ist für sie die Knechtin des Kapitals, die Helferin von etwas Hyperbösem. Vergessen wir das. Das Gesetz ist unser Auftrag, der zwar vielleicht manchmal streitbar, aber zu 100% demokratisch legitimiert ist, sogar die Gesetze, die wir einen Seich finden. Wir bemühen uns, unsere Arbeit korrekt auszuführen. Bei guter Führungskultur, seriöser Auswahl der Kandidatinnen und Kandidaten für den Polizeidienst und mit guter Ausbildung gelingt das in der Regel. Ausnahmen gibt es, natürlich. Die gehören untersucht, wenn nötig bestraft und die Ungeeigneten aus dem Dienst entfernt. Ja, geschätzte Damen und Herren, der Rechtsstaat heisst so, weil er auf Recht beruht, nicht weil er «rechts» stände, wie manche müde meinen.

Der Müller ist ein gutes Beispiel. Er ist Humanist und Demokrat und Diodoros-Leser und trägt sein Herz ein wenig Backbord, ohne das gross auszubreiten. Polizeimann ist er geworden, um zu schützen und zu dienen. Er will die Welt ein kleines bisschen besser machen. Politisch gesehen, hat er weder etwas gegen die einen noch viel mehr gegen die anderen noch gegen die dazwischen, weil der Pluralismus zur Demokratie gehört. Als Lektüre empfiehlt er den Grundrechtekatalog der Bundesverfassung und den Text der Europäischen Menschenrechtskonvention. Was er definitiv nicht mag, sind Extremisten und Hitzköpfe aller Art, Hassapostel, Delinquenten aller Deliktgruppen und vor allem Gewalttäter: «Nichts ist es wert auf dieser Erde, mit Menschenblut erkauft zu werden.» (J.J. Rousseau).

Fertig Ethikkurs und Staatskunde.

Zurück in Müllers Einzelbüro im dritten Stock des Waaghofs, zu ihm selbst, zu Allmendinger und Gormann. Sie beratschlagen. Erster Schritt wie angetönt: Wir fahren nicht ins anarchoide Universum hinaus, um uns anpflaumen zu lassen. Konfrontation ist die Ultima Ratio. «Ohne einen Waffengang die Streitmacht der Männer der Gegenseite gefügig zu machen, ist erst das Gute vom Guten», sagt Meister Sun.

Also nicht ruckzuck whoosh raus und dem Bullenschweinklischee Feuer ins Öl giessen, capisci, sondern … Wir haben auch in diesen Kreisen Informanten: vollamtliche Mitarbeiter des Staatsschutzes, abtrünnige Mitglieder der Szene, die sich … ähm, nun … mehr oder weniger freiwillig dazu bereit erklärt haben, uns mit Informationen zu versorgen, und Personen, denen wir einen Vorschlag vorgeschlagen haben: Du hältst uns auf dem Laufenden, kleiner Che Guevara, und wir vergessen, dass du beim Bässlergut einen Bagger abgefackelt hast, der am Gefängnis weiterbauen wollte.

Informanten? Ein Name fällt: Marky Gassmann[*], Spezialist für Hehlerei und erfahren im Handel mit Substanzen, die das Betäubungsmittelgesetz (BetmG) beschreibt. Er hat Kontakte in allerlei Kreise. Seine Kundschaft ist bunt und erwirbt gerne bei ihm fabrikneue Laptops und Handys, kaum gebrauchte E-Bikes oder frisch importiertes Kokain.

«Ruf ihn an, Markus. Vielleicht hat er etwas gehört … Jemand hat sich vielleicht mit seinem Stoff aufgeputscht, um Mayer, Wyss und Ulrich anzugreifen und den Porsche dieses Pérez am Herrengrabenweg in Brand zu stecken …», sagt der Müller.

Gormann gibt zu bedenken: «Ein Dealer und die Autonomen? Der gilt bei denen doch als Superkapitalist, der mutwillig die proletarischen Massen schädigt. Einer, der vom Elend der anderen profitiert. Die kiffen doch eher.»

Verbucht er einen Punkt, Detektivkorporal Markus Gormann, aber begibt sich trotzdem ins Gemeinschaftsbüro hinüber, um Marky Gassmann anzurufen. «Nützt's nichts, so schadet's nichts.» (Metzgermeisterin Fleischli). Inmitten einer Beizensituation ereilt Marky das polizeiliche Klingeln. Er wirkt etwas gehetzt. «Warte einen Moment», sagt er. Wenige Sekunden später ändern sich die Hintergrundgeräusche. Statt Stimmen hört Gormann ein Tram und Autos. «So … jetzt», sagt Marky knapp hörbar. Soll ja nicht jeder mitbekommen, dass ihn das verdammte Kriminalkommissariat anruft, Go[redacted]ri noch mal! «Was ist jetzt schon wieder?», raunt er ins Handy. Dann hört er zu, sein Mund zuckt, er schüttelt heftig den Kopf, als könnte Gormann ihn sehen. Er unterbricht den Kriminalpolizisten, der

* Siehe «Müller und die Schützenmatte» (Emons, 2021), z. B. S. 75.

ihn gerade nach den Autonomen gefragt hat: «Nein, nein … also wirklich: nein. Ich nicht. Sicher nicht. Mit denen habe *ich* nichts zu tun. Warum rufst du ausgerechnet mich an?» Das gerät ein wenig zu laut, drei Raucher, die vor dem Schnellfettimbiss qualmen, schauen sich nach Marky um. Er wirft ihnen einen Blick zu, aber einen Blick … Sie wenden sich von ihm ab.

Marky zu Gormann im Flüsterton: «Die kaufen nichts von mir, und wenn, dann wollen sie alles bio.» Marky hört Gormann lachen und fühlt sich etwas beleidigt. «Wirklich», bekräftigt er und wird noch leiser, «bio! Aber das Zeug ist doch so verschnitten, da weiss keiner, was wirklich drin ist.» Gormann sagt noch etwas, und Marky Gassmann schüttelt wieder durchs Handy den Kopf. «Nein, also, mit denen kann ich … aber wirklich, gar nichts anfangen kann ich mit denen, verstehst du? Die bringen nur Unruhe und alles durcheinander. Verscheuchen mir mit ihren Demos die Kundschaft.» Gormann erinnert ihn durchs Telefönchen, dass er doch früher in einem besetzten Haus im Matthäusquartier gewohnt hat. «Nur kurz, nur kurz», fährt Marky auf, «zwei, drei Wochen. Zuerst hat mir einer Ware geklaut, und dann haben sie mich rausgeworfen. Waren, äh, so Emo-Typen, voll drogenfrei und militant.» Nach einer Weile Ohr am Handy sagt er: «Ehrlich! Ich kenne keinen mehr von denen. Da sind neue Leute nachgekommen. Andere Gesichter, und die kiffen höchstens noch, sagte ich doch gerade. Sind so … politisch, das hältst du nicht aus. Wissen alles besser. Wie's richtig ist und so. Kann ich gar nichts damit anfangen, [redacted]!»

Stutzig macht uns das Wort *ehrlich*, weil … Aber lassen wir das, sonst kommen wir vom Thema ab. Gormanns Vermutung, dass Marky Gassmann keinen Draht in die linksautonome Parallelgesellschaft hat, könnte stimmen.

Der Müller kontaktiert erneut den Kollegen [redacted] von der FG 9 und ersucht ihn, sein Kontaktnetz «in der Szene» (wie wir polyvalent sagen) zu aktivieren. Ob Anschläge auf Unternehmer und bürgerliche bis recht rechte Politiker geplant und durchgeführt worden seien oder geplant würden. [redacted] teilt dem Müller mit, er habe bisher keine Kenntnis von solchen oder ähnlichen Aktivitäten. «Ich rufe aber sofort zwei, drei unserer Quellen an.» Er nennt dem Müller auch den Mitarbeiter des Staatsschutzes, der sich vollamtlich in jenen Kreisen bewegt, getarnt als Verkäufer in einem Veloreparaturladen mit Vegancafélounge. «Paul Hug nennt er sich», sagt der Kollege, «ich gebe dir seine Nummer.»

V-Mann Paul Hug* nimmt Müllers Anruf sofort an. Er sitzt zu Hause und büffelt marxistische Theorie, um seine Zielpersonen mit beiläufig eingeflochtenen Zitaten zu beeindrucken. Das Geheimnis dabei ist: Zitiere nicht wörtlich, sondern sinngemäss. Mit «Religion ist Opium für das Volk» und «Ein Gespenst geht um in Europa» machst du dich eher verdächtig. Solche Sätze lassen dich wie einen Streber wirken – oder eben wie einen V-Mann, der sein Dossier eins a präpariert hat. Von Besitzverhältnissen, den Produktionsmitteln, dem Warenfetisch, dem Mehrwert und der entfremdeten Arbeit darfst du ruhig reden. Das streicht Balsamico auf deren vom Kapitalismus geschundene Herzen. Du wirfst Wörter wie «Autorität», «Machtverhältnisse», «Patriarchat», «Manipulation» und «Repression» ein. «Hegemoniale Strukturen» triggert sie auch. Durch Anspielungen lässt du durchschimmern, dass dir Bakunin, Gramsci, Derrida und Foucault nicht fremd sind, ein bisschen «adorniertes Marcusisch» (Robert Neumann), dann giltst du als Intellektueller, und keiner traut sich, mit dir hart zu diskutieren, weil ihn deine theoretische Deutungsmacht als unbezwingbarer «roaring thunder» (Oxford Dictionary) blendet. Kollege Hug* vom Staatsschutz geniesst die geistigen Anregungen, die seine Undercover-Mission mit sich bringt. Unter uns gesagt: Verdecktes Ermitteln macht selten so viel Spass. Denn sonst ist es meist geistig öde und physisch gefährlich, etwa wenn du Neonazis und Waffenfanatiker infiltrieren musst.

Kollege Hug* verspricht dem Müller, sich umzuhören. Mor-

---

* Dieser Mitarbeiter der Fachgruppe 9 erscheint aus naheliegenden Gründen nicht mit seinem Klarnamen.

gen nehme er an einem antipatriarchalen Treffen teil. Gut möglich, dass dort …

Prävention.

Wer bloss abwartet, dem bleibt nur, hinterher die Scherben aufzukehren. Sollen wir weiter warten, bis wieder jemand in den Fluss geworfen wird und ertrinkt? Bis einer einen Stein an den Kopf kriegt und seine letzte Reise antritt? Bis ein Auto abgefackelt wird, in dem jemand sitzt? Bis jemand nachts ein Geräusch hört, vors Haus tritt, im Affekt von Spraydosenaktivisten die Treppe hinuntergestossen wird und sich das Genick bricht?

«Ermittlung – Fahndung – Zugriff» lautet der Ablauf im Fall eines Falles. Damit es nicht so weit kommt, betreiben wir Prävention. Nicht nur der Staatsschutz, an den Sie bestimmt denken, kehrt vor, nicht nur die Jugend- und Präventionsdienste der Kantonspolizei, die in Schulen Workshops zu neuen Medien, Mobbing und Drogen durchführen und in Parkanlagen Jugendliche ansprechen.

Auch wir, sprich: das Müllerteam, das Müllerteam – all together now: «Das Müllerteam! Das Müllerteam! Das Müllerteam!» –, die Kriminalpolizei, leistet Präventionsarbeit.

Sprich: Früherkennung potenzieller Gefahren. Sprich: Gefährderansprache. Sprich: Wir kontaktieren Menschen, die möglicherweise eine Straftat begehen könnten. Das tun wir bei Wirrköpfen, die mutmasslich Extremisten sind, die zum Beispiel in Chatforen Drohungen ausstossen oder sich gewaltbereit äussern.

Gefährderansprache.

Fahren wir also raus, der Müller, Gormann und Allmendinger. Zwar nicht ins besetzte Haus an der [redacted]strasse. Dort haben wir unsere Quelle.

14:03 Uhr. Ab in den dunkelgrauen Zivilwagen und über den Rhein ins Kleinbasel → WG-Tour: Wohngemeinschaften.

Denken Sie nicht, mögliche Gefährderinnen und Gefährder wären immer organisiert und würden das Land engmaschig mit klandestinen Zellen überziehen, um loszuschlagen, wenn der Tag X da ist. Paranoid werden müssen wir nicht. Es gibt Gruppen und Grüppchen und unübersichtliche lose Strukturen, die auf einmal militant werden. In der Regel halten wir uns an Einzelpersonen, die uns aufgefallen sind, durch deliktisches Verhalten oder – eben – in den asozialen Medien. Dort treten sie zwar nicht mit Klarnamen auf, aber über die IP-Adresse können wir herausfinden, dass zum Beispiel der kernig-revolutionäre @RedRevo im zivilen Leben André Widmer heisst. André Widmer wohnt an der Dorfstrasse [redacted] in 4057, fast beim Schifferkinderheim. Zieht man die Hochkonjunkturblocks ab, sieht Kleinhüningen dort teilweise aus wie ein Dorf – ein Fischerdorf, das von der Industrialisierung und der Urbanisierung und der Digitalisierung überrollt worden ist.

Fertig Heimatkunde. Weiter mit Polizei: Den Wagen vor dem Haus – abgasgeschwärzter, ehemals caramellfarbener Block aus den 60er Jahren – abgestellt, auf keinen Fall mit einem «Polizei»-Schild unter der Frontscheibe die Quartierbevölkerung provozieren. Der Müller, Gormann und Allmendinger → zur Haustür. Briefkästen. Der eine mit offener Milchkastenklappe, die Rabattschlachtprospekte darin matschig aufgeweicht, ein anderer schwarz mit «ACAB» verkritzelt, die übrigen schmutzig. Auf einem klebt ein Zettelchen mit den Namen Widmer, Alonso und Granitza. Nicht sehr konspirativ wirkt das. Über die Einwohnerkontrolle kennen wir die Namen der aktuellen Bewohnerinnen und Bewohner ohnehin, so sie denn angemeldet sind. Wenn Sie um die Ecke biegen, also den Weilerweg nehmen, dann gleich nach links der Kleinhüningeranlage folgen, die nach wenigen Metern zur Hiltalingerstrasse wird und ansteigt, um als Brücke die Schiffseinfahrt ins Hafenbecken II zu überqueren, erreichen Sie zack Deutschland. Links unten sehen Sie vom Anfang dieser Brücke aus übrigens das Dreiländereck mit dem Denkmal. Genau, das, was aussieht wie ein Mirage-Kampfflugzeug, das cockpitvoran ins Flussbett gesteckt wurde. Sinn dieser industriegeografischen Erläuterung: Douce France und good young Germany liegen in fussläufiger Fluchtdistanz für

Widmer, Alonso und Granitza, sollten sie dies für notwendig halten.

Gilt es in die Lagebeurteilung einzubeziehen.

Gormann drückt auf die Glocke. Ein Rauschen, eine Stimme. Valérie Allmendinger sagt: «Post!» Weil sie reinwollen und keinen Hausdurchsuchungsbefehl haben. Der Müller umgeht gerne die administrativen Tasks, vor allem, weil sie ja einen potenziellen Gefährder ansprechen wollen, mit ihm reden, ihn kennenlernen, präventiv, ich sagte es, präventiv auf ihn einwirken. Ein «mandat de perquisition», wie die französischsprachigen Kollegen sagen, würde unnötige Aufregung auslösen. Wir wollen nicht eskalieren, sondern [redacted] das Gegenteil. Während ich Ihnen dies erzähle, sind Müller, Allmendinger und Gormann im zweiten Stock vor der WG-Tür angekommen, die geschlossen ist, weil der Paketbote seine Fracht einfach im EG abstellen würde.

Gormann klopft an die Tür (dunkelrotes Kunststofffurnier). Eine sanftere Methode als die Klingelanlagen, die einem den Nerv töten. Erst recht, wenn die Polizei «Ring My Bell» (Stacy Lattisaw) macht und schellt.

Dass das Trio die Bullen sind, merkt er sofort, der Mann, der die Türe öffnet, unrasiert und mit verwuschelten dunklen Locken.

«Ja?», antwortet er, als Valérie Allmendinger nach André Widmer fragt. «Der bin ich.»

«@RedRevo», sagt der Müller. Es klingt nicht nur wie, sondern ist eine Feststellung, die den Angesprochenen, der höchstens Mitte zwanzig ist, dazu bewegt, den Öffnungswinkel der Tür u-bewusst von ca. 67° auf ca. 41° zu reduzieren, als könnte er so der Staatsmacht widerstehen.

«Mhm», kommt es aus André Widmers Mund. Müsste man Semiotikerin oder Semantiker sein, um sofort zu erfassen, was er damit meint.

«Wir möchten uns mit Ihnen unterhalten», sagt der Müller und zeigt seine leeren, also unbewaffneten Handflächen, «nur mit Ihnen sprechen.»

«Worüber?»

«Das erzählen wir Ihnen lieber in Ihrer Wohnung. Oder sollen Ihre Nachbarn mithören, was die Kriminalpolizei mit Ihnen bespricht?»

@RedRevo lässt Müller, Gormann und Allmendinger rein und weist ihnen den Weg zur Küche. 60er Design, können Sie sich vorstellen: billiges Material, scheussliche Farben, unfähige Gestalter, knausriger Hauseigentümer ... aber mit Farbe (Pastellgrün, Weiss, Mentholblau) recht ansehnlich übertüncht. Plakate von Rockbands («Rage Against The Machine», «Bad Brains») und politischen Symbolfiguren (Angela Davis, Martin Luther King, Che Guevara). Müller sieht sich um und denkt privat, dass das nicht verkehrt sein kann. Beruflich bedingt sympathisiert er mit niemandem. Er scannt mit den Augen den ganzen Raum, 360 Grad, erkennt kein Gefahrenpotenzial, nicht einmal einen Marihuanakrümel, der sich auf den Boden gestürzt hätte, um dem Auge des Gesetzes zu entgehen.

André Widmer nickt und zeigt auf die Stühle. Sechs stehen da. Drei Namen auf dem Briefkasten. → Folgerung: viel Besuch.

«Danke.» Der Müller, Markus Gormann und Allmendinger setzen sich, der Wohnungsmieter bleibt in der Tür stehen. Müller fordert ihn mit einer Geste auf, sich auch zu setzen. Widmer tut es und wartet wortlos ab.

Müller: «@RedRevo ... Ihre Tweets sind sehr interessant.»

Widmer schluckt. Was hat er denn gedacht? Dass nur Freunde und Hater seine Sachen lesen?

«Der Tonfall und die Wortwahl», fährt der Kommissär fort, «gibt uns Grund zur Annahme, dass Sie ... nun ja ... nicht unbedingt mit der ganzen Gesellschaft ... im Einklang sind.»

«Das ist ...», sagt André Widmer, «... das ist nicht illegal. Und erst dann dürfte euch das doch interessieren, nicht?»

Gormann mischt sich ein: «Sie.»

«Was?»

«Die Höflichkeitsform im Plural heisst ‹Sie›, genau wie im Singular», vollendet Detektivin Allmendinger das Intermezzo über Umgangsformen. Die Müllerpolizei ist nämlich grammatikalisch sensibilisiert und mit der Genitivnadel in Gold zertifiziert.

«Was wollen Sie von mir?», fragt @RedRevo. «Ich habe nichts Strafbares getan.»

Allmendinger schnüffelt mit der Nase, weil die Wände und das Küchenmobiliar einige Moleküle THC-haltigen Geruchs verströmen.

«Nun gut», räumt Widmer ein, «äh, also nichts, das es rechtfertigen würde, dass Sie ... zu dritt ... hier ... Eigenbesitz bis zehn Gramm ...»

Der Müller sachlich: «... ist nicht strafbar, ich weiss. Wir sind wegen Ihrer Tweets hier, @RedRevo ... Mit 87 Followern kann man ja nicht behaupten, Sie seien ein Massenmedium ...»

Dass der Kommissär rücksichtlos die Followerzahl auspackt, kränkt Widmer. Umso mehr versucht er, dem Müllerblick standzuhalten.

«Gleichwohl interessieren wir uns für Ihre Äusserungen ...»

Widmer wendet den Blick vom Müller ab und schaut Allmendinger an. Sie geht auf seinen Blickkontakt nicht ein. Der dunkelhaarige Ostschweizer mit der griechischen Nase betrachtet gerade interessiert das schwarz-weisse «Rage Against The Machine»-Plakat, das die Selbstverbrennung eines Mönchs zeigt.

«Wo waren Sie am 5., 9. und 14. Januar?», hakt der Kommissär nach.

André Widmers Gesichtsfarbe changiert → bianco, pallido, esangue.

«Hä?»

Der Müller wiederholt die drei Daten, als wäre er ein sprechender Kalender.

«Der 5. war ein Freitag, der 9. ein Dienstag und der 14. ein Sonntag», legt Gormann nach.

Vor dem Fenster fährt ein Lkw vorbei, der zum Hafen will und sich vermutlich in den Quartierstrassen verfahren hat. Sicher ein Berufsneuling.

Widmer strengt sich an. «Also, ich meine … ähm, wie …? Was …?»

Der Müller wiederholt die drei Daten. Und Gormann repetiert «Freitag, Dienstag, Sonntag», als hätte er die Siebentagewoche und die Bezeichnungen der einzelnen Wochentage erfunden. Allmendinger fügt hinzu: «Am 5. am Feierabend, am 9. frühmorgens und am 14. abends.»

Schweiss tritt in feinen Tröpfchen aus André Widmers Poren. «Ich weiss doch nicht mehr, was ich an jenen Tagen getan habe. Gearbeitet … ausser an dem Sonntag, nehme ich an, ja, sicher gearbeitet, aber hm zu den Zeiten, die Sie … äh … also, ich … ich führe nicht Buch, was ich wann genau … Das Leben ist doch kein Stundenplan.»

Da hat er recht. Vermutlich wäre er tatverdächtiger, wenn er wie aus der Kanüle geschossen ein Alibi präsentieren könnte. Weil, ehrlich, in der normalen «Vita brevis» (Hippokrates) vergisst du doch bereits gestern, was du morgen getan hast. Ein Überwachungsvideo könnte beweisen, wann du mit wem wo warst. Dazu müsstest du aber wissen, wo du wann mit wem warst.

«Dass Ihnen die Namen Rinaldo Mayer, Melvin Wyss und Balz Ulrich bekannt sind, können Sie nicht abstreiten», legt der Müller nach. «Dazu haben Sie sich auf dem Zwitschernetzwerk geäussert.»

Er lässt den Satz wirken. Beziehungsweise die zwei.

«Ich habe hier ein Bildschirmfoto», sagt der Kommissär, legt ein Blatt Papier auf den Tisch und hofft, dass André Widmer sich aufregt, weil er die englischen IT-Wörter so penetrant vermeidet und so oldschool ist, einen Tweet auszudrucken.

André Widmer wirft einen Blick auf das Blatt, zuckt die Schultern und räumt ein: «Wird wohl so sein.»

«‹Wird wohl› nicht, sondern ist», mischt sich Detektivin Allmendinger ein. Easy ist die nicht.

@RedRevo ist nicht um eine Antwort verlegen: «Ich habe nichts Strafbares geschrieben. Keine Drohung, keine Ehrverletzung, keinen Aufruf zur Gewalt, nicht einmal auf so etwas angespielt habe ich …»

«Hm. ‹Mal sehen, was weiter geschehen wird.› Das haben Sie geschrieben. Erklären Sie uns, was Sie damit meinen?»

Widmer → bianchissimo, pallidissimo, molto esangue.

«Ich habe nichts getan. Das sind nur Kommentare …»

«Schadenfreude, Herr Widmer, ist nichts Edles», wirft Gormann ein.

«Wenn Sie Beweise hätten, hätten Sie mich doch längst abgeführt. Aber Sie haben keine, weil es keine gibt, und es gibt keine, weil ich mir nichts vorzuwerfen habe.» Logisch und flüssig ist diese Argumentationskette aus Widmers Mund geschlüpft.

«Korrekt», antwortet der Müller und lächelt, «wir hoffen für Sie, dass es so bleibt.» Mit seinen graublauen Augen fixiert er den Mann, zeigt mit der rechten Hand auf die Plakate in der Küche, insbesondere auf Martin Luther King, und verrät: «Das war ein guter Mann.»

Von der Dorfstrasse in 4057 Kleinhüningen weiter → ins Klybeck, an die Offenburgerstrasse (gleiche Postleitzahl), auch eher Proletariermeile, Gentrifizierung aber im Anlaufen. Hier ergrauen in der Stadtluft Fünfziger-/Sechziger-Jahre-Wohnblocks, die Altbauten ersetzt haben. Ein paar Häuser haben jedoch das ganze 20. Jahrhundert und zwei weitere Jahrzehnte Kapitaloptimierung und Städte-Raubbau überlebt. Eines davon ist farbig bemalt und mit Bannern von Volksabstimmungen behängt, die zum grossen Teil vorbei und gesamteidgenössisch anders herausgekommen sind, als die Hausbewohnerinnen und Hausbewohner es sich wünschten.

Müller, Gormann, Allmendinger stehen vor dem Hauseingang. Die Türe ist unverschlossen. Dürfen sie einfach ins Treppenhaus eindringen? Ja, wenn Gefahr im Verzug ist oder sie einen Durchsuchungsbefehl in der Tasche haben. Ist aber nicht, haben sie nicht, denn sie kommen auch hier mit präventiver Absicht. Nicht dass eventuell dabei gewonnene Beweismittel für unzulässig erklärt würden, [redacted]!

Durch den Glaseinsatz der Eingangstür erkennen sie: Im Parterre arbeitet ein Langhaariger mit Zange und Phasenprüfer an einer elektrischen Leitung. Müller klopft an die Scheibe. Der Mann sieht ihn, steigt von der Bockleiter und öffnet die Tür. Kühle Luft strömt den Krikomitarbeitern entgegen.

«Ja?», fragt der Elektriker.

Müller präsentiert seinen Dienstausweis und will wissen, ob Sereina Fernandes zu Hause ist. Ist nicht vorauszusetzen, dass eine Zielperson an einem Werktag um 15:10 Uhr daheim ist. Leute arbeiten, studieren, erholen sich von der Nachtschicht, machen Kunst, besuchen den kranken Opa, hüten das Göttimeitli, spazieren, kaufen ein oder sitzen auswärts mit Freunden in einem Café mit WLAN. «Irgendwas ist immer» lautet die müllersche Drei-I-Regel. Das bezieht sich nicht immer auf Kriminelles.

Er wisse es nicht, sagt der Mann und ist so nett, ihnen mitzuteilen, dass Frau Fernandes, er sagt «Sereina», in der WG im ersten Stock wohnt. Dann wendet er sich wieder seiner Verkabelung zu.

Steintreppe → in den ersten Stock. Wohnungstür beklebt mit A4-Plakaten für Klima- und Frauendemo. Drinnen hämmert es. Gormann drückt auf die Klingel. Kein Ton. Muss wohl auch neu verkabelt werden. Also klopft Gormann, und weil er im gleichen Rhythmus klopft wie drin der Hammer, kann die Person oder können die drin hämmernden Personen sein Knockknockknock nicht hören. Plötzlich bricht das Hämmern ab. Gormanns zweites Zeigefingergelenk macht sich weiter rhythmisch an der Tür zu schaffen und endlich bemerkbar.

«Komm rein», ruft eine Frauenstimme. Das Hämmern setzt erneut ein.

Müller schiebt vorsichtig die Wohnungstür auf. Soll niemand vor Schreck einen Herzkasper kriegen, weil sie plötzlich einem zivilen Polizeitrio gegenübersteht. Das wäre krass unverhältnismässig, entgegen Art. 5 Abs. 2 BV.

«Guten Tag», ruft der Müller durch die halb geöffnete Tür in die Wohnung hinein, wo er vor lauter Renovationsmaterial (Bretter, Tapetenrollen, Farbeimer, Werkzeugkasten, Besen) keinen Menschen entdeckt. «Mein Name ist Müller, Kriminalkommissariat.»

Das Hämmern hört auf. Der Hammer wird plonk hingelegt. Aus der zweiten Zimmertür rechts kommt eine junge Frau. Sie trägt einen Handwerkerinnenoverall und die Haare kurz. Sie wirkt überrascht.

«Frau Fernandes?», fragt der Müller.

«Mhm», antwortet sie, das internationale Kurzwort für Ja.

Sind Sie, liebe Leserin, lieber Leser, erstaunt, dass der Kripo nicht gleich Schlötterlinge an den Kopf geworfen werden? Dass Müller, Gormann und Allmendinger hier nicht als «Büttel des Kapitals», «Helfershelfershelfer der Reaktion», «Faschisten» beschimpft werden?

Wundern Sie sich, liebe Leserin, lieber Leser, dass auch diese Gefährderansprache so zivil verläuft? Hätten Sie lieber «Bang bang, you're dead» (Adam Ant), «Fuck The Police» (N.W.A.), «Fuck The Cops» (Olifr M. Guz), «ACAB», numerisch «1312»?

Tut mir leid, damit kann ich nicht dienen. Der Kommissär, der Detektivkorporal und die Detektivin treten freundlich auf. In der Regel deeskaliert das gut.

Chillax. Das hier ist Routine.

Auch Sereina Fernandes verhält sich höflich, etwas abwartend zwar, bietet dem Trio keinen Kaffee oder Tee an, weil die Bialetti wohl irgendwo unten drunter und die Wohnung ohnehin in Renovation begriffen ist, die Stühle mit dem Werkzeugkasten, mit Holzleisten und anderem Material beladen. Also bleiben alle stehen.

«Sie renovieren?», fragt Valérie Allmendinger.

Fernandes erklärt, vor wenigen Tagen hätten sie vom Hausbesitzer einen Dreijahresvertrag erhalten. Abgebrochen werde das Haus vorerst nicht, deshalb lohne es sich, sich häuslich einzurichten. «Also sind Sie nicht hierhergekommen, um uns die baldige Räumung anzukündigen, nicht?»

«Ganz und gar nicht», bestätigt Allmendinger. Gormann mimt wieder den Stummen, der sich nur umsieht. Augenschein nennt sich das laut StPO Art. 193.

Der Müller lenkt das Gespräch auf die Überfälle auf Rinaldo Mayer, Melvin Wyss und Balz Ulrich und auf den Brandanschlag gegen Javier Pérez' Porsche. Weil Frau Fernandes bei der Fachgruppe 9 als Aktivistin einer Organisation bekannt ist, die mit dieser Art von Personen und Symbolen weltanschaulich quersteht.

«Das mit dem Porsche ist mir neu, aber von den Männern habe ich gelesen», gibt sie sofort zu, «Mayer und Ulrich treten ja ab und zu in den Medien auf und verbreiten ihre ... Ideen.»

«Diese Ideen ...», greift der Müller das Akkusativobjekt ihres Satzes auf, als spielte er in einem Quiz mit, bei dem das Gegenüber den Satz vervollständigen muss, je nach syntaktischer Lust als Subjekt oder wiederum als Akkusativobjekt.

«... sind nicht meine Ideen», tut ihm Frau Fernandes den Gefallen, «sozialdarwinistisch, libertär, egoistisch, unsozial, asozial. Dabei steht auch in der Bundesverfassung, ‹dass die Stärke –›»

«‹... des Volkes sich misst am Wohl der Schwachen›», präambuliert der Müller den Satz bis zum Ende. Eine seiner Lieblingspassagen aus diesem Text.

Sereina Fernandes blickt ihn irritiert, aber erfreut an. Mesdames et Messieurs: So schafft man ein gutes Gesprächsklima. (Verhörkursmodul 1).

«Haben Sie oder jemand aus Ihrem Bekanntenkreis Informationen zu diesen Vorfällen?», fragt Allmendinger.

Sereina Fernandes schaut sie an, denkt Nein und antwortet: «Nein. Und wenn ich welche hätte, würde ich sie Ihnen nicht verraten.»

Freundlich, aber klar. Klar, aber freundlich. Auch Frau Fernandes' Szene hat Korpsgeist.

«Es ist nicht unser Stil, Leute zu verprügeln oder jemanden in den Rhein zu werfen. Wir kämpfen einen politischen Kampf. Der richtet sich gegen Strukturen. Diese Personen sind austauschbar.»

Müller fällt das Bild der Hydra ein, der die abgeschlagenen Köpfe zack plopp nachwachsen.

«Und Pérez am Herrengrabenweg ... der Brandanschlag auf dieses Auto?», hakt Allmendinger nach.

Sereina Fernandes schüttelt den Kopf. «Ich sagte Ihnen doch gerade: Davon haben erst Sie mir erzählt. Darüber weiss ich nichts. Mit so was habe ich nichts zu tun.»

«Danke», schliesst der Müller das Gespräch ab, «wenn Sie etwas vernehmen sollten, das uns sachdienlich wäre, melden Sie sich bitte.»

Er reicht ihr seine Karte. Sie steckt sie unbesehen in ihre Hosentasche. Vermutlich wird sie sie mit dem Altpapier entsorgen.

Als sie die Wohnung verlassen, beginnt Frau Fernandes in ihrer Wohnung sogleich zu sägen, eines der Bretter im Flur höchstwahrscheinlich. Im Erdgeschoss schraubt der Langhaarige mit zufriedener Miene einen Elektroverteilkasten zu.

Dann macht uns doch noch einer die Freude, unsere Vorurteile und Klischees zu bestätigen. Ein blonder junger Mann in zerschundenen Springerstiefeln, Jeans und rotem RAF-T-Shirt, mit einer Gesichtsbehaarung, als hätte sich eine Mottenfamilie daran erfreut, kreuzt – vermutlich aus dem Keller kommend – den Weg von Müller, Gormann und Allmendinger. Er schaut sie böse an und knurrt: «Bullen. He, Bullen. Ihr seid hier nicht erwünscht.» Der Müller dreht sich um, fixiert ihn mit seinen graublauen Augen, die Raumtemperatur sinkt ins Frostige. Der Kommissär sagt: «Salü! Bis zum nächsten Mal.»

***

Hartnäckigkeit.

Die grosse Blonde und der kleine Muskelmann waren doch heute Morgen schon da, denkt sich Albert Schoch, als Wäckerlin und Dominguez um 15:07 Uhr erneut das Altersheim Hasenbrunnen betreten. Lassen die nie locker? Gefällt es denen bei uns so gut? Herrscht gerade Flaute bei der Kriminalität? Die Zivilpolizistin und ihr Kollege scheinen ihn nicht zu beachten, als er im Eingangsbereich Zeitungen bündelt und ordnungsgemäss verschnürt. Sie begeben sich zum Büro, bleiben eine Minute drin und kommen mit der Altersheimleiterin Frau Gätzi auf den Korridor zurück.

«Ah, da ist er ja», sagt der Muskulöse, als bemerkte er ihn jetzt erst. «Herr Schoch! Na, was gibt's Neues aus dem FCB-Trainingslager?»

Oberfreundlich, der Kerl, biedert sich an. Aber was interessiert mich das FCB-Trainingslager? Was für ein plumper Kontaktversuch! Meint der, ein bisschen lockersympathisch plaudern … und sofort verrät man alles, was man auf dem Kerbholz haben könnte? Haben die keine raffinierteren Methoden auf Lager, dort im Waaghof?

«Guten Tag», brummt Schoch, ergreift aber die Pranke nicht, die ihm der Polizist hinstreckt. Warten, sich gedulden und hören, was die wollen, denkt er. Die machen das schliesslich auch so.

«Melvin Wyss», sagt der Polizist.

«Guten Tag, Herr Wyss», sagt Albert Schoch.

«Nein, nein, Dominguez ist mein Name … und das ist meine Kollegin Wäckerlin, Kriminalpolizei Basel-Stadt. Wir haben uns doch schon kennengelernt.»

Der alte Mann scheint nicht sonderlich beeindruckt, geht es Freddie durch den Kopf. Vielleicht kapiert er wirklich nicht, was vor sich geht. Demenz und so. Der Senior macht weiter mit seinen Zeitungen, stapelt sie auf einem Stuhl säuberlich übereinander, misst dreieinhalb Zeitungslängen Schnur ab, schneidet durch, knüpft die Schnur quer, stellt das Bündel hochkant, zieht die Schnur drüber, kippt das Bündel, zurrt die Schnur fest, wendet das Papierpaket, führt die Schnur weiter über die Kante zur …

«Ein schönes Bündeli machen Sie da, Herr Schoch», sagt Dominguez. «Perfekt. Das können heute nicht mehr viele.»

Der Alte hat den letzten Knoten geknüpft, schneidet die überstehende Schnur ab und verknotet sie mit der Rolle. «Kann man noch brauchen», murmelt Albert Schoch und hält die Hanfschnurrolle mit dem darangeknüpften Schnurstück vor Freddie Dominguez' Gesicht. «Über die Jahre spart man viele Meter für … ja, unzählige weitere Zeitungsbündel.»

Die Alten, ja, die wissen noch, was Sparen heisst, denkt Freddie.

«Melvin Wyss», insistiert die grosse Blonde, wirft dem Muskulösen einen schrägen Blick zu. Sie zeigt dem alten Herrn ein Foto. «Der Mann mit dem dunkelgrünen Jaguar. Ein F-Type, falls Ihnen das etwas sagt. Jemand hat Herrn Wyss einen Sack über den Kopf gestülpt und den Mann in den Hasenbrunnen geworfen.»

Schoch stellt das Altpapierbündel auf den Boden, die Längsseite exakt parallel zur Wand, blickt Wäckerlin an und zuckt die Schultern. «Das interessiert mich nicht», sagt er bestimmt. Er hält Wäckerlins Law-and-Order-Augen stand und lächelt. Nach einigen Sekunden wünscht sie ihm einen schönen Tag, nickt Freddie zu und verabschiedet sich von der Altersheimleiterin.

«Ein harmloser Greis», sagt Dominguez zur Kollegin, als sie in der Feierabendstrasse in den Zivilwagen steigen. «Schöne Zeitungsbündel macht er», ergänzt er.

«Andere Welten als das Chaos, das die Leute heutzutage an Abfuhrtagen vor die Häuser schmeissen. Da herrscht noch Ordnung», fügt Wäckerlin an.

***

Im Windschatten der Ermittlungen.

Der Himmel über Basel gleichmässig grau getüncht. Bise aus Nordnordost. -2 °C. 4053 Gundeldingen – Spielplatz zwischen Güter-, Bärschwiler- und Liesbergerstrasse und Baumgartenweg: Ein Mann Mitte vierzig, schwarze Windjacke, wartet unter den Bäumen auf eine Frau, die ihm ihr Bargeld überreichen soll. «Weil es in den letzten Tagen in Ihrem Quartier eine Einbruchserie gegeben hat, sodass Ihr Geld im Haus nicht mehr sicher ist, nehmen wir es in Verwahrung.» Das hat er ihr am Telefon versprochen. Tatsächlich steuert eine ältere Frau auf den Mann zu – Erkennungszeichen: schwarzer Schirm mit weisser Aufschrift «ok.-». Sie fixiert ihn, er sie. Er lächelt ihr zu, bemüht, bürgerfreundlich auszusehen, geht auf die Frau zu, die weisungsgemäss eine Plastiktüte – ihr Erkennungszeichen – trägt. Sie wirkt erleichtert, dass ihr Geld in den Händen dieses Zivilpolizisten sicher ist vor den Verbrecherbanden, den organisierten, himmeltraurigen, die überall lauern.

Sieben, sechs, fünf, vier Meter … wie zwei Magneten nähern sich die beiden einander. Da FLASH geht's blitzschnell. Fünf Menschen rennen hinzu, flankieren grrrrr wie eine Eskorte die ältere Frau mit der Plastiktüte.

Und? Was machen sie?

Sie lachen.

Sie lachen und lachen und lachen.

Hahahahahahahaha! Hahahahahahaha!

Sie lachen den Kriminellen aus, der dem angerufenen Opfer Glauben geschenkt hat, als dieses vorgab, ihm zu glauben, als er behauptete, er sei ein Polizist und rufe präventiv an, um ihr Geld in Sicherheit zu …

Hahahahaha! Haha! Sie lachen ihn aus. Einer der Lachenden erleidet dabei aaaahua eine akute Zwerchfellzerrung und muss deswegen zum Hausarzt. Dort gibt er an, ein Kollege habe «beim Jassen» einen so extrem lustigen Witz erzählt, dass er sich nicht mehr einkriegte … «beim Jassen», das stellt niemand in Frage, weil alle denken, dass man in einem gewissen Alter gerne jasst, weil man sowieso nichts Gescheiteres zu tun hat.*

Einem Berufskollegen des falschen Polizisten von Gundeldingen wird etwa zur selben Zeit bei der Pruntrutermatte (Seite Hans-Huber-Strasse) mit einem Stecken eins über die Nuss gezogen.

Im Baumarkt am Dreispitz bekommt ein 31-jähriger Mann, der sich in der Schlange vor der Kasse an mehreren Anstehenden vorbeidrücken will, von einer dieser Personen einen Einkaufswagen in die Weichteile gerammt. Die Filialleiterin und zwei Mitarbeiter trennen die Streitenden und dämpfen den Beifall, den der Bediener des Rammbocks erntet.

---

* Der Witz ging übrigens so: «Was fragt der Ohrenarzt, wenn's an der Praxistür klingelt?» – «??? … ???» – «Hä?»

All diese Ereignisse werden nicht aktenkundig, weil sie nicht der Polizei gemeldet werden.

Aus den Reifen eines Wagens der oberen Preisklasse, der in der Henric-Petri-Strasse parkiert ist, entweicht sämtliche Luffffffft. Grund für die innert weniger Sekunden entstandene undichte Stelle aller vier fabrikneuen Radialreifen ist die punktuelle Einwirkung eines spitzen Schneidewerkzeugs. Dieser Vorfall dagegen taucht in den polizeilichen Aufzeichnungen auf, weil der Autobesitzer eine Bescheinigung für den Schadensrapport an seine Versicherung benötigt.

Albi Gröflin (56), Inhaber eines Labors für Dentalprothesen in Allschwil und Mitglied des Landrats des Kantons Basel-Landschaft, wird beim Einkaufen im 1. UG in der Lebensmittelabteilung des Warenhauses Ecke Greifengasse/Utengasse von hinten scharf gepikst, genau in dem Moment, als er vor dem Regal die Weine studiert. Der Ischias kann's nicht sein, weil dessen Kapriolen kennt er. Dass es eine Stricknadel war, die seinen Gluteus medius angestochen hat, darauf kommt er nicht. Wer dächte auch an so was? Der unerwartete Schmerz verblüfft ihn. Albi Gröflins Gehirn war vollumfänglich durch seine Einkäufe beansprucht; den Einkaufszettel in der linken Hand, die rechte zog den Plastikkorb hinter ihm her. Er war voll auf das Angebot konzentriert. Da ist der Homo sapiens überfordert, wenn sich, wie einst der Säbelzahntiger dem Homo neanderthalensis, eine zusätzliche Gefahr in die Palette der Reize drängt, die ihm die Warenwelt offeriert. «Aua!», hat Gröflin geknurrt, den Einkaufszettel aus der Hand flattern lassen, der Korb auf Rollen stand schon auf den Keramikplatten. «Was unten liegt, kann nicht tiefer fallen.» (Arcimboldo de Motoguzzis recht freie Adaptation von Psalm 139).

Im Eingangsbereich des Mietshauses im Wettsteinquartier, wo der jungliberale Nachwuchspolitiker Sebastian Giovanoli (19) bei seinen Eltern wohnt, liegen frühmorgens Müllsäcke, die nach Fisch stinken. Die Täterschaft dürfte gleich nach der Zeitungsverträgerin in die Liegenschaft eingedrungen sein. Sebastian Giovanoli sagen manche eine steile politische Karriere voraus, hoch to the top, weil er nonstop voll «Push It To The Limit» (Moroder/Bellotte) macht. Profiliert hat er sich bereits, mit Aussagen, von denen sich distanzieren zu müssen sich selbst die Mutterpartei bemüssigt gefühlt hat. Basel ist nicht nur recht linksgrün, sondern beinahe immer auch liberal. Giovanoli reicht Strafanzeige wegen Sachbeschädigung und Hausfriedensbruchs ein und versucht, einen Medienwirbel zu veranstalten. Abgesehen von den Gratisblättern interessiert das niemanden. Die Fälle Rinaldo Mayer, Melvin Wyss und Balz Ulrich geben mehr her, weil es Angriffe auf die körperliche Integrität sind. Wer möchte schon bewusstlos im Grünstreifen beim Bundesplatz liegen, wer in den Hasenbrunnen getaucht, wer in den Rhein geworfen werden? Auch Javier Pérez' gebrandschatzter Top-Porsche geht mehr ans Herz als der Verleihnixfisch, weil stellen Sie sich vor: Geleast könnte der SUV auch Ihnen gehören. Das, meine Damen und Herren, sind Themen, nicht aber … so ein bisschen stinkende Dorschskelette und Fischhäute.

***

Lagebeurteilung.

Wir können zufrieden sein. Zwar nehmen die Medien nur einen Bruchteil unserer Aktivitäten wahr. Aber sie nehmen sie zur Kenntnis. Wir stören. Obwohl die Journalistinnen und Journalisten oft falsche Zusammenhänge herleiten. Klar, nur die spektakulärsten Aktionen machen Schlagzeilen. Vieles schlüpft unter dem Radar durch. Müssen wir die Intensität erhöhen? Mehr Personen angreifen? Oder sollen wir uns eine Weile zurückhalten und die bisherigen Aktionen wirken lassen? Erfreulich ist, dass wir Nachahmer finden. Offensichtlich lassen sich andere Leute inspirieren. «Taten sprechen lauter als Worte.» (Jimmy Cliff). Wir treffen einen Nerv. Der Zeitgeist arbeitet für uns. Die Lethargie und der Fatalismus schwinden.

Immer mehr Menschen nehmen ihr Schicksal in die Hand. Ja, wie sollen wir vorgehen? Weiter mit Volldampf oder eine Pause einlegen, um uns zu sammeln? Objektiv betrachtet, müssen wir uns schonen. Die Kräfte sind begrenzt. Etwas zu bewirken ist eine Ochserei.

Die Gesellschaft ist ein Kompromiss unterschiedlicher Bedürfnisse und Erwartungen. Es geht nicht darum, Maximalforderungen und Privatinteressen zu verwirklichen. Das ist auch nicht unser Ziel.

Den Harmlosen zu spielen ist eine wirksame Masche. Den Naiven, Gutmütigen, leicht Verlangsamten, der lächelt und nicht ganz alles versteht, obwohl er sich redlich bemüht. Das wirkt glaubwürdig.

***

Lagebeurteilung.

Waaghof, Einzelbüro. 20:02 Uhr. Der Müller hat sich trotz Uhrzeit und Schlafstörungsgefahr am Automaten im Korridor einen Kaffee geholt. Falls ich das noch nicht erwähnt habe: Er trinkt ihn schwarz und ohne Zucker, damit er auf der Zunge das Kaffeearoma schmeckt. Er telefoniert mit Gülay, die vor wenigen Minuten von einem IT-Weiterbildungskurs nach Hause gekommen ist und mit den Kindern am Küchentisch sitzt. Danach nimmt er einen Schluck aus dem Pappbecher, lehnt sich auf seinem Bürosessel zurück, die Ellbogen auf den Armlehnen, die Hände vor der Brust zu einem gleichschenkligen Dreieck geformt, dessen Basis die beiden Daumen bilden. In dieser Handposition fliesst die Energie besser, das hat sich der Müller u-bewusst bei Angela Merkel abgeschaut. Er blickt durchs Fenster in die trübe Nacht hinaus und beobachtet die Lichtreflexe der Autos auf der Binningerstrasse. Die Dunkelheit hat den Hochnebel «verschluckt», als hätte die Finsternis Wasser nötig. Unsinnige Phraseologie. Die graue Wirklichkeit hat sich in der Schwärze aufgelöst. Metapher? Menetekel? Omen?

Ein himmlisches Bähbähbäh, das die Kriminalpolizei verhöhnt? Kommissär Müller Benedikt streicht sich mit der rechten Hand über seine Fünfmillimeterhaare. Im Schein der Strassenbeleuchtung sieht er das alte Gaswerk vis-à-vis, dahinter erahnt er die neu gestaltete Uferpromenade, die Wohnungen gegenüber und das Bett, in dem der Birsig fliesst.

Müller Benedikt führt den Kaffeebecher erneut an die Lippen, nippt am Geschmack Kolumbiens, legt die Stirn in Falten. Das Stromsparlicht der Schreibtischlampe reflektiert auf seiner Kopfhaut. So ausgedünnt ist die Haarpracht des Kommissärs. Es kümmert ihn nicht. Er denkt nach, um die Ermittlungen in Sachen Mayer, Wyss und Ulrich zu fokussieren.

c) Ulrich: Ein politisches Motiv? Ein wirtschaftsfeindliches? Vielleicht wird der Student, der der Polizei am Freitagnachmittag die zwei Studienkollegen zeigen will, den Durchbruch bringen.

b) Wyss: Unternehmerfeindlichkeit als Motiv? Das würde ins Weltbild gewisser Kreise passen und könnte so mit dem Fall Ulrich zusammenhängen.

a) Mayer: Unternehmerfeindlichkeit auch hier? Oder Hass auf die politische Gesinnung des ULP-Grossrats und CEO von BMetrix? Oder liegt die Ursache für die Attacke auf Rinaldo Mayer doch in Feindschaften innerhalb der Ultraliberalen Partei begründet? Zvetkovic scheidet wegen seines Alibis als Täter aus. Wie steht es indes mit Sebastian J. Spoerri, mbA, der den Müller auf ein Zerwürfnis zwischen Mayer und Zvetkovic qua amore hinweisen wollte? Ist Spoerri über Mayer hergefallen, um den Vorfall dem ULP-Vorstandskollegen Zvetkovic in die Schuhe zu schieben?

Hängen diese Ereignisse a + b + c überhaupt zusammen? Ist dieselbe Täterschaft dafür verantwortlich? Oder haben geschäftliche Hintergründe zu den Körperverletzungen oder versuchten Tötungen geführt?

Müller Benedikt skizziert ein Mengenlehrediagramm mit Überschneidungen und Alleinstellungsmerkmalen. Er ist müde. Er erinnert sich nicht mehr, wie die unterschiedlichen Mengen im Diagramm mathematisch heissen. Auf dem Blatt, das er vollzeichnet, stehen einfach zu viele Fragezeichen. Er betrachtet die letzten drei Millimeter Kaffee, die der Becher enthält. Sogar einige Körnchen Kaffeesatz kann er erkennen. Von Kolumbien übers Meer in den Kaffeeautomaten im Waaghof und in Müllers Becher. Was für ein Weg, was für ein Schicksal. Er kippt den Rest des Kaffees hinunter. Natürlich kalt. Es schaudert ihn.

20:32 Uhr. Er reisst sich zusammen.

Folgende drei Ermittlungshypothesen muss er weiterverfolgen:

1. Eine linksextreme oder anarchistische Täterschaft.
2. Alle drei Opfer sind geschäftlich erfolgreiche Männer. Ist eine feministische Täterschaft denkbar?
3. Ist der Täter Sebastian J. Spoerri, Vorstandsmitglied mbA der Ultraliberalen Partei? Ihm würde eine Intrige zwischen Mayer und Zvetkovic nützen.
4. Handelt es sich um kriminelle Handlungen durch Personen, die sich aus psychischer Disposition daran erfreuen, Gewaltneigungen auszuleben?
5. Wurden die drei Taten unabhängig voneinander begangen? Obwohl geschäftliche Gründe ein gemeinsames Motiv zu sein scheinen. 5.1. Korruption und Schmiergelder im Frachtgeschäft (Melvin Wyss)? 5.2. Geldwäscherei oder andere dubiose Transaktionen in der Grossbank, in der Balz Ulrich arbeitet? 5.3. Werkspionage oder Finanzierungsschwierigkeiten in Rinaldo Mayers Firma?

Das sind, hm, fünf Ermittlungsansätze, nicht drei, wie ich gehofft habe, der Müller sicher auch. Was heisst das? Die Lage ist ernst. Wie will er all die Ermittlungsansätze mit seinem heruntergesparten Team gewissenhaft von Alpha bis Omega ausleuchten? Müller spürt den Berg, der vor ihm liegt, an seiner Nackenverspannung. Er hebt mechanisch den Kaffeebecher zum Mund, bekommt aber nur noch einen Schluck Waaghofluft ab. 20:41 Uhr. «Sie müssen Prioritäten setzen, Müller, Prioritäten», hört er in seinem inneren Ohr die Stimme des Ersten Staatsanwalts Daniel Stickelberger. «Wir brauchen Erfolge.» Er schnaubt, er schnauft, er atmet ein und ein, ähm, aus und ein und aus.

Die Lösung? Wird sie ihm im Schlaf zufallen?

Er knipst die Schreibtischlampe aus, erhebt sich, zieht die dunkelblaue Windjacke an, fährt den Computer herunter*, geht zur Bürotür, schaltet das Licht aus. Blick auf die Uhr: 21:06 Uhr. Augenlider so schwer wie ein voll beladener Truck. Sein Ziel jetzt: Kleinbasel, Hammerstrasse. Mit Gülay einen Tee trinken und einige Sätze wechseln, damit er wieder ein Mensch ist. Und schlafen, einfach nur schlafen.

* Woher fährt der Computer übrigens wohin, wenn er «herunterfährt»?

FÜNFZEHN

Frühsport.

Mittwoch, 17. Januar, 06:15 Uhr. Keine meteorologischen Innovationen gegenüber dem Vortag. Müllerpunktestand gegenwärtig: 85 Charisma (gegenüber letzter Messung: -3), 80 Gelassenheit (-10), 90 Nachdenklichkeit (+15), 37 Fitness (+13). Leise rausschleichen, doch das Parkett von Gülays Wohnung knarrt unter den Schuhen. Hat er doch mittlerweile tatsächlich nicht nur einen Rasierer, eine Zahnbürste, den Duft und Alltagskleider, sondern auch eine Laufgarnitur an der Hammerstrasse deponiert. Gülay hat ihm zwei Regale in ihrem Schrank frei geräumt. Die Laufschuhe hat er in den Schuhschrank im Eingangsbereich geräumt. Fühlt sich allmählich recht gefestigt an, was Gülay und der Müller im Alltag leben.

Trotz des Parkettächzens hat er niemanden geweckt. Gülay, Céline und Murat wird der Wecker erst in einer halben Stunde in die Mühle des Tages rufen. Müller wird die Kinder noch verabschieden können, bevor sie zur Schule gehen. Gülay und er werden gemeinsam mit dem 6er vom Claraplatz aus in den Waaghof fahren.

Die zwei Stockwerke → hinunter. Haustür. Draussen kalte Luft, immerhin trocken. Dunkel. Die Hammerstrasse raus in Richtung … wie heisst die Tramhaltestelle … dort, wo das Tram gerade von der 1 zur 14 mutiert ist?

Der Verkehr fliesst schon, aber noch spärlich. Die hellen Front- und roten Hecklichter gefallen dem Müller. Seine Aufmerksamkeit gilt allerdings dem Trottoir: den Hundekegeln und von Mardern und Krähen aufgeschlitzten Bebbisäcken. Nicht in Scherben treten oder über die elektrischen Trottinetts fallen, die im öffentlichen Raum kreuz und quer abgestellt sind. Das sind die Hürden auf Müllers Laufstrecke.

Müller rennt das Matthäusquartier ab. Strassennamen will ich nicht aufzählen, nur so viel: Gern zieht es ihn durch die

Feldbergstrasse → Johanniterbrücke. Er mag den Rhein, den Widerschein der Lichter der Stadt auf den Wellen. Im Sommer ist selbst zu dieser Uhrzeit manchmal ein Frachtschiff unterwegs, ein Öltanker oder eines mit Kies oder Getreide. Das Wichtigste am Rennen ist jedoch nicht das Sichtbare, sondern das, was im Körper vor sich geht: der Kreislauf angekurbelt, der Puls beschleunigt, das Atmen tiefer, die Wärme, die die Muskeln erzeugen, die Faserstränge, die sich lockern und entkrampfen, der Geist, der zu schweifen beginnt. Kaum in Worten fassbare Gedanken kommen hoch, unkontrolliert, frei, manchmal in einem Schwall. Durch den regelmässigen Tritt festigen sie sich allmählich und finden eine Ordnung. Nicht selten hat der Müller nach dem Lauf brauchbare Ideen formuliert.

Sogar rote Apfelbäckchen bekommt er beim Rennen an der Kaltluft. Das fällt Gülay auf, als er um 07:03 Uhr zurück in der Wohnung ist. Sie küsst die Wangen ihres Kommissärs, zuerst die linke, dann die rechte, sagt «uuuh», weil sie kalt sind, und der dritte Kuss gilt seinem Mund.

Er setzt sich zum Frühstück zu Gülay, Céline und Murat an den Tisch, streicht sich ein Honigbrot, trinkt einen Kaffee und hört der Verschlafenheit zu. Warum erzähle ich das? Um zu zeigen, dass die Polizei ein Mensch ist wie Sie und ich. In dieser Küche ist das Team Blau gleich doppelt vertreten. Diese Polizeimenschen haben zwei Kinder respektive einen zurückweichenden Haaransatz, eine kleine Zahnlücke rechts oben zwischen Schneide- und Eckzahn, schwarze Haare beziehungsweise einen leichten Hang zur Bauchbildung und beiderseits ein geistiges und kulturelles Interesse, das wegen der Arbeit zu kurz kommt, auch wegen der Kinder, die sie für einen Kinofilm oder eine Theatervorstellung abends nicht sich selbst überlassen wollen. Wegen ♥ Liebe. Schön wäre, wenn jetzt ein dienstfreies Wochenende ohne Bereitschaft wäre. Das denkt Müller, das denkt Gülay, das denken die Kinder. Aber es ist Mittwoch.

Also fertig Häuslichkeit und Nestwärme: Céline und Murat ab in die Schule (Bläsi respektive Theobald-Baerwart), Gülay und Müller zu Fuss durch den Januarmorgen die Hammerstrasse lang.

Ein Streifenwagen mit Blaulicht und Cis-gis-cis-gis braust vorbei.

«Hörst du, Beni?»

«Was?»

«Sie spielen unser Lied.»

Zum Claraplatz, in den 6er über den Rhein ins Grossbasel → Heuwaage. Hoch und rüber zum Waaghof. Vor der Personenvereinzelungsanlage zwei, drei nette Worte und Kuss. «Abschied ist ein scharfes Schwert» (Roger Whittaker).

07:40 Uhr, Sitzungszimmer S 207, Kunstlicht natürlich. Ausser dem Müller sitzen nach Dienstgrad geordnet da: Markus Gormann, Romina Wäckerlin, Freddie Dominguez, Valérie Allmendinger, Aspirantin Amber Odermatt, Aspirant Vlado Vakulic.

Der Kommissär skizziert die Ermittlungsansätze, über die er gestern Abend und während des Laufens am frühen Morgen nachgedacht hat.

«Aufgrund der Opferprofile – erfolgreich, männlich, politische Haltung, Unternehmer und Politiker – lässt sich an eine linksextreme oder anarchistische Täterschaft denken. Auch der Farb- und Müllanschlag aufs Haus des ULP-Mediensprechers und Pharma-Kadermanns Loacker passt in dieses Muster. Diese Hypothese verfolgen Markus, Valérie und ich weiter.»

Er blickt die Betreffenden an.

«Aufgrund des Merkmals ‹gender›», fährt Müller fort und ignoriert absichtlich das Zucken, das er in den Gesichtern von Wäckerlin und Dominguez hat aufblitzen sehen, «könnten wir ausserdem eine feministische Täterschaft in Betracht ziehen –»

«Ha! Das wär ja was», platzt es aus Freddie heraus, «wollen die auch kriminell werden wie die Männer?»

«… aber daran glaube ich nicht. Dafür gibt es meines Wissens keine Präzedenzfälle», schliesst der Kommissär diese Vermutung ab. «Bei den Angriffen auf Mayer, Wyss und Ulrich könnte es sich um ‹normale›, zufällige kriminelle Taten handeln, ausgeführt von Personen, die Spass an Gewalt haben.»

«Normale Kriminalität, also, äh …», schnaubt Freddie Dominguez und macht «pfff».

Valérie Allmendinger und Markus Gormann schauen sehr skeptisch und schütteln den Kopf.

«Das ist auch meine Ansicht», nimmt der Müller die Intuition der beiden auf, «das wären zu viele Zufälle: drei Männer mit ähnlichem Profil *zufällig* innert weniger Tage attackiert … Diese Möglichkeit lassen wir für den Moment auch fallen.»

Er trinkt einen Schluck Kaffee.

«Sebastian J. Spoerri, das Vorstandsmitglied mbA der Ultraliberalen Partei, der uns auf den ‹Bizarre Love Triangle› …» (die Anspielung auf den New-Order-Song versteht nur Gormann) «… hingewiesen hat, vermutlich, um sich zu profilieren und Mayer und Zvetkovic parteiintern auszustechen … der könnte Rinaldo Mayer angegriffen haben … und vielleicht auch, es klingt zwar absurd, Balz Ulrich von der Konkurrenzpartei.»

Nach diesen Hypothesen sind die Mienen der Müllerequipe länger und leerer geworden. Meint er das ernst? Hält er die Basler Lokalpolitik für «House of Cards», für Dantes «Inferno»?

Müller spürt die Zweifel und teilt sie offenbar. «Es geht auch darum, mögliche Täter auszuschliessen … Valérie, überprüfst du, ob Spoerri für die Tatzeitpunkte ein Alibi hat?»

08:12 Uhr: Sonnenaufgang. Halligalli! Der Himmel zeigt sich blau. Blau!

«In Ordnung», quittiert Allmendinger.

«Amber und Vlado», wendet er sich an die Aspis, «ihr wertet weiter aus, was an Anrufen und Mails auf den Zeugenaufruf hereingekommen ist.»

Odermatt und Vakulic stöhnen nicht, obwohl sie bereits so weit Polizeileute geworden sind, dass sie wissen: Die Rückmeldungen aus der Bevölkerung sind ein steinernes Meer, eine Sandwüste, ein mare desolationis auf der dunklen Seite des Mondes.

«Das Motiv der drei Taten könnte sich auch aus geschäftlichen Verwicklungen ergeben haben, die nichts miteinander zu tun haben.» Er skizziert die Gedanken, die er am Vorabend hatte. «Aber auch das sieht mir nach zu viel Zufall aus, ich halte es eher für unwahrscheinlich. Dennoch frage ich bei der Wirtschaftskriminalität nach. Vielleicht sind die BMetrix, Wyss Logistics und die Bank, für die Ulrich arbeitet, auf deren Radar aufgetaucht.»

Immerhin etwas, das wir nicht im Alleingang bewältigen müssen, denkt der Müller.

«Bei allem müssen wir immer verhältnismässig vorgehen», fügt er hinzu. «Wir haben es zwar mit drei Fällen von Körperverletzung oder gar versuchter vorsätzlicher Tötung zu tun. Doch zum Glück ist niemand ernsthaft zu Schaden gekommen. Die Sachbeschädigung an Loackers Haus ist einfach nur ärgerlich ... Ach ja, der ausgebrannte Porsche von Pérez ... den dürfen wir ebenfalls nicht vergessen.»

Dass ihm Oberchef Stickelberger im Nacken sitzt, weil Politiker und Unternehmer das Ziel dieser Vorfälle waren und das in den Medien und in jenen Kreisen viel Staub aufwirbelt, sagt er nicht. Er denkt es nur bei sich, weil er im Dienst keine politischen Diskussionen will. Eine seiner Aufgaben als Kommissär ist es, seine Equipe von den Ränkespielen und dem Druck der höheren Etagen abzuschirmen.

Polizeiarbeit statt Politik. Das ist ihre Aufgabe.

«Und ich hoffe auch, dass die Befragung der beiden Studenten am Freitag etwas bringt ... übermorgen», fügt er hinzu. Dann blickt er in die Runde. Allen scheint klar, was sie heute zu tun haben. Fast allen.

«Und ich?», meldet sich Freddie Dominguez. «Welchen Auftrag hast du für mich?» Hat der Müller glatt Dominguez und Wäckerlin vergessen?

«Freddie? Du vergleichst die Berichte zu den Enkeltrickvorfällen ... Romina, Jonovic von der IT und Cybercrime hat Arbeit für dich.»

Dentalintervention und weitere Ermittlungen.

Am schnellsten erfüllt Valérie Allmendinger ihren Auftrag. Sebastian J. Spoerri mbA etc. pp. hat zwei Alibis, die der Überprüfung standhalten: a) Als Rinaldo Mayer am Freitag, 5. Januar, ungefähr um 17:30 Uhr am Bundesplatz niedergestreckt wurde, lag er mit offenem Mund auf dem Behandlungssessel bei Dr. med. dent. Ursula Geiger am Steinenring → Wurzelbehandlung. Die Zahnarztpraxis bestätigt, dass Spoerri diesen Termin wahrgenommen hat. Erst gegen 18:30 Uhr habe er die Räumlichkeiten verlassen. b) Zum Zeitpunkt, als Melvin Wyss in den Hasenbrunnen getaucht wurde, am Dienstagmorgen, 9. Januar, gegen 07:30 Uhr, referierte Spoerri bereits als Keynote-Speaker an einem Meeting als Chief Agile People Coach in Bern über «Innovation und Eigenverantwortung anhand der Skills eines Scrum Masters». Drei Teilnehmer dieser Besprechung, die Allmendinger kontaktiert, sagen übereinstimmend aus, dass dieses Referat tatsächlich stattgefunden hat.

Amber Odermatt und Vlado Vakulic, die Aspis, sichten den ganzen Morgen lang die Notizen der Rückmeldungen aus der Bevölkerung. Notiert sind auch einige anonyme Anruferinnen und Anrufer, die «die Aktionen» befürworten, ohne zu präzisieren, welche Vorfälle sie meinen. Odermatt und Vakulic rufen mehrere Personen zurück, die angaben, «die Autonomen» und «die Linksextremen» gesehen zu haben, die «auf dem Weg waren», ihre Überfälle zu verüben. Nachfragen setzen jedoch Adverbien wie «vermutlich» und «angeblich» frei plus etliche Ähs und Hms und Ächem-äh-hms und Nun-jas und Also-ähs, weil die Zeiten und Örtlichkeiten nicht exakt oder föllig valsch sind. Die Aspis notieren hinter solchen Aussagen «wenig glaubwürdig», «eher unwahrscheinlich» und «wirr». Ein Mann, der sich auf den Zeugenaufruf hin gemeldet hat, ergeht sich bei Odermatts Rückruf in einer Tirade über Bill Gates, die 5G-Antennen, George Soros und den internationalen Finanzbolschewismus, der «von einer Stelle, Sie wissen schon, gesteuert wird». Diese giftige Mischung sei für die Attacken verantwortlich. Odermatt fragt nach, welches denn diese «alles steuernde Stelle» sei, was der Herr mit «das darf man heutzutage nicht mehr sagen, sonst bekommt man Probleme, die sind überall» beantwortet. Worauf ihn Aspirantin Odermatt auf Art. 261bis StGB hinweist, den Antirassismusartikel, sollte er solche Gedanken öffentlich äussern. Die Zahl 261bis löst in diesem wachsamen Bürger ein Schnauben aus, ein Grochsen, ein Knurren, und Amber Odermatt nutzt die Gelegenheit, um sich zu bedanken und das Gespräch abzubrechen.

Kurz: Odermatt und Vakulic gewinnen trotz Stunden von Telefonnotizen und Anrufen keine neuen Erkenntnisse.

Ja, im Gemeinschaftsbüro im dritten Stock des Waaghofs steppt der Basilisk. Freddie Dominguez geht telefonisch der Geschichte mit dem falschen Polizisten in der Breite noch einmal nach. Das Geld im Haus, das «in akuter Gefahr schwebt» (so spricht kein Mensch, sondern nur die redigierte Zeugenaussage im Protokoll), weil sich die Einbrüche im Quartier gehäuft hätten. Der Hund, der den Geldabholer in die Wade gebissen hat, als er im Abfalleimer nach den Banknoten wühlte. Die wehrhaften Opfer, die den Spiess umgedreht haben. Im System liest er die Namen des Ehepaars, das den Hinterhalt eingefädelt und die bevorstehende «Übergabe» der 117 gemeldet hat: Elsbeth und René Schnieper aus der Ramsteinerstrasse. Freddie bewundert die Tatkraft dieser Bürger. Ob der Gegenangriff der Eheleute Schnieper unter rechtfertigende Notwehr gemäss Art. 15 StGB fällt, ob dabei Art. 17 (rechtfertigender Notstand) oder Art. 18 (entschuldbarer Notstand) vorliegt, damit beschäftigt sich Dominguez nicht. Darüber haben Juristen zu befinden.

Freddie vergleicht den Vorfall aus der Breite mit anderen Enkeltrick-Meldungen. In den letzten Wochen sind doch etliche vergleichbare Betrugsversuche schiefgegangen, stellt er fest. Schiefgegangen aus Sicht der Kriminellen. Als er die Datenbanken abfragt, stösst er auch auf den Verletzten vom Benkenpark, Helmut Rösler. Dann der Fall mit dem Stock, der auf den Schädel des falschen Polizisten von der Pruntrutermatte niedersauste. An der Liesbergerstrasse im Gundeli wurde der

Täter sogar von einer Meute Menschen ausgetrickst. Als Polizeimann denkst du an das Wort Dunkelziffer. Denn vielleicht gibt es noch mehr solcher Vorkommnisse, die nicht angezeigt worden sind, noch viel mehr.

Was schliesst Freddie Dominguez aus den Einträgen im internen Informationssystem? Dass es Teile der Bevölkerung nicht mehr schlucken, von Kriminellen mit vollweichen Märchen zugetextet und über den Tisch gezogen zu werden. Wer arbeitet, soll die Früchte seiner Mühen ernten. Wer sich wie ein Vampir daran gütlich tun will, gehört ... nun ja, Fitnessfreddie hat da eine klare Meinung. Diese Erkenntnisse, diese Denkarbeit haben ihn hungrig gemacht. Er holt drei Proteinriegel aus seinem Spind. Wenn er so weitermacht, legt sich seine Leber bald auf den Rücken und streckt alle viere von sich.

Romina Wäckerlin durchforstet mit Mladen Jonovic von Cybercrime und [redacted] von der Fachgruppe 9 Interneteinträge von Autonomen und Linksradikalen, Blogs von Einzelpersonen und nicht klar umrissenen Gruppierungen und Aktionsgemeinschaften. Dass die Polizei dort pauschal als Repressionsinstrument mit rechten Tendenzen verstanden wird, interessiert die Kriminalpolizistin, den IT-Crack und den Staatsschützer in diesem Moment nicht. Viel eher fällt ihnen das antikapitalistische Vokabular auf, das allerdings, nun ja, nicht immer leicht verständlich ist, gell, Rudi Dutschke: «Wenn wir es schaffen, den Transformationsprozess – einen langwierigen Prozess – als Prozess der Bewusstwerdung der an der Bewegung Beteiligten zu strukturieren, werden die bewusstseinsmässigen Voraussetzungen geschaffen, die es verunmöglichen, dass die Eliten uns manipulieren.»*

Haben die zu viel Lack gesoffen, denkt sich Wäckerlin, formuliert das aber um: «Mladen, verstehst du, was das bedeutet?» Der Kollege zuckt nur mit den Schultern und verzieht das Gesicht, während [redacted], der Staatsschützer, wissend lächelt. «Und du?», fragt ihn Wäckerlin. Doch auch er schüttelt den Kopf,

* ARD-Sendung vom 3. Dezember 1967, zitiert nach dem Protokoll des RBB.

obwohl er promovierter Linguist ist und diese Fähigkeiten tagtäglich in den Dienst des demokratischen Staats stellt. «‹Völker, hört die Signale, auf zum letzten Gefecht› oder ‹Hoch die internationale Solidarität›, das hat man wenigstens noch kapiert», sagt Wäckerlin, «aber dieses … Geschwurbel …» Fortuna dreht ihr Rad, die Ermittlerin und ihre Kollegen scrollen mit dem Rad der Maus unzählige Einträge ab, die Uhr verrichtet ihre Tätigkeit, wir gleiten ergebnislos in die Zukunft.

Gleichzeitig prüft Jessica Panzeris Abteilung Wirtschaftskriminalität, zu der auch Gülay Sermeter gehört, ob eine Voruntersuchung einzuleiten wäre wegen möglicher Steuervergehen von Rinaldo Mayers BMetrix, von Wyss Logistics und der Grossbank, in der Balz Ulrich arbeitet. Wie es der Natur der Sache entspricht, ist das äusserst kompliziert und taktisch heikel. Mit vagen Verdachtsmomenten ein Vorverfahren anzustreben ist rechtlich unhaltbar, das weiss Panzeri. Ergebnisse ergeben sich möglicherweise, wenn ein Insider auspackt und Beweismaterial liefert. Oder wenn bei einer Hausdurchsuchung, für deren Anordnung mehr als die leiderleiderleider und [redacted] schwammigen Verdachtsmomente notwendig sind, Speichermedien sichergestellt werden, die die Abteilung Wirtschaftskriminalität auswerten kann. Oder wenn man gemäss Art. 270bis StPO einen Trojaner einschleust, mit dessen Hilfe sich die Kommunikation der Zielperson überwachen und auswerten lässt. Einen auskunftswilligen Insider hat das Kriminalkommissariat aber nicht aufspüren können, vielleicht, weil es gar nichts auszuplaudern gibt? Immer gilt die Unschuldsvermutung nach Art. 10 StPO. Es gilt immer die Unschuldsvermutung nach Art. 10 StPO. Die Unschuldsvermutung nach Art. 10 StPO gilt immer. Ausserdem: Verhältnismässigkeit beim Aufwand polizeilicher Ressourcen … Du kannst nicht wie im Fernsehfilm eine fünfzigköpfige Soko auf einen Fall ansetzen, bei dem du keinen Durchblick hast, und nach neunzig Minuten ist die Chose in trockenen Tüchern. Neunzig Minuten und der Glünggi sitzt in Untersuchungshaft (gemäss Art. 220 bis 228 StPO), neunzig Minuten und der Kommissar ist zurück bei seinem Alkoholismus oder seinem Scheidungskrieg. So läuft das in der Praxis null. Investierst du als Kommissär Woman-, Man- und Technopower, will die Staatsanwaltschaft Ergebnisse sehen. Du selbst natürlich auch, weil sonst fehlen dir die Arbeitsstunden bei der Bewältigung anderer Aufgaben, checksch? Bei Ermittlungen in Unternehmen gilt es noch weitere Nüsse zu knacken: Eine Razzia kann, wenn sie publik wird, den Aktienmarkt erschüttern. Und publik wird sie im Zeitalter der Newsscouts und Leserrealityanalysten immer. Investoren reagieren aufgebracht und bieten eine Armada von Anwälten auf, die prozentual an der Schadenersatzklage beteiligt sind und sich festbeissen wie Blutegel und Bilharzioseschnecken. Die Firmenjuristen setzen alle erdenklichen Winkelzüge ein, um eine Strafuntersuchung zu verhindern. Rechtsstaat, klar, alles okay, voll einverstanden, aber manchmal [redacted], [redacted] und [redacted], jedoch [redacted], im Gegenteil [redacted]. Summa simsalabim: [redacted]. Auf Deutsch: Es ist zum Ausderhautfahren.

Erwähnen wir ausdrücklich erneut das Wort *Verhältnismässigkeit*, das auch die Bundesverfassung Art. 5 und 36 hoch gewichtet. Das Zwangsmassnahmengericht wird dir auf einen larifari begründeten Verdacht hin keine Hausdurchsuchung mit Beschlagnahmung von Datenträgern bewilligen. Diese Erlaubnis erhältst du nur mit einem gut bestückten Dossier. Damit ein Willkürvorwurf gar nicht aufkommen kann. Jessica Panzeri von der Abteilung Wirtschaftskriminalität entscheidet daher: Wir haben nichts vorzuweisen, um diese Hypothese voranzutreiben. Das Gesetz bietet keine Handhabe. O, es ist ein Elend, aber richtig.

Das letzte Blau strahlt noch am Himmel, als Panzeri um 17:05 Uhr den Müller anruft und ihm ihre Einschätzung auf den Anrufbeantworter spricht.

Der Kommissär ist nicht im Haus und auch auf dem Mobiltelefon nicht zu erreichen.

Weil: Rewind … zeitlich zurückspulen.

Der Müller beantwortet Panzeris Anruf nicht Komma weil Doppelpunkt

Paul Hug*, V-Mann des Staatsschutzes, hat am Morgen den Kontakt zwischen dem Müller und einem inoffiziellen Informanten hergestellt. Den haben wir wegen mehrfacher Sachbeschädigung in der Zange und gegen eventuelles Einaugezudrücken zu Argusohren verpflichtet. Kevin Gröber heisst der junge Mann. Um ihn zu treffen, hat Müller das Büro verlassen, ist durch die vor Himmelblau strahlende Stadt aus dem Waaghof hinausspaziert und zum Café Huguenin am Barfi geschlendert. Für Kevin Gröber ein Ort, wo ihn keiner erkennen wird. Mitten im Schönwetteransturm bestellt der Kommissär bei der Kellnerin zweimal Kaffee und zwei Portionen Vermicelles, um eine Onkel-und-Neffe-Tarnung zu errichten. Kevin Gröber hat Paul Hug* gemeldet, er verfüge über Informationen zu «aktuellen linksextremen Umtrieben».

«Es herrscht Unruhe», sagt er, «wegen der Libertären und Rechtspopulisten.»

Genau das will der Müller hören, und zwar in Einzelheiten.

«Also, verschiedene Aktionen stehen bevor. So, ähch, Baustellen- und Bürobesichtigungen, Spaziergänge», sagt Gröber. Wobei *Besichtigung* Besetzung bedeutet und *Spaziergang* unbewilligte Demonstration.

«Tom heisst der, der etwas Grösseres plant. Den Familiennamen weiss ich nicht. Wo er wohnt, auch nicht, irgendwo im St. Johann, glaube ich.»

Er verstummt, weil die Kellnerin mit den Vermicelles an den Tisch heranklappert. Auf der Rahmkrone sitzt wie ein Alb die rotkandierte Kirsche. Nach dem ersten Löffel spricht Kevin Gröber weiter: «Mike und Gordana sind auch dabei.» Nein, von denen wisse er ebenfalls nichts Genaueres. Mike sei eine Frau mit … nein, sinnlos, ihre Haare zu beschreiben, die Frisur ändere sie ständig, und Gordana habe er nur zwei-, dreimal gesehen. Die spreche Ostschweizer Dialekt, «so Thurgau oder St. Gallen oder Schaffhausen». Sie kenne er noch weniger als Mike und Tom. Aber diese Leute täten sich durch «heftige

Sprüche» hervor, «voll antikapitalistisch und antifaschistisch», so viel stehe fest.

«Für wann planen die etwas?», fragt der Müller, weil ihm das alles gar approximativ mit wenig Muskelgewebe an den Gräten und wie eine Asymptote mit Grenzwert null vorkommt.

Kevin Gröber schaut weg, nippt am Kaffee und hobelt den Rest des Schlagrahms von der Vermicelles-Portion, während der Müller mit dem Löffelchen einen Tunnel in die Kastanienmasse treibt.

«Das weiss ich nicht.»

«Hören Sie, Herr Gröber –», sagt der Müller …

«Pssst!», unterbricht ihn der, weil sein Name …

«… wir brauchen konkrete Anhaltspunkte, nicht solche … Allerweltsvornamen ohne Familiennamen und Adresse … Tom, Gordana, Mike … Also bitte … Und ich warte auf Details zu diesen ‹Besichtigungen› … Sie erzählen mir irgendwas, Herr Gröber, irgendwas.» Der Kommissär schaut böse: «Das reicht nicht.»

Der junge Mann schluckt, bevor er wieder am Kaffee nippt. Er verschluckt sich.

Müller fährt fort: «Ihr Strafverfahren … der Lieferwagen einer Firma, die am Bau des Bässlerguts beteiligt ist –»

«Gefängnisse sind scheisse», wirft Gröber ein, «Repressionsinstrumente wie die ganze Justiz und Polizei und –»

«Jaja, ich weiss», sagt Müller. «Abgefackelt haben Sie den Lieferwagen, Sachschaden im Bereich von mehreren zehntausend Franken, und auf der Baustelle wurde noch mehr zerstört. Das wissen Sie sehr gut, Herr Gröber.» Er lässt die drei Sätze ins revolutionäre Hirn einsickern. «Sie haben eine bedingte Strafe erhalten, eine milde obendrein. Unter der Bedingung, dass …»

«… ich mit Ihnen zusammenarbeite, ich weiss», ergänzt Kevin Gröber leise und würde am liebsten alle Fluchwörter der Welt ausstossen.

«Also?», sagt der Müller, übertrieben freundlich. «Trinken wir bloss Kaffee miteinander und nehmen etwas Süsses zu uns? Oder haben Sie etwas Handfestes zu liefern?»

Vermicelles-Intermezzo. Die Meringues knacken. Das Café ist übervoll, lärmig und überheizt, kommt es Gröber vor. Sein Rücken ist nass.

Ich werde dem Staatsschutz die eine oder andere Frage zur Qualität seiner Quellen stellen müssen, denkt sich der Müller. Diese Besprechung gibt nichts her, dieser Mann ist ein Totalausfall.

Gröber schiebt die Unterlippe vor und knetet mit den Schneidezähnen darauf herum. Ein Zeichen dafür, dass der Mensch denkt und mit sich kämpft. «An der Offenburgerstrasse», beginnt er langsam und nennt eine Hausnummer, die dem Kommissär bekannt vorkommt, «im Keller.»

«Ja?», fragt der Müller knapp, auch weil er gerade den letzten Happs Vermicelles in den Mund geschaufelt hat.

«Dort lagert Material.»

«Material?»

«Für Aktionen», schiebt Gröber nach. «Genaueres weiss ich wirklich nicht. Glauben Sie mir doch.»

«Warum sollte ich das? Nach all den unüberprüfbaren Banalitäten, die Sie mir erzählt haben? Haben Sie dieses ‹Material› gesehen?»

«Ich habe davon gehört, von einem, der in diesem Haus wohnt, etwa in meinem Alter …»

«Beschreibung bitte.»

«Wollte ich ja gerade …», Gröber reagiert gereizt, «blond, Bart, meistens trägt er Jeans … Gerry nennt er sich.»

Müller starrt den Informanten an. «Wenn Sie mir einen Quatsch erzählen, wird das Konsequenzen haben.» Er starrt ihn an.

Kevin Gröber schüttelt den Kopf und hebt die Hände, als wolle er sich ergeben. «Das ist kein Quatsch, ich verspreche Ihnen …»

13:47 Uhr. Der junge Mann verlässt das Café. Müller zahlt, tritt auch auf den Barfüsserplatz hinaus, blinzelt zum Historischen Museum hoch und ruft den FG-9er [redacted] an, fasst Gröbers

Aussage zusammen. Der Kollege hört zu und antwortet: «Ich schliesse nichts aus.»

«Material für Aktionen», hat Gröber gesagt ... Benzin für Brandanschläge? Sprengstoff? Waffen?

Gefahr im Verzug rechtfertigt schnelles, entschlossenes Eingreifen. Eine Hausdurchsuchung unter Zeitdruck kann sich die Polizei auch erst hinterher bewilligen lassen. Der Müller ruft im Waaghof an und bietet Gormann, Wäckerlin, Dominguez und Allmendinger auf. Bei der Einsatzzentrale der Kantonspolizei fordert er ein Dutzend Sicherheitspolizisten an.

Treffpunkt 14:30 Uhr im Spiegelhof, Sitz der Kapo. Die Sicherheitspolizei in Schutzausrüstung, blauen Overalls und Stiefeln. Wir wie immer in Zivil, das heisst: sportliche Schuhe, reissfeste Hose und Jacke, Langarmpolo und die schuss- und stichfeste Weste.

Die Kriminalpolizei in zwei Zivilfahrzeugen, die Sicherheitspolizei in zwei Kastenwagen. Über die Mittlere Brücke über den Rhein. Links → Klybeckstrasse und etwas weiter nochmals links → Offenburgerstrasse. Let's go, rodeo! Aber psst! Ohne Horn und Blaulicht, wir spielen nicht Herbstmesse. Die vier Fahrzeuge verstopfen die Quartierstrasse. Der Altbau mit den Bannern verlorener Abstimmungen. Absitzen und → zum Hauseingang, ist unverschlossen. Drei Uniformierte bleiben vor der Haustür, der Rest → hinein. Kein Mensch in Sicht, der autonome Elektriker hat sein Werkzeug weggeräumt. Hinten rechts die Tür zum Keller. Holz, Altbaustandard, schwach wie Leichtbier. Kracks. Vier Sicherheitspolizisten sichern von innen den Hauseingang und die Treppe nach oben, zwei die Tür zum Hinterhof. Das Müllerteam und drei Blaue schieben hinter der Kellertür einen schweren Vorhang zur Seite. Gleissendes Licht empfängt sie. Sie steigen die Kellertreppe hinunter. Die Lampen blenden.

Der Müller zuvorderst. Er sieht Grün. Nur Grün. Grün. Nur Grün.

Verkneift sich knapp einen Fluch, den ich nicht wiedergegeben hätte, damit Sie keinen schlechten Eindruck von ihm gewinnen. Das entspricht nicht seiner Art. Er ist sonst eher ausgeglichen. Sich persönlich stuft er auf der Zufriedenheitsskala meist ungefähr bei 7 oder 8 von 10 ein. Die fehlenden 2 oder 3 sind wegen der Gelassenheit, die ihm abgeht. Er ist einfach nicht genug Zen, der Müller, manchmal. «Ich atme ein. Und komme zur Ruhe. Ich atme aus. Und lächle.» (Thich Nhat Hanh). Geht nicht im Polizeidienst. Geht jetzt gerade absolut nicht.

Jetzt lässt er Dampf ab wie ein Duromatic, er ist ja auch ein Mensch. [redacted]! [redacted], [redacted], [redacted] und [redacted]. Aber [redacted], jedoch [redacted] und [redacted] sofern [redacted]. Er schüttelt den Kopf und ächzt, dass [redacted] erbarm. So was von [redacted] und [redacted] Himmel [redacted] und [redacted] jetzt [redacted] nicht.

Nix da Attentatsmaterial. Keine Explosivstoffe, Feuerwaffen, Molotowcocktail-Utensilien, Benzinkanister, Steinschleudern, Wurfgeschosse, Pfeffersprays, Messer, Stinkbomben, Stöcke und Steine. Niente!

Sondern in Riesentöpfen und mit UV bestrahlt: Cannabis sativa und indica aus der Familie der Hanfgewächse. Entscheidend für die psychoaktive Wirkung ist der Gehalt an Tetrahydrocannabinol, kurz THC. Sativa ist psychedelischer, indica sedativer.

Hat ihm Kevin Gröber die verdammte Marihuanaplantage von diesem Gerry verraten. A propos: Aus dem Erdgeschoss schallt ein Wortwechsel sogar durch den lichtdichten Vorhang in den Keller hinunter. Eine der Sicherheitspolizistinnen erscheint oben an der Treppe und informiert den Müller: «Wir haben hier einen Gerhard Indlekofer, der ein Geschrei veranstaltet.»

«Jeans, T-Shirt, mottenzerfressener Bart?», fragt der Müller.

Die Kollegin lacht und nickt.

«Nehmt ihn fest, ich komme gleich.»

Statt Anschläge auf Sachen und/oder Leib und Leben zu verhindern, haben der Müller, Gormann, Wäckerlin, Dominguez, Allmendinger und das Dutzend Kantonspolizistinnen und -isten achtzig Töpfe voll lungengefährdender, schokocrèmekonsum- und wohnungsputzanregender und bei regel- und übermässigem Gebrauch den Intellekt nicht eben fördernder pflanzlicher Substanz dem Warenkreislauf entzogen.

Eine Pleite.

Der Müller wird wirklich mit der Fachgruppe 9 telefonieren und den Kollegen darauf aufmerksam machen, dass der «Informant» Kevin Gröber kein Pik As ist, sondern bestenfalls eine Karo Sechs.

Während sie noch an der Offenburgerstrasse die Plantage inventarisieren und die Hausbewohnerinnen und -bewohner befragen, den Plantagenbesitzer Gerry Indlekofer verhören, alles protokollieren und pipapo, läuft, eben, um 17:05 Uhr in Müllers Einzelbüro auf dem Beantworter Jessica Panzeris Meldung ein: aufgrund der Indizienlage keine Hausdurchsuchungen möglich. Dann gleitet, 17:07 Uhr, unser liebes Zentralgestirn im Elsass drüben unter den Horizont. Das seltene Blau des Himmelszelts verfärbt sich rot, dann dunkler, dann schwarz wie der Stab im Wappen des Kantons Basel-Stadt.

Feierabend.

Ernüchterung darüber, dass wir keine Datenträger sicherstellen können. Ernüchterung über den Reinfall an der Offenburgerstrasse. Achtzig Marihuanapflanzen ... Was für ein Aufwand für ein bisschen THC ... Verhältnismässigkeit ... Damit müssen der Polizeimann und die Polizeifrau leben: Manchmal kommt's anders als gut. Trost bietet dem Müller auch Diodoros nicht, der in seinen bruchstückhaft als Palimpsest überlieferten «Fragmenta» festhielt: «Gut? Was heisst schon gut? Schlecht? Was heisst schon schlecht?»

Zurück im Waaghof, gibt der Müller den Bericht über die Aktion an der Offenburgerstrasse ins System ein. Er studiert wieder und wieder die Unterlagen, Einvernahmeprotokolle und Berichte zu den Fällen Mayer, Wyss und Ulrich.

Einatmen, ausatmen. Er kommt nicht weiter. Feierabend machen. Um 19:36 Uhr endet für den Müller dieser Arbeitsmittwoch.

Eine Viertelstunde später klingelt er bei seiner Schwester an der Bachlettenstrasse. Doris ist zu Hause, Noah (13) und Maurice (14) ebenfalls. Die Jungen hören allerdings den Onkel nicht, weil sie unter Kopfhörern in ihrer eigenen Welt schweben. «Hallo», ruft ihnen der Müller aus dem Flur zu, «hallo.» Keine Antwort. Er lässt sie in Ruhe. In jenem Alter hätte er gerne einen … Walkman gehabt. Wo er aufgewachsen ist, hatte niemand einen und Müllers ohnehin kein Geld dafür. Er kannte diese Geräte nur aus dem Fernsehen. Was die Jungen wieder … hiess es dann, mit dem immer gleichen Refrain über die Jugend, die noch keine Steuern zahlen muss und sich nicht vernünftig verhalten kann. Man soll sie in Ruhe lassen, denkt Onkel Müller, solange sie nicht andere plagen, spielsüchtig werden oder *Betäubungsmittel* ausprobieren.

«Einen Tee?», fragt ihn Doris.

«Gerne, wenn ich nicht störe», antwortet er.

«Tust du nicht. Ich bin nur müde von der Arbeit», sagt sie. Gesundheitsfachfrau im Universitätsspital. Als sie mal auf der Notfallaufnahme aushalf, hat der Müller sie sogar dienstlich getroffen, Hafterstehungsfähigkeitsprüfung eines vollgedröhnten Paares. Sonst arbeitet sie auf der Intensivstation. Eine Arbeit so anstrengend wie die Polizeiarbeit und noch schlechter bezahlt.

Der Müller freut sich, heute diesen breitbeinigen Herbie nicht anzutreffen. Dessen Gesicht gefällt ihm nicht. Er erinnert den Kommissär an Claudio, den Vater von Doris' Buben. Nach Streit und Querelen und einem polizeilichen Rayon- und Kontaktverbot ist sie ihn endlich losgeworden. Scheidung et cetera. Herbie ist derselbe Typ Mann, denkt Müller. Hat ein Ego wie der Gotthardtunnel und einen IQ wie ein Kopfsalat. Nichts gegen Kopfsalat. Grundsätzlich … ja: Es ist heikel, sich als Bruder ins Herz der Schwester einzumischen.

Als der Tee genug gezogen, Doris ihn eingegossen und sich zum Müller an den Küchentisch gesetzt hat, sagt sie: «Erinnerst du dich an Herbie?»

Müller nickt. Kann sie Gedanken lesen?

«Ich habe ihn rausgeworfen.»

Der Müller schafft es knapp, seine Freude zu verbergen. «Warum?»

«Er passt nicht zu mir, zu uns», erklärt Doris und zeigt mit der Hand auf die Wand, hinter der Maurice und Noah in der Kopfhörerwelt dem Universum trotzen. «Er ist auch nicht besonders gescheit.»

Dann lacht sie und sieht ihren Bruder an.

«Wusste ich's doch, dass du ihn nicht ausstehen kannst», sagt Doris und lacht weiter.

«Bin ich so leicht zu durchschauen?»

«Für mich schon.»

SECHZEHN

«Let's roll.» (Kommando eines Kommandos).

Donnerstag, 18. Januar, 09:03 Uhr. In einem privaten Raum in der Stadt Basel. Sicher ein Dutzend Personen. Frauen und Männer. Physische Treffen sind am sichersten. Hinterlassen keine Datenspuren. Wir hören trotzdem zu, worüber sich diese Menschen unterhalten. Wir haben Superkräfte, die das ermöglichen.

«Hat euch jemand gesehen?», fragt eine Frau.

«Uns sieht sowieso keiner. Wir können tun, was wir wollen, wir sind unsichtbar», antwortet eine andere. Heiterkeit.

«Wie machen wir weiter? Setzen wir noch einen drauf, oder wollen wir eine Weile pausieren?», fragt die Erste.

«Zuerst brauche ich einen Kaffee», sagt ein Mann. Im Zoo nebenan brüllt der König der Löwen «Rrroaaarrr».

«Nicht ausweichen», hält die Frau dagegen, die die Diskussion eröffnet hat. «Ich frage mich, was besser wäre. Für Aufsehen sorgt das alles ja schon.»

«Was ich mich frage: Der Mann im Rhein, dieser Ulrich … Wer könnte das gewesen sein? Das war doch keiner von uns, oder?»

Alle winken ab.

«Bring mir auch einen», ruft eine dem Mann zu, der die Kaffeemaschine bedient. «Dann bin ich wieder gerüstet.»

Er stellt eine weitere Tasse auf das Gitter und führt eine goldene Kapsel in den Schlitz der Maschine ein. Es brummt und zischt.

«Also gut», sagt die Wortführerin. «Ideen haben wir. Was machen wir als Nächstes?»

«Es gibt ja zwei Arten von Schauplätzen: sehr belebte und völlig unbelebte. Läuft viel, gehen Details unter. Läuft nichts, ist niemand da, der etwas sehen könnte», sagt die Zweite.

«Da ist dein Kaffee», sagt der Mann. «Schwarz, gell?»

«Ja, danke.»

«Was denken die anderen? Ihr seid so still …»

***

Redaktion III.

Ralph Staehelin, der zusammengestauchte Leiter Lokalredaktion, steht weiter unter Druck. Chefredaktor Maurus Knoll erwartet eine Story, das spürt er. Der braucht nur einen Blick auf Staehelin zu werfen, und der weiss Bescheid. Breaking News erwartet der Chef, etwas, das knallt. Die Schlafmützen in seinem Team … also eigentlich alle ausser vielleicht Roger Kriesi. Der hat die Universität noch frisch im Kopf und, soweit Staehelin weiss, das eine oder andere Praktikum gemacht. Auch bei einer Werbeagentur. Sollen die anderen weiterarbeiten, vor allem die Nörglerin Wiedemeyer. Der Redaktionsleiter gibt Kriesi ein Zeichen, das Grossraumbüro zu verlassen und in der Imbissbude um die Ecke zu warten. Zwei Minuten danach rollt Staehelin selbst seinen Stuhl vom Tisch weg, steht auf, streckt sich und verlässt das Zonenbüro der Lokalredaktion. Kriegt jemand mit, dass er den Jungen besonders behandelt? Dass er ihn zu einem U-Boot aufbaut, das die Redaktionspsyche ausspäht und ihm davon berichtet?

Redaktion IV.

Was Müller ahnt und worauf er seinen Chef Krähenmann unter vier Augen bereits angesprochen hat: Die andere Regionalzeitung, die mit der Zentrale in Zürich, profitiert davon, dass sie besondere Drähte in den Waaghof hat. Wenn Polizeioffiziere den Dienstwagen privat nutzen, polizeiintern Uneinigkeit über die Einsatztaktik bei Demonstrationen besteht oder eine Disziplinaruntersuchung gegen einen Polizisten wegen rechtsextremer Posts in den «sozialen» Medien durchgeführt wird, weiss dies regelmässig zuerst diese Redaktion. Manchmal kennen sie sogar Einzelheiten aus laufenden Verfahren. Dann haben wir das Geschenk. Wo ist die undichte Stelle? Egal, welches Thema, die Öffentlichkeit interessiert sich immer nur, wenn es im Getriebe knirscht, der Misthaufen dampft und die Polizei dumm aussieht. Dass die Sonne regelmässig aufgeht, ist keine Zeile wert.

Die Sonntagszeitung mit dem hellblauen Schriftzug wusste, welches Handymodell Rinaldo Mayer getroffen hat. Das stand nicht in der Medienmitteilung. Sie wussten, dass die Kriminalpolizei im Umfeld der Ultraliberalen Partei ermittelt. Sie kennen Details, die ausserhalb des Waaghofs niemand kennen kann. Ausser, eben ... diese Zeitung. Sie erhält mit an Sicherheit grenzender ... Informationen direkt aus dem Waaghof. Müllers direkter Vorgesetzter, der Leitende Staatsanwalt Thomas Krähenmann, hat ihm vor zwei Tagen gesteckt, dass er gegen die undichte Stelle eine Voruntersuchung an die Hand nehmen wird. Er verdächtigt Gabriel Hubacher, den persönlichen Sekretär des Ersten Staatsanwalts.

Weshalb er diesen Mann im Visier hat, will er dem Müller nicht offenlegen. «Ich garantiere Ihnen, Kommissär, dass ich auf solider Basis handle.»

Der Müller hat gezögert. Will er seine Karriere riskieren? Die Voruntersuchung gegen Hubacher müssten wohl er und sein Team übernehmen.

«Wenn Hubacher nicht das Leck ist, bleibt der Dreck an uns kleben, an mir und meinem Team. Dann sind wir die Nestbeschmutzer, die den Korpsgeist missachtet und ruiniert haben.»

Krähenmann räuspert sich und wiederholt: «Ich lege meine Hand dafür ins Feuer, Kommissär. Es ist Hubacher, der jene Redaktion mit internen Informationen versorgt.»

Schliesslich hat sich der Müller überzeugen lassen.

«Ich habe eine Idee, wie wir ihn festnageln können», sagte er. Das war, wie gesagt, vor zwei Tagen.

Heute ist der geeignete Zeitpunkt. Der Erste Staatsanwalt Stickelberger ist abwesend. Er hält sich in Bern auf, an einer eidgenössischen Tagung der obersten Staatsanwälte des ganzen Landes. Krähenmann und Müller formulieren nach dem Morgenrapport um 08:15 Uhr eine interne Anweisung, die den Polizistinnen und Polizisten dringend nahelegt, die Verhältnisse im Vorstand der Ultraliberalen Partei erneut detailliert zu überprüfen, insbesondere die Präsidentin Trauffer, die Strategieexpertin Mägerle und das Vorstandsmitglied Spoerri. Sie geben die Information in die elektronische Fallakte ein, auf die die gesamte Kripo und der Stab der direkten Linie Zugriff haben.

Der Morgen setzt sich mit den üblichen Beschäftigungen fort, bis der Müller um 10:30 Uhr in seinem Büro Besuch von Thomas Krähenmann bekommt. Kein Anruf, der Chef erscheint persönlich und hält ihm das Handy hin. Er strahlt.

«Schauen Sie mal, Müller.»

Die Onliner waren am schnellsten, und zwar die, von denen der Kommissär und der Leitende Staatsanwalt vermutet haben, dass …

Ein kurzer Artikel.

Knatsch bei den Ultraliberalen?
Im Vorstand der ULP ist Feuer im Dach. Das erfahren wir aus gut unterrichteten Quellen. Die Polizei will die Beziehungen zwischen verschiedenen Vorstandsmitgliedern der Ultraliberalen Partei genauer unter die Lupe nehmen. Insbesondere an ULP-Präsidentin Mary-Anne Trauffer, an Katrin G. Mägerle, die sich um strategische Belange der Partei kümmert, und an Sebastian J. Spoerri hat die Kriminalpolizei gemäss unseren Informationen erhöhtes Interesse.
Zeichnet sich damit eine Wende im Fall von Rinaldo Mayer ab? Der ULP-Grossrat und Life-Sciences-Unternehmer Rinaldo Mayer wurde kürzlich beim Bundesplatz niedergeschossen. Bisher glänzte die Polizei nicht mit Ergebnissen. Beat Schwarz, Mediensprecher des Kriminalkommissariats Basel-Stadt, lehnte es ab, diese Informationen, die uns über inoffizielle Kanäle zugespielt wurden, zu kommentieren.

Der kurze Artikel erfüllt seinen Zweck.

Aus Bern.

In einer Tagungspause, Daniel Stickelberger, Erster Staatsanwalt des Kantons Basel-Stadt, schreitet mit seinen Kolleginnen und Kollegen aus den anderen Kantonen zum Kaffee- und Gipfeli-Buffet. Reflexartig turnen gleichzeitig die Finger über die elektronischen Gerätlein, die sie mit sich führen. Hypnotisiert überprüfen die Jünger Iuris ihre Nachrichten. «Was?», entfährt es Stickelberger, den Rest des Satzes verschluckt er, er zwingt sein Gesicht, Haltung zu bewahren. Sollen der Zürcher, die Genferin, der Waadtländer und der Baselbieter ja nicht merken, was für einem Chaos, was für einem Saustall er vorsteht.

Was? Soll? Das? Interna in der Öffentlichkeit! Etwas zu kommunizieren ist einzig *seine* Aufgabe. Seine Aufgabe ist das, seine. Wer leitet denn die Ermittlungen und die Kommunikation, wenn nicht er, der Erste Staatsanwalt? Die machen ihn ja zum ... Und womit sind die rausgegangen? Mit neuen Verdächtigungen gegen die ULP ... (Hier Sprechblase mit Totenköpfen, Bomben und Schimpfwörtern einfügen.)

Stickelberger lächelt der Genferin und dem Waadtländer zu, die sich am Kaffee bedienen. Ich komme gleich, deutet er mit einem Nicken an.

Er wählt die Nummer von Beat Schwarz von der Medienstelle und fängt an, ihn ohne Begrüssung zusammenzustauchen.

«Halt, halt», blockt der ab. «Diese Information kam nicht von uns. Über meinen Tisch ist das nicht gelaufen. Wir haben keine solche Mitteilung –»

Stickelberger knurrt etwas, bricht das Gespräch ab und fragt sich: Was läuft da? Er besinnt sich auf den Dienstweg und ruft Thomas Krähenmann an, der ihm direkt unterstellt ist.

«Was ist bei euch los? Woher kommt diese Information, den ULP-Vorstand erneut zu behelligen? Wieso erfahre ich das aus den Medien? Du berichtest an mich, Thomas, und nicht direkt an die Öffentlichkeit.» Seine Fluchwörter geben wir nicht wieder.

«Stopp!», blockt auch Krähenmann sofort ab und geniesst

es, seinen Chef etwas zappeln zu lassen. «Wovon sprichst du überhaupt?»

Also, hm, ja, das schlägt wohl dem Boden das Fass ... Der Erste Staatsanwalt Daniel Stickelberger ist ausser sich. Die halbe Deutschschweiz wird merken, dass er seinen Laden nicht unter Kontrolle hat, [redacted]!

«Ist in diesem Artikel jemand von uns namentlich erwähnt?», geht Krähenmann zum Gegenangriff über.

«Nein, aber ...», antwortet der Erste, dem keine sinnvolle Fortsetzung dieses Satzes einfällt.

«Frag mal deinen Parteifreund Gabriel Hubacher, deinen persönlichen Referenten, wem er diese Informationen zugesteckt hat», fügt Krähenmann hinzu, wünscht einen guten Tag und beendet den Anruf.

Psychologische Kriegsführung gehört zum Geschäft, manchmal sogar amtsintern.

Nach diesem Telefonat streckt Krähenmann dem Müller seine Hand hin. «Thomas», sagt er. Was bleibt dir anderes übrig, als «Müller» zu sagen? «Beni nennt mich niemand», fügt Müller hinzu, was nicht ganz stimmt, weil ihn Gülay so ... aber das ist privat.

Thomas ist guter Laune und klopft dem Kommissär auf die Schulter.

«Wie ... hast du davon erfahren, von Hubacher?», fragt der Müller.

Krähenmann grinst. «Ich habe einen Tipp erhalten –»

«Einen Tipp?» Müller wird wütend. «Und auf dieser Grundlage spannst du mich ein für eine Intrige?»

«... und ich habe Hubachers Anschluss überwachen lassen.»

«Sein Telefon? Hier im Waaghof? Das ist illegal.»

Thomas grinst weiter. Bis er merkt, dass er nun dem Müller verpflichtet ist.

***

Auf dem Hügel.

Bruderholz, 13:59 Uhr bei der Tramhaltestelle «Radiostudio», wo seit 2019 kein Radiostudio mehr steht. Ausgestorben hier. Der Kiosk seit Urzeiten geschlossen, das einstöckige Gebäude mit der Metzgerei und dem Lebensmittelgeschäft längst durch einen leicht gebogenen Neubau mit Arztpraxen und Wohnungen ersetzt.

Neben dem Tramwartehäuschen mit Holzbank und Schaukasten der Tituskirche steht ein Altkleidercontainer. Pech für den Mann mittleren Alters, der sich pünktlich hier eingefunden hat. Das Geld, das er in Empfang nehmen will, um einen Verwandten von Herrn Brenzikofer (77) aus der Haft freizubekommen, der angeblich einen tödlichen Verkehrsunfall verursacht hat, sucht er bei ebendiesem Container.

Zwei Personen und eine Bratpfanne ... welchen anderen Gegenstand für vorsätzliche massive Gewalttaten hätte man sonst spontan im Haushalt zur Verfügung? Der Geldabholer hat am Hinterkopf keine Augen, nicht einmal 180 Grad kann er überschauen. Im Vergleich mit Eulen sind die Menschen diesbezüglich Vollpfeifen.

Erstens: Bratpfanne auf Schädeldecke.

Zweitens: Klappe des Altkleidercontainers auf.

Drittens: Den Kerl kopfüber hineingesteckt.

Viertens: Lustig, wie die schlappen Beine des falschen Polizisten herausragen.

***

Nochmals FG 9, der Staatsschutz.

Sollen wir wirklich noch einmal einem Hinweis von denen nachgehen? Der Müller zweifelt. Soeben hat ihn V-Mann Paul Hug* angerufen. Gestern Abend habe er an einem «antiimperialistischen Treffen» teilgenommen. Die Anschläge auf Mayer, Wyss und Ulrich seien Gesprächsthema gewesen. «Was hat wer genau gesagt?» Müller ringt um verwertbare Hinweise. Aus Hugs* Erklärungen gehen zwar drei, vier Namen hervor – Vornamen, Spitznamen, keine Familiennamen. Was die Aktivistinnen und Aktivisten verhandelten, war auch in den Medien zu lesen und zu hören. Gerüchteprodukte, mit Phantasie und Freude aufgebläht? «Die Vorfälle sorgen für viel Erheiterung», fasst Hug* den Gemütszustand jener Kreise zusammen. Der Müller kann das verstehen, weil er sich ausserdienstlich und insgeheim vorzustellen vermag, dass er selbst es eine Prise lustig fände, wenn gewisse Leute … eine kleine Abreibung erhielten. Für Schreihälse, Wichtigtuer, Egoisten und Extremisten hat er null Sympathien.

Auch die Sprayerei am Haus von Heiko und Geneviève Loacker in Riehen und der vor dem Haus verstreute Abfall sei unter der ACAB-Fraktion Gesprächsgegenstand gewesen, berichtet der Kollege vom Staatsschutz. Das findet der Müller aufschlussreicher, weil am Meeting, dem V-Mann Hug* beigewohnt hat, ausdrücklich von *drei* Abfallsäcken die Rede war. Diese Zahl haben die Medien nicht erwähnt, weil Müller und sein Chef, der Leitende Staatsanwalt Krähenmann, diese Information nicht in die Pressemitteilung schreiben liessen.

Interessant ist auch mindestens einer der Namen, die Hug* in diesem Zusammenhang nennt: Kevin Gröber. Der habe von drei Säcken gesprochen.

Hat die FG 9 gleich zwei Mann in dieselbe Gruppe eingeschleust? «Gröber scheint einiges zu wissen», sagt Hug*.

Also eine Hausdurchsuchung beim Informanten Gröber? Der Müller avisiert sein Team und im Spiegelhof die Sicherheitspolizei. Kommentar der Kollegin Elsässer Bettina dort: «Schon wieder? Noch eine Hanfplantage?» Ja, wir hören einen sarkastischen Unterton. Diesmal ein kleineres Team: nur vier Uniformierte, dazu der Müller, Gormann, Wäckerlin, und auch die Aspiranten Odermatt und Vakulic sollen dem Gemeinschaftsbüro entkommen. Freddie Dominguez und Valérie Allmendinger halten die Stellung im Waaghof.

Müllertelefonat mit Thomas, ich meine Krähenmann. Der Leitende Staatsanwalt ruft danach gleich das Zwangsmassnahmengericht an. Grünes Licht. Der Papierkram wird nachgeliefert. Schnelligkeit erforderlich, weil Kollusions- und Ausführungsgefahr? Diese Argumente verfangen immer: dass eine Täterschaft Spuren beseitigen, sich mit Tatbeteiligten absprechen oder ein Verbrechen ausführen könnte.

Müllerequipe und die vier Uniformierten → Gundeldingerstrasse → 2. Stock → Kevin Gröber.

Er freut sich nicht, den Müller schon wieder zu sehen, vor allem nicht bei sich zu Hause in der WG. Noch weniger erfüllt es ihn mit Zuversicht, dass der Kommissär in Begleitung eingetroffen ist und ihm einen Durchsuchungsbefehl vorzeigt. «Gut», sagt Gröber nicht. Doch er gibt den Weg frei und lässt die Polizei in die Wohngemeinschaftswohnung. In der Küche liest eine junge Frau (Personalien bei den Akten) die Zeitung. In einem Zimmer sitzt ein junger Mann an einem Tisch vor einem Laptop und … beschäftigt sich … mit … Mathematik, soweit der Müller das sieht.

Dieser Mann (Personalien bei den Akten) ist tatsächlich Mathematikstudent im Masterstudium. Daran ändern die revolutionären Plakate an seinen Zimmerwänden nichts. Trigonometrische Funktionen schliessen Marx und Bakunin nicht aus.

Gegen beide Personen liegt im polizeilichen Informationssystem nichts vor, informiert die Zentrale Wäckerlin, die telefonisch nachgefragt hat. In den Räumen der Wohngemeinschaft stösst die Müllermannschaft auf keine verdächtigen Spuren oder Gegenstände.

Ausser im Zimmer von Kevin Gröber. Auf dem Boden seines Kleiderschranks sichern Gormann und Wäckerlin eine Jeans und eine Lederjacke, auf denen mit blossem Auge rote Farbspritzerchen zu erkennen sind. Ab in eine Plastiktüte damit, und der «Informant» Gröber kommt mit auf den Waaghof. Seine Mitbewohnerin und sein Mitbewohner protestieren nur lau. Die Zeitung ist interessanter, die Mathematik erst recht. Die Uniformierten führen Gröber ab und begleiten ihn zum Kastenwagen. Die sichergestellten Kleidungsstücke werden sie umgehend Roland Cattaneo von der Kriminaltechnischen Abteilung aushändigen.

Vor dem Altbau an der Gundeldingerstrasse in 4053 haben sich mittlerweile Passantinnen und Passanten besammelt, angelockt durch den Kastenwagen und die zwei Zivilfahrzeuge. Das Publikum ist freudig erregt, weil endlich einmal etwas passiert.

«Lasst doch den Mann in Ruhe», ruft einer den Sicherheitspolizisten entgegen, die Gröber zum Kastenwagen führen. «Was hat der Kerl verbrochen?», mischt sich ein schwammiger Kahler ein. Ihm ist anzusehen, dass er gerne seine Fäuste am Gesicht des Festgenommenen wetzen würde.

Im Waaghof – Befragungszimmer S 312 – stellt sich heraus, dass Gröber einen Anwalt will. Das steht ihm zu. Warten wir ein wenig, während die Luftmoleküle auch hier schweben und tanzen. Müller bespricht sich auf dem Korridor mit Wäckerlin und Gormann. Die Aspis hören zu.

Warten. In einer Ermittlung ist das schwer auszuhalten. Passives Warten geht gar nicht. Aktives schon. Das heisst, du hoffst, dass jemand sich meldet; dass «Somebody» (Depeche Mode) etwas gesehen hat und anruft, dass im Mutmasslichen das Gewissen rumort.

Gröber sitzt allein in S 312.

Auf dem Korridor dudelt Müllers Handy «The Sodom And Gomorrha Show». Kollege [redacted] von der Fachgruppe 9, Staatsschutz. Er droht mit Konsequenzen, weil der Kommissär ohne Zustimmung seines Dienstes einen seiner Informanten festgenommen hat, mit dem ein Deal vereinbart ist. Wahrscheinlich weiss Bern schon Bescheid. Müller erklärt dem Staatsschützer, dass Gröber höchstwahrscheinlich die Vereinbarung gebrochen hat, indem er am Haus von Heiko G. Loacker in Riehen Sachbeschädigung nach Art. 144 StGB begangen hat. Sprayereien, Unfug mit Müll, das Türschloss verklebt, allein oder mit Komplizinnen welchen Geschlechts auch immer. «Und schliesslich», wirft der Müller den Rechtsweg auf Justitias Waagschale, «hat der Zwangsmassnahmenrichter die Hausdurchsuchung bewilligt.»

[redacted] will das nicht akzeptieren. Der Kommissär erinnert ihn erneut an den Dienstweg. Er soll sich an … Thomas wenden, den Leitenden Staatsanwalt Dr. iur. Thomas Krähenmann.

Während dieses Telefonats ist Pflichtverteidiger Peter Hauri eingetroffen. Vakulic hat ihn in S 312 gebracht, damit er sich mit Kevin Gröber unterhalten kann, um die Vernehmung vorzubereiten.

Nun der Müller → hinüber in den Vernehmungsraum.

S 312, du Meer der Verzweiflung!

Der Müller hat das Handy eingesteckt und will sich gerade zur Befragung begeben, als es erneut seine Melodie spielt. Er hört die Stimme von Regierungsrätin Cordelia Gruber höchstpersönlich. Die neue Justiz- und Sicherheitsdirektorin hat die Stimmlage bereits nach wenigen Wochen im Amt drauf. «Kommissär Müller?», fragt sie forsch.

«Hier!», zackt der Müller ins Gerät, weil er weiss, dass die Regierungsrätin keinen Militärdienst geleistet hat, und weil er annimmt, dass sie als Vorsteherin des Justiz- und Sicherheitsdepartements darunter leidet, nie selbst eine Uniform getragen zu haben.

«Mich hat soeben Bern angerufen», beginnt die RR, «das Departement für Verteidigung, Bevölkerungsschutz und Sport …»

Warum benutzt sie nicht wie alle die Abkürzung, fragt sich der Kommissär, während die Sicherheitsdirektorin weiterspricht. «… genauer gesagt: eine Abteilung des VBS …»

Der Müller ist nicht so beschränkt, dass er nicht sofort wüsste, was das VBS beziehungsweise der Nachrichtendienst des Bundes, NDB, an diesem Donnerstag, 18. Januar, von ihm wollen täte und könnte und darf. Er wundert sich nur, dass die Reaktion so schnell erfolgt.

«Ja?», fragt er die Vorsteherin des JSD.

«Sie haben einen Informanten der FG 9 festgenommen.»

Diese Abkürzung sitzt schon gut.

«Ja. Wobei Informant in Anführungszeichen zu setzen ist.»

«Das beurteilen andere als Sie. Die Anweisung aus Bern ist klar: Lassen Sie diesen Mann sofort frei.»

«Aber –», versucht Müller dagegenzuhalten.

«Sofort», wiederholt RR Cordelia Gruber. Auch sie legt auf, ohne sich zu verabschieden.

Wenn das nun jemand an die Medien weitergibt … Sachbeschädigung am Haus eines ULP-Vorstandsmitglieds in Riehen nicht geahndet, weil der Täter ein Informant des Staatsschutzes ist … eine Pfeife von «Informant», der sich einen x-beliebigen Chabis aus dem Finger saugt … Zum Glück, denkt der Müller, ist mein Team loyal. Aber sie sind ja nicht die Einzigen, die Einzelheiten unserer Ermittlungen kennen. Er denkt wieder an Hubacher und an Stickelberger und findet die Verwicklungen … ziemlich abstrus. Was kommt da wohl in Sachen Hubacher und Stickelberger auf uns zu? Thomas' Absicht scheint ihm klar …

Fokussieren jetzt.

In den Raum S 312 begibt sich der Müller trotz der Anrufe der FG 9 und der Regierungsrätin. Er lässt nach dem Eintreten die schwere Tür hinter sich ins Schloss knallen, damit Kevin Gröber zusammenzuckt und RA Hauri sich ärgerlich umdreht. Müller kostet diese Sekunden aus, in denen der Donnerhall der Tür durch den Verhörraum dröhnt. Das ist die einzige Freude, die ihm bleibt.

«Auf Wiedersehen, Kevin», verkündet der Müller. Gröber wirkt, als witterte er eine Falle, einen heimtückischen Trick und zögert.

Müller weiter: «Halt dich in Zukunft von Illegalem fern. Das nächste Mal …» Mit der rechten Hand macht er eine Husch-husch-Bewegung zur Tür hin, deutet Hauri gegenüber eine leichte Verbeugung an und wünscht beiden einen schönen Tag. Angesichts der Nebelsuppe vor dem Waaghof purer Sarkasmus. Das Wetter macht nämlich voll auf bäh und pfeift auf einen schönen Tag.

Von Stickelberger Funkstille.

Wir greifen vor.

Obwohl in jeder Behörde irgendwo ein unzufriedener Kanton sitzt (bei der Beförderung übergangen, an Besprechungen zurückgesetzt, nicht ernst genommen, vom Chef abgekanzelt, unter seinem Wert geschätzt), dringt kein Wörtchen über die höchstmagistral angeordnete Freilassung des Staatsschutzinformanten Kevin Gröber an die Öffentlichkeit. Nicht einmal Stickelbergers mutmassliches persönliches Leck lässt etwas nach aussen dringen.

Nochmals zum Verständnis: Der Erste Staatsanwalt Stickelberger und der Leitende Staatsanwalt Krähenmann gehören nicht derselben Partei an. Der Müller gar keiner, auch nicht der von Krähenmann, doch persönlich verstehen sie sich anständig gut. Seit Stickelbergers Parteifreund Robert «Robi» Augsburger aus dem Regierungsrat abgewählt wurde und Cordelia Gruber von der «Partei dazwischen» die Direktion des Justiz- und Sicherheitsdepartements übernommen hat, gestaltet sich die politische Gemengelage in der Staatsanwaltschaft und den Kriminalkommissariaten eher unübersichtlich. Als Polizeimann willst du einfach arbeiten, und die Leitung kann dir im Grunde den Buckel hinunter. Doch die Chefs sind weisungsbefugt und können bei Bedarf ein Disziplinarverfahren einleiten, um dich in die Schranken zu weisen. So kann es passieren, dass du dich – wie soeben der Müller – entweder sofort fügst und der Regierungsrätin gehorchst, oder du müsstest dich nach Absatz soundso, Buchstaben tel et tel des Irgendwasreglements Nummer 08/15 verantworten. Sie berufen sich auf interne Vorschriften, die du vor Jahren bei Dienstantritt erhalten, zur Hälfte durchgelesen und «Somewhere Over the Rainbow» (Yip Harburg/Harold Arlen) im Estrich in einer Kiste abgelegt hast. Dereinst werden das deine Erben unter viel Staub finden und entsorgen.

Auch allfällige «Systemgegner» innerhalb der Strafverfolgungsbehörden geben die Information über die mögliche Begünstigung (Art. 305 StGB) des mutmasslichen Sachbeschädigers an Loackers Haus durch RR Gruber, sprich NDB, sprich VBS nicht an die Öffentlichkeit. Doch grundsätzliche Gegner von Staat und Polizei dürfte es im Waaghof aller Wahrscheinlichkeit nach null geben, amtet doch auch keine Veganerin als Schweineschnitzelspezialistin.

Schon wieder das Telefon.

«Du brauchst die Farbspuren nicht zu analysieren. Die Sache hat sich erledigt», teilt Müller Roland Cattaneo von der Kriminaltechnischen Abteilung mit.

«Warum?», fragt der. «Wir haben das Ergebnis schon: Die Zusammensetzung der Farbe stimmt überein. Die Farbe auf Loackers Haus entspricht der Probe von Gröbers Kleidern.»

Müller seufzt.

«Ärger?», fragt Cattaneo.

«Bern und Gruber.»

«Ich schicke dir meinen Bericht trotzdem. Wer weiss …»

***

ULP.

Nicht «physisch» oder «face-to-face», wie es heute heisst, sondern telefonisch haben Freddie Dominguez und Valérie Allmendinger die ULP-Präsidentin Mary-Anne Trauffer und die ULP-Strategieexpertin Katrin G. Mägerle erreicht. Die beiden Vorstandsmitglieder beherzigen strikte das Milizprinzip. Ihre Partei verfügt noch nicht über nationale Parlamentsmandate und gehört deshalb bisher nicht eidgenössischen Kommissionen an. Daher hat die Parteispitze bislang nicht ausreichend viele Verwaltungsratsmandate zusammengerafft, um sich hauptberuflich der Politik zu widmen.

Trauffer arbeitet als Kommunikationsspezialistin in einer Agentur, die vor allem von Aufträgen des öffentlichen Sektors lebt. Ein Widerspruch zu ihrem Weltbild, will sie doch den Staat aufs notwendige Minimum (Armee, Polizei, Justiz, Müllabfuhr, Ausbildung, Stabilitätsfaktor für wirtschaftliche Innovationskraft) «gesundschrumpfen» und «abspecken», wie sie es ausdrückt. Weil dieses Ideal in der Ferne liegt, da der Staat wie ein

Krake seine Tentakel in alle möglichen Belange streckt und sich überall einmischt, geht Trauffer in gut helvetischer Manier im praktischen Leben Kompromisse ein. Immerhin sind nicht alle Departemente des einigermassen rot-grünen Stadthalbkantons in rot-grüner Hand.

Befragung dieser Powerfrauen. Müssen wir uns dabei um Freddie Dominguez sorgen? Dass das Schlieremer Chind mit Wohnsitz und Liebe in 4123 Allschwil BL den rhetorischen Skills von Mary-Anne Trauffer nicht gewachsen sein könnte? Als gelernter Polymechaniker, diplomierter Polizist und proteinzertifiziertes Muskelpaket gegen eine Kommunikationswissenschaftlerin anzutreten, ist das ein faires Duell? Äh, nun, also … unterschätzen wir Freddie Dominguez nicht. Auf seiner Seite stehen das Strafgesetzbuch, die Strafprozessordnung, der Kommissär, die versammelte Brainforce der Müllermannschaft, seine Muskeln, die er am Telefon allerdings nicht braucht, und sein natürliches Talent, im Gespräch von Mensch zu Mensch entwaffnend offen zu fragen. Manche Befragte halten ihn für naiv und für nicht gar gefährlich. FATALER FEHLER! In seinen 1.73 Metern Grösse und hinter der Masse seiner gestählten Faserbündel verbirgt sich … eine wahre Investigativbestie. Gut, manchmal schlummert sie. Manchmal verschläft sie. Manchmal bewegt sie sich in Zeitlupe. Doch manche Antwort löst sich erst wegen seiner unbekümmerten Nachfrage aus dem Mund des oder der Mutmasslichen. Wenn Freddie losgelassen ist, nützt kein Gesülze. Es wäre nicht das erste Mal, dass er den Sumpf trockenlegt und Pulver auf die Wunde streut, bis die Wahrheit offenbar wird.

«Nein, ich weiss nichts über ein Dreiecksverhältnis zwischen Rinaldo, Goran und Kayleigh», sagt die ULP-Präsidentin Mary-Anne Trauffer, nachdem Dominguez sie zehn Minuten mit allgemeinen Fragen – «Wie ist das Verhältnis im Parteivorstand?», «Wird die Partei häufig attackiert?», «Was trauen Sie Ihren politischen Gegnern zu?» – eingelullt hat.

«Ah, Sie kennen Kayleigh Affentranger persönlich», stellt er fest, weil er selbst bloss deren Familiennamen erwähnt hat.

Nach kurzem Zögern fragt Trauffer nach: «Wen?»

Sie würde sich, würde diese Befragung vor Gericht verwendet, damit herausreden wollen, die Telefonverbindung sei suboptimal gewesen, deshalb habe Freddie Dominguez, der Polizist, sicher etwas falsch verstanden und etwas gehört, was sie nicht gesagt habe. Ausserdem sei sie beruflich stark beansprucht. Möglicherweise habe sie nicht alle ihre Äusserungen ausreichend fokussiert und unmissverständlich formuliert.

«Und von einem ‹Dreiecksverhältnis› habe ich auch nicht gesprochen», stösst der Polizeimann nach. «Ich habe Sie nur gefragt, ob Herr Mayer und Herr Zvetkovic verpartnert sind.»

Der kennt Wörter ... verpartnert.

Wieder traufferseitiges Zögern. Sie würde sich, würde diese Befragung vor Gericht verwendet, damit herausreden wollen, die Telefonverbindung sei suboptimal gewesen, deshalb habe Freddie Dominguez, der Polizist, sicher etwas falsch verstanden und etwas gehört, was sie nicht gesagt habe. Ausserdem sei sie beruflich stark beansprucht. Möglicherweise habe sie nicht alle ihre Äusserungen ausreichend fokussiert und unmissverständlich formuliert.

«Lassen Sie das Geplänkel, Frau Trauffer», sticht Dominguez ins Bienennest. Er wittert den Honig. «Gab es zwischen Rinaldo Mayer und Goran M. Zvetkovic Spannungen, weil beide mit Frau Affentranger ... nun ja ... verkehrten?»

«Darüber kann ich Ihnen nichts erzählen. Das Privatleben dieser Herren geht mich nichts an ... und Sie auch nicht.»

«Doch. Wir arbeiten an einem Gewaltdelikt.» Stille. «Wir können Sie in den Waaghof vorführen lassen. Sie können sich nicht auf das Zeugnisverweigerungsrecht nach Art. 168 und 169 StPO berufen.»

Stille.

«Also?»

Schweigen.

«Und Sebastian J. Spoerri?»

«Spoerri?»

«Ja. Was hat der mit dem Dreieck zu tun?»

Da tönt die ULP-Präsidentin nun ehrlich erstaunt. Obwohl uns das Wort «ehrlich» ehrlich stutzig macht. Weil «der Weg zur Hölle ist mit guten Vorsätzen gepflastert» (G.B. Shaw und andere). Wer von Ehrlichkeit spricht, fordert diese Tugend vom Gegner ein, ist aber gelegentlich selbst ein Lugihung. Kurz und gut: Frau Trauffer verneint, dass Spoerri in den Triangolo d'Amore verwickelt sei. Was Freddie Dominguez zwar nicht gefragt hat und ihn nur interessieren würde, sofern das Kriko einen Tatverdacht Spoerri vs. Mayer hegte. Die Auskunft ist trotzdem aufschlussreich. Die ultraliberale Präsidentin gibt auch an, keine «aussergewöhnlichen Animositäten» zwischen diesen drei Vorstandsmitgliedern festgestellt zu haben. «Nur die üblichen Gockelkämpfe», räumt sie ein.

«Hm?», fragt Dominguez.

«Wenn's darum ging, wessen Idee etwas war. Oder privat: Wer die ausgefalleneren Ferien gebucht hat.»

So ein bisschen Eiervergleich, denkt Freddie bei sich. Ist nicht strafbar, sich aufzublasen wie ein Ochsenfrosch und um die Wette zu quaken.

Wie ein Raubvogel sticht er erneut auf sein Opfer hinunter beziehungsweise durchs Telefon vom Waaghof aus hinüber in die St. Alban-Vorstadt, wo die Kommunikationsagentur ihren Sitz hat und wo sich Frau Trauffer fragt, welchem Kunden, welcher Kostenstelle sie das Telefongespräch mit dem Kriminalpolizisten verrechnen könnte. «Dass Mayer und Zvetkovic etwas mit Frau Affentranger hatten beziehungsweise haben, ist Ihnen also bekannt. Seit wann?»

Sie zögert. Die Erde dreht sich ein paar hundert Kilometer weiter um ihre Achse. «Schon ein paar Monate …»

Dominguez will es genauer wissen. Mary-Anne Trauffer hat im letzten März Goran M. Zvetkovic auf dessen Handy angerufen, doch weil er «im Bad» war, hat Kayleigh Affentranger das Gespräch entgegengenommen. Nun lässt man ja niemanden in der Wohnung herumspazieren, erst recht nicht ins Bad, ausser er ist der Sanitärmonteur oder der …

Dumm, denkt Freddie, dass Zvetkovic ein Alibi hat und in

Luzern weilte, als Mayer angegriffen wurde. Und Spoerri, der Intrigant, lag zum Zeitpunkt der Attacke auf Satansbärtchen-Mayer auf dem Behandlungsstuhl in der Praxis von Dr. med. dent. Ursula Geiger.

Spoerri, der den Müller ins Liebesdreieck eingeweiht hat, was Freddie Dominguez natürlich verschweigt, sei «sehr ambitioniert», sagt die ULP-Präsidentin, «beruflich – als Chief Agile People Coach – und politisch – als Vorstandsmitglied unserer Partei.» Er gehe vollkommen in seinen Aufgaben auf. «Spoerri und ein Liebesleben … das kann ich mir nicht vorstellen.» So drückt es Mary-Anne Trauffer aus.

Freddie vergisst sich kurz und fragt: «Hä? Können Sie das bitte präzisieren?» Das Schöne an der mündlichen Sprache ist ja ihre Sparsamkeit und Vielseitigkeit. Das praktische Wort «Hä?» kann viele Sachverhalte ausdrücken, hier: Freddie Dominguez' Erstaunen. Weil er sich ein Berufsleben ohne ausgiebige private Ergänzung nicht vorstellen kann.

«Sebastian Spoerri hat meines Wissens … kein Privatleben.» Frau Trauffer schliesst kategorisch aus, dass der eifersüchtig auf Mayer oder Zvetkovic gewesen wäre. Ein Liebesmuffel, ein Arbeitssüchtiger, Superfleissiger.

Nun gut, danke schön.

ULP.

Ja, noch immer Donnerstag, 18. Januar, +1 °C, leichte Bise aus NE, bedeckt und halt so ein Donnerstag. Den heutigen Wochentag benannten die Germanen nach Thor, dem Wüterich mit dem Hammer, die Französinnen nach Jupiter, dem dauergeilen Bock. Wir könnten das fallbezogen interpretieren: Das Kriminalkommissariat Basel-Stadt verfolgt die Spur eines Wüterichs, der einen Illoyalen aus mit dem Sexus verbundenen Grund mit einem Handy-Wurfstern niedergestreckt hat. Quod erat demonstrandum: Alles folgt einem Plan, sagen manche. Wir sagen: dem Dienstplan. Exkurs beendet.

Detektivin Valérie Allmendinger befragt telefonisch Katrin G. Mägerle, die Strategieexpertin der Ultraliberalen Partei.

Mägerle hat Politikwissenschaft studiert und arbeitet an der Universität Basel – nicht als Assistentin, pfff, sie hat eine höhere Stabsstelle inne, mit Schnittpunkten zur Öffentlichkeitsarbeit. Sie fragen sich, wie sie diese Stelle bei einer staatlichen Institution und ihre politische Haltung vereinbaren kann, da sie den Staat grundsätzlich nur als vorübergehend notwendiges Übel betrachtet? Würde man ihr diese Frage stellen und sie würde wahrheitsgemäss antworten, würde sie erklären, dass es hilfreich sei, den Gegner von innen zu kennen und zu kontrollieren. Denn sie ist sich sicher, dass der Tag X kommen wird und die ULP gefragt sein wird, die Geschicke Basels, ja der Schweiz massgeblich zu prägen. Dann wird es unerlässlich sein, mit den Strukturen so vertraut zu sein, dass man reibungslos und ohne falsche Sentimentalität die rentablen Teile der öffentlichen Infrastruktur in Privatbesitz überführen und die unnötigen abbauen kann. Schöpferische Zerstörung, Joseph Schumpeter, Nationalökonom. Disruptive Innovation. Detektivin Allmendinger wird Katrin G. Mägerle nicht danach fragen, was sie damit meint. Die Antwort kann sie sich zusammenreimen. «Versetze dich in den Gegner, bis du fühlst wie er», schreibt Meister Sun.

Klingeling also in Katrin G. Mägerles Büro irgendwo nahe dem schönsten Spalentor der Welt. Allmendinger wird in ihren Telefonnotizen Ähnliches festhalten wie Kollege Dominguez: konstruktives Verhältnis Mayer–Zvetkovic–Spoerri; höchstens dann und wann kollegiales Frotzeln; Diskretion unter den ULP-Vorstandsmitgliedern, was das Privatleben betrifft: «Wir sind eine Partei, kein Freizeitverein und schon gar keine Partnervermittlungsagentur», hält Frau Mägerle fest. Und: Spoerri = tatkräftig, ergebnisorientiert, fokussiert, kostennutzenbewusst.

Im Müllerbüro berichtet Valérie Allmendinger danach in Dominguez' Beisein dem Kommissär: «Spoerris Intrige gibt zu wenig her, um den Überfall auf Mayer zu erklären.» Zvetkovics Anwesenheit andernorts ist bestätigt, Spoerris dito.

Der Müller denkt nach und sagt zur Kollegin: «Der Markt der Gefühle wird die ultraliberalen Herzensangelegenheiten schon regeln.»

Allmendinger und der Kommissär lachen. Freddies Gesicht zeigt noch ein Fragezeichen, darum gluckst er etwas verspätet. Er deutet aber die Situation atmosphärisch richtig und freut sich über die gute Laune des Chefs und der Kollegin.

«Die ULP-Hypothese legen wir vorerst auf Eis», entscheidet der Kommissär.

***

Null zu null.

Markus Gormann und Romina Wäckerlin haben diesen Nachmittag die Kontakte unter den Autonomen und potenziell gewaltbereiten Linken abtelefoniert. Ergebnis = 0.

Um 17:30 Uhr schickt der Kommissär alle nach Hause und macht selbst auch Schluss für heute. Vom Privatleben anderer haben wir heute viel gesprochen. Jetzt aber Privatleben Müller → Kleinbasel → Hammerstrasse → Gülay.

***

«In the Heat of the Night» (USA, 1967, R: Norman Jewison).

23:37 Uhr. 4054 Marschalkenstrasse, niedrige Hausnummern. Gehobene Wohngegend, geräumige, was sage ich: sehr, ausssssseroooordentlich geräumige alte Reihenhäuser mit Gärtchen vorne und Gaaaarten hintenraus, wo unter einem hundertjährigen Baum neben antiken Rosensträuchern der totgedüngte Rollrasen giftgrün leuchtet. Beim schwarzen Monsterpersonenkraftwagen des freiheitlich orientierten Rechtsanwalts Andreas C. Theurillat, parkiert vor dessen Haus, bewegen sich Schatten.

Nachbarin Elfriede Schädelin, gerade im Begriff, ins Bett zu gehen, wirft einen letzten Kontrollblick auf die Strasse, sieht die Schatten und wählt, ohne zu zögern, die 117.

Die Einsatzzentrale fragt über Funk nach, welche Patrouillen in der Nähe sind, und beordert vier Wagen hin. Basilea 12 und

32 nähern sich vom Bundesplatzkreisel her, Basilea 9 und 26 aus Richtung der Neubadschule.

Zangenbewegung → Fahndungserfolg: Die Einsatzkräfte stossen auf zwei Personen: Alois Bangerter (78) und Josia Ott (19), Grossvater und Enkel.

Die Reifen des Wagens von Andreas Theurillat sind durchstochen: Sachbeschädigung nach Art. 144 StGB. Die Parkierberechtigung von RA Theurillat für die blaue Zone ist übrigens seit zwei Wochen abgelaufen. Halten Sie es für kleinlich, dass die Polizei dies mit einer Ordnungsbusse ahnden wird?

SIEBZEHN

Friedhof am Hörnli. 4125.

Zwei helle Gebäude mit Rundbögen, sie flankieren das Portal zum Friedhof, nüchtern und imposant. Dahinter fünfzig Hektaren weiter Raum und Symmetrie, eine von Sträuchern gesäumte Allee, die an Treppenstufen endet. Oben steht backbord ein Gebäude mit den Kapellen für die Abdankungen. Heute Freitag, 19. Januar, 09:00 Uhr, in Kapelle 2, verabschieden sich die Lebenden von Rosa Markwalder. Regen und Wolken sind weg, der Himmel kalt blau, denn vom Schwarzwald bläst die Bise so eisig, wie es in Frau Markwalders Herz gewesen sein muss, als sie vor einer Woche auf der Bank im Schützenmattpark die tödliche Tablettendosis geschluckt hat.

Der Abdankungsraum schlicht, hölzerne Sitzreihen, vorne ein Kreuz und ein Lesepult, hinten zerlesene Kirchengesangbücher. «O Haupt voll Blut und Wunden» (Gerhardt/Hassler). Etwa fünfundzwanzig Trauergäste sitzen da. Romina Wäckerlin hat sie beim Eintreten mit dem Handy fotografiert, diskret, um nicht bemerkt zu werden. Trauer nimmt alle Sinne in Anspruch. Nur auf zwei der Gäste hat Wäckerlin die Linse nicht eigens gerichtet: auf Kommissär Müller Benedikt und Aspirantin Amber Odermatt. Das Ermittlungsinteresse hat die Polizei hierhergetrieben, doch der Anlass macht sie auch betroffen.

Vorne beim Kreuz spricht ein Pfarrer Worte, die ein Grossteil der Bevölkerung, eingeklemmt zwischen Arbeitspflichten und Konsumgelüsten, völlig aus dem Leben verdrängt: «Gott erhellt mir meinen Weg; er sorgt dafür, dass ich sicher gehe; er ist mein Ziel, meine Geborgenheit, ich gehe ohne Furcht.» (Psalm 27,1)

Er spricht von «Asche» und «Staub». Er predigt über die Auferstehung Jesu Christi und die Hoffnung auf ewiges Leben.

Dann bittet er mit einem Blick auf die vorderen Sitzreihen einen Trauergast, einige Worte über das Leben von Frau Markwalder an die Anwesenden zu richten. Wer aufsteht, ist

Marianne Lütolf. Ein Blatt in der Hand, stellt sie sich dorthin, wo eben der Pfarrer stand, und erzählt mit fester Stimme, wie sie Rosa Markwalder vor vielen Jahren kennengelernt hat. Sie hätten sich regelmässig getroffen, zum Spazieren, Beisammensitzen, Kartenspielen. Mit Freundinnen und Freunden seien sie noch vor wenigen Jahren, bevor sich Frau Markwalders Arthrose zu stark bemerkbar gemacht hat, auf die Chrischona gewandert. Sie erinnert sich an Ausflüge ins Stedtli Liestal, nach Rheinfelden ins Thermalbad, ins Badische auf den Gemüsemarkt und ins Elsass. Dass Rosa interessiert und mitteilsam gewesen sei. Oft hätten sie heitere Stunden miteinander verbracht. Dass es nun so gekommen sei, erschüttere sie und alle, die Rosa gekannt hätten, tief. Sie werde sie stets in guter Erinnerung behalten. Der Weg, den sie nun gehe, stehe uns allen bevor, ob reich, ob arm, der Tod, einzige Gewissheit ... Weiter vermag Marianne Lütolf nicht zu sprechen. Sie schaut auf die Urne, die vorne auf dem Korpus steht und von Blumen und einem Foto von Rosa Markwalder umsäumt ist. Ihre Stimme versagt.

Sie setzt sich wieder, und ein älterer Mann legt ihr eine Hand auf die Schulter.

Der Pfarrer spricht ein weiteres Gebet.

Müller und Odermatt beobachten derweil die Trauergemeinde. Der Kommissär erkennt Margrit Zjörien-Markwalder, die Tochter der Verstorbenen aus Oberdorf SO, und ihren Arnold, der sich für die Abdankungszeremonie von seiner Axt getrennt hat. Er sieht Alfons Thüring, den Nachbar des Altersheims, den er in Sachen Melvin Wyss verhört hat. Er war es, der vorhin Frau Lütolf Trost gespendet hat. Odermatt erkennt einen alten Mann, den sie mit Freddie Dominguez im Hasenbrunnen befragt hat: Albert Schoch, die hilfreiche Seele vom zweiten Stock. Als die Trauergäste «Libera me, Domine, de morte aeterna» singen, flüstert Odermatt dem Kommissär ihre Feststellung zu.

Der runzelt die Stirn, Faltengebirge wie aus dem Geologielehrbuch. Er hat Schoch von hinten nicht erkannt.

«Wir werden sie für Montag vorladen», flüstert er, «jetzt ist nicht der Moment.»

«Requiem aeternam dona ei, Domine, et lux perpetua luceat ei. Amen.»

Die Abdankung endet. Odermatt, Wäckerlin und Müller verlassen als Erste die Kapelle 2. Beethovens «Mondschein-Sonate» wäre jetzt schön, der erste Satz der Klaviersonate Nr. 14 op. 27 Nr. 2 in cis-Moll. Eine Orgel oder ein Klavier gibt es hier jedoch nicht. Stellen wir uns die Musik also vor.

Zurück in den Waaghof. Befragung von Alois Bangerter und Josia Ott, dem Grossvater-und-Enkel-Reifenstecherpaar, das die Sicherheitspolizei gestern Abend an der Marschalkenstrasse auf frischer Tat festgenommen hat.

Als sie beim Waaghof vorfahren, sehen Müller, Wäckerlin und Odermatt eine Menge von drei bis vier Dutzend Menschen. Sie versperren den Eingang.

Junge Menschen und alte. «Freiheit für die Gefangenen», rufen sie rhythmisch, «Freiheit für die Gefangenen.»

«Was ist denn hier los?», fragt Wäckerlin, sprungbereit.

Eine unbewilligte Demonstration, könnte der Müller antworten, aber das wäre so tiefsinnig wie die Feststellung, dass der Rhein in den Niederlanden ins Meer mündet.

Wäckerlin will sich das näher anschauen, steigt aus dem Zivilfahrzeug, das Odermatt chauffiert, und knurrt: «Platz da!» Sie beginnt kraft ihrer Fitness die protestierende Bevölkerung beiseitezuschieben. Müller, der ihr folgt, sagt betont laut «Pardon», um freundlicher zu klingen als die Kollegin. Aspirantin Odermatt bewegt sich im Kielwasser der Wäckerlin-Müller-Bugwellenverdrängung dem Gebäude zu.

«Freiheit für die Gefangenen», wird ihnen nun, da sie als Angehörige der Staatsmacht erkannt sind, hinterherskandiert. Als sie im Waaghof drin sind, drehen sie sich noch einmal um. Durch die gekrümmte Scheibe der Sicherheitsschleuse sehen sie, dass die Menge nicht weicht.

«Sollen wir Ordnung schaffen?», fragt Wäckerlin den Müller.

«Ich meine: immerhin eine unbewilligte Demo … also, vor dem Sitz der Staatsanwaltschaft …»

«Von welchen Gefangenen sprechen diese Leute?», fragt der Müller die uniformierte Kollegin, die hinter dem Sicherheitsglas den Eingang und einige Bildschirme überwacht.

«Bangerter und Ott, glaube ich, diese Namen habe ich gehört», antwortet sie.

«Ach ja? Die werden wir gleich vernehmen», quittiert der Müller und fügt hinzu: «Die scheinen ein grosses Kontaktnetz zu haben, dass ihretwegen sogar demonstriert wird.» Spricht Bewunderung aus dieser Bemerkung? An Wäckerlin gerichtet, sagt der Kommissär: «Lassen wir die Leute ihre Meinung ausdrücken. Solange sie friedlich sind und nichts beschädigen.»

«Wer weiss, wie lange das so bleibt? Ausserdem behindern sie den Verkehr auf der Binningerstrasse», widerspricht Romina Wäckerlin. «Das dürfen wir nicht zulassen.»

Wäckerlin ist angriffslustig. Rückst du bei so was mit Verstärkung aus? Zum unfriedlichen Ordnungsdienst? In Vollmontur und mit Wasserwerfer gegen vierzig, fünfzig Personen, wovon Handgelenk mal π die Hälfte nicht mehr im Erwerbsleben steht? Willst du, dass Neuregierungsrätin Cordelia Gruber vor die Medien treten und sich wegen eines unverhältnismässigen Polizeieinsatzes rechtfertigen muss? Willst du als Faschopolizei beschimpft werden, die Alte und Junge gewaltsam vom Waaghofeingang vertreibt? Hast du Lust und Zeit zu diskutieren, wo und wann du die Versammlungsfreiheit einschränken darfst?

«Wir haben anderes zu tun», schliesst der Müller die Diskussion ab und deutet mit dem rechten Zeigefinger schräg aufwärts.

Befragungsraum S 312.

Alois Bangerter (78), der Grossvater. Und die Verteidigerin MLaw Medea Bangerter. Auch Bangerter? Eine Nichte. Krikoseitig der Müller und Odermatt. Auf dem Tisch Automatenkaffee und Mineral mit und ohne.

Der Müller schaltet das Aufnahmegerät ein. Die Befragung wird übrigens mit Hilfe einer Software verschriftlicht. Arbeitserleichterung? Hm … Leider hat die Sprache-zu-Text-

Software Megamühe mit den schweizerdeutschen Dialekten*. Da wird der Kriminalpolizist zum Redaktor, bis die Aussagen unterschriftsreif vorliegen. Egal. Die Sachlage ist eindeutig: Ein Augenzeuge (der Müller verwendet aus Persönlichkeitsschutzgründen absichtlich das falsche Maskulinum) hat Herrn Bangerter bei seiner Straftat beobachtet.

«Allerdings nicht den Moment, als mein Mandant und sein angeblicher Mittäter angeblich die Reifen von Herrn Theurillats Auto durchstochen haben», betont RA Bangerter.

«Ein paar Sekunden später jedoch sehr wohl», insistiert der Müller.

«Wie will denn Ihr Zeuge gesehen haben, dass es mein Mandant gewesen sein soll? Es war dunkel. Die Beleuchtung in der Marschalkenstrasse ist kein Flutlicht.»

«Und wie erklären Sie mir», sagt der Müller, an den Beschuldigten gewandt, «Herr Bangerter, das Teppichmesser in Ihrer Jackentasche, die zerstochenen Reifen und die Tatsache, dass die Patrouillen am Ort der Sachbeschädigung einzig Sie und Ihren Enkel angetroffen haben? Nachts wimmelt es in dieser Gegend nicht gerade von Passanten.»

Kurz und gut: Der pensionierte Kaufmann Alois Bangerter bittet darum, unter vier Augen mit seiner Verteidigerinnennichte zu sprechen. Gewährt. Der Kommissär und Aspirantin Odermatt verlassen S 312. Keine Angst, liebe Steuerzahler: keine müssige Viertelstunde. Müller überprüft auf dem Handy den Posteingang, Odermatt zieht aus der Jackentasche eine Broschüre aus dem Fach «Ethik», die sie vor dem nächsten Modul an der Interkantonalen Polizeischule in Hitzkirch durcharbeiten will.

Als RA Medea Bangerter die Tür des Vernehmungsraums öffnet, in den Flur schaut, um die Kripo in die Vernehmung zurückzuholen, ist der Fall klar: Aufgrund der Beweislast gesteht Alois Bangerter die Sachbeschädigung. Was mögliche Mitbeteiligte betrifft, verweigert er jedoch die Aussage. Der Senior ist

---

* Besonders mit Walliser Dialekt.

nicht vorbestraft, das Gericht wird ihn deshalb maximal zu einer bedingten Geldstrafe verurteilen. «Ich werde den Sachschaden ersetzen», sagt er, «vier neue Pneus für dieses Luxusauto.»

«Und die Montage», präzisiert der Kommissär. Der Geständige nickt.

Für den Müller ist der Fall damit noch nicht erledigt. «Was mich besonders interessiert», fragt er nach, «warum lassen Sie sich in Ihrem Alter zu so einer Tat hinreissen? Das ist doch Bubenzeug.»

«Falsch!», schiesst es aus Alois Bangerter (78) heraus. «‹In Ihrem Alter› und ‹Bubenzeug› ... Genau das ist es, was mich wütend macht. Genau das ist der Punkt ... ‹in Ihrem Alter› ...»

«Verstehe ich nicht», sagt der Müller voll deeskalierend, «erklären Sie mir das bitte.»

Bitte! Ja, geschätzte Leserinnen und Leser, er hat «bitte» gesagt. Ein Wort, das im dritten Jahrzehnt des 21. Jahrhunderts allmählich ausser Gebrauch geraten und durch das Zwei-Wort-Syntagma «ich will» ersetzt worden ist. «Bitte» ist ein Signalwort, auf Französisch «s'il vous plaît»: «wenn es Ihnen beliebt». Höflichkeit. Als lebenserfahrener Mensch kennt Herr Bangerter (78) dieses Wort aus jüngeren Jahren, und auch seiner Anwältin und Nichte ist es vom Humanistischen Gymnasium her vertraut. Wir selbst erkennen anhand dieser Vokabel a) die freundliche Absicht des Kommissärs und b) sein Interesse an der Motivation für Alois Bangerters strafbare Handlung nach Art. 144 StGB.

RA Medea Bangerter nickt ihrem Onkel und Mandanten zu.

Er hebt an, und aus ihm sprudelt, «wie der Hirsch nach frischer Quelle schreit mit lechzender Begier» (Text: Ambrosius Lobwasser/Matthias Jorissen; Musik: Loys Bourgeois), der Ruf nach «Gerechtigkeit». «Ich habe die Schnauze voll von den Aussagen von Theurillat und Konsorten», leitet der alte Herr seinen Sermon ein. Danach präzisiert er: Rechtsanwalt Theurillat, dessen «protziges Symbol von Reichtum und Macht wir ... äh, ich beschädigt habe, vielleicht hätte ich das Auto gleich anzünden sollen» ... (nun doch besorgter Blick der Anwältin) ... «Der äussert sich immer wieder unsäglich … über alte Leute, saufrech. Über die Kosten, die wir verursachen … darüber, dass wir … eine Last seien für die Gesellschaft, den Staat, die Volkswirtschaft … den finanziellen Aufwand für Alters- und Pflegeheime, für das Gesundheitssystem insgesamt … die AHV und IV, die Ergänzungsleistungen … Er will das Rentenalter erhöhen, die Renten kürzen und stärker auf die private Altersvorsorge setzen. Kein Wunder, der sitzt in Verwaltungsräten von Banken und Pensionskassen und stopft sich mit Boni voll, die aus dem Geld *unserer* Altersvorsorge stammen. Von dem, was die Pensionskassen mit *unserem* Vorsorgegeld an der Börse verdienen, fliesst doch nur ein Almosen in die Renten.» Bangerter lässt sich nicht bremsen. «Uns, den Versicherten, steht der Chlütter in Wirklichkeit zu. [redacted]! Ich habe es satt, zuzuschauen, wie diese Leute sich auf unsere Kosten fettfressen und uns hinterher noch in den Hintern treten, diese Schaf[redacted]el.»

Zehn Minuten spricht Alois Bangerter ohne Punkt und Komma*, klar und deutlich, nur mit zwei Schimpfwörtern. Dieses Dokument über Altersdiskriminierung und den sozialen Graben, der das Land spaltet, ist im Archiv der Staatsanwaltschaft Basel-Stadt aufbewahrt. Unterläge die Aufnahme nicht dem Amtsgeheimnis nach Art. 320 StGB, liesse es sich sofort veröffentlichen → Wirbel → Zustimmung → Ablehnung → noch mehr Polemik überall.

Als der geständige Alois Bangerter geendet hat, fasst der Müller zusammen: «Schreiben wir im Protokoll einfach: Der Beschuldigte gibt an, die Sachbeschädigung begangen zu haben, um dem Geschädigten vor Augen zu führen, dass seine öffentlichen Aussagen zu Themen wie Altersvorsorge und Gesundheitswesen den Generationenfrieden stören und zum Zwist in der Gesellschaft beitragen. Okay?»

Der alte Mann lacht. «Vereinfacht gesagt, stimmt das so.»

Aussage in Text umwandeln, redigieren (Odermatt), Kontrollblick darauf (Müller, Alois Bangerter, MLaw Medea Banger-

* Oben aus Gründen der Lesbarkeit jedoch mit Standardinterpunktion versehen.

ter), Unterschrift aller vier. Herr Bangerter wird Post von der Staatsanwaltschaft bekommen, einen Strafbefehl, vereinfachtes Verfahren, spart Steuergelder. Danach entlässt ihn der Kommissär. Auflage: Den Kanton nicht verlassen, bis der Strafbefehl rechtskräftig wird. «Nach Lörrach auf den Markt darf ich aber?», will Bangerter noch wissen. «Nein», sagt der Müller, so kleinkariert das scheinen mag, aber er weiss, dass Bangerter weiss, dass ihn an der Grenze ohnehin niemand kontrollieren wird.

Hm, denkt der Müller, hm ... Das bedeutet, dass sich in seinem Hirn Gedanken bilden, die ihm zu denken geben. Doch der Fall ist noch nicht abgeschlossen.

Weiterhin Raum S 312: Josia Ott (19), der Enkel von Alois Bangerter, wird von Vlado hereingeführt. Verteidigerin Medea Bangerter ist vorhin gleich sitzen geblieben. Krikoseitig identisches Personal.

Wir diskriminieren hier ausnahmsweise die Jugend und fassen zusammen: Josia Ott gesteht aufgrund der materiellen Beweise das Delikt, verweigert aber jede Aussage zu seinem Grossvater. Da nicht vorbestraft, wird Ott wohl zu gemeinnütziger Arbeit in einem Altersheim verurteilt werden, zumal der Schadenersatz durch seinen Grossvater geregelt wird. Das Reifenstechen begründet Josia Ott mit seiner Solidarität gegenüber der älteren Generation, mit der Liebe zu seinem Grossvater, dessen Ansichten er weitgehend teile. Weiter spricht er von «Sozialdarwinismus», «asozialen Millionären» und sogar von «reichem Pack» und weist auf die «katastrophale CO_2-Bilanz von Theurillats Wagen» hin, «die ausdrückt, dass ihm die Zukunft der Erde und der Menschheit völlig am [redacted] vorbeigeht.»

Verschriftlichung dito. Unterschriften. Danke. Auf Wiedersehen. Nein, lieber nicht.

Als Amber Odermatt mit Josia Ott und RA Medea Bangerter Raum S 312 verlassen hat, um sie zum Ausgang des Waaghofs zu begleiten, bleibt der Müller allein zurück.

«Man sollte von Zeit zu Zeit von sich zurücktreten wie ein Maler von seinem Bilde.» (Christian Morgenstern). Das tut der

Müller, indem er sich auf dem am Boden festgeschraubten Stuhl im Befragungsraum zurücklehnt und streckt, dass die Hernien wohlig seufzen. Was war denn das?, denkt er und daran, dass Alois Bangerter plus/minus ein Vierteljahrhundert älter ist als er. Werde ich mit Ende siebzig die Welt gleich sehen wie er?

Er streicht sich über den Kopf und bemerkt, dass er mehr Haut als Haare berührt. Nach einer Weile steht er auf, öffnet das Fenster des Befragungsraums, saugt die frische Luft ein und schaut auf die Binningerstrasse hinunter. Einige Menschen stehen immer noch unten vor dem Eingang beisammen. Eine neue Wolkenfront hat sich über die Stadt geschoben, und der Nieselregen hat seinen Dienst an den Gesetzen der Schwerkraft wieder aufgenommen.

«Vielleicht hätten wir das Auto anzünden sollen», hat Alois Bangerter gesagt, nicht? Gab es da nicht, gräbt sich der Wurm des Erinnerns durch die Neuronen in Müllers weisser Masse im Schädel, neulich einen Fall, wo ein Auto in Brand gesteckt wurde? War das …? Ja, am Herrengrabenweg, über die Sportanlage Schützenmatte hinweg wenige hundert Meter von der Marschalkenstrasse entfernt. Und Vorfälle, in die alte Leute verwickelt waren? Der Enkeltrickbetrüger, der in der Breite vom Hund eines Ehepaars gebissen wurde, als er aus einem Abfalleimer erschwindeltes Bargeld abholen wollte? Die Aversion von Bangerter und seinem Enkel gegen, nun ja, nicht eben sozial orientierte Äusserungen von Andreas C. Theurillat … Fügt sich das nicht in gewisser Weise … ich meine, Beweiskraft hat das natürlich nullkommanichts, und auf Spekulationen baust du als Kriminalpolizist keine Akte auf, weil … Theurillats gesellschaftliche Kosten-Nutzen-Rechnung … «streitbar» wäre diplomatisch ausgedrückt … und politisches Galleverspritzen gehört im hehren Schweizerland mindestens seit Herbst 1992, seit der EWR-Abstimmung, zu den üblichen Erscheinungen … destruktiv, leider, [redacted]! Verstehen Sie mich ruhig falsch: Kommissär Müller Benedikt denkt sich solche Gedanken, quasi mentaler olfaktorischer Disput zwischen Lavendel und Stinkmorcheln … Kurzum: Erinnern Rechtsanwalt Theurillats Aussagen nicht sehr an die von Rinaldo Mayer und Balz Ulrich? Politiker einer gewissen Denkrichtung, freiheitlich-disruptiv ausgerichtet der eine, rigoros-bruttoinlandproduktfixiert der andere. Im Müllerhirn kreist es. Könnte bedeuten, dass die Lösung des Falles sich … Dass die Festnahme der Reifenstecher Bangerter (78) und Ott (19) eine Demonstration vor dem Waaghof auslöst; dass sich drei, vier, fünf Dutzend Menschen an einem feuchtkalten Januarfreitagnachmittag auf die Strasse stellen, um sich für die Freilassung dieser zwei einzusetzen? Das bedeutet, folgert Müller, dass Opa Bangerter und Enkel Ott eine grosse Zahl von Freundinnen und Freunden haben – oder «Sozialkontakten», wie das postpostmodern heisst. Many, many contatti. Könnte es sein, fragt sich der Kommissär, dass eine Art organisierte «Szene» von widerspenstigen Alten existiert? Von Alten, die aufbegehren und das Rentabilitäts- und Rendite- und Eigenverantwortungs-undsoweiter-Geschwätz satthaben?

Dieses Täterprofil ist dem Müller bislang nicht untergekommen.

Zur Klarstellung: Müllers Hirn formuliert hier eine Hypothese.

Vielleicht eine plausible?

Nur: Wie fügt sich Melvin Wyss' Brunnentaucher in diese Gemengelage? «Beweise ermüden die Wahrheit», behauptete Georges Braque, aber der malte und ermittelte nicht.

Nach der Befragung von Bangerter und Ott und der müllerschen Denkpause machen der Kommissär und Odermatt um 14:02 Uhr endlich Mittagspause. Odermatt begibt sich in die Kantine. Der Müller will raus, sich die Beine vertreten, feuchte Winterluft einatmen. Vor dem Eingang des Waaghofs stehen noch immer Menschen zusammen. Nun haben sie sich eher im Kreis formiert und nicht mehr frontal zum Gebäude. In der Menge glaubt der Müller zwei Personen zu entdecken, die er und Aspirantin Odermatt am Morgen auf dem Friedhof am Hörnli gesehen haben. Er durchquert die Menge, schlendert vom Gebäude weg, überschreitet – abseits des Fussgängerstreifens! – die Binningerstrasse, zieht das Mobiltelefon aus der Jackentasche und ruft Amber Odermatt an. Sie reagiert sofort, lässt ihr Menu (Tortellini alla nonna) vor der Kasse der Kantine stehen und eilt zum Eingang, noch immer den Chef am Ohr.

Durchs Plexiglas der Personenvereinzelungsanlage späht sie ins Freie, wo sie die zwei Alten, die der Müller meint, entdeckt. «Ja, ich sehe Lütolf und Schoch», bestätigt sie dem Müller 4G via Antenne und Satellit über die Strasse hinweg.

«Treib zwei, drei Mann Verstärkung auf», sagt der Müller, «ich warte zwei Minuten, dann werde ich die beiden bitten, uns einige Fragen zu beantworten.»

Zwei Minuten ticken 120 Sekunden lang, das sind 120'000 Tausendstelsekunden. Müller spürt jede davon. Warten ist eine Tortur.

Endlich. Aspirantin Odermatt, Detektivkorporal Markus Gormann, Detektivin Romina Wäckerlin und Aspirant Vlado Vakulic treten einzeln durch die Sicherheitsschleuse aus dem Waaghof auf die Demonstrantinnen und Demonstranten zu und führen sich harmlos auf, als wollten sie zur Heuwaage runter, um einen Schokoladenriegel zu kaufen, das Tramabo zu verlängern oder in der Steinenvorstadt an einer Shisha zu saugen.

«Freiheit für die Gefangenen», ruft niemand mehr, denn Alois Bangerter und Josia Ott baden längst in der Menge und berichten von ihren Erfahrungen in Polizeigewahrsam. Deshalb achtet niemand darauf, dass der Müller zielgerichtet auf Frau Lütolf und Herrn Schoch zusteuert (Zangentechnik. Linke Flanke: Odermatt und Gormann; rechte Flanke: Wäckerlin und Vakulic).

Spalten gerade Hagelkörner die schwachen Regentropfen vertikal?

Zwei Krähen kreischen fliegend über die Szenerie.

Die Wolken raunen sich «tally ho» zu und steigern ihre Intensität.

«Frau Lütolf … Herr Schoch … mein Name ist Müller, Kriminalpolizei. Wir haben einige Fragen an Sie. Haben Sie Zeit, jetzt gerade?»

«Sind wir verhaftet?», fragt Marianne Lütolf und realisiert, dass ausser dem mittelgrossen Fünfzigjährigen mit den kargen kurzen Haaren vier weitere Personen sie und Schoch umstellt haben.

«Nein, wir wollen Sie befragen, Sie und Herrn Schoch.»

Nein, das war kein Hagel vorhin. Vielleicht in der Luft gefrorener Speichel eines Storchs, der vom Zoo her eine Schleife über die Stadt geflogen ist?

«Also ... ich hätte schon Zeit, und drin ist es sicher wärmer und trockener als hier draussen», sagt Frau Lütolf, blickt zum himmlischen Grau hoch und lacht.

«Und Sie, Herr Schoch?»

Dem Müller rinnen die Regentropfen in den Nacken. Er hasst das.

«Wenn's denn sein muss», brummt er und hebt die Hände. «Ich ergebe mich.»

«Bitte, das ist unnötig», sagt der Müller und lädt die beiden alten Menschen mit einer Handbewegung ein, in den Glaszylinder der Personenvereinzelungsanlage* zu treten. Wäckerlin gleich hinter ihnen her.

«Freiheit für die Gefangenen», setzt wieder der Sprechchor ein, etwas heiser, weil Temperatur (2 °C), Luftfeuchtigkeit (82%), Wind (>15 km/h NNW) und die verfluchten Niederschläge der Stimme abträglich sind, «Freiheit für die Gefangenen.»

Der Müller macht mit den Armen auf Windmühle, um die Menge auf sich aufmerksam zu machen, und ruft: «Niemand ist festgenommen. Gehen Sie doch nach Hause. Es ist kalt. Es ist nass. Das ist nur eine Zeugenbefragung.»

«Und eine Zeuginnenbefragung», ruft eine Frauenstimme.

Müller nickt, denn wo sie recht hat, hat sie recht.

---

* Ein wunderschönes Wort, das man nicht oft genug wiederholen kann: Personenvereinzelungsanlage, Personenvereinzelungsanlage, Personenvereinzelungsanlage, Personenvereinzelungsanlage ... klingt um Lichtjahre melodiöser als die Abkürzung PVA, nicht?

Raum S 312. Einvernahme als Zeugin, deshalb gemäss StPO keine Rechtsvertretung notwendig.

La dame d'abord: Marianne Lütolf (74), pensionierte Schneiderin, wohnhaft im Altersheim Hasenbrunnen, Ecke Holbein-/Feierabendstrasse. Seitens des Kriminalkommissariats erneut Müller und Odermatt. Kaffee oder Mineral? Frau Lütolf wünscht einen Tee. Der Müller bestellt ihn telefonisch bei Freddie Dominguez. Der wird ihn aus der Kantine holen. Lindenblüten. Degradierung von Freddie Dominguez? Wo denken Sie hin. Weiche Faktoren → Entspannte Ambiance fördert Ermittlungserfolg. Wobei … Entspannung … in Raum S 312? Klar, das ist keine Wellnesszone, aber «erschrecke die Katze nicht unnötig mit dem Hund», wie einst der Spanier Jesús de Tibidabo aphorisierte.

«Sie kennen Herrn Bangerter und seinen Enkel?», beginnt der Müller.

«Nur Alois. Er wohnt im Quartier.»

«Woher kennen Sie ihn?»

«Über eine gemeinsame Bekannte. Schon lange.»

Soll der Müller nun Frau Lütolf fragen, ob sie gemeinsam mit Alois Bangerter ultraliberale Politiker attackiert, Luxusautos anzündet und Enkeltrickbetrüger verprügelt? Das widerspräche dem Wesen einer Zeuginnenbefragung. Stattdessen fragt er: «Und Sie kannten die verstorbene Frau Markwalder?»

«Ah, von dort … ich dachte doch, Sie kommen mir irgendwie bekannt vor. Sie waren heute Morgen an der Beerdigung am Hörnli.»

«Ja», antwortet der Kommissär und fragt sich, ob gerade etwas schiefläuft: Frau Lütolf hat ihm eine Frage gestellt – und er hat artig geantwortet. Statt umgekehrt. Das Heft rapidamente herumreissen, denkt er und erkundigt sich erneut nach ihrer Beziehung zu Frau Markwalder.

«Ja, wir haben uns ab und zu getroffen, sind spazieren gegangen, haben Ausflüge unternommen, uns im Schützenmattpark auf die Bänke gesetzt, ab und zu im Pavillon einen Kaffee getrunken.»

Der Müller macht «mhm», um zu zeigen, dass er zuhört. «Wie Sie es heute Morgen in Kapelle 2 erzählt haben. Eine schöne Rede war das. Traurig.»

Marianne Lütolf ist irritiert. Ist es ihm ernst, oder sagt er das nur? Sie spricht weiter: «Es ist himmeltraurig, was der armen Frau zugestossen ist. Himmeltraurig, dass sie diesen Weg gegangen ist.»

Wieder mhm wäre zu monoton, deshalb bemüht sich der Müller um eine freundliche Miene und nickt Zustimmung.

«Haben Sie den Schimmel in ihrem Badezimmer gesehen? Und die Wasserschäden an der Decke und an der Wohnzimmerwand?», wechselt die Freundin der Toten unvermittelt das Thema. Sie fragt wieder, der Kommissär antwortet erneut.

«Habe ich, ja.»

«Skandalös ist das, ein Skandal, dass die Liegenschaftenverwaltung die Reparaturen nicht bezahlen wollte, so lange wie Rosa ... schon in der Wohnung gelebt hat. Das wäre überfällig gewesen. Richtige Halsabschneider. Und zwischen den Zeilen ...»

«Zwischen den Zeilen?»

«Also, haben die doch angekündigt, das Haus sanieren zu wollen, umbauen, neu vermieten, teurer. Stellen Sie sich vor ... mit über 90 eine neue Wohnung suchen, eine, die mit der AHV-Rente und der schmalen Pension bezahlbar ist ... Manche verdienen ein Heidengeld damit, dass der Mensch ein Zuhause braucht und nicht draussen wohnen kann.»

Müller nickt erneut, um Marianne Lütolf zum Weitererzählen zu ermuntern.

«Mietezahlen ist, als müsste man fürs Atmen, die Bewegung der Augenlider und das Schlagen des Herzens jeden Monat eine Gebühr bezahlen, nicht wahr? Mit welchem Recht?»

Der Müller hört zu.

«*Habitatinvest*, ich meine, da steckt zwar *Wohnen* drin, aber vor allem *Investition*», ergänzt die pensionierte Schneiderin.

Sie ist gut über Frau Markwalders Verhältnisse informiert. Sie kennt deren Probleme mit der Immobiliengesellschaft im

Detail, und der Name der Verwaltung kommt ihr flüssig über die Lippen. Nun beiläufig ein Brücklein bauen …

«Kennen Sie Rinaldo Mayer?»

«Nein», antwortet Marianne Lütolf. Die Verneinung kommt zu schnell, als dass sich die Frau als gute Lügnerin erwiesen hätte. «Nein.»

Müller und Odermatt starren sie an.

«Er gehört dem Verwaltungsrat der Habitatinvest an und wurde am 5. Januar beim Bundesplatz von einem Gegenstand am Kopf getroffen.»

Frau Lütolf zuckt die Schultern. «Darüber weiss ich nichts.»

«Und sagt Ihnen der Name Balz Ulrich etwas?»

«Wer ist das?»

«Ein weiterer Verwaltungsrat der Habitatinvest AG. Er wurde in der Nacht von Sonntag auf Montag, vom 14. auf den 15. Januar, in den Rhein geworfen …»

Kopfschütteln von Frau Lütolf.

«Und Melvin Wyss?»

«Der Mann im Hasenbrunnen», triumphiert sie. «Deswegen haben Sie», sie schaut Amber Odermatt an, «der Bodybuilder und eine grosse blonde Polizistin uns im Altersheim befragt.»

«Der Überfall auf Wyss geschah unmittelbar vor Ihrem Wohnhaus.»

«Also, äh … na und? Das bedeutet doch nicht, dass ich etwas damit zu tun hätte.»

«Das habe ich nicht behauptet», behauptet der Müller und gibt Frau Lütolf zu verstehen, dass die Kriminalpolizei «für den Moment keine weiteren Fragen» an sie hat.

Après la dame, le monsieur: Albert Schoch (78), pensionierter Schlossermeister. Vor Raum S 312 hat ihm Gülay Sermeter «aus Sicherheitsgründen» das Handy abgenommen. Während der Befragung wird Mladen Jonovic die Metadaten extrahieren, insbesondere die über Schochs Telekommunikationsverkehr.

Rechtlich sind wir da … jaja, ich weiiiisssss … klar, wir sind in der Dunkeldunkelgrauzone, weil Schoch als Zeuge und nicht als

Verdächtiger befragt wird. Auch Schoch wird in S 312 fürsorglich mit einem Tee versorgt, den er aber stehen lässt. Er macht kein Geheimnis daraus, dass er sowohl mit Alois Bangerter als auch mit Rosa Markwalder freundschaftlich verbunden ist beziehungsweise war. Auch auf ihn wirkt der Firmenname «Habitatinvest AG» wie ein Reizwort. Er schimpft los und führt mietrechtliche und soziale Argumente an. Die Habitatinvest sei eine Räuberbande. Auch Albert Schoch – ja, zum dritten Mal ein Satzanfang mit «auch», wie es Cicero verlangt – auch Albert Schoch gibt an, Mayer und Ulrich nicht zu kennen, obwohl er täglich die Zeitungen liest, die er nachher vorbildlich bündelt. Der Müller erinnert sich, dass Freddie Dominguez das berichtet hat. Schoch sei «nicht mehr ganz bei Trost», hat Dominguez gemeint. Diesen Eindruck hinterlässt der pensionierte Schlosser beim Müller jedoch ganz und gar nicht. Dass ihm Melvin Wyss' Name erst seit den Besuchen der Polizei im Altersheim bekannt sei, diese Aussage war zu erwarten.

Auffällig, wie sich die Aussagen von Schoch und Lütolf decken. Haben sich die beiden abgesprochen? Wissen sie mehr, als sie zugeben? Schützen sie jemanden? Was verschweigen sie?

Damit IT-Jonovic mehr Zeit hat, die Informationen von Albert Schochs Handy abzuziehen, lenkt der Müller das Gespräch im Plauderton weiter. «Die Finanzierung von öffentlichen Gesundheitseinrichtungen und Altersheimen», lockt er den Rentner, «die wird ja gerade von Herren wie Theurillat, Mayer und Ulrich in Frage gestellt. Ich meine –»

«Genau», fährt ihm Schoch ins Wort und beginnt wie auf Knopfdruck, die Besitzansprüche auf Grund und Boden durch die Jahrtausende zu rekonstruieren. «Am Anfang gehörte das Land niemandem. Die Menschen zogen umher. Vor 10'000 Jahren wurden sie sesshaft und fingen an zu behaupten, der Boden gehöre ihnen, vor allem dem Anführer. Der vererbte seine Ländereien oder wurde umgebracht, und ein neuer Eigentümer riss das Land an sich. So ging es jahrtausendelang, bis die Industrialisierung anbrach. Da wurde Wohnraum zur Ware, zur Investitionsmöglichkeit, zur Geldmaschine. Weil die Menschen

Wohnraum benötigen, haben die Investoren ein Perpetuum mobile gefunden, dem sich niemand entziehen kann, wenn er nicht unter der Brücke oder im Park frieren will ...»

Beeindruckt vom Eifer des pensionierten Schlossers, kann ihm der Müller nur zustimmen, zumal er Schoch aufhalten und Zeit gewinnen will, Zeit gewinnen, bis ...

Odermatts Diensthandy plingt. Eine Mitteilung von Jonovic: Er hat alle Daten der SIM-Karte und des Gerätespeichers rauskopiert.

Müller kann Albert Schochs Befragung beenden. Beim Eingang des Waaghofs erhält der Rentner sein Mobiltelefon zurück.

Jonovic betritt Müllers Einzelbüro.

Die Daten aus Schochs Mobiltelefon belegen, dass er mit digitalen konspirativen Techniken nicht vertraut ist. Zwar tauscht er sich über einen Messenger-Dienst aus, der die Mitteilungen automatisch verschlüsselt. Doch wer im Gruppenchat drin ist, kann alles mitlesen. Jonovic ist mit dem Gerät des Gruppenmitglieds Schoch in den elektronischen Austausch eingedrungen und hat bereits das eine und andere gelesen. Albert Schoch hat die Teilnehmerinnen und Teilnehmer sogar meist mit Klarnamen in seiner Kontaktliste gespeichert. Einige davon kennt der Kommissär: Bangerter Alois, Fernandes Sereina, Lütolf Marianne, Ott Josia, Schnieper Elsbeth und René, Thüring Alois ...

«Sunez l'olifant!» (Chanson de Roland), blasen wir zum Angriff.

15:17 Uhr. Waaghof. Sitzungszimmer S 207. Anwesend: Markus Gormann, Romina Wäckerlin, Freddie Dominguez, Valérie Allmendinger, Aspirantin Amber Odermatt und Aspirant Vlado Vakulic, Mladen Jonovic und der Müller. Der wirkt entspannter als auch schon.

«Mladen», sagt er nur, lächelt ihn an und kehrt beide Handflächen offen nach oben, eine uralte Geste, die eine Einladung signalisiert.

«Wir haben in Albert Schochs Handy eine Kontaktliste gefunden, die interessant ist», sagt Jonovic. «Namen, die uns in den letzten Tagen öfter begegnet sind.»

Er zählt sie auf, und die Müllerequipe macht ein freundliches Gesicht, also jede und jeder einzeln natürlich das eigene.

Freddie Dominguez hebt die Hand, als sei er in der Schule. Müller ruft ihn auf, als sei er der Lehrer.

«Dient denen der Chat zur Organisation von Angriffen?»

Müller: «Vermutlich, ja. Dem wollen wir nachgehen.»

«Da bringen wir Ordnung rein», fährt Wäckerlin dazwischen. Müller mässigt sie mit einem Blick.

Müller: «Valérie und Markus, ihr fangt an, mit Mladen den ganzen Chatverlauf von Albert Schoch auszuwerten. Alle anderen kommen mit mir. Wir fahren zur Universität.»

«Non scholae sed vitae» (Seneca, Ep. Morales ad Luc., 106, 11–12).

Ja, nicht fürs Leben lernen wir, sondern für die Schule. Freitag, 16:00 Uhr. Fast ist es eine Strafaufgabe, wenn du ein Fach belegst, dessen Dozent oder -in eine obligatorische Lehrveranstaltung am späteren Freitagnachmittag ansetzt. Tauchen da ausserdem ein mittelgrosser Kriminalpolizist um die 50 auf, eine grosse blonde Kriminalpolizistin mit einem Blick, der die Universität einreissen könnte, ein Muskelprotz und zwei jüngere Angehörige der Staatsmacht, alle in Zivil, und fangen dich vor dem Hauptgebäude der Universität am Petersplatz ab, ist das so verwirrlich wie die Syntax dieses Satzes. Bei den Ermittlern steht der Amerikanistikstudent Joey Iseppi*. Iseppi weist die Kriminalpolizist- und -innen diskret auf zwei Kommilitonen hin, «Mitstudenten» sind das, hat Odermatt Freddie Dominguez erklärt. Iseppi entfernt sich unauffällig → Hörsaal.

Die beiden äh Kommi… Chris Aeberli bemerkt das Polizeiinteresse gar nicht, weil er sich gerade mit Alex Tschanz unterhält. Erst als die starke Blonde und der Mittelgrosse mit dem Kurzhaarschnitt sich vor ihnen aufbauen, als sie «Kriminalpoli-

* So nennen wir ihn, um seine Anonymität zu gewährleisten.

zei … Wäckerlin» und «Müller» sagen und ihre Dienstausweise vorzeigen, schaut Aeberli auf. Zack, sind er und Tschanz von den Bullinnen und Bullen umzingelt und werden gebeten, Fragen zu beantworten. Die Umstellten schauen aus ihren Hoodies wie Nachwuchssurfer auf dem Trockendock.

Mann, *glotzen* die anderen Studis.

Und tuscheln.

Aber vielleicht … steigt durch die Aufmerksamkeit der Bullen ihr Prestige.

«Ihre Ausweise bitte», befiehlt der Muskelmann.

Chris Aeberli und Alex Tschanz kramen in ihren Taschen. Schliesslich strecken sie Freddie Dominguez die Plastikkärtchen hin. Er entfernt sich damit und greift zum Handy.

Aeberli und Tschanz werden zu einer Bank auf dem Petersplatz begleitet. Im Januar Freiluftbefragung? Gemein, finden Sie? Nun, die Rahmenbedingungen eines Open-Air-Talks wirken sich möglicherweise für sämtliche Beteiligten vorteilhaft aus. Für die beiden Studenten, weil sie keine Lust haben, dass ihnen die Kälte durch die Sneakersohlen die Beine hochkriecht. Für Müller, Wäckerlin, Freddie, Odermatt und Vakulic, weil die meteorologischen Verhältnisse die Auskunftsfreude der zwei Studenten steigern und somit die Befragungsdauer abkürzen dürfte. Daher wird weniger Arbeitszeit auf Kostenstelle 0800 Normalarbeitszeit verbucht werden, was die Steuerzahlerin und den Steuerzahler freuen dürfte.

Immerhin, die Bank unter den kahlen Bäumen ist halbwegs trocken. Der Regen hat aufgehört und der Biswind die Tropfen von der Sitzfläche geblasen.

«Setzen Sie sich», befiehlt die grosse Blonde und zeigt auf die Bank.

Alex Tschanz fragt nach: «Hierhin?»

Vielleicht enttäuscht es ihn, nicht den bösgemeinen Waaghof von innen zu sehen. Den Verhörraum S 312 und dessen Zwilling S 311. Deren Beschaffenheit kann er sich wegen unzähliger Fernsehkrimis verzweiflungsschwarz und blutrot ausmalen. In Wirklichkeit, Sie wissen das, geschätzte Leserinnen und Leser, sind S 311 und S 312 noch trostloser als die Stein- und Staubwüsten auf dem Wüstenplaneten, noch ach-und-weh-fördernder als ein voll leeres Katzenfutterregal im Billigsupermarkt.

Tschanz und Aeberli setzen sich. Hinter ihnen hat sich nun Dominguez aufgebaut, er lauscht noch immer in sein Handy, die Identitätskarten in der Hand. Plötzlich steckt er das Gerät ein und gibt den Kolleginnen und Kollegen ein Zeichen: Bei der Zentrale liegen keinerlei Informationen über Tschanz und Aeberli vor. Falls sich einer der Studenten umschaut, und Aeberli und Tschanz werden das gleich tun, wird er vor lauter Muskelsträngen im Blickfeld zusammenzucken. Im Halbkreis haben sich vor den beiden jungen Männern der Kommissär, die starke Blondine mit dem Pferdeschwanz und die beiden Jüngeren positioniert.

«Sie haben sich am Dienstag in der Mensa über einen Mann unterhalten, der in den Rhein geworfen wurde», beginnt der Müller ohne Umschweife.

«Äh?», sagt Alex Tschanz halblaut, als ob ihm unklar ist, wovon der Kriminalpolizist spricht. «Wir … ich …», versucht Chris Aeberli zu antworten, was verdeutlicht, wie schwierig es sein kann, auf einen Aussagesatz, der eine Frage kaschiert, zu antworten. «Mhmm, ja … so ist es», gibt er schliesslich zu.

«Wo waren Sie am Sonntagabend, 14. Januar, ungefähr um 21 Uhr?»

Zeit zum Nachdenken geben. Kommt das Alibi wie der Blitz, weckt es Zweifel. Also die Befragten nachdenken lassen.

Die Spatzen tschilpen grau und braun, flattern auf und ab, auf dem Petersgraben fährt grün der Bus 34 in Richtung Universitätsspital. Links hinten, im Botanischen Garten, geschehen bestimmt mannigfaltige botanisch attraktive Vorgänge.

«Sonntagabend, 14. Januar? … Da war ich bei meinen Eltern in Zwingen», antwortet Tschanz. «Ja, das war Sonntagabend. Ich habe sogar bei ihnen übernachtet.»

4222 Zwingen BL?

«Das werden wir überprüfen», sagt in Tschanz' und Aeberlis Rücken Freddie Dominguez. Sie drehen sich zu ihm um und zucken zusammen. Wie ich vorausgesagt habe.

«Und Sie, Aeberli Christian?», wendet sich Romina Wäckerlin an den anderen.

Er macht Anstalten, in seine Innentasche zu greifen. «Darf ich?», fragt er, weil man immer wieder hört, dass die Polizei diese Bewegung für einen Griff zur Waffe halten könnte und sofort schiesst.

Der Müller nickt.

Aeberli holt sein Handy heraus, tippt darauf herum und hält das Gerät in Wäckerlins und Müllers Richtung. «Mein Kalender», erklärt er, «ich trage immer ein, was ich tue, um die Übersicht zu behalten.»

«Auch private Dinge?»

«Sehen Sie hier: Sonntag, 14. Januar, 20:30 Uhr, Kino Atelier …»

«Was war das für ein Film?»

«Schauen Sie: Hier habe ich noch das digitale Ticket …»

Mhm. «Was für ein Film, wollen wir wissen», repetiert der Kommissär.

«‹Danger through›», antwortet Aeberli und denkt nach, wie er die Handlung des Films zusammenfassen könnte. «Wie war er?», fragt Romina nach, die nie freiwillig ein Programmkino betreten würde. Sicher so ein Beziehungsfilm, wo viel gesprochen und wenig gehandelt wird.

«Der läuft noch», teilt Freddie mit Blick auf sein eigenes Mobiltelefon mit.

«Sie waren allein im Kino?»

«Nein, eine Freundin war dabei.» Auf Nachfrage nennt er ihren Namen, Müller notiert, Dominguez wiederholt und entfernt sich mit Amber Odermatt, um die Alibis telefonisch zu überprüfen: Eltern Tschanz in Zwingen, Freundin Aeberli vom Kino.

Der Müller geht zum nächsten Schritt über: «Sie haben am Dienstag in der Mensa den hellen Regenmantel erwähnt. Des Mannes, der im Fluss gelandet ist.»

«Haben wir das? Ich erinnere mich ni–», sagt Aeberli.

«Doch», unterbricht ihn Tschanz, «du hast …»

Zerbricht in diesem Moment eine Freundschaft, weil der eine die Wahrheit sagt, die der andere verschweigen will? Oder hat sich Aeberlis Frontallappen an diesem späteren Freitagnachmittag vorübergehend abgeschaltet, weil sein Körper lieber bei der Vorlesung wäre, die gerade im trockenen, geheizten Unigebäude stattfindet?

«Du hast recht», sagt Aeberli zu Tschanz, «er hat recht», sagt er zu den Polizistinnen und Polizisten. «Der helle Regenmantel, die dunkle Nacht, das fahle Licht, die steile Böschung, der kalte Rhein … das hat etwas Filmisches.»

«Woher wissen Sie, dass das Opfer einen hellen Regenmantel trug?», hakt Müller nach.

«Nun, äh … ja, ich …», sucht Chris Aeberli nach mehrsilbigen Wörtern, die als Antwort glaubwürdig sind.

Hinter ihnen gibt Amber Odermatt dem Müller ein Zeichen: Die Alibis der Habibis sind bestätigt.

«Da Sie beide an jenem Sonntagabend nicht am Rheinufer waren», übernimmt Wäckerlin, «können Sie uns nun informieren, woher Ihnen bekannt ist, dass das Opfer einen hellen Regenmantel trug.»

Die Spatzen tschilpen braun und grau, sie flattern auf und ab, auf dem Petersgraben fährt grün der Bus 34 zur Haltestelle Universität hoch, im Botanischen Garten nebenan gehen vielfältige botanische Vorgänge … und das Prachtshaus, das dem Schneeballsystem-Betrüger gehörte, steht noch immer leer.

«Von …», antwortet Aeberli schliesslich, «von einem Verwandten.»

Müller, ungeduldig: «Machen Sie es nicht spannend, es wird kühl. Hat der *Verwandte* einen Namen?»

«Hansruedi Seiler.»

«Und wie ist er mit Ihnen verwandt?»

«Er ist mein Grossonkel.» Chris Aeberli sieht aufgrund der polizeilichen Übermacht keinen anderen Weg, als dem Kommissär die Adresse zu nennen. Odermatt schreibt mit. Dann dürfen die beiden in den Hörsaal.

In den Dienstwagen und ab die Post. Der Grossonkel wohnt fast um die Ecke → Spalentorweg, dreistöckige Altbauten, nahe beim schönsten Spalentor der Welt, philatelistisch weltberühmt durch die blaue Fünfzigermarke aus dem Jahr 1960. Hansruedi Seiler antwortet beim zweiten Klingeln, bittet Müller und Wäckerlin über die Gegensprechanlage herein und herauf in den ersten Stock, öffnet die Tür und streicht mit der Rechten über sein dichtes weisses Haar. Müller schätzt ihn auf Mitte 70.

«Ja, ich habe Christian diese Geschichte erzählt», bestätigt er auf Müllers Frage. «Aber ich habe sie nur gehört. Am Nebentisch im ‹Schiefen Eck› am Claraplatz. Zwei, die waren ziemlich angetrunken, die haben laut miteinander gesprochen, und ich fand die Geschichte lustig.»

«Lustig? Dass jemand in den Rhein geworfen wird?», fragt Müller.

«Nein. Lustig, wie sie das erzählt haben. Im Suff schwafeln die Leute doch irgendwas. Erstaunlich, was denen immer einfällt.» Er stutzt. «Die Geschichte … ist sie etwa wahr?»

«Ja», sagt Wäckerlin trocken.

«Um Himmels willen … wenn ich das gewusst hätte …»

«Sie lesen wohl keine Zeitung?», fragt der Müller.

«Selten, stimmt. Stand das in der Zeitung?»

Der hat wirklich keine Ahnung, wer in den Fluss geschmissen wurde, denkt der Müller, will aber wissen, ob Hansruedi Seiler sich sicher sei, dass die Betrunkenen von einem hellen Regenmantel gesprochen hätten.

«Absolut», antwortet Seiler, «ja, deshalb konnte ich mir so gut vorstellen, wie das ausgesehen hat.» Wie die Geschichtenerzähler ausgesehen haben, kann er nicht sagen. Er sass mit dem Rücken zu ihnen und hat sich nicht zu ihnen umgedreht. «Wie die drauf waren, hätte es gefährlich werden können … dass sie auf mich losgehen, wenn sie bemerkt hätten, dass ich sie belausche.»

***

Die Kunst hilft der Polizei.

Siri Jörgensen, Studentin am Institut für Gestaltung und Kunst der FHNW in Münchenstein, Spezialgebiet Fotografie, entdeckt bei der Bildbearbeitung auf ihrem Computer etwas Ungewöhnliches. Letzte Woche, Samstagabend, 13. Januar, hat sie in der Steinenvorstadt Menschen fotografiert. Ihr Motiv derzeit: junge Leute beim Flirten und Feiern ablichten. Auf ihren Bildern findet sie auch Alkoholleichen, die sich an Hauseingängen festhalten und ihren Mageninhalt rauswürgen, verlorene Seelen neben Männern und Frauen in voller Aufbrezelung, die an Freilufttheken stehen, sich unterhalten, schäkern, imponieren wollen und sich an farbenfrohen Drinks und Erdbeertabak in Wasserpfeifen erfreuen. Beim Sichten ihrer Aufnahmen stösst Siri Jörgensen auf eine Dreiergruppe, zwei Männer und eine Frau, die gut gelaunt sind und sich angeregt unterhalten. Sie erinnert sich, dass sie diese Gruppe fotografiert und sich danach um ihre eigene Achse gedreht hat, ein Experiment mit Licht und Bewegung, bis ihr Objektiv um 180 Grad gewendet die Gegenrichtung einnahm. Ohne Unterbruch liess Jörgensen die Kamera laufen, Serienbilder, acht pro Sekunde, die Strasse hochgeschwenkt zum Pizzaturm, dem Hochhaus direkt an der Heuwaage, das bald abgebrochen werden soll. Die Fotografin lässt die Aufnahmen am Bildschirm durchlaufen, den Schwung, die Menschen ... die ... was ... der Mann dort ... dunkler Mantel ... kurzer Bart ... er dürfte sechzig, siebzig sein, genau kennt sich die Fotografin mit dieser Lebensspanne nicht aus ... Seine eine Hand steckt in der Manteltasche ... die linke. Und hier ... auf dem nächsten Foto, hier ... ja? ... sie vergrössert das Bild ... so, noch etwas grösser ... doch, die Auflösung ist gut ... und eine Aufnahme weiter, die vergrössert sie ebenfalls ... der Mann zieht ... tatsächlich ... eine ... ja, eine Pistole! ... aus der Tasche. Nun klickt Siri Jörgensen Bild für Bild einzeln durch die Serie: Der bärtige Mann im dunklen Mantel zieht eine Pistole, hebt den Arm, legt an und ... schiesst er? Ja, wie nennt man diesen ... Funken? Mündungsfeuer? Hat sie einen Schuss gehört? Nein, der Fotografiestudentin ist nichts aufgefallen, im Rambazamba der Steinenvorstadt am Samstagabend vor einer Woche um 21:15 Uhr kein Wunder. Die Kamera hat die Uhrzeit festgehalten. Eine gute Serie, kontrastreiches Licht, dynamisch, bewegt, menschlich, manche Gesichter verwischt, manche durch die Beleuchtung fast dreidimensional herausmodelliert. Könnte eine ansprechende Abschlussarbeit werden, denkt Jörgensen. Vielleicht sogar mehr: eine Ausstellung, eine Buchpublikation? Aber einer, der … wirklich, sie vergrössert das Foto, das Gesicht des Bärtigen ist deutlich erkennbar, siebzig dürfte der mindestens sein, ja … einer, der eine Pistole zieht und … tatsächlich schiesst, und das in Basel, auf offener Strasse …

Nach dieser Sequenz hat sie für jenen Abend Schluss gemacht und ist gleich nach Hause gegangen. Sie war müde.

Was sie fotografiert hat, sieht sie erst jetzt. Es ist mehr als das Versprechen einer guten Abschlussarbeit.

Was sie fotografiert hat, ist eine Straftat.

Siri Jörgensen zögert nicht und wählt die 117.

Diamant Sherifi, Bankkaufmann, Sie erinnern sich? Am Samstagabend, 13. Januar, 21:15 Uhr, von unbekannter Täterschaft in der Steinenvorstadt angeschossen. Heute, sechs Tage später, haben wir den Täter ermittelt.

Er ist uns bekannt.

Jörgensen schickt nach Rücksprache mit der Einsatzzentrale und Angabe ihrer Personalien eine Reihe von Bildern digital in den Spiegelhof. Die Sekunden, bevor der Schütze die Waffe aus der Manteltasche zieht, den Moment des Anlegens und Zielens, das Mündungsfeuer, wie er die Faustfeuerwaffe wieder einsteckt und … wie er sich vom Tatort entfernt, hat die Fotografiestudentin leider nicht festgehalten, da sie das Objektiv weitergeschwenkt hat. Was hinter ihr geschehen ist, ist ihr im Samstagabendgewühl entgangen.

22:56 Uhr. Der ranghöchsten Kollegin in der Einsatzzentrale, Wachtmeisterin Cinzia Schmidlin, erscheint Frau Jörgensens Schilderung des Vorfalls glaubhaft. Aus dem Journal weiss sie, dass es vor einer Woche in der Steinen zu einem Vorfall mit Schussverletzung gekommen ist. Schmidlin wählt ein Bild aus, auf dem das Gesicht des Täters besonders klar zu erkennen ist, stellt es in die Fahndungsdatenbank RIPOL und schickt es an die Polizeiposten in Basel-Stadt und Baselland, die Landespolizei in Lörrach, die Gendarmerie in Saint-Louis und an alle Streifenwagen, die unterwegs sind.

Dies erledigt, will Cinzia Schmidlin zum Kaffeeautomaten, während es hinter ihr klingelt und bimmelt und die Kollegin und der Kollege weitere Notrufe aufnehmen. Sie erreicht nicht einmal die Tür, weil der Kollege «Cinzia!» ruft und ihr den Hörer entgegenstreckt.

«Danieli Filippo, Basilea 14, gerade auf Patrouille», hört sie, «das Foto, das ihr soeben verschickt habt. Ich kenne den.»

«Bist du sicher?»

«Ja, ich habe jahrelang mit ihm zusammengearbeitet.»

«Wo war das? Bei welcher Firma?»

«Na, hier, bei uns ... bei der Kapo.»

***

23:33 Uhr. Neben Gülays Bett singt und surrt Müllers Handy. Zum Glück hat er sich kürzlich in einer entspannten Sekunde vom «Sodom And Gomorrah Show»-Klingelton verabschiedet und auf das munterere «A Message To You Rudy» gewechselt, was zu dieser Uhrzeit allerdings eine Überdosis guter Laune ist. Angesichts der Neuigkeit, die Kollegin Schmidlin dem Müller mitteilt, ist eine zuversichtliche Stimmung jedoch nicht verkehrt.

Sekunden, Minuten, ticktack, ticktack. Traraa:

Josef «Joe» Meyer (71), pensionierter Kantonspolizist, betätigt um 23:57 Uhr eigenhändig den Türöffner für den Hauseingang am Rümelinbachweg. Er hört viele Schritte im Treppenhaus. Seiner Frau Susi gebietet er mit einer Handbewegung, sich rauszuhalten, weil er als Mann und ehemaliger Polizist die Lage unter Kontrolle hat.

Hat er nicht. Vier Uniformierte (Petracca, Bopp, Jeanneret, Di Jorio) erreichen den Treppenabsatz im zweiten Stock und drücken sich an ihm vorbei in die Wohnung, noch während Müller sich Meyer vorstellt, Gormann neben sich, der den Rentner wachsam mustert.

«Joe, was ist los?», fragt Susanne Meyer-Hänggi ihren Mann.

«Sag nichts, Susi, sag einfach nichts.»

Diese Methode, die ihm rechtlich zustehende Aussageverweigerung, zieht Josef Meyer durch. Auch als Simone Jeanneret mit einer Pistole im Plastikbeutel aus dem Wohnzimmer zum Müller tritt. Sie lag hinter Churchills Memoiren auf dem Regal. Ohne ein Wort lässt er sich im Alarmpikettwagen in den Waaghof überführen. Er schweigt weiter, als im Befragungsraum S 311 der Pflichtverteidiger RA lic. iur. Peter Hauri ankommt.

Die Kriminaltechnische Abteilung, Roland Cattaneo und Lukas Hurni, ist bereits eingetroffen, überprüft die Heckler-&-Koch-Pistole auf Fingerabdrücke (positiv) und darauf, ob sie kürzlich abgefeuert wurde (positiv), ob das Kaliber (positiv) und die Kratzer am Projektil mit denen der Kugel übereinstimmen, die Diamant Sherifis Arm durchschlagen hat (positiv), und ob die Unregelmässigkeiten im Lauf von Meyers Pistole denen der Kugel entsprechen (positiv). Mit Siri Jörgensens Bildmaterial, das wir im Original gegenständlich gesichert haben, liegen genügend Beweise vor.

Art. 111 StGB: versuchte vorsätzliche Tötung. Mindestens.

Prolepse. Justitia et Pax (Ps 85, 11).

Wir greifen vor. Ex-Kantonspolizist Josef «Joe» Meyer (71) wird aufgrund mangelnder Aussagewilligkeit vom Zwangsmassnahmengericht in Untersuchungshaft gesetzt. Vor dem Strafgericht an der Schützenmattstrasse wird er schliesslich – Anfang Juli wird das sein – erklären, er fühle sich durch die zügellos feiernden jungen Leute in der Steinenvorstadt gestört. Es sei nicht auszuhalten. Sie würden johlen und grölen, Flaschen rumwerfen, mit Wasserpfeifendunst die Gasse verpesten, sich besinnungslos trinken und sich dennoch ans Steuer setzen. Jede Nacht. Nicht zufällig sei der Birsigparkplatz einer der Kriminalitätshotspots der Stadt. Ein Gesocks sei das, was sich da rumtreibe, ein Pack, aufgeblasen, breitbeinig und die Frauen bis tief in die kalte Jahreszeit aufreizend freizügig gekleidet, dass du meinst, du hast es mit schamlosen [redacted] zu tun. Bis zu seiner Wohnung höre man das Geröhre der Motoren und das Geschrei und Gekreische und Gekicher und Geschwafel von Männlein und Weiblein, die zügellose Übermütigkeit dieser … Leute. Jede Nacht, jede Nacht und am Wochenende jenseits des Erträglichen. So gehe das nicht, das sei nicht seine Stadt, irgendwann sei genug, man könne nicht zu allem schweigen.

«Zwischen Nicht-Schweigen und Schiessen gibt's dennoch eine grosse Diskrepanz», wird Staatsanwalt Dr. iur. Thomas Krähenmann, Müllers Chef, als Vertreter der Anklage vor Gericht Meyers Tirade kontern. Das Gericht wird seines Amtes walten und strafverschärfend feststellen, dass Meyer als ehemaliger Kantonspolizist sich a) der Rechtslage bewusst war und b) berufsbedingt um die Gefahren eines Schusswaffeneinsatzes Bescheid wusste.

Eine Zeitung wird bei der Berichterstattung über den Prozess im Juli eine bürgerwehrähnliche Struktur im Polizeikorps vermuten, zumal ja auch schon ein Angehöriger der Kapo BS wegen Rassendiskriminierung nach Art. 261bis StGB verurteilt wurde und die Einsatztaktik teilweise sehr umstritten ist. Sie unterstellen gar der neu gewählten Justiz- und Sicherheitsdirektorin Cordelia Gruber, sie wolle sich durch härteres Durchgreifen profilieren. Mangels stichhaltiger Informationen wird der Zeitungsartikel über die angeblichen dunklen Netzwerke im Korps aber weder Sprengkraft ausüben noch Glaubwürdigkeit erlangen.

Meyer wird eine Freiheitsstrafe von vier Jahren und sechs Monaten auferlegt bekommen und eine Bewährungsfrist von fünf Jahren.

ACHTZEHN

Schon ein bisschen Samstag.

20. Januar. 01:21 Uhr. Dunkel. 0 °C, Wind aus NE, 15 km/h, leichter Regen. Das Wetter passend zur Uhrzeit: stockkanonenvoll mit Substanzen aller Art. Der Schauplatz des Vorfalls, Sie denken, ich habe das heraufbeschworen, aber Pardon, dort ist es tatsächlich wieder geschehen: In einer Bar in der Steinenvorstadt randaliert ein Mann. Laszlo Lakatos, der Wirt, der schon unzählige Leute in unglaublichen Zuständen erlebt hat, erkennt sofort, dass der Gast mehr $C_{17}H_{21}NO_4$, also (2R, 3S)-3-Benzoyloxy-tropan-2-carbonsäure-methylester, sprich «Kokain», im Hirn hat als Gehirnflüssigkeit im Schädel. Lakatos ruft die 117. Die schickt zwei Alarmpikettwagen à drei Mann und Frau Besatzung. Überzahl deeskaliert manchmal, doch nicht hier. Als der Kokser die Uniformen sieht, schleudert er einen Stuhl gegen sie, zwei Stühle, Gläser, eine Schale Erdnüsse, schlägt um sich, wird schliesslich abgelenkt, angesprungen, niedergerungen. Blut fliesst, ja, aus der Nase von Polizeimann Remo Marchi und von der Schläfe des Randalierers, er hat sich an der Tresenkante den Kopf angeschlagen, als ihn Polizistin Sunay Can mit Wucht zu Boden brachte. Ja, es wurde unschön und brachial, das Gegenteil von Flowerpower, aber die unangenehmen Momente gehören auch zum Polizeiberuf.

Jedenfalls wird der zugedröhnte Eduard Grolimund (44, Aussehen wie 64) am Samstag, 20. Januar, um 02:03 Uhr leicht verletzt – Nasenbeinbruch, Kopf blutig, Prellungen an Armen und Oberkörper, Schürfwunden am rechten Schienbein und an beiden Fäusten – in eine Zelle im Waaghof gesperrt.

Beim Leeren seiner Hosen- und Jackentaschen findet Polizistin Thürkauf Claudia nebst Wohnungs- und Autoschlüssel, Beutelchen mit Pulver und Portemonnaie einen Ring, in dem sie den Namen «Karin» liest und ein Datum, das zehn Jahre zurückliegt.

«Karin» lautet der Name von Grolimunds Frau definitiv nicht. Erstens hat er keine mehr, sie ist ihm ab, was man verstehen kann, und zweitens hiess sie anders.

Die Beschreibung des Rings gibt Kollegin Thürkauf noch während ihres Nachtdiensts in die Fahndungsdatenbank RIPOL ein, wo auch gestohlene Gegenstände gelistet sind. Treffer. «Wham, Bam, Thank you, Ma'am!» (Dean Martin). Drogen machen definitiv blöd, wie dieses Beispiel zeigt: Der Randalierer trägt den Ehering von Balz Ulrich auf sich, der in der Nacht vom 14. auf den 15. niedergeschlagen, nun bewiesenermassen beraubt und in den Rhein geworfen wurde.

Kollegin Thürkauf ruft ihre Vorgesetzte, Wachtmeisterin Jeannine Gabathuler, und diese wählt die Pikettnummer des Kriminalkommissariats.

Das Diensthandy klingelt also auch in dieser Nacht. Der Müller liegt zu diesem Zeitpunkt, Ex-Polizist Meyer hat er längst in eine Zelle verfrachtet, an der Hammerstrasse neben Sermeter im Springboxbett und träumt. Davon, dass er an einem Quiz in einem Pub teilnimmt, bei dem jemand wahllos Zahlen von eins bis 392 aufruft, worauf die Geistesathleten zack subito den Titel des entsprechenden Artikels des Strafgesetzbuches nennen müssen. Also zum Beispiel: «225?» – «Gefährdung durch Sprengstoffe oder giftige Gase ohne verbrecherische Absicht. Fahrlässige Gefährdung.» Oder: «174?» – «Verleumdung.» Wer einen falschen StGB-Titel nennt, muss ein Bier exen, wer keine Antwort weiss, eines bezahlen. Der Müller, im Traum, kennt alle Artikel, was ihm sonst nie im Traum einfiele. Wo waren wir? Ah ja, er träumt all diesen polizeilichen Sportsgeist. Auch der Erste Staatsanwalt Stickelberger ist angetreten und muss bereits ständig ausch … hick … auschtreten, weil er Geschetscheschbeschtimmung um Geschetscheschbeschtimmung velwechschert rülpsch und geischtig immer schwankender ähm schwankt, ja … und der Leitende Staatsanwalt Thomas Krähenmann steht mit einem Glas puritanischem Mineralwasser am Tresen, zwinkert dem souveränen StGB-Quiz-Kommissär Müller Benedikt zu und reibt sich die Hände, seinen unmittelbaren und des Müllers übernächsten Vorgesetzten in Schieflage zu sehen. Das U-Bewusste von Müller puzzelt also solches Zeug zusammen, während es neben dem Gülaybett klingelt. Muss er wieder raus? Zum zweiten Mal in einer Nacht, sodass ihn das Sandmännchen nicht mehr findet, weil Feng shui pfui?

Nein, er darf weiterträumen. Fehlschaltung meinerseits ins falsche Schlafzimmer. Denn nicht im Sermeterschlafzimmer vibriert und düdelt das Handy, sondern in 4123 Allschwil bei Freddie und Rosa Dominguez, deren Muskulatur nach ausgedehntem abendlichem Work-out endlich abgekühlt ist und ... was schwafle ich lange: Sie schlafen. Das Dienstmobiltelefon spielt «Eye of the Tiger», die Melodie aus «Rocky III», Freddie hechtet aus dem Bett und ruft noch im Anziehen Valérie Allmendinger an → Waaghof todos los dos.

Im Waaghof, 02:29 Uhr. Freddie Dominguez und Valérie Allmendinger machen Eduard Grolimund darauf aufmerksam, dass er unentgeltlich einen Verteidiger beiziehen kann.

«Ich kann selber denken», röhrt er, immer noch im Kokainhoch.

«Sie verzichten also ausdrücklich auf einen Anwalt?»

«Habe ich doch gerade gesagt, oder? So ein Pinkel hat mir noch gefehlt. Verdient als Komplize der Justiz die Taschen ... äh ... voll. Nein, will ich nicht, nicht mit Eddy Grolimund, verstanden?»

«Sie können auch zu einem späteren Zeitpunkt, jederzeit –»

«Nein, habe ich gesagt: Nein! Versteht ihr dieses Wort nicht?»

Warum ich pedantisch notiere, dass Grolimund keinen Anwalt will? Weil wir das explizit so auf der Festplatte haben müssen, das Audio mit dieser Aussage. Damit hinterher keiner «Formfehler» rufen kann, weil Dominguez und Allmendinger angeblich die StPO verletzt und dem Beschuldigten seine Rechte verweigert hätten.

Die Kriminalpolizistin legt das mit Pulver gefüllte Beutelchen, den Autoschlüssel und – ebenfalls im Klarsichtbeutel – den Ehering auf den Tisch in S 311. Freddie tippt mit dem Zeigefinger auf das Kokain: «Betäubungsmittelgesetz.» Dann zeigt er auf den Autoschlüssel: «Auf Ihren Namen ist kein Wagen mehr zugelassen … Diebstahl?» Schliesslich nimmt er den Ehering aus dem Säckchen, betrachtet seine Innenseite: «Besonders interessant ist das: Karin, 15. April vor …» … schnell rechnen … «… zehn Jahren.»

Eduard Grolimund reibt sich die Augen. Er dünstet alles aus, was er an diesem Freitagabend bis nach der Geisterstunde an Flüssigkeiten und chemischen Produkten zu sich genommen hat. Er fühlt sich konfus, hat keine Kraft mehr, um sich mit der gottverdammten [redacted]-Kripo herumzuschlagen. Er will bloss noch eines: eine Linie oder sofort aus dem Seegang in seinem Körper in die Horizontale fliehen.

Das Zweite wird er tun können. In einer Zelle hier im Waaghof.

«Sie sind nicht mehr verheiratet, nicht?»

Grolimund grunzt.

«Und vor allem hiess sie nicht Karin.»

Nach zwei Sekunden antwortet Grolimund: «Wenn ihr sowieso glaubt, alles zu wissen, warum fragt ihr mich überhaupt?»

«Weil wir von Ihnen selbst hören wollen, wie Sie zu diesem Ring gekommen sind.»

«Überhaupt saublöd von mir, dass ich den … Ich dachte, er sei in der anderen Jacke …»

«Woher haben Sie diesen Ring, hä?» Freddie Dominguez bleibt hartnäckig.

Irgendwann tickt der kleine Zeiger an der Drei vorbei, dann wird es halb vier, vier Uhr. Grolimund flucht, schweigt, schimpft, schwitzt oder schwadroniert. Atempäuselchen für alle, aber mikro nur. Freddie Dominguez füllt Grolimunds Becher mit lauwarmem Mineralwasser und schenkt sich und Valérie Allmendinger aus der Thermosflasche Kaffee ein. Die Augenlider wiegen schwer, die Augen sind rot geworden und trocken von der Zentralheizungsluft in S 311. Allmendinger öffnet das Fenster schräg, damit Sauerstoffmoleküle und Nachtaerosole eindringen und den Lauf der Justiz beflügeln können.

Eduard Grolimund hängt mittlerweile schief auf dem festgeschraubten Stuhl in S 311. Auch er stemmt sich dagegen, dass seine Augenlider Feierabend machen.

Schliesslich reicht es ihm, basta, er hat genug, will sich hinlegen, und damit die Bullen ihm das erlauben, beginnt er zu erzählen. Äh, dass er … und ein Kumpel … in jener Sonntagnacht am Rhein … unterwegs waren, kein Geld mehr in der Tasche, und da entdeckten … es war nicht seine Idee, sagt er, sie entdeckten einen einsamen Fussgänger, der auf dem St. Alban-Rheinweg unterwegs war. Weit und breit kein Mensch in Sicht, also ausser dem Mann im hellen Regenmantel … gopf[redacted]! … Sie gingen auf ihn zu … [redacted]! Was für eine [redacted]! Den kennt er ja! Der … erkennt ihn ja!

Definitiv, [redacted]!, Balz Ulrich, der hätte ihn identifizieren können, ein ehemaliger Nachbar im Wettsteinquartier. Grolimund erschrak bombig, als er mit dem Messer, das er, nun ja, wirklich, zufällig in der Tasche gehabt und jetzt in der rechten Faust hatte, und Ulrich die! Augen! aufgerissen! wie! die! Tore! des! St. Jakob-Parks! Nach! Dem! Spiel! [redacted] noch mal! Ulrich sagte nämlich: «Hallo … Eddy? Eddy, bist du …? Was soll das? Du willst doch nicht …?» Und von hinten halt … Roger mit dem Baseballschläger, woher auch immer er den … und thaddd! Sie mussten ja etwas …

«Roger … wie noch?», hakt Allmendinger nach.

In der Aufregung, was sage ich: Panik, haben sie ihn die Böschung hinuntergeschleppt und … ho-hopp … splash … in den Fluss geschmissen und gopfertori vergessen, ihm das verdammte Portemonnaie abzuzügeln, nur diesen verfluchten Ring, den er blöderweise in dieser Jacke trägt und nicht in der anderen zu Hause, sonst wäre die Kripo nie auf die Idee gekommen, dass …

«Lasst mich jetzt endlich schlafen.»

«Sobald wir wissen, wer dieser Roger ist …», sagt Freddie und lehnt sich auf seinem Stuhl zurück. Um 04:18 Uhr geht die Fahndungsmeldung raus.

NEUNZEHN

Hoch die Wände – Wochenende.

Während ein Grossteil der Bevölkerung sich dem Autowaschen, Staubsaugen, Wegbringen von Altglas, Blechdosen und Kompost und den Einkäufen widmet und danach der Bart-, Bizeps-, Haut- und Nagelpflege, versammelt sich die Müllertruppe im Waaghof. Samstag, 20. Januar. Erst auf 09:00 Uhr hat der Kommissär den Frührapport angesetzt. Ein Hauch von Samstagsgefühl, zumal du als Chef laut Obligationenrecht auch eine Fürsorgepflicht für deine Mitarbeiter und -innen hast.

Müller überlässt es Freddie und Valérie, die Aufklärung des Balz-Ulrich-Falls zu vermelden – und die Festnahme von Eddy Grolimund und seinem Mittäter Roger Hochreutener, den die Sicherheitspolizei im Morgengrauen aus dem Bett geholt hat. Die Kolleginnen und Kollegen applaudieren.

Weiter geht's ... zum Thema «Auswerten der Kontaktliste des Telefons von Albert Schoch und des Chatverlaufs des von diesem genutzten Messenger-Diensts». So umschreibt Müller im Morgenrapport die vordringliche Aufgabe. Gestern haben Allmendinger und Gormann damit zwar noch begonnen, wurden aber nach wenigen Minuten durch einen Vorfall im Hirzbrunnenquartier (hier nicht fallrelevant) davon abgehalten.

Allmendinger und Dominguez sind übernächtigt. Nach dem Grolimund-Verhör und dem Einleiten der Hochreutener-Fahndung nur vier Stunden geschlafen. Die übrigen sind voll auf Deck.

Marianne Lütolf, Alois Bangerter, Josia Ott, Alfons Thüring, Rosa Markwalder, Sereina Fernandes ... Diese Namen aus Schochs Kontaktliste sind dem Kriminalkommissariat bekannt. Aber ... Alice Quadranti und Ruedi Wolf? Gormann gibt Quadranti und Wolf ins interne System ein ... suche ... suche ... suche ... Es erscheint der Vorfall im Drachencenter am Montagmorgen, 8. Januar ... Tätlichkeiten an der Kasse, weil sich einer vordrängeln wollte ... Bingo! Hundertsiebzehn Kontakte sind in Albert Schochs Mobiltelefon gespeichert. 117, unsere magische Zahl, Quersumme 9, durch drei teilen = 3, die drei Dreien hintereinander macht 333, und das mit zwei multipliziert macht 666: «Hier ist die Weisheit. Wer Verständnis hat, berechne die Zahl des Tieres; denn es ist eines Menschen Zahl; und seine Zahl ist sechshundertsechsundsechzig.» (Offb 13, 18). Hätten wir Langeweile oder einen Knall in der Birne sähen wir dahinter einen tieferen Sinn. In der Polizeiarbeit bedeutet das einfach: alle 117 Kontakte durchgehen, überprüfen. Das übernehmen Wäckerlin, Odermatt und Vakulic.

Währenddessen klemmen sich Gormann und Allmendinger hinter Albert Schochs Chatverlauf. Sie lesen zum Beispiel das:

Dienstag, 2. Januar, 13:12 Uhr. Franca Buscaglione an Schoch und Alois Bangerter: «Rakete bereit. Bringe dir morgen.» Schoch an beide: «Danke. – Alois!» Der quittierte mit «OK».

Freitag, 5. Januar, 07:45 Uhr. Marianne Lütolf an Schoch: «ZP jeden Morgen 7 1/2 Ecke Feierabend/Hasenb». Antwort Schoch: «i. O., abgeschickt».

Dienstag, 9. Januar, 18:20 Uhr. Schoch an Alois Bangerter an Josia Ott: «19 Benkenp 1». Dahinter zwei blaue Häkchen = gesehen.

Sie lesen das:

Freitag, 12. Januar, 19:25 Uhr. René Schnieper an Schoch: «Morgen, 10 Uhr, Park Breite. Mit Hund». Antwort postwendend: «Haha! Fass! ☺»

Und das:

Samstag, 13. Januar, 17:40 Uhr. Alois Bangerter an Albert Schoch und Josia Ott: «Devise Victorinox.» Antwort Schoch umgehend: «ok», Antwort Ott vier Minuten danach: «+».

Montag, 15. Januar, 13:34 Uhr. Sereina Fernandes an Schoch: «Di 15».

...

Dutzende von Nachrichten dieser Art. Gruppenchat: Alle konnten mitlesen.

Dabei viele Namen, die das Kriminalkommissariat bisher

nicht auf dem Schirm hatte, Absender → Mitteilung → Empfänger → Antwort, hin und her wie beim Pingpong, seit Wochen.

«Kaffee?», erkundigt sich Markus Gormann bei der Kollegin.

«Gerne, ja.»

Er verlässt das Gemeinschaftsbüro, begibt sich zum Automaten, hält den Chip an den Sensor, damit das Geld abgebucht wird, drückt die Taste und schaut der Flüssigkeit zu, die in den Becher läuft, zu duften beginnt und obenauf ein Schäumlein bildet. So muss es sein. Gelassenheit bewahren wie einst die Stöchiastiker im antiken Griechenland. Das passt zu Gormann. Ihm wird nachgesagt, seine Nase wirke völlig griechisch. Dabei ist er ein Schaffhauser.

Detektivin Allmendinger gleicht, als er mit den Bechern und dem Kaffeearoma ins Büro zurückkommt, Albert Schochs Chatverlauf mit Vorgängen ab, die im internen Informationssystem dokumentiert sind.

Nach dem ersten Schluck Kaffee sagt sie zu Gormann: «Da gibt's einiges, das zusammenpasst.»

Die Buscaglione-Mitteilung wegen der «Rakete» vom 2. Januar mit Übergabe am Tag darauf ... drei Tage vor dem Überfall mit Wurfgeschoss auf Rinaldo Mayer. Wenn wir das richtig deuten, hat Frau Buscaglione Schoch und Bangerter gemeldet, dass das präparierte Handy bereit ist.

Die Meldung von Marianne Lütolf an Schoch vom 5. Januar, dass «ZP», die Zielperson, jeden Morgen um 07:30 Uhr an der Ecke Feierabendstrasse/Altersheim Hasenbrunnen sei, dürfte sich auf Melvin Wyss beziehen, der vier Tage später dort im Brunnen gelandet ist. Schochs Replik «i. O., abgeschickt» lässt sich als Hinweis lesen, er habe die Mitteilung weitergeleitet. Da zeitnah in seinem Chatverlauf nichts Entsprechendes gespeichert ist, muss dies mündlich erfolgt sein.

Überhaupt gilt als konspirative Technik: Wichtiges nur mündlich und unter vier Augen. Elektronische Spuren sind Gold für die Kriminalpolizei und für den Staatsschutz. Die Fichenaffäre von 1989/90 war Peanuts im Vergleich zu den heutigen Möglichkeiten von NDB, Fachgruppe 9 & Cie. Sollte ich vielleicht nicht preisgeben, weil Art. 320 StGB (Amtsgeheimnisverletzung), aber Sie wissen das längst, wenn Sie all die verschärften und neuen Überwachungsgesetze zusammenzählen. BÜPF und BWIS-II und PMT und so weiter.

Albert Schochs Botschaft an Bangerter und dessen Enkel Josia Ott vom Dienstag, 9. Januar, um 18:20 Uhr, dürfte mit dem verklopften Enkeltrickbetrüger im Benkenpark zusammenhängen. Bedeutung der Mitteilung: Bangerter und Ott möchten sich um 19:00 Uhr dort einfinden, um «1», eine Person, zu erledigen.

René Schniepers Mitteilung an Schoch kann so gelesen werden, dass sie in der Breite mit dem Hund auf einen losgehen werden. Mit dem Codewort «Victorinox» koordiniert Schoch das Reifenstechen durch Ott und Bangerter. Sereina Fernandes' «Di 15» dürfte den Zeitpunkt für ein Treffen vorgeschlagen haben, wobei der Ort nicht erwähnt werden musste, weil die Eingeweihten eingeweihtermassen eingeweiht sind.

Nicht schlecht, was Valérie Allmendinger und Markus Gormann aus den Daten herauslesen, nicht wahr?

Nach dem dritten Kaffee haben sie recht viel zusammengetragen, abgeglichen und systematisiert protokolliert. Allmendinger ruft den Müller an und informiert ihn über das vorläufige Ergebnis.

Der Kommissär hält sich gerade bei innerstädtischen Kalamitäten auf, Kollateralschäden der Konsumgesellschaft: Ladendiebstahl, Drohungen, Beschimpfungen und Tätlichkeiten bei Sonderangeboten. Er weist Gormann und Allmendinger mobiltelefonisch an, Mladen Jonovic von IT/Cybercrime einzuschalten: Antennensuchläufe nach den Aufenthaltsorten von Bangerter, Schoch, Lütolf, Ott, Fernandes, Thüring, Buscaglione von Anfang Januar bis heute. Krähenmann, der Leitende Staatsanwalt, wird das anordnen müssen. Müller informiert ihn telefonisch. Jonovic kommt in den Waaghof, auch seine Chefin Jessica Panzeri und Gülay Sermeter finden sich ein.

Als grafisches Symbol dieser kriminalpolizeilichen Aktivitäten liesse sich die Abbildung eines komplizierten Geflechts von Zahnrädchen und Glühbirnen verwenden. Weil ich einen solchen Zeichensatz nicht zur Verfügung habe, überlasse ich dieses Piktogramm Ihrer Vorstellung.

Aus Gormanns und Allmendingers Abklärungen resultiert, Pardon, geschätzte Controllerinnen und Controller, die Sie das Budget des Kriminalkommissärs überwachen, eine Reihe von Einsätzen.

Rechtsstaatliche Zwischenbemerkung: Es handelt sich um Indizien, die das Kriko selbstverständlich durch zusätzliche Informationen stützen muss, um den sich verdichtenden Verdacht gegen Albert Schoch und seine mutmasslichen Mittäterinnen und Mittäter zu erhärten.

Die Truppen zusammenrufen.

Waaghof, Samstag, 20. Januar, 15:00 Uhr. Einsatzbesprechung. Sitzungsraum S 207. Die ganze Mannschaft ist anwesend: Müller, Gormann, Wäckerlin, Dominguez, Allmendinger, Odermatt, Vakulic – und IT- und Wirtschaft-seitig Panzeri, Jonovic und Sermeter.

Nach der Begrüssung deutet der Müller mit der Hand auf Gormann und Allmendinger und sagt: «Bitte, Valérie und Markus.»

Die beiden fassen ihre Ergebnisse zusammen, kein einziges Mal von jemandem unterbrochen. Die Konzentration aller ist vorbildlich, muss ich sagen, kein Geflachse, keine Witze.

«Wir haben es offensichtlich», resümiert der Kommissär, «mit einer organisierten Gruppe von mehrheitlich Pensionierten zu tun, die gewaltsam – erstens – gegen Personen und Statussymbole vorgeht, die ihnen nicht passen. Und – zweitens – gegen Personen, die gegen ältere Menschen kriminell werden oder sich ihnen gegenüber anderweitig ungebührlich verhalten.»

In S 207 bleibt es nach diesen Müllerworten still. Weil, ehrlich, daran denkst du kaum, dass eine regelrechte Serie unterschiedlichster Angriffe auf Unternehmer und libertäre Politiker, auf Enkeltrickbetrüger, Supermarktdrängler und Imbissbudenrüpel auf eine einzige Täterschaft zurückgehen dürfte. Noch gilt die Unschuldsvermutung nach Art. 10 StPO. Und vor allem wäre dir nicht eingefallen … «unerhörte Begebenheit» (Goethe) … dass der Altersdurchschnitt dieser Serientäterschaft bei über 70 Jahren liegt.

«Rollatorrebellen!», platzt es aus Freddie Dominguez heraus. Der Müller kann nicht mal streng dreinblicken, weil sich alle Gesichter in S 207 aufheitern. Die Spannung löst sich. Die Alpenpässe sind bezwungen, am Horizont zeichnet sich die Zielgerade ab. Das Stoffband mit der Aufschrift «ARRIVÉE» lässt sich durch den mentalen Feldstecher bereits erahnen und flattert hektisch im Biswind des Faktischen.

«Wenn ich mir's überlege», sagt der Müller, «sind unter diesen Rollatorrebellen …», er schaut Freddie an und lächelt, Freddie lächelt stolz zurück, und unter seinem Langarmpolo zucken zufrieden alle Bizepse und Trizepse, «… unter diesen Rollatorrebellen sind sicher etliche, die 1968 und 1980/81 Erfahrungen mit politischen Aktionen und sogar im Strassenkampf …», Wäckerlin hustet, weil dieses Wort bedeutet Landfriedensbruch, Sachbeschädigung, Anarchie und Kommunismus, «… diese Leute haben ihre politischen Standpunkte wohl nicht ganz vergessen, als sie das AHV-Alter erreicht haben.» Freddie bewundert insgeheim die Energie der Action-Greise, fit wie Molotow, obwohl sie mit 99% Sicherheit kein Kraft- und Konditionstraining machen. «Nach ihrer wilden Zeit haben sie sich in die Gesellschaft integriert, ein unauffälliges, gewöhnliches Leben geführt, Arbeit, Familie … man muss ja sich und die seinen durchbringen. Und jetzt, wo sie diese Aufgaben bewältigt haben, haben sie wieder ‹freie Kapazität›, wie man heute sagt.»

Müller schaut in die Runde.

«Hypothese», ergänzt er, «aber die Fakten deuten darauf hin …»

Sein Team denkt an die Aussagen von Alois Bangerter, Marianne Lütolf, Josia Ott und Albert Schoch, die sie im internen System gelesen haben. Widerstand gegen die Diskriminierung von alten Menschen.

«Altersradikalität», sagt er schliesslich, «statt Altersmilde.»

Der Müller schaut weiterhin die Kolleginnen und Kollegen an, schiebt sein Kinn vor und hoch, was ihn ein wenig wie einen Boxerhund aussehen lässt. Die sind lieb, treu und schwer zu erschrecken.

«117 Namen umfasst Alois Bangerters Kontaktliste. Da müssen wir jetzt Gas geben. Alle. Alles vollständig auswerten. Hieb- und stichfeste Beweise. Welcher Art war ihr Kontakt untereinander? Welche Taten sind in den Chatverläufen dokumentiert? Wir müssen das lückenlos dokumentieren. Bei Bedarf lassen wir die Leute hierher in den Waaghof vorführen.»

An die Fensterscheibe trommelt der Regen.

«Panzeri, Jonovic und Gülay kümmern sich weiter um die Standorte dieser 117 Personen seit Anfang Jahr. Wenn nötig, unterstützen sie uns technisch oder bei der Entschlüsselung von Daten.»

Kleine Pause, er schaut die Kolleginnen und Kollegen an. «Alles klar?»

Niemand widerspricht. Die Müllerequipe wechselt ins Gemeinschaftsbüro hinüber. Panzeri, Jonovic und Gülay Sermeter ziehen sich in ihre Büros zurück, um der digitalen Welt Geo- und Metadaten abzuringen. Müller macht sich mit Gormann, Wäckerlin, Allmendinger, Odermatt und Vakulic an die 117.

Mannstunden.

Am Samstag, 20. Januar, bis 18 Uhr.

Am Sonntag, 21. Januar, von 9 bis 18 Uhr.

Am Montag, 22. Januar, von 7:30 bis 18 Uhr. Der Montag beginnt … jetzt.

ZWANZIG

«Bist du in deinem Büro?»

«Ja», sagt der Müller.

«Allein?»

«Mhm», macht der Kommissär.

«Ich bin in einer Minute bei dir», hört er die Stimme im Telefon. Während er noch nachdenkt, was der Anruf bedeuten könnte, steht der Leitende Staatsanwalt Dr. iur. Thomas Krähenmann bereits bei ihm im Büro. Thomas lächelt vom linken Ohrläppchen bis zum rechten. Das will etwas heissen, weil meistens ist er sachlich und streng.

«Die Justiz- und Sicherheitsdirektorin hat mich gerade angerufen ...», verkündet er und bleibt mit dem Ton oben.

«Mhm?», fragt der Müller, als hätte er einen Gipfelirest zwischen den Kiefern.

«Hubacher wurde soeben fristlos entlassen», beginnt Krähenmann, «und Stickelberger ist ...», hier könnten die Trompeten von Jericho einsetzen, um die Spannung zu steigern, «... beurlaubt, auf unbestimmte Zeit.»

«Moment, Moment», bremst der Müller Thomas Krähenmanns Elan. Früh am Morgen, wenn das erste Vögelein im Nachtigallenwäldeli pfeift, schleichen die Neutronen noch zäh durch die Synapsen. «Stickelbergers persönlicher Sekretär ... draussen?»

«Hubacher, ja. Wegen Verletzung des Amtsgeheimnisses. Er wird wegen Verstosses gegen Art. 320 StGB angeklagt werden. Er hat Interna an die eine Redaktion weitergegeben. Erwiesenermassen. Welche Vorteile er dafür bekommen hat, wissen wir noch nicht.» Thomas lacht und reibt sich die Hände.

Das Müllergesicht entspannt sich, und er gleicht ein wenig der Sonne, die sich über dem Horizont zeigt. «Gut, ja, wir waren ja nicht ungeschickt. Aber Stickelberger ... warum auch er? Und gleich suspendiert ...»

Thomas Krähenmann strahlt wie ein frisch shampoonierter Wasserwerfer. «Ich hätte mir nicht erträumt, dass das derart glatt abläuft. Die Vorsteherin des JSD sagt, er habe den Laden nicht im Griff. Er habe aus politischem Eigennutz Hubacher lange gedeckt, und er sei charakterlich und als Führungskraft überfordert. Nicht einmal seinen persönlichen Mitarbeiter könne er kontrollieren.» Er holt Luft und sagt zum Müller: «Wie du weisst, gehören Cordelia Gruber, die Vorsteherin des JSD, und Stickelberger nicht derselben Partei an ...»

«Gabriel Hubacher und Stickelberger aber schon», ergänzt der Müller, auch um zu zeigen, dass er als Noch-nicht-so-lange-Basler durchaus Bescheid weiss über die amtsinterne Politik.

«Genau», bestätigt Thomas und fährt fort: «Übers Wochenende haben einige Gespräche stattgefunden ...»

«Mhm», gibt der Müller wieder von sich.

«Ja, freust du dich denn nicht?», fragt Krähenmann etwas irritiert. «Ich dachte, dir liegt auch viel daran, dass wir ... wie soll ich sagen ... in der Hierarchie über uns Personen haben, auf die wir zählen können.»

Kriminalkommissär Müller Benedikt sieht den Leitenden Staatsanwalt Thomas Krähenmann an, seinen direkten Vorgesetzten, der sich gerade mit einer Bürointrige brüstet. Müller weiss, dass sich Thomas und die Vorsteherin des JSD politisch näherstehen. Also fragt er harmlos: «Wer wird Stickelberger ad interim vertreten? Hat dir das die Regierungsrätin auch mitgeteilt?»

Thomas' Grinsen bestätigt ihm, dass er mit seiner Vermutung richtigliegt.

«Wetten, dass Daniel bald in der Privatwirtschaft oder in Bern bei der Bundesanwaltschaft rumstickelbergert?»

Der neue Erste Staatsanwalt ad interim ist in Hochform.

Müller stützt seinen Ellenbogen auf die Platte seines Bürotischs, legt sein Kinn in die offene Handfläche und fixiert seinen frischen Duzfreund, der fortan am strafverfolgerischen Elysium schnuppert. Schliesslich erhebt sich der Müller, streckt seinem Chef die Hand hin. «Ich gratuliere dir zu deiner Beförderung,

Thomas, und ich freue mich auf eine weiterhin gute Zusammenarbeit.»

Den Blick hat er nicht von Krähenmann abgewandt. Dessen euphorisches Geplauder ist versiegt. Der Staatsanwalt wird Müllers Augen gewahr, die ihn hypnotisieren, als wäre er das Kaninchen und der Kommissär die Schlange. Er ist dem Polizeimann etwas schuldig. Er wird dem Polizeimann etwas schuldig sein. Er wird ihm etwas schuldig bleiben. Ihm verdankt er die Schützenhilfe bei diesem Karriereschritt.

***

Mannstunden weiter.

Am Dienstag, 23. Januar, von 7:30 Uhr bis …

EINUNDZWANZIG

… nun, Bienenstock Kriminalkommissariat. Mannstunden, Mannstunden, sich austauschen, telefonieren, telefonieren, Handysuchläufe, Müllermannschaft, Panzeri, Gülay, Jonovic, Datenbanken, telefonieren, Befragungen, Besprechungen, Rückrufe, ausrücken, gegenchecken, vorladen, vorführen, S 311, S 312, Pflichtverteidigerin, Pflichtverteidiger, Raum lüften, Kaffee, Mineral mit und ohne, am Empfang abholen, durch die Personenvereinzelungsanlage herein- und hinausschleusen, Besprechungen, Rückruf, Zwischenfazit, Ändern der Fragetechnik, nachfragen, präzisieren lassen, die Fragen wiederholen, wiederholen die Fragen, insistieren, nachhaken, erneut vorladen, Indizien, Personen mit dem Chatverlauf konfrontieren, Widersprüche, Ausflüchte, Handydaten, Chateinträge, S 311, S 312, Kaffee, Mineral mit und ohne, Zwischenrapporte in S 207, mal aufs WC, Kaffeepause nebst informellem Austausch und sachdienlichen Wortwechseln beim Kaffeeautomaten, weitere Datenträger sicherstellen und auswerten, protokollieren, abgleichen, jemand bestellt Pizza, zurück in S 311, in S 312, rückfragen, dieselben Fragen noch einmal stellen und protokollieren, gegenlesen lassen, unterschreiben lassen …

Hier wieder die bildliche Darstellung mit komplizierter Zahnrädchenmechanik und Glühbirnen, um das Aktivitätslevel des Kriminalkommissariats zu visualisieren.

Tadaa!

Dienstag, 23. Januar, 17:30 Uhr, Besprechungszimmer S 207. Anwesend: Müller und das gesamte Team plus der Erste Staatsanwalt a. i. Thomas Krähenmann.

Ermittlungsergebnisse folgendermassen:

Punkt 1: Rinaldo Mayer hat das von der Künstlerin Franca Buscaglione (36) sachkundig zugeschliffene Handy an die Schläfe geworfen bekommen, nachdem Marianne Lütolf und Sereina Fernandes den Standort seines Autos ausfindig gemacht hatten. Sie hatten beobachtet, dass er regelmässig zur Physiotherapie in der Cross-Klinik an der Ecke Steinenring/Schützenmattstrasse ging und den Wagen in der Gegend parkierte. Das Wurfsternhandy wurde vom ehemaligen Nationalliga-Handballer Alois Bangerter geworfen, dem Josia Ott zur Seite stand. Koordiniert hat die Aktion Albert Schoch.

Punkt 2: Melvin Wyss wurde von Albert Schoch und Artilleriefeldweibel a. D. Alfons Thüring von hinten gepackt, mit einem Stoffsack über den Kopf sehunfähig gemacht und in den Hasenbrunnen geworfen. Die Details hatte Marianne Lütolf von gegenüber, durch ein Fenster des Altersheims Hasenbrunnen, ausgekundschaftet.

Punkt 3: In Basel hat sich eine eigentliche Enkeltrick-Abwehr-Taskforce konstituiert, verbunden über eine Chat-Gruppe und koordiniert durch Sereina Fernandes, Marianne Lütolf und Albert Schoch. Aufs Konto der Gruppe gehen Körperverletzungen an mehreren Personen im Benkenpark, in der Breite und Spontantaten, etwa bei der Imbisstheke im Bahnhof SBB und an der Kasse des Drachencenters.

Punkt 4: Mehrere Sachbeschädigungen nach Art. 144 StGB, vor allem an Motorfahrzeugen der Luxusklasse, rechnet das Kriminalkommissariat ebenfalls dieser Tätergruppe zu. Mangels Beweisen und Geständnissen werden jedoch etliche dieser Taten nicht aufgeklärt und sanktioniert werden können.

Punkt 5: Die Möglichkeit, dass Mitglieder dieses Kontaktnetzes am Überfall auf Balz Ulrich beteiligt gewesen sein könnten, schliesst die Müllermannschaft kategorisch aus. Eddy Grolimund und Roger Hochreutener werden sich für diese Tat zu verantworten haben.

Punkt 6: Innerhalb der Gruppe bestand ein Alarmierungssystem, das innert sehr kurzer Frist Personen mobilisieren konnte, sei es für Aktionen, sei es für Demonstrationen wie die vor dem Waaghof, als die Kripo Alois Bangerter und Josia Ott befragte.

Punkt 7: Der pensionierte Polizist Josef «Joe» Meyer, der in der Steinenvorstadt Sherifi angeschossen hat, ist ein Einzeltäter ohne Verbindung zum Kreis um Lütolf, Schoch und Bangerter.

Das Motiv.

Nicht besonders viele Delikte geschehen aus Blödheit oder aus Lust am Bösen. Suff, Rausch und die damit zusammenhängende Absenkung der Impulskontrolle verursachen deutlich mehr strafrechtlich Relevantes. Etliche Vergehen und Verbrechen entstehen aus einem Rollenbild heraus, das den Mann der Frau überordnet, vor allem im häuslichen Bereich. Auch Habgier kann ein Grund für Delinquenz sein, Neid und Eifersucht.

Hier nichts so.

***

Öffentlichkeit.

Wir schalten zur Medienkonferenz der Staatsanwaltschaft am Mittwochmorgen, 24. Januar, 10:30 Uhr. Aufgrund des grossen Interesses findet sie im grossen Sitzungszimmer im obersten Stock des Spiegelhofs statt, des Standorts der Kantonspolizei.

Nicht nur Reporter und -innen der beiden Regionalzeitungen warten auf die Ergebnisse, sondern auch Vertreter der nationalen Zeitungen, der Privatradios, des Lokal- und öffentlich rechtlichen Fernsehens, Fotografinnen und Fotografen. Sogar die «Badische Zeitung» und «L'Alsace» haben jemanden herübergeschickt. Plus/minus dreissig Personen.

Ihnen gegenüber BLITZLICHT! an einem Tisch v. l. n. r. Kriminalkommissär Müller Benedikt, FLASH! FLASH! der Erste Staatsanwalt a. i. Dr. iur. FLASH! Thomas Krähenmann, Hauptmann Jessica FLASH! Panzeri, Leiterin der Abteilung IT/Cybercrime/Wirtschaft.

FLASH! Krähenmann erstattet der Öffentlichkeit Bericht. Die Informationen FLASH! stammen von Müller und seiner Equipe, zusammengestellt hat sie der Kommissär selbst, redigiert Beat Schwarz von der Medienstelle der Staatsanwaltschaft, der sich in der ersten Stuhlreihe bereithält, um das Mikrofon für die Fragen der Journalistinnen und Journalisten zirkulieren zu lassen.

«Warum haben die alten Leute und ihre jungen Verbündeten diese Opfer ausgewählt?»

Auf diese Frage der einen Regionalzeitung antwortet FLASH! der Erste Staatsanwalt a. i. Thomas FLASH! Krähenmann:

«Diese Leute haben zum einen langjährige Erfahrungen in der 68er Bewegung, in der 80er Bewegung und in der Frauenbewegung. Sie sind erprobt in solchen und ähnlichen Aktionen. Aufgrund ihrer Ideologie haben sie präzise Feindbilder: erfolgreiche Geschäftsleute, innovative Politiker, Fahrzeuge, die sie als Statussymbole einstufen. Dass zweimal Politiker ins Fadenkreuz geraten sind, beweist in besonderem Mass die Intoleranz dieser Kreise.» FLASH!

Müller hebt den Finger, um ihn darauf hinzuweisen, dass der Fall des einen Politikers, Balz Ulrich, anders gelagert ist. Aber weil Thomas entschlossen sein FLASH! Triumphgesicht den Medienschaffenden zuwendet, geht diese Handbewegung unter. Ohnehin, öffentlich den Chef zu korrigieren, Duzfreund hin oder her, das wäre suboptimal angekommen.

«Warum konnten diese Täterinnen und Täter so lange unbehelligt ihre Taten begehen?»

Schwingt da ein Vorwurf mit? Krähenmann leitet die Frage an FLASH! den Müller weiter, der FLASH! in Uniform erschienen ist. Der Baselstab auf den Schulterpatten, die vier silbernen Winkel, der fünfzackige Stern und der Balken darunter wirken FLASH! recht schmuck.

«Wir …», beginnt der Müller, doch er wird unterbrochen.

«Sie sagten, Dutzende von Personen seien involviert …», beginnt Ralph Staehelin. Der Lokalredaktionsleiter ist höchstselbst zugegen. «Wie haben Sie diese Leute ermittelt?»

Nach einem Blick von Krähenmann antwortet FLASH! Jessica FLASH! Panzeri: «Die Digitaltechnik ermöglicht uns ein Vorgehen, das früher unmöglich gewesen wäre. Ich bitte um Verständnis, dass wir aus ermittlungstaktischen Gründen nicht ins Detail gehen können. Nur so viel: Wir haben verschiedene Aufklärungsmethoden kombiniert.»

«Die Motive, das möchte ich genauer hören bitte», hakt eine Journalistin nach.

Thomas Krähenmann FLASH! reckt sein glatt rasiertes Kinn

ruckartig in Müllers Richtung: «Dazu kann Ihnen Kommissär Müller Auskunft erteilen.»

FLASH! Müller richtet sich auf, dass die Bandscheiben knacken. «Wir haben die Motive der Beschuldigten noch nicht in allen Fällen restlos klären können. Doch ich denke, dieser Tatkomplex ist aufschlussreich für die Wissenschaft.»

Natürlich kommt die Nachfrage: «An welche Wissenschaft denken Sie?»

«… Interdisziplinär», rettet er sich und kehrt auf sein angestammtes Territorium zurück, die Polizeiarbeit, und erklärt: «Die Befragten gaben mehr oder weniger einhellig zu Protokoll, dass sie, die Alten, Pensionierten, Langsameren, nicht mehr so Kräftigen, sich nicht ernst genommen fühlen, diskriminiert. Dass gewisse Kreise sie nur noch für einen Kostenfaktor halten, für unnütz, für Stimmvieh, dem sie irgendwas erzählen können. Dass es sie stört, nicht wahrgenommen zu werden. Vielen reicht das Geld nicht. Die Politik *reformiert* das Rentensystem und senkt Ergänzungsleistungen. Die Pensionskassenleistungen sinken, während die Mietzinse und die Krankenkassenprämien steigen und steigen.» FLASH!

Er intensiviert seinen Blick. FLASH! Er hört die Kugelschreiber auf den Blöcken und die Finger auf den Laptoptastaturen und sagt: «Wenn Sie, meine Damen und Herren, eine Wohnung von alten Leuten betreten und denken, hier sieht alles etwas verbraucht und trostlos aus, das lebt zu wenig, so denken Sie bitte daran: Bei manchen der alten Männer und Frauen wird so das Gefühl sichtbar, ausrangiert zu sein, und die Armut, das Leben am Rand der Gesellschaft …» Er atmet ein, stösst die Luft wieder aus und fügt an, bevor jemand ein Wort einwerfen könnte: «Der Kapitalismus –»

Hier unterbricht ihn sein Chef Thomas Krähenmann mit einem dezidierten «Danke, Kommissär!».

Müllers aktuelle Superkraftpunktewerte: 91 Charisma (gegenüber letzter Messung: +14), 14 Gelassenheit (-66), 92 Nachdenklichkeit (+2), 44 Fitness (+7).

ZWEIUNDZWANZIG

«Epilog», könnte ich auch schreiben. Wie sich bei Asterix jeweils die Gallier auf der letzten Seite versammeln, um sich beim Wildschweinessen von ihrem Abenteuer zu erzählen, das vielen Römern verbeulte Helme und Julius Caesar Zornesflecken und Kreislaufprobleme eingebracht hat, ist auch das Müllerteam zusammengekommen. Diese kleine «Celebration» (Kool & The Gang) setzen die Mitarbeiterinnen und Mitarbeiter des Kriminalkommissariats Basel-Stadt, Gruppe Müller, gerne gleich nach Aufklärung eines Falles an. Sie wissen ja nie, was ihnen demnächst wieder blüht.

Also → kleine Feier. Mittwochabend, 24. Januar, 19:00 Uhr, Güterstrasse, 4053 Gundeldingen, Pizza am Laufmeter, Riesendinger. Im hinteren Teil des Restaurants ein paar Tische aneinandergereiht. Müller und Gülay Sermeter, Gormann und Frank, Freddie Dominguez und Rosa. Wäckerlin ist allein gekommen. Allmendinger, Aspirantin Odermatt und Aspirant Vakulic haben ihre Partner und -innen nicht mitgebracht, weil sie erst seit Kurzem im Team sind. Da hältst du dich lieber noch bedeckt.

Drei dieser Riesenpizzen, gemischte Beilagen, Sardellen, Kapern, Oliven. Prosciutto, Tomaten, Mozzarella, Oregano und was weiss ich sonst noch, halb Italien liegt gebacken auf dem Holzbrett. Zwei, nein vier Flaschen Primitivo. Angesichts der Grösse der Festgemeinde nicht Völlerei.

Ins Herz der Kolleginnen und Kollegen sieht der Müller nicht. Triumphgefühle hegt er keine.

+++ Positiv: vier Gewalttaten (Mayer, Wyss, Ulrich, Sherifi), Sachbeschädigungen (Theurillats SUV, Loackers verspraytes und eingemülltes Haus) und Selbstjustiz (Breite, Benkenpark) aufgeklärt. Und einige Bagatellfälle abgeschlossen. Neu leitet Krähenmann die Staatsanwaltschaft. +++

--- Negativ: der Todesfall Rosa Markwalder, die Dunkelziffer nicht angezeigter und nicht aufgeklärter Delikte und die gereizte

Stimmung da und dort; Mannstunden, auf Spuren aufgewendet, die ins Nichts führten. Negativ auch, dass der Müller und das StGB diesen alten Leuten und ihren Sympathisanten an den Karren fahren müssen. ---

Aber er ist per Eid dem Gesetz verpflichtet.

Und die Ultraliberalen? Daumen hoch oder runter? Ansichtssache. Meinungsfreiheit. Abstimmungsgeheimnis.

Vielleicht bewertet die eine (Romina Wäckerlin) und der andere (Freddie Dominguez) die Ergebnisse dieser Ermittlungen anders als der Müller – oder ähnlich (Markus Gormann) oder ist bisher wenig zu durchschauen (Valérie Allmendinger, Amber Odermatt, Vlado Vakulic). Dass Gülay und Frank und Rosa ähnlich denken wie ihre Männer, dürfen wir vermuten. In den Grundsätzen sind sich ♥ Liebende ♥ meist einig. Oder sollten es sein. Andererseits ... warum ist die Scheidungs- und Trennungsquote dann so hoch? Apropos: Ob Gormann und Frank heiraten werden?

Der Müller sieht Gülay an, Gülay den Müller, Gormann Frank und Frank Gormann, Freddie Rosa und Rosa Freddie, der Müller alle und alle den Müller. Er ist schliesslich der Chef und Kriminalkommissär hier in Basel.

Er hebt das Glas, der Primitivo funkelt süditalienisch, und der Müller sagt: «Danke euch allen für eure Arbeit und für den Teamgeist – zum Wohl!

Als der Müller und Gülay, die Pizza und den Wein im Bauch, schliesslich untergehakt aus dem Lokal auf die Güterstrasse treten, leuchten oben am Himmel die Sterne. Einzelne Leuchtpunkte, grössere, kleinere, hellere, blassere, gelbliche, bläuliche, manche über 10'000 °C heiss. Die Menschheit hat viele von ihnen als Sternbilder zusammengedacht: Andromeda, Pegasus ... Widder, Stier, Jungfrau, Löwe ... die Wasserschlange, den Walfisch ... Orion, den Kleinen und den Grossen Bären. Nur den kennt Müller und das W von Cassiopeia. Irgendwo da oben muss auch die Milchstrasse sein. Er sieht sie nicht. Die Lichter der Strassenbeleuchtung, der Autos, der Wohnungen